Sylvia Kaml wurde 1975 in Frankfurt am Main geboren und wuchs im hessischen Vogelsberg auf. Sie folgte ihrer Liebe zu Tieren und studierte Veterinärmedizin. Von 2004 bis 2008 lebte sie in den USA, heute mit Mann und zwei Töchtern im Ruhrgebiet und arbeitet in einer Kleintierpraxis in Düsseldorf. Ihre große Leidenschaft ist das Schreiben. Sie veröffentlichte einige gesellschaftskritische Zukunftsromane und Thriller in verschiedenen Verlagen sowie Kurzgeschichten in Anthologien.

Sylvia Kaml

Das Salz der Hoffnung

Die
Preston-Saga

Erstausgabe Mai 2022

Copyright © 2022 dp Verlag, ein Imprint der
dp DIGITAL PUBLISHERS GmbH
Made in Stuttgart with ♥
Alle Rechte vorbehalten

Das Salz der Hoffnung

ISBN 978-3-98637-597-3
E-Book-ISBN 978-3-98637-583-6

Covergestaltung: Grit Bomhauer
Umschlaggestaltung: ARTC.ore Design
Unter Verwendung von Abbildungen von
shutterstock.com: © Alvov, © KKulikov, © Evgeny Karandaev,
© Jan William Fines, © Artiste2d3d, © Toadpole, © Artiste2d3d,
© New Africa
Lektorat: Sandra Florean
Satz: dp DIGITAL PUBLISHERS GmbH
Druck und Bindung: Books on Demand GmbH, Norderstedt

Liliana

Hastings, England

April 1786

Die Sonne näherte sich dem Horizont und der wolkenlose Himmel versprach eine sternklare, wenn auch kühle Nacht.

Liliana verließ die Fregatte ihres Vaters mit gemischten Gefühlen. Sie hätte gern einen weiteren Sommer mit ihm und ihrer Tante Effie verbracht. Ihn besser kennengelernt und ein wenig der verlorenen Jahre nachgeholt. Diesmal würde sie die Fahrt jedoch auf einem anderen Schiff bestreiten.

Dennoch beschleunigte sie ihre Schritte. Es zog sie zu der kleinen Bark, die unweit vertäut lag. Zu dem jungen Kapitän, der ihr Herz gefangen hielt: Finlay. Allein der Name ließ ihren Körper beben. Niemals hätte sie gedacht, dass Gefühle derart stark sein konnten.

Die Wellen schlugen plätschernd gegen die Rümpfe der vielen Schiffe, die hier im Hafen von Hastings angelegt hatten. Eine leichte Brise wehte ihr entgegen. Sie atmete tief die Frühlingsluft ein, die sich mit dem salzigen Geruch des Meeres vereinte, und wäre am liebsten vor Glück den Pier entlang gesprungen, wie es das Herz in ihrem Brustkorb gerade tat.

»Kann es sein, dass es Sie aus mir unerfindlichen Gründen von unserem Schiff wegzieht, Miss Preston?« Kai, der neben ihr ging und den Koffer trug, schien Lilianas Gedanken zu erraten.

Liliana lachte. Sie war froh, dass der Hamburger sie zur *Alecto* begleitete und kein ihr unbekannter Matrose. »Es scheint in der Tat ein mysteriöser Wind zu wehen, der mich antreibt, Mr Schmidt. Aber, wer weiß, vielleicht müssen Sie mich unterwegs erneut auflesen.«

Er hob abwehrend die freie Hand. »Hoffen wir es nicht.« Sie näherten sich Finlays Dreimaster und Kai kratzte sich über den blonden Dreitagebart, der seinem recht schmalen Gesicht ein wenig Härte verlieh. »Obwohl ich nicht ganz verstehe, wie man eine Fregatte wie die *Nemesis* für diese Nussschale verlässt. Und sagen Sie jetzt nicht, es sei die bessere Begleitung!«

Liliana lachte herzhaft auf. »Ich werde mich hüten, so etwas lautstark zu behaupten, dennoch zählt eine einzelne Person oft mehr als viele zusammen.«

Sie betrachtete die *Alecto* voller Sehnsucht. Auch wenn kleiner und weniger elegant als die Schiffe um sie herum, fand Liliana die Bark mit ihrem blauen und goldenen Anstrich wunderschön.

Liliana seufzte innerlich, als sie, gefolgt von Kai, vor das Schiff trat. So viel war geschehen die vergangenen Stunden. Finlay hatte seine Freiheit gewonnen und sie sein Herz.

Eine kurze Beklemmung ließ Liliana ihren Gang verlangsamen. War es eine überstürzte Entscheidung, mit diesem jungen Mann auf Fahrt zu gehen, den sie erst im letzten Jahr kennengelernt hatte? Insgeheim musste sie jedoch zugeben, dass ihr Herz Finlay mehr Vertrauen schenkte als dem eigenen Vater. Auch ihn kannte sie schließlich kaum.

Er kam ihnen in flotten Schritten den Steg herunter entgegen. Dieser Anblick und sein breites Lächeln ließen alle Zweifel im Wind verwehen. Finlay hatte sich ein frisches Hemd und eine saubere beige Kniehose angezogen und sich sogar rasiert. Letzteres stimmte Liliana beinahe etwas traurig. Auch wenn er in dem blauen Kapitänsrock mit den goldenen Manschetten nun eleganter und erholter wirkte, hatte der blonde Vollbart Finlays Aussehen doch eine gewisse Verwegenheit verliehen. Seine wunden Handgelenke waren verbunden, sicher hatte sich der Schiffsarzt, Benedict Hurley, darum gekümmert.

Er nahm den Koffer entgegen. »Danke, Kai!«

»Aye, Finlay, dann wünsche ich gute Fahrt. Und pass mir auf das Fräulein auf, verstanden? Dass ihr ja kein Haar gekrümmt wird.«

Finlay nickte. »Das verspreche ich. Grüße bitte Jack, Effie und die anderen von mir.«

Kai salutierte ihm zu, verbeugte sich kurz vor Liliana und ging. Sie wunderte sich etwas über die persönliche Anrede, bis ihr einfiel, dass auch der Zimmermann den jetzigen Kapitän der *Alecto* bereits von der Zeit auf der *Black Hound* her kannte. Damals war er zwar auch noch Lehrling gewesen und kaum älter als Finlay, aber doch höhergestellt als der Schiffjunge.

Finlay ließ Liliana den Vortritt und folgte ihr dann über den Steg an Deck. Die Matrosen hielten kurz in ihrer Arbeit inne, um ihnen Platz zu machen, und schleppten danach weiter Fässer und Kisten die Rampe hinauf und in den Laderaum. Vermutlich neue Lebensmittel, die der Schiffskoch Victor Panlow eingekauft hatte. Nach der langen Zeit der Gefangennahme waren die Vorräte beinahe gänzlich von den Männern aufgezehrt worden.

»Miss Lily!« Ein schmaler, vierzehnjähriger Junge mit roten Haaren kam zu ihnen und strahlte dabei über das ganze Gesicht. »Fahren Sie nun wieder mit uns?«

»Aber gewiss doch, ich habe euch alle ohnehin sehr vermisst.«

Duncan kratzte sich am Hinterkopf. »Auf dieser Fahrt werden Sie mir wohl nicht bei den Arbeiten helfen?«

Sie lachte. »Mal sehen, wie viel Muße ich haben werde.«

»O nein!« Finlay hob abwehrend, aber sichtlich amüsiert die Hände. »Es tut mir leid, Duncan, aber du wirst deine Aufgaben in Zukunft wohl wieder alleine erledigen müssen. Ich lasse mir nicht nachsagen, meine weiblichen Gäste nicht wie solche zu behandeln.«

Liliana sah Finlay schief an. »So?«

Er schmunzelte. »Du bestandest darauf, erinnere dich.«

Sie zog einen Schmollmund. »Mir wurde es zu eintönig in der Kabine.«

Finlay trat vor sie und umfasste ihre Taille. »Dann werde ich von nun an dafür sorgen, dass diese Fahrt aufregend genug für deinen Geschmack wird.«

Sie verlor sich in seinen dunklen Augen. Das Herz klopfte ihr bis zum Hals. Zu gern würde sie ihre Lippen auf die seinen legen, doch sie fand nicht den Mut dafür.

Duncan kicherte neben ihnen.

Finlay löste seinen Blick von ihrem und sah streng zu dem Jungen. »Das gilt auch für dich!« Er wies mit der Hand zu seinem Bootsmann. »Husch zu Mr Braden nun, auf meinem Schiff wird nicht faul herumgestanden!«

»Aye, Kapitän«, rief Duncan und rannte davon, noch immer mit einem frechen Grinsen auf den Lippen.

Liliana blickte dem Jungen nach. Ein anderer Gedanke drängte sich in ihren Geist. »Wirst du etwas wegen Parker unternehmen?«

Finlays Gesichtszüge verspannten sich. »Ich beabsichtige nicht, diesen räudigen Hund ungeschoren davonkommen zu lassen. Nach all dem, was er mir und besonders auch Duncan angetan hat. Doch die Fahrt geht vor. Sobald wir zurück in England sind, stelle ich Nachforschungen über ihn an.« Er atmete tief durch. »Vielleicht ist die Pause sogar zu unserem Vorteil und er wiegt sich in Sicherheit.«

Liliana nickte. Sie suchte seinen Blick, doch er schaute weiter auf das Meer hinaus. Er wirkte zurückhaltender als noch wenige Stunden zuvor. Besann er sich auf seine Erziehung oder kamen ihm Zweifel, nachdem die erste Euphorie verflogen war? Sie schüttelte diese lästigen Besorgnisse ab. Dies war für sie beide eine neue Situation und man sollte nichts überstürzen.

Liliana beschloss, sich wie die erwachsene junge Frau zu benehmen, die sie schließlich war. Immerhin wollte sie an Bord helfen und eine Lehre zum Quartiermeister absolvieren. »Beabsichtigst du, in den Niederlanden wieder deine Logbücher in dieser Bank zu deponieren?«

Finlay nickte. »Das und mein Geld, damit nichts auf Grund läuft. Außerdem wollte ich Waren einkaufen und nach Hamburg bringen. Dort ist der Absatz zurzeit am besten, da viele Schiffe in das neue Amerika aufbrechen.« Er lächelte. »Die *Alecto* ist nun mal ein Handelsschiff.«

Liliana hob grinsend den Zeigfinger. »Solange es keine deiner speziellen Geschäfte sind.«

Finlay warf ihr einen Blick von der Seite zu, der sie an einen frechen Jungen erinnerte. »Jetzt, wo du der neue Quartiermeister werden willst, bekommst du ohnehin einen kompletten Überblick über meine Taten und darfst sogar mitreden.« Er nahm den Koffer auf. »Komm, gehen wir erst einmal unter Deck.«

Liliana nickte und folgte ihm die Treppe hinunter. »Werde ich bei dir wohnen?«, fragte sie leise. Ihr Herz klopfte laut bei dem Gedanken und sie war sich nicht sicher, ob aus Furcht oder Aufregung.

Finlay zögerte. »Ich denke, es ist besser, wenn du deinen eigenen Raum hast auf dem Schiff«, sagte er beinahe entschuldigend. Er drehte sich zu ihr und der weiche Blick seiner Augen ließ ihre Haut kribbeln. »Auch, wenn es beinahe körperlich schmerzt, dich nicht jede Nacht in meinen Armen halten zu dürfen, möchte ich doch kein falsches Bild bei der Mannschaft erwecken. Dafür bedeutest du mir zu viel. Die Männer sollen dich ehrenvoll und mit Respekt behandeln und nicht als eine ... Gespielin ihres Kapitäns betrachten.« Er sagte das Wort mit verzerrter Miene, als biss er dabei auf eine Zitronenscheibe.

Liliana spürte die Hitze in ihr Gesicht steigen. Natürlich, sie waren nicht verheiratet! Was würden die anderen denken? »Ich verstehe, danke.« Innerlich ging ihr das Herz auf. Er kam aus einer anderen Gesellschaftsklasse als die Matrosen und war entsprechend erzogen worden, dennoch empfand sie ein solches Verhalten nicht als selbstverständlich. Sie liebte ihn für diese Wertschätzung ihr gegenüber nur noch mehr.

Vor ihrer alten Kabine blieb sie an der Türschwelle stehen und haderte etwas damit, den Raum zu betreten.

»Möchtest du eine andere?«, fragte Finlay bei ihrem Blick.

»Nein, ich mag diese Koje. Es ist nur so eigenartig, sie wirkt vertraut und doch wieder nicht. Als wäre ich eine andere Person.« Sie lächelte ihm zu. »Ich habe mich jedoch recht wohl und vor allem sicher gefühlt hier.« Besonders, da sie diese von innen verriegeln konnte, im Gegensatz zu ihrem Gefängnis auf dem Piratenschiff.

Finlay stellte den Koffer ab. »Seltsam, welche Entwicklung das alles genommen hat, wenn ich so zurückdenke«, sagte er leise in einem derart sanften Ton, dass Liliana seine Worte streichelnd auf der Haut spürte. Die ernste Mimik ging in ein Schmunzeln über. »Ehe man es sich versieht, bist du wieder an Bord. Wie ein Bumerang.«

Liliana runzelte die Stirn. »Was ist das?«

»Ein Wurfgerät der australischen Ureinwohner, das James Cook nach England brachte. Es ist so geformt, dass es, wird seine Beute nicht getroffen, zurück zum Werfer fliegt.«

Sie legte den Kopf schief. »Bedeutet das, du verfehltest dein eigentliches Ziel?«

Finlays Lächeln ging in ein freches Grinsen über. »Nun, strenggenommen war Gold meine ursprüngliche Beute, die ich mit dir zu erheischen suchte. Doch stattdessen kam ein weitaus größerer Schatz zurück.«

Liliana schlang ihre Arme um seinen Hals. »Mein Herz getroffen hast du. Nun werde ich wohl nie mehr davonfliegen, sofern du mich nicht erneut wirfst.«

»Ich werde mich hüten«, flüsterte er. Sein Gesicht näherte sich ihrem.

Liliana wich leicht zurück und strich ihm über das glatte Kinn. »Der Vollbart gefiel mir.« Sie verfluchte sich innerlich für ihre Feigheit. Zu gern hätte sie ihn erneut geküsst. Warum nun diese Furcht?

Finlay nahm ihre Hand, die noch auf seiner Wange lag, und küsste sie auf die Innenfläche. »Auch, wenn ich Gefahr laufe, dich zu enttäuschen, werde ich ein erneutes Wachstum verhindern.«

Liliana spürte bei der Berührung ein wohliges Kribbeln im Bauch. »Weshalb wehrst du dich derart dagegen?«

»Ich mochte es nie, wenn mir ein Bart wuchs. Es bedeutete stets eine fehlende Möglichkeit, sich um die eigene Körperpflege zu kümmern. Sei es aufgrund von Kämpfen, Mangel an Wasser oder durch Gefangenschaft. Mein Geist verbindet stets unangenehme Situationen damit. Ich fühle mich rasiert einfach freier und in gewisser Weise auch zivilisierter.«

»Ich verstehe.« Ihre Finger glitten zärtlich über seine Wangen. Dunkle Ringe zeichneten sich unter seinen braunen Augen ab. Die Wangenknochen standen noch immer stark hervor. Eine Folge der Mangelernährung im Gefängnis. »Du siehst müde aus.«

»Das bin ich.« Er atmete tief durch. »Ich werde mich ebenfalls zurückziehen. Es waren anstrengende Tage und wir stechen morgen früh mit der ersten Flut in See.«

»Schlaf gut.«

»Ganz gewiss. Nicht nur, weil ich mich nach der langen Zeit in der Zelle endlich wieder auf ein weiches Lager betten darf, sondern auch, weil ich dazu noch dein Herz bei mir weiß.« Er nahm ihre Hand, strich leicht mit den Fingern über die Knöchel und hauchte einen Kuss darauf.

Die sanfte Berührung seiner Lippen brachte ihr Herz beinahe zum Zerbersten vor Glück.

***

Bereits mit den ersten Sonnenstrahlen am nächsten Morgen stand Liliana auf der Brücke. Sie hielt sich an der Reling fest und beobachtete, wie sich die Küste Englands langsam entfernte. Die weißen Klippen Hastings schimmerten durch die Dämmerung, während der Wind ihr einige kastanienbraune Strähnen aus den hochgesteckten Haaren wirbelte. Erneut roch es nach Freiheit und Abenteuer.

Hinter ihr stand Joshua Brown breitbeinig am Steuerrad. Beim Ab- und Anlegen übernahm der muskulöse Engländer persönlich das Ruder.

Die geblähten Segel leuchteten hellorange in der aufgehenden Sonne und trieben die *Alecto* schwungvoll über die Wellen wie der Frühlingswind junge Pferde über eine frische Weide. Der Lärm des Hafens verstrich im Wind und eine angenehme Stille kam auf. Abgesehen von Wellenschlägen gegen den Bug und knarzenden Seilen. Liliana fiel erneut auf, wie wunderschön dieses Schiff war.

Finlay trat neben sie, ebenfalls immer eine Hand am Geländer. Die Schräglage des Schiffes und der feuchte Boden forderten den Gleichgewichtssinn mehr heraus als auf der größeren *Nemesis.*

»Wieder auf Fahrt.« Er atmete tief ein und hielt sein Gesicht in den Wind. »Ich liebe diesen Moment, wenn man aus dem engen Hafen hinaus in die Stille und Weite des Horizonts segelt. Gibt einem immer aufs Neue eine Gänsehaut.«

»Das Gefühl der Freiheit?« Sie spürte das gerade besonders stark. Je weiter sie sich England – insbesondere ihrer Mutter – entfernten, desto mehr verblassten alle Sorgen und Probleme.

»Ja, aber auch der Nervenkitzel der Ungewissheit.« Sein Blick nahm einen schwärmenden Ausdruck an. »Ich liebe das Meer, wenngleich es ein untreuer Gefährte ist. Es kann einen liebkosen und im Sonnenschein dahinschweben lassen und im nächsten Moment greift es nach dir mit finsteren Klauen und versucht, dich in seine Tiefen zu reißen. Die See kennt weder Vorwarnung noch Gnade. Sie ermöglicht dir so viel und nimmt einem andererseits das Leben, ohne mit der Wimper zu zucken.«

Liliana ertappte sich dabei, sehnsüchtiger auf den Mann neben sich zu schauen als auf den weiten Horizont. Ähnelte das Meer so nicht der Liebe? Ist diese nicht ebenso wandelbar, wie es so oft in Gedichten und Liedern besungen wird?

Wie würde diese Reise mit Finlay zusammen wohl ausgehen? Was, wenn sich ihre Hoffnungen und Erwartungen nicht erfüllten und es in einem Streit endete? Wenn die Faszination nachließe und sie erführen, dass sie es nicht lange zusammen aushielten? Würde diese Fahrt eine Tragödie oder ein Traum werden? Vielleicht etwas dazwischen? Liliana schüttelte die Gedanken ab und versuchte, den Moment zu genießen.

Ezekiel Braden trat zu ihnen auf die Brücke. Sie musste noch immer zweimal hinsehen, um ihn zu erkennen. Er wirkte ohne den buschigen Vollbart befremdlich, aber auch um einiges freundlicher. Eine Tatsache, die dem brummigen Bootsmann sicher nicht gefiel.

»Ich habe die erste Schicht zum Frühstücken geschickt«, sagte er. »Wetter und Wind sind uns wohlgesonnen heute.«

»Gut.« Finlay nickte. »Ich denke, das sollten wir auch tun. Kommst du mit, Liliana?«

Sie sah auf. »Mir fällt gerade auf, dass ich noch nie mit dir gespeist habe auf diesem Schiff.«

Finlay lachte. »Ich habe nur eine Messe, kein eigenes Speisezimmer wie dein Vater auf der *Nemesis*. Wir dinieren zusammen mit dem Führungsstab, die Matrosen nehmen ihr Essen unter Deck ein. Ich hoffe, die fehlende Privatsphäre stört dich nicht.«

»Natürlich nicht.« Sie lächelte. »Die Bedienung aufs Zimmer damals war, wenn auch luxuriös, doch recht eintönig.«

Finlay schüttelte den Kopf. »Es kommt mir noch immer vor, als wärst du da eine andere Person gewesen.«

Und jetzt würde sie sogar eine Lehre zum Quartiermeister ablegen, dachte Liliana nicht ohne Stolz. Würde sie der Aufgabe gewachsen sein? So wirklich viel wusste sie noch nicht über das Schiff und seine

Besatzung. Das sollte sich auf dieser Fahrt ändern. Sie sah zu Finlay. »Wie viele Männer dienen unter dir?«

»Zurzeit gibt es sechsundfünfzig Besatzungsmitglieder, mit uns beiden achtundfünfzig.«

»Das ist ja weniger als die Hälfte der *Nemesis*.«

»Die *Alecto* ist auch nur etwa halb so groß und weit weniger bewaffnet. Wir haben lediglich zehn Kanonen und nicht einmal einen extra ausgebildeten Kanonier dafür.«

Liliana erinnerte sich an den Afrikaner Kweku, der ihr alles über die Waffen an Bord eines Segelschiffes beigebracht hatte. »Warum eigentlich nicht?«

»Es lohnt nicht. Ein Kanonier bekommt weit mehr Heuer als einfache Matrosen und was der weiß, können Ezekiel, Joshua und ich genauso. Ich brauche den Platz für Frachten und versuche ohnehin, Kämpfe zu vermeiden. Die Bewaffnung dient nur der Verteidigung.«

»Oder um Freunden Beistand zu leisten.« Ihr Herz ging auf bei der Erinnerung an ihr Treffen damals in Basse Terre nach dem Seegefecht.

»Oder das.« Er lachte und machte eine ausladende Geste. »Komm, lass uns frühstücken.«

In der kleinen Messe, in der es bereits nach Tee duftete, erwarteten sie einige bekannte Gesichter: der junge Schiffsarzt Dr. Hurley, der Zimmermann Ewan Kelly mit der auffälligen Zahnlücke zwischen den Schneidzähnen und der irische Segelmacher Ryan O'Connor, dessen leuchtend orange Locken die roten Haare Duncans noch ausstachen. Sogar seine Gesichtsfarbe wies eine ähnliche Schattierung auf. Es wunderte nicht, dass er von allen nur »Red« genannt wurde.

Die Männer zogen ihre Mützen – Red sein Tuch – vom Kopf, als sie eintraten.

»Welche Freude, Sie erneut an Bord zu haben, Miss Preston.« Dr. Hurley deutete eine Verbeugung an. »Und auf wesentlich angenehmere Weise.« Er warf seinem Kapitän einen tadelnden Blick zu.

»Ben sprach sich penetrant gegen meine inoffiziellen Geschäfte aus«, fügte Finlay erklärend zu. »Er vertritt die Ansicht, dass man aus Menschenleben keinen Profit schlagen sollte.«

Liliana lächelte dem Schiffsarzt zu. »Das ehrt Sie, Dr. Hurley, danke dafür.«

»Der Erfolg einer Überzeugung obliegt jedoch Ihnen.« Seine vergleichsweise freundliche und zuvorkommende Art wirkte einnehmend. »Meine Argumente verwarf unser Kapitän stets mit dem Einwand, dass wir die Damen immerhin retteten und unsere Tat durch den Preis in den Augen der Familien an Wert gewönne.«

Liliana lächelte. Sie mochte den jungen Mann mit den braunen Haaren und graublauen Augen sehr. Damals hatte er sich stets etwas von ihr zurückgezogen, nun verstand sie, warum.

»Eine derartige Aufwandsentschädigung zahlten viele der reichen Angehörigen gerne«, warf Finlay rechtfertigend ein. Offenbar wollte er den Vorwurf so nicht stehenlassen. »Für die war es eine lächerliche Summe und sie bekamen im Gegenzug noch eine aufregende Geschichte für den nächsten Hofball präsentiert, mit der sie vor anderen Adligen mit ähnlich langweiligem Leben prahlen konnten.«

»Bis sich eines Tages jemand rächt und der Schuss nach hinten losgeht.« Ben richtete warnend den Zeigfinger auf ihn. »Denke an deine Gefängniszeit erst kürzlich! Ich bin überzeugt, Miss Preston rettete uns gerade rechtzeitig den Hals.«

Finlay hob die Hände, als wäre der Finger des Arztes eine Pistole. »Ja, du hast recht. Ich sehe es heute ein.«

Sie setzten sich und ein Matrose trug Brot, Marmelade sowie Porridge auf und schenkte heißen Schwarztee ein.

Finlay umfasste mit einem leichten Seufzer die Tasse. »Ich vermisse meinen Kaffee.«

»Die Vorräte sind leider restlos aufgebraucht«, brummte Ezekiel. »Aber du hast ja deine Quellen in Hoorn.«

Der Steuermann Joshua Brown, der sich nun ebenfalls zu ihnen gesellte, lachte laut. »Ich weiß nicht, was du an diesem grauenvollen Gebräu findest.« Er nahm neben Finlay Platz und schaufelte sich Porridge in seine Schüssel. »Das Gesöff wollen die ›Sons of Liberty‹ doch als amerikanisches Nationalgetränk ernennen, um gegen uns teetrinkende Briten zu protestieren.«

Finlay winkte ab. »Ein solches Argument zieht bei mir nicht. Im Gegenteil, wäre ich ein patriotischer Engländer, würde diese Tatsache mich erst recht nicht abhalten, Kaffee zu trinken, selbst wenn ich ihn widerlich fände.«

Joshua schüttelte lachend den Kopf. »So kenne ich dich.«

∗∗∗

Am Nachmittag saß Liliana mit Finlay zusammen in dessen Kartenraum. Er zeigte ihr die Listen über die Einkäufe von Waren und Lebensmitteln. Sie genoss dieses traute Beisammensein ohne den Trubel an Deck.

»Wichtig ist, dass wirklich penibel Buch geführt und exakt berechnet wird«, erklärte er. »Der Platz an Bord ist beschränkt und mit zu viel Ladung sind wir langsamer und liegen tiefer. Allerdings hängt auch unser Überleben auf See von genug Wasser und unverdorbener Nahrung ab. Bei längeren Fahrten könnte der kleinste Fehler fatale Folgen haben.«

Liliana versuchte, sich einen Überblick über alle Waren und Kosten zu machen. Sie staunte, wie wenig ein einfacher Matrose verdiente, andererseits waren die gesamten Ausgaben nicht gerade gering. »Der Bedarf an Lebensmitteln ist erstaunlich hoch.«

»Die Männer arbeiten schwer und wollen entsprechend versorgt werden. Auch muss man stets damit rechnen, dass doch etwas verdirbt, selbst bei guter Lagerung. Gemüse fault schnell und im Pökelfleisch können Maden sein, sogar bei intensiver vorheriger Inspektion.«

Liliana nahm den Rechenschieber zur Hand und sortierte weiter die Zahlen und Daten in ihrem Kopf. Das Erstellen und Führen von Listen traute sie sich durchaus zu und im Rechnen war sie ebenfalls immer recht gut gewesen. Dennoch verspürte sie noch immer eine Unsicherheit in sich. War sie als Frau einer solchen Aufgabe überhaupt gewachsen?

Ihre Anwesenheit auf diesem Segelschiff kam ihr unwirklich vor. Es schien so anders als die Gedanken, die sie sich als Kind über ihre Zukunft gemacht hatte. Früher hatte sie sich oft gefragt, ob sie nachgeben und einen von Eliza ausgewählten Junggesellen heiraten oder unverheiratet bleiben würde wie ihre Tante. Insgeheim hatte sie gehofft, sich eines Tages in einen Mann verlieben zu dürfen und mit ihm zusammen in einem kleinen Haus zu wohnen. Vielleicht gar Effies Landgut zu übernehmen.

Von dem behüteten Aufwachsen bei ihrer Tante auf dem Land urplötzlich in ein Abenteuer auf See mit ihrem Vater gerissen zu werden und sich schließlich in einen Kapitän ohne festen Wohnsitz zu verlieben und diesem auf sein Schiff zu folgen, damit hatte sie im Traum nicht gerechnet.

Trotz allem war sie froh und dankbar, dass ihr Leben nicht eintönig normal verlief.

Finlay rieb sich das Kinn. »Wir sollten in Bristol deinen Vater fragen, ob der etwas über diesen Travis Parker weiß. Ich fürchte, meine Kontakte reichen nicht aus, wenn es um die königliche Marine geht.«

Sie presste die Lippen zusammen. »Sag ihm aber nichts davon, was Duncan angetan wurde, sondern nur über den Betrug. Er reagiert bei derartigen Dingen meist sehr ... hitzig.« Sie musste an Pelt denken, den Piratenkapitän, der sie entführt hatte. Nachdem Jack ihn in die Finger bekommen hatte, überlebte er länger, als er es sich gewiss gewünscht hätte. Es hatte sie erschreckt, ihren Vater, der ansonsten ein gütiger Mensch war, derart jähzornig zu sehen. Auch, wenn es um wirklich schlimme Verbrecher ging, für Liliana war Folter mehr Vergeltung als Strafe.

Finlay lächelte schwach. »Ich weiß das nur zu gut, diese Seite von ihm ist mir wohlbekannt. Immerhin diente ich einige Jahre unter ihm.«

»Ist Vater ein sehr strenger Kapitän?« Sie sah ihn vorsichtig von unten herauf an.

Finlays Gesicht blieb ausdruckslos. »Sagen wir es so: Er ist streng, aber durchaus fair. Ich war jedoch in meinen jungen Jahren sehr halsstarrig und konnte es nicht lassen, ihn zu provozieren. Unsere Beziehung ist keine gewöhnliche, wie du bereits erfahren musstest. Das zeigte sich schon damals an Bord der *Black Hound*.«

»Wie meinst du das?«

»Ich war nie ein normaler Matrose und er kein normaler Kapitän. Das wurde mir jedoch erst Jahre später bewusst.« Finlay atmete tief durch. »Dies alles mit Worten zu verdeutlichen, ist schwer. Ich würde mir auch niemals anmaßen, Jack Farson mit Kritik zu überhäufen, dafür stehe ich zu sehr in seinem Schatten. Doch dein Vater besitzt eine eigene Sicht der Dinge, die nicht selten von althergebrachten Normen und Regeln abweicht.« Er machte eine kleine Pause, beugte sich leicht vor und legte seine gefalteten Hände auf dem Pult zwischen ihnen ab. Sein Blick hielt sie gefangen. »Du hast gewiss schon bemerkt, dass es rau zugehen kann auf einem Schiff. Disziplin wird großgeschrieben. Ein einfacher Matrose denkt für gewöhnlich nicht darüber nach, welche Beweggründe sein Kapitän hat. Was er befiehlt, ist Gesetz. Ich erlag jedoch dem Glauben des reich geborenen Kaufmannssohns, dass er nicht das Recht habe, mir seine Meinung aufzudrängen. Ich gehorchte, zeigte jedoch deutlich, wenn ich nicht derselben Ansicht war.« Er lachte freudlos. »Jeder andere Kapitän der königlichen Marine hätte bei solch einem Verhalten gewiss versucht, diesen Hochmut mit eiserner Gewalt zu brechen und mich gefügig zu machen. Im Grunde hatte ich echtes Glück mit Jack. Auch weil er mich vom Einfluss Hollands rettete, was ich ebenfalls erst später zu schätzen lernte. Der hätte mich ohne Zweifel in eine falsche Richtung gezogen. Kurzum: Dein Vater erstickt selbstständiges Denken nicht und schürt keinen Hass, fordert aber dennoch Gehorsam.«

»Bestrafte er oft?«

»Nein. Bei ihm genügte ein strenger Blick und alle zogen den Kopf ein.« Finlay zuckte die Schultern. »Seine ganze Haltung und Mimik strahlten schon Autorität aus. Wer sich gehen ließ, bekam Strafstunden. Aber gezüchtigt hat er niemanden damals ... zumindest nicht öffentlich. Er zitierte ab und zu problematische Matrosen zu sich, doch was hinter der verschlossenen Tür geschah, erfuhr kein Dritter. Was immer er dort mit den Männern anstellte, es wirkte. Doch die Mannschaft der *Black Hound* vergötterte den Kerl auch beinahe nach der Sache mit Hollands. Die wären für ihn in die Hölle gesegelt. Ich glaube, wenn ein anderer Matrose sich Jack offen widersetzt hätte, wären ihm vielmehr Prügel der übrigen Mannschaft sicher gewesen.«

»Aber bei dir haben sie es akzeptiert?« Sie dachte an das Gespräch damals auf der *Nemesis*, dessen Erinnerung noch immer ihr Herz schneller schlagen ließ. Selbst seine direkten Fragen stellte er mit einem derartigen Charme, dass sie ihm nichts hatte übelnehmen können. Auch nun musste sie sich zurückhalten, diesem wundervollen Mann nicht auf die unsittlichste Weise um den Hals zu fallen. Finlays Schmunzeln half nicht sonderlich dabei, diesen Drang zu unterdrücken.

»Ich hatte Glück, dass die Männer mich bereits kannten. Sie verziehen mir einiges an jugendlicher Unvernunft.«

Liliana lehnte sich über den Tisch und ergriff seine linke Hand, die noch immer auf der Kante ruhte. Trotz der ansonsten feinen Gesichtszüge und aristokratischen Haltung waren seine Hände schwielig rau und zeugten von langjähriger Erfahrung mit harter Arbeit. Liliana musste an seine Vergangenheit denken: ein reicher Kaufmannssohn, dessen Vater das gesamte Vermögen versoffen und ihn noch dazu an einen Walfänger verspielt hatte. Wenn die *Black Hound* diesen nicht geentert hätte und ihn als Jungen übernommen, hätte Finlay die Fahrt sicher nicht lange überlebt.

»Wie hast du das geschafft, dich derartig beliebt zu machen?«

Finlay schüttelte amüsiert den Kopf. »Ich habe keine Ahnung. Ich versuchte damals nach dem Kapern, mich an Bord der *Black Hound* zu schleichen. Es schien mir der einzige Ausweg aus der Hölle und vor dem sicheren Tod. Mir ist gewaltig das Herz in die Hose gerutscht, als mich Ove erwischte. Verdammt, ich war fünfzehn, überarbeitet und halb verhungert, während dieser Norweger sich als muskelbepackter Riese vor mir aufbaute und mich am Schlafittchen packte.« Er erwiderte den Druck und schob seine Finger zwischen die ihren.

Liliana spürte die Wärme durch ihren Körper fließen. »Ove deutete mal an, du hättest ihm damals tapfer in die Augen geschaut und so bei ihm an Achtung gewonnen.«

Finlay atmete tief durch. »Leider hat all dies bei deinem Vater nicht den erhofften Erfolg erzielt.«

Sie runzelte die Stirn. »Zitierte er dich nie zu sich?«

»Nein. Ich versuchte auch, das zu vermeiden. Ich war immer sehr gut im Ausweichen heikler Situationen. Das lernte ich bereits als Kind. Wenn mein Vater betrunken war, versteckte ich mich im Wald, bis er schlief.« Seine Mimik versteinerte.

Liliana stand auf und trat um das Pult zu ihm. »Du denkst noch immer ab und zu an ihn, oder?«

Finlay erhob sich ebenfalls, wich ihrem Blick jedoch aus. »In letzter Zeit öfter. Weißt du, es ist seltsam, so sehr ich auch versuche, meinen Vater zu verachten, muss ich immer überlegen, ob er stolz auf mich wäre, sähe er mich heute. Besonders mit dir zusammen.«

Sie legte ihre Hände auf seine Brust. »Vielleicht solltest du doch mal versuchen, ihn ausfindig zu machen? Und wenn es nur deswegen wäre, um Gewissheit zu haben und nicht mehr zu grübeln.«

Er presste die Lippen zusammen und schwieg.

Liliana strich ihm sanft über das Gesicht. »Ich bin bei dir.«

Finlay lächelte. »Danke!« Er blickte ihr tief in die Augen. »Dass du hier bei mir bist und für deine Worte.« Sein Gesicht näherte sich dem ihren.

Liliana gab dem Drang nach, niemand sah sie hier. Sie schloss die Augen, kurz bevor seine warmen Lippen die ihren berührten. Ein angenehmes Kribbeln erfüllte sie und sie genoss jede Sekunde dieses Kusses.

***

Am Nachmittag des nächsten Tages stand Liliana an ihrem Lieblingsplatz an der Reling und sog die frische Meeresluft in sich auf. Haut und Kleidung bedeckten bereits eine salzige Schicht.

Finlay rief seinen Männern noch Befehle zu und trat dann neben sie.

»Sind das schon die Niederlande?«, fragte sie.

»Ja, es ist keine lange Fahrt. Wenn die starken Gezeitenströme in der Straße von Dover nicht wären, hätten wir die Strecke auch an einem Tag schaffen können.«

»Ich glaubte immer, Kontinentaleuropa läge weiter entfernt.«

Er schmunzelte. »Das tut es lediglich in den Köpfen vieler Engländer.«

Von weitem erkannte sie die breiten Anlegestege, die Hoorn umgaben. Aus der Mitte der Häuser ragte ein großer Glockenturm hervor. Die Gebäude selbst wirkten prunkvoll, viele Dächer waren mit Silber verziert.

»Eine hübsche Stadt«, bemerkte Liliana.

»Noch ist sie das. Leider verfällt vieles, ihre Blütezeit scheint vorüber.«

»Aufgrund der Unabhängigkeit von Amerika?«

»Unter anderem.« Finlay nickte. »Hoorn lebt vom Handel, hier blühte die VOC auf, die Vereinigte Ostindische Kompanie. Doch seit der Verlegung des Haupthafens nach Amsterdam verliert diese Stadt langsam an Wichtigkeit. Doch nicht nur diese, das gesamte Land leidet. Viel des Wohlstands war auf den Kolonien aufgebaut.«

»Ein Reichtum, der aus der Ausbeutung eroberter Landstriche beruht, scheint zu oft ein Luftschloss zu sein.«

Finlay nickte. »Besonders, wenn nur herausgeholt und nicht hineingesteckt wird. Das ist kein Fundament einer Wirtschaft. Da wundert es nicht, wenn sich die Bürger vor Ort zur Wehr setzen und der Kolonialherr plötzlich alles verliert.« Er schnaubte. »Doch nicht nur die ständigen Kriege, auch das verschwenderische Leben der Adligen trägt seinen Teil bei. Statt zu sparen, werden die Bürger einfach noch stärker ausgebeutet und mehr und mehr Waren mit immer höheren Steuern belegt. Das spüren auch wir Händler schmerzhaft.«

Liliana schluckte. Sie hatte vor wenigen Tagen erst gesehen, was geschehen kann, sollte man als Schmuggler bezichtigt werden.

»Lass uns kein Trübsal blasen, sondern den Aufenthalt genießen«, sagte Finlay aufbauend. »Heute Abend legen wir an und morgen geht es an Land.«

Hoorn, Niederlande

April 1786

Heute ging es in eine fremde Stadt in einem europäischen Land! Dazu machte es den Eindruck, ein wundervoll sonniger Tag zu werden. Liliana holte eines ihrer besseren Kleider, die sie mitgenommen hatte, aus dem Koffer. Sie breitete die Teile auf ihrem Bett aus und begann, sich anzukleiden, als ihr Blick auf das Mieder fiel. Ein Schrecken durchfuhr sie. Schnell zog sie ihr altes Kleid über, schlich zu Finlays Kammer und klopfte an.

Er öffnete und sah sie mit gehobenen Brauen an. »Ist etwas passiert?«

»Ich ...« Sie biss sich verlegen auf den Daumennagel. »Ich habe ein Problem.«

»Welches?«

»Ich würde für Hoorn gerne ein eleganteres Kleid anziehen.« Liliana spürte, wie ihre Wangen heiß wurden. »Könntest du mir vielleicht beim Schnüren des Mieders behilflich sein?«

Finlay lächelte breit. »Ich glaubte schon, es sei etwas Ernstes. Gerne leihe ich dir meine Hände, wenn dies erlaubt ist.«

Er folgte ihr in die Kammer und Liliana schloss die Tür.

Finlay betrachtete die ausgebreiteten Stoffe auf dem Bett. »Ein schönes Kleid, die orange-gelbe Farbe passt zum Frühling.«

»Strümpfe, Unterrock und Rolle habe ich bereits an.« Sie zog das alte Überkleid aus. Ihre Wangen brannten erneut, als sie nur in Unterwäsche vor ihm stand. Finlay schien dies jedoch nicht zu bemerken. Er nahm das Mieder und reichte es ihr. Liliana legte es um.

»Du muss die Schnüre ...«, begann sie zu erklären, doch er winkte lächelnd ab.

Er nahm die Schnur und trat an ihren Rücken. »Ich weiß, wie so etwas geht.« Mit geschickten Fingern fädelte er das Band in die Ösen.

Liliana runzelte die Stirn, schwieg aber.

»Sag nur, wenn es zu fest ist.«

»Nein, du machst das sehr gut ... fragwürdiger Weise«, fügte sie trocken hinzu. Dieser Mann überraschte sie immer wieder aufs Neue.

Finlay reichte ihr Taschen, Petticoat, Überkleid und Schürze in der korrekten Reihenfolge.

Als sie angekleidet war, trat er hinter sie und küsste sie sanft auf die Schultern, sodass Liliana eine prickelnde Gänsehaut bekam. Sie drehte sich dennoch zu ihm und zog skeptisch die Brauen zusammen.

Finlay hob beschwichtigend die Arme ob ihres anklagenden Blickes. »Ich half früher meiner Mutter beim Ankleiden, nachdem wir die Angestellten entlassen mussten und Vater sich nur noch in den Schänken aufhielt«, erklärte er mit leiser Stimme und seine braunen Augen nahmen einen traurigen Ausdruck an. »Ich hoffe, diese Erläuterung verhindert, dass deine Fantasie in eine unredliche Richtung segelt.«

Liliana fiel in der Tat ein Stein vom Herzen und sie atmete erleichtert durch. »Ich verstehe.« Weiter nachfragen wollte sie nicht, wusste sie doch, wie sehr ihn diese Erinnerungen schmerzten. Entschuldigend erwiderte sie seinen Blick. Diese sanften, dunklen Augen unter den blonden Strähnen ließen ihr Herz schneller schlagen.

Finlay umfasste ihre Taille. »Du siehst wunderschön aus in dem Kleid.«

Liliana lächelte beschämt. »Danke.«

»Komm.« Er bot ihr seinen Arm an. »Lass mich dir Hoorn zeigen.«

Sie hakte sich unter. »Bist du oft in dieser Stadt?«

»Ja. Sie ist in der Tat ein wenig wie eine zweite Heimat für mich.«

Sie gingen zusammen den Steg hinunter auf den steinernen Pier. Liliana fühlte sich wundervoll, als der

Wind ihr eine salzige Brise ins Gesicht wehte. Das elegante Kleid mit dem geschnürten Mieder, das ihre Haltung aufrichtete, sowie der attraktive Mann an ihrer Seite gaben ihr das Gefühl, etwas Besonderes zu sein. Beinahe adlig.

Hinter dem Anlegesteg erhoben sich Reihen schmaler und bunt angemalter Steinhäuser. Eine prächtige Kirche mit breitem Rumpf und hohem Glockenturm stand an der Küste und überragte alles ähnlich eines Leuchtturms. Etliche schwerbeladene Wagen und Ochsenkarren zogen an ihnen vorbei und wurden an den Schiffen be- und entladen. Hoorn war ganz offensichtlich eine Handelsstadt.

Die Sonne schien freundlich vom Himmel, der nur mit wenigen Federwolken bedeckt war. Liliana genoss die wärmenden Strahlen auf ihrer Haut und sah Effie vor ihrem geistigen Auge, wie diese ihren Schirm aufspannte, in der Sorge, zu sehr an Farbe zu gewinnen, und musste lächeln.

»Was möchtest du zuerst sehen?«, fragte Finlay. Auch er schien guter Dinge zu sein.

»Wolltest du nicht dein Geld und die Logbücher auf eine Bank bringen?«

»Damit habe ich bereits Ezekiel beauftragt. Er bringt es zusammen mit Red und Glen nach Amsterdam. Im dortigen Rathaus befindet sich die größte Wechselbank in den Niederlanden mit recht guten Konditionen zurzeit.«

Liliana seufzte. »Ich kenne mich so gar nicht aus in solchen Dingen.« Sie verdrehte die Augen. »Ich weiß nicht einmal, ob Frauen überhaupt Zutritt zu Banken haben.«

Finlay runzelte die Stirn. »Warum sollten sie das nicht? Wie könnten alleinstehende Frauen ansonsten ihren Besitz aufbewahren?«

»Solche sind entweder wohlhabend genug, sich Bedienstete leisten zu können, oder sie haben keinen Besitz.«

Finlay sah sie von der Seite an. »Damit magst du richtig liegen, fürchte ich. Dennoch bin ich mir gewiss, eine Frau würde nicht aus einer Bank geworfen werden ... es ist schließlich ein Dienstleistungsunternehmen und nicht das Parlament.«

»Dass Frauen dort nicht eingelassen oder gehört werden, ist ebenfalls äußerst verwerflich«, bemerkte Liliana trocken. Warum durften Frauen nicht bei politischen Dingen mitentscheiden? Das empfand sie als ungerecht.

Finlay zuckte die Schultern. »Ich habe die Gesetze nicht gemacht und kann etliche nicht nachvollziehen.« Er lächelte verschmitzt. »Das Wetter ist viel zu schön für ernste Themen, lass uns die Stadt erkunden.«

Liliana strahlte. »Gerne!«

Eine breite Ziegelbrücke mit eisernen Laternen führte sie über das Gewässer und gab den Blick auf eine Reihe schmaler, hoher Häuser frei. Es waren viele Leute an diesem sonnigen Tag unterwegs. Auch einige Kutschen drängten sich durch die Straßen. Eine frische Brise verwehte den fauligen Geruch des Kanals und die Ausdünstungen der Zugtiere.

Sie spazierten einige Zeit über das Kopfsteinpflaster entlang der Kanäle. Hier befanden sich alle paar Schritte Steintöpfe mit blühenden Blumen, die ihren

Duft verströmten. Liliana bemerkte einige kleine Boote auf dem Wasser mit Pärchen darin. Junge Männer ruderten, während die Frauen in hellen Kleidern und mit Sonnenschirmen das schöne Wetter genossen.

Sie musste gegen ihren Willen kichern und hielt schnell die Hand vor den Mund, denn das schickte sich nicht für eine Dame. Zu viele Menschen waren hier unterwegs, die sie beobachten könnten.

Finlay sah sie von der Seite an. »Was ist derart amüsant?«

»So romantisch es gewiss wirken sollte ...« Sie zeigte auf das Gewässer. »... ich glaube, darauf können wir verzichten. Es erinnert mich an Beiboote beim Verlassen eines sinkenden Schiffs.« Sie musste an die Besatzung der *Red Shark* denken, die ähnlich ziellos umher gerudert war.

Finlay lachte. »Ich speise dich sicher nicht mit einem Ruderboot ab.«

Seine Schritte wurden ausfallender und Liliana ließ sich von ihm mitziehen. Seine offensichtlich gute Stimmung beflügelte ihr Herz. Dieser Spaziergang fühlte sich beinahe an wie ein gemeinsamer Tanz durch den Frühling. Sie wandten sich vom Wasser ab und tauchten in die weniger belebten Straßen ein. Liliana bewunderte die vielen Pflanzenkübel an den Häusern und die bunt angestrichenen Fassaden.

»Bis zum Park ist es ein Stück. Möchtest du eine Kutsche nehmen?«, fragte Finlay irgendwann.

»Nein, ich würde lieber laufen. Es tut gut, sich die Beine vertreten zu können nach der Zeit auf dem Schiff.« Sie genoss das Gehen neben diesem Mann zu sehr. Der Gedanke, in einer holperigen Kutsche über das Kopfsteinpflaster zu wackeln, war ihr im Moment eher unangenehm.

Finlay nickte. »Das sehe ich ebenso.«

Nach etwa einer halben Stunde Weg erreichten sie die von Finlay genannte Grünanlage. Die Luft wurde angenehm frisch, statt der Ausdünstungen von Kutschtieren duftete es hier nach Blumen und Gräsern, was Lilianas Frühlingsgefühle noch verstärkte. Sie schlenderten durch bunt bepflanzte Gärten und grüne Wiesenflächen. So angelehnt an Finlays starken Arm wollte sie ewig weiterwandern. Beschützt, verehrt, geliebt. Nun verstand sie, was die Poeten und Autoren von Romantik immer meinten. Der Duft der Blumen, die wärmende Sonne, das Zwitschern der Vögel ...

Die Sonnenstrahlen tanzten durch die Blätter der Bäume, die sich um diese Jahreszeit gerade mit frischem Grün aus den Knospen zwängten, und warfen verspielte Schatten auf ihre Kleider.

Liliana holte tief Luft, sie wollte diesen Tag im Ganzen in sich einsaugen. Am liebsten hätte sie die Arme ausgebreitet dabei. »Es ist so wundervoll hier mit dir.«

Finlay sah sie an und sein Blick nahm wieder diesen leicht frechen Ausdruck an. Doch er schien zu zögern.

Liliana runzelte die Stirn. »Womit haderst du? Sprich es aus! Du schaust wie ein kleiner Junge, der in der Kirche aus dem Klingelbeutel gestohlen hat, und mir nun einen Kuchen davon kaufen möchte.«

Finlay lachte prustend auf. »Deine Analogien sind durchaus besser als meine. Aber ganz so ist es nicht.« Er drehte sich zu ihr. »Hast du schon einmal Kaffee getrunken? Hier gibt es abgesehen von Wien den besten.«

»Nein, bisher noch nicht.«

»Hast du Lust, mit mir in ein Kaffeehaus zu gehen? Wir könnten dort auch etwas essen.«

Liliana stutzte. Das war es also. Sie kannte bisher eher unsittliche Gerüchte über diese Stätten. »Ist das für anständige Frauen nicht verboten?«

»Verboten nicht, ungewöhnlich ja.« Finlay schmunzelte. »Hier kennt dich doch keiner.«

Liliana legte die Stirn in Falten. »Aber dich offenbar?«

»Die Kaffeehäuser haben alle ihre eigene Klientel, es ist einer der geeignetsten Plätze, um an Informationen zu gelangen. Vertraue mir, ich würde dich nie in Gefahr oder gar Verruf bringen. Wenn du nicht mitkommen möchtest, gehe ich zu einem späteren Zeitpunkt.«

»Nein, ich würde gerne mit dir dorthin. Ich bin sowohl neugierig auf das Getränk als auch auf die Räumlichkeiten.«

Finlay lächelte glücklich. »Du wirst es nicht bereuen.«

Sie gingen in Richtung des Hafens zurück und bogen in eine kleine Gasse ein. Finlay führte sie zielstrebig zu einem der schmalen, hohen Steinhäuser mit rot-weißem Anstrich. Ein hölzernes Schild mit der Aufschrift »Koffie Huis« zierte den Eingang. Vor dem Gebäude luden vier Tische mit Stühlen Gäste zum Essen im Schein der Sonne ein, die jedoch an diesem Tag von niemandem in Anspruch genommen wurden.

Als sie das Innere betraten, musste sich Liliana zusammenreißen, nicht mit offenem Mund und den großen Augen einer Kuh durch den Raum zu starren. Die schmalen, geteilten Fenster ließen nicht viel Licht herein, doch die Leuchtkraft der wenigen Lampen an den Holzwänden wurde durch etliche Spiegel verstärkt.

Dennoch besaß die Stätte eine etwas düstere, wenngleich nicht ungemütliche Atmosphäre. An jeder der vier Wände hing eine große Uhr, sodass die Chronometer von jedem Tisch und jeder Blickrichtung abgelesen werden konnten. Zudem begegnete Liliana eine Wolke neuer Gerüche. Sie hatte geröstete Kaffeebohnen bereits in Graces Küche gerochen und fand dieses Aroma auf Anhieb betörend, doch hier duftete es weitaus intensiver. Dazu gesellte sich das süßliche Odeur von Tabak.

Die vielen Tische, die dicht beieinanderstanden, wurden von gemütlichen Sesseln umringt. Das Kaffeehaus war zu zwei Dritteln gefüllt, selbst an der Theke befanden sich Männergruppen, oft in Diskussionen oder – an den Tischen – gar ein Schachspiel vertieft. Einzelne Männer lasen in Zeitungen.

Liliana spürte die Röte in ihre Wangen steigen. Sie war eindeutig die einzige Frau in diesem Etablissement und die vielen männlichen, oft bärtigen Gesichter, die sich bei ihrem Eintritt neugierig zu ihnen drehten, beschleunigten ihren Puls. Sie klammerte sich an Finlays Arm, der beruhigend ihre Hand tätschelte.

Ein schlanker, großer Mann mit kurzen, hellbraunen Haaren und Schnauzbart stand hinter der Theke und putzte Gläser und Tassen mit einem Tuch trocken. Als er sie erblickte, schwang er den Lappen über die Schulter und hob grüßend die Hand. »Finlay. Freut mich«, sagte er auf Englisch.

Als wäre das ein Zeichen, dass keine Gefahr drohte, verfolgten die neugierig schauenden Anwesenden daraufhin wieder ihrer vorherigen Beschäftigung und ignorierten sie.

Finlay trat an die Theke. »Guten Abend, Bas, wie geht es dir?«

Der Wirt grinste breit, seine blauen Augen leuchteten. »Schlechten Menschen geht es doch immer gut. Wer ist deine neue Errungenschaft?«

Liliana stutzte und Finlay hob warnend den Zeigefinger. »Achte auf deine Worte, Bas, ich setze sehr große Stücke auf diese Dame. Darf ich vorstellen: Miss Liliana Preston.«

Bas öffnete kurz den Mund, schloss ihn wieder und musterte Finlay schief, als suche er nach einem versteckten Scherz. Dann schüttelte er den Kopf. »Du meinst ... etwas Ernstes?«

Finlay nickte. »Absolut.«

Der Wirt lachte und klatschte in die Hände. »Ha, unser Wildfang kommt wohl doch noch unter die Haube!« Er breitete feierlich die Arme aus. »Komm, setzt euch, der Kaffee geht auf mich.«

»Ich danke dir.« Finlay nickte und führte Liliana durch den Raum zwischen besetzten und leeren Tischen hindurch.

»Errungenschaft?«, raunte sie ihm stirnrunzelnd zu.

Finlay lächelte verschämt. »Dies ist für gewöhnlich ein Männertreff, da wird geredet und geprahlt ... bitte nimm dir derartige Bemerkungen nicht zu Herzen.«

Sie lachte leise. »Keine Sorge, ich bin gewiss nicht der Illusion erlegen, dass du vor meiner Bekanntschaft ein Musterknabe warst.«

»Wie gesagt, vieles wird unter Männern übertrieben dargestellt. Ich darf mich diesbezüglich vielleicht nicht als völlig unschuldig bezeichnen, war aber sicher auch kein wilder Weiberheld, bitte glaube mir das.«

Er verstummte, als sie die hintere Ecke erreichten. Hier – durch dunkle Strebebalken etwas geschützt – befand sich eine gemütliche Sitzecke mit Sesseln und einem Sofa. An dem Tisch, der acht Gästen Platz bot, saßen bereits drei Männer. Der eine schien noch recht jung und in Lilianas Alter zu sein, er hatte dunkle, lange Haare, die zu einem Zopf gebunden waren, und ungewöhnlich hellbraune Augen, deren Farbe an Bernstein erinnerte. Neben ihm saß ein leicht stämmiger Mann mit pechschwarzen, welligen Haaren, Vollbart und breitem Gesicht, den Liliana wie Finlay auf Ende Zwanzig, höchstens Anfang Dreißig schätzte. Der Dritte gegenüber den beiden war mit etwa Vierzig wohl der älteste. Er wirkte recht klein, schmal und trug einen Zwicker auf der etwas zu großen Nase. Sie alle waren elegant gekleidet in helle Hemden und seidene Stoffwesten. Die Mäntel aus Wolle oder Leder hingen über den Lehnen, jedoch trug keiner von ihnen eine Perücke, nicht einmal die Haare waren gepudert.

Alle drei schienen in eine Diskussion vertieft. Als sich Liliana und Finlay dem Tisch näherten, verstummten sie und sahen beinahe erschreckt auf.

Der jüngste von ihnen lächelte breit mit strahlend weißen Zähnen. Seine Züge wirkten freundlich. »Finn!«

Der Bärtige drehte sich im Stuhl zu ihnen herum und legte dabei den Arm auf die Rückenlehne. »Ich glaub es nicht«, rief er mit tiefer Stimme, ebenfalls auf Englisch. »Was treibt dich mit einem Weibsbild nach Hoorn? Geschäfte?« Er sah musternd zu Liliana.

Finlay hob die Hände. »Bevor ihr alle hier mich noch mehr in Verlegenheit bringt, möchte ich meine hochgeschätzte Begleitung vorstellen.« Er legte beschützend den Arm um sie. »Miss Liliana Preston.«

Die drei Männer schauten ähnlich irritiert wie der Wirt zuvor und Liliana wurde das Starren unangenehm, sie blickte beschämt zur Seite.

»Meine Güte, was sind wir für Banausen«, rief der Bärtige. Er erhob sich von dem Sessel, legte eine Hand auf seine Brust und deutete eine Verbeugung an. »Herzlich Willkommen in unserer Runde, Miss Preston, ich freue mich sehr, Sie kennenzulernen. Mein Name ist Johan Gous.« Die anderen beiden standen ebenfalls auf. »Dies sind Gustav Homeyer und Levi Süssmann.« Er wies erst auf den Jüngsten, dann zu dem schmalen Mann mit Zwicker.

Beide verbeugten sich höflich.

»Freut mich, Ihre Bekanntschaft zu machen.«

»Die drei sind gute Kameraden von mir«, erklärte Finlay. »Zusammen mit ein paar anderen. Wir kennen uns schon lange und treffen uns regelmäßig hier.«

»Setzen Sie sich doch bitte.« Mr Gous wies auf die grüne Couch gegenüber von ihm neben Mr Süssmann.

Finlay nickte ihr aufmunternd zu und sie nahmen zusammen darauf Platz. Sie sanken ungewöhnlich tief in das weiche Polster.

»Sag, wo hast du Alan und Ben gelassen?«, fragte Gustav nun. »Nicht, dass ich die neue Begleitung nicht zu schätzen wüsste ...« Er schmunzelte.

Finlays Blick wurde trüb. »Alan fiel im letzten Jahr auf See. Im Kampf gegen ein Piratenschiff.«

Betretenes Schweigen folgte. Gustav schluckte und fuhr sich dann mit den Händen über das Gesicht, als wolle er Emotionen unterdrücken. Levi wurde noch blasser, als er ohnehin schon war.

»Verdammt«, brummte Johan leise. »Das tut mir leid. Wie hat Ben das weggesteckt?«

»Nicht gut, aber ihm geht es wieder besser. Er wäre mitgekommen, besucht jedoch einen Kollegen in Den Haag.«

Gustav zwang sich zu einem Lächeln. »Immer noch so strebsam, der Bursche?«

»Du kennst ihn.«

»Piratenschiff.« Der junge Mann schüttelte den Kopf. »Das klingt für mich Landratte noch immer surreal. Ich kann mir dich kaum auf einem Schiff vorstellen – kenne dich schließlich nur auf dem Land –, geschweige denn in einer Seeschlacht gegen Piraten.«

»Es ist nicht mein täglich Brot, auf See Kämpfe auszutragen, Gus. Ich handle für gewöhnlich nur.« Finlay presste die Lippen zusammen. »Aber ab und zu ist es gefährlich dort draußen.«

»Auf!« Johan schlug mit der flachen Hand auf den Tisch. »Lasst uns nicht Trübsal blasen, dafür sehen wir uns zu selten. Habt ihr schon bestellt?«

Wie zum Zeichen kam der Wirt und stellte jedem von ihnen eine Tasse mit leicht dampfendem Kaffee vor die Nase.

Liliana betrachtete das schwarze Getränk in der edlen Porzellantasse. Ein heller Schaum umrandete es. Sie sog das Aroma in sich ein. Es roch nach fernen Ländern.

»Ich hoffe, du hast noch ein paar Säcke für mich«, sprach Finlay den Wirt an. »Meine Vorräte an Kaffee sind bis auf die letzte Bohne aufgebraucht.«

Bas nickte. »Für dich immer.«

Finlay sah zu ihr. »Trink ruhig. Es ist ein wenig wie Tee, nur anders.«

Sie hob die Tasse an den Mund. »Es duftet wundervoll.«

»Wenn es Ihnen zu bitter sein sollte, kann man auch Zucker oder Milch einrühren«, erklärte Gustav freundlich.

Liliana fiel auf, dass Levi nichts sagte. Konnte er womöglich kein Englisch?

Sie nahm einen Schluck. Es schmeckte streng und, wie der Mann gesagt hatte, ein wenig bitter. Doch nicht unangenehm.

»Wie lautet dein Urteil?«, fragte Finlay neugierig.

»Gewöhnungsbedürftig, aber nicht so schrecklich wie befürchtet.«

Finlay lachte und trank ebenfalls. Er lächelte genussvoll. »Eine sehr gute Röstung, ich habe den Kaffee vermisst.«

»Immerhin ist es mittlerweile erschwinglich und nicht mehr nur der Oberschicht vorbehalten«, meinte Johan. »Dank seefahrenden Händlern wie dir.« Er tippte sich wie zu Finlay salutierend an die Stirn.

Gustav nickte zustimmend. »Es kann nur von Vorteil sein, dass sich das Getränk etabliert und den Alkohol verdrängt. Alkohol führt zu oft zu Gewalt und Leid.« Er schnaubte. »Besonders in deutschen und preußischen Gebieten. Da wird selbst Kindern schon Biersuppe verpasst.«

»König Friedrich stellte das private Rösten von Kaffee sogar unter Strafe, doch zum Glück wird das oft ignoriert«, erzählte Johan. »Ich sagte es ja. Dem passt es nicht, dass Kaffee nun erschwinglich ist und nicht nur den Reichen vorbehalten. Der will es weiter teuer besteuern.«

»Ich bin der Überzeugung, da steckt mehr hinter den Verboten und dem Versuch, Kaffeehäuser in Verruf zu bringen«, sagte Levi und schob seine Sehhilfe auf der Nase zurück.

Liliana war ganz erschrocken, die stille Figur, die dort in der Ecke saß, auf einmal reden zu hören.

Seine Stimme klang ungewöhnlich fest und die Worte durchdacht. »Im Gegensatz zu Alkohol macht Kaffee den Kopf klar, nicht benebelt. Ich behaupte sogar, dass dieser Aufschwung der Wissenschaften und Aufklärung der Tatsache zugrunde liegt, dass die Menschheit von der dauerhaften Benebelung des Bierkonsums abkommt.«

»Aber Tee kann ebenso wirken.« Johan schüttelte den Kopf. »Ich fürchte dennoch, dass Kaffee nie den Rausch des Alkohols ersetzen kann.«

»Kaffeehäuser sind den Herrschern ein Dorn im Auge«, beharrte Levi. »Hier treffen sich Menschen aller sozialer Schichten, was ansonsten aufgrund strikter Trennung kaum möglich ist. In diesen Stätten zählen alle gleich. Die Gespräche und der Austausch mit anderen sowie die Möglichkeit, Zeitungen zu lesen, dienen der Bildung und der Zerstreuung. Das regt den Geist an. Hier trifft man Gelehrte, Künstler, Schriftsteller und Opponenten. Die Bezeichnung ›Penny University‹ kommt nicht von ungefähr.« Er hob wie ein Lehrmeister den Zeigefinger. »Sapere aude. Das sollte unser aller Leitsatz werden: Habe den Mut, dich deines Verstandes zu bedienen. Kennen Sie die neuesten Schriften Immanuel Kants, Miss Preston?«

Liliana schüttelte beschämt den Kopf. Sie ertappte sich dabei, den Mann mit offenem Mund anzustarren, und schloss ihn rasch wieder.

Gustav schien ihre Irritation zu bemerken. »Nun langweile die junge Dame doch nicht gleich mit deinen Philosophen, Levi.« Sein breites Lächeln wirkte einladend und freundlich. »Erzählen Sie, Miss Preston, wie lernte eine Dame wie Sie einen Herumtreiber wie unseren Finn kennen?«

Finlay drohte mit einem Finger. »Achte auf deine Worte, Gus.«

Liliana drückte lächelnd dessen Hand. »Bedenke, dass dir die Umstände unserer ersten Begegnung keinen Heiligenschein aufsetzen.« Die ungewöhnliche und doch gemütliche Stimmung zusammen mit dem Kaffeegenuss lösten ihr Mundwerk.

»Die Ursache unseres Kennenlernens war in der Tat nicht die löblichste für mich.« Er blickte fragend zu Liliana.

Sie nickte. »Erzähle es ruhig, es ist kein Geheimnis.«

Er sog die Luft zwischen den Zähnen ein. »Liliana ist Jacks uneheliche Tochter.«

Johan riss die Augen auf. »*Der* Jack? Jacob Farson?«

Finlay nickte.

»Oha.«

»Johans Bruder diente damals als Bootsmann auf der *Black Hound*«, erklärte Finlay an Liliana gewandt. »Über ihn lernten wir uns kennen, als Pieter mich hier in Hoorn in Kneipen schleppte.«

»Einer meiner fünf älteren Brüder.« Der Niederländer lachte. »Wir haben uns leider nie gut verstanden, Pieter drangsalierte mich stets. Das einzig Gute an ihm ist, dass er mir Finlay vorstellte.«

»Was macht dein Bruder heute eigentlich?«, fragte Finlay.

»Er dient wohl noch immer auf Schiffen.« Johan schüttelte den Kopf. »Was schert es mich. Es ist mir gleich, wo dieser Halunke heute herumsegelt, solange er so schnell nicht zurückkommt.«

Gustav rutschte nervös auf seinem Sessel hin und her. »Kein Aufhalten mit Nebensächlichkeiten, wir wollen die gesamte Geschichte hören! Schon Voltaire sagte: Die Liebe ist ein Stoff, den die Natur gewebt und die Phantasie bestickt hat.«

Finlay blickte schmunzelnd zu Liliana. »Gustav ist dem Wahn des Zitierens erlegen. Ob treffend oder nicht, scheint nebensächlich.«

»An solch einem Wahn ist nichts Unangenehmes.« Liliana wandte sich dem jungen Mann zu. »Ich wurde von Piraten entführt, die meinen Vater erpressen wollten. Finlay rettete mich rechtzeitig aus deren Fängen.«

Gustavs Augen weiteten sich zusammen mit seinem Mund. »Das klingt wie aus einem Drama.«

Johan grinste Finlay breit an. »Gib es zu! Du Gauner wolltest Jack ausnehmen!«

»Das war der ursprüngliche Plan.« Er kratzte sich am Hals. »Aber Liliana machte mir einen gehörigen Strich durch die Rechnung.«

Der Niederländer lächelte wissend. »Sie umgarnte dich?«

Finlay lachte trocken auf. »Damit hätte ich umgehen können. Nein, sie war einfach ...« Er sah sie an. »... erstaunlich.«

Liliana spürte diesen Blick bis in ihr Herz dringen. Sie drückte lächelnd seine Hand.

»Ich fürchte, mehr werden wir aus den beiden Turteltauben nicht mehr herausbekommen. Die scheinen in ihrer eigenen Welt versunken«, hörte sie Gustav sagen.

Sie riss ihren Blick von Finlay los und sah in die Runde. Johans Stirn war in Falten gelegt. Gustav grinste breit und Levi blickte sie stumm, aber erwartungsvoll mit erhobenen Brauen an.

»Kurz gesagt, sie verhielt sich in keinster Weise so wie meine anderen *Passagiere* und brachte mich mit ihrer freundlichen, aber dennoch rigorosen Art dazu, meine bisherige Lebensweise zu überdenken«, endete Finlay schließlich.

»Alle Achtung«, sagte Johan. »Das ist in der Tat erstaunlich. Und *Blackhound* lässt diese Liaison zu?«

Gustav lachte. »Zumindest lebt unser Finn noch.«

»Bitte bekommen Sie keinen falschen Eindruck von meinen Freunden, Miss Preston, Ihr Vater verdient unsere Achtung«, warf Levi mit seiner ruhigen, durchdachten Art ein. »Er ist ein Mann der Tat, der für seine persönliche Freiheit und der anderer einsteht. Ein Aufklärer wie wir.«

»Danke, Mr Süssmann.«

Seine eher steife Art wirkte auf sie wie ein Schullehrer. War er womöglich gar einer? »Europa ist im Umbruch. In Frankreich steigert sich der Unmut der Bevölkerung täglich. Der Adel kann uns nicht mehr lange kleinhalten. Jeder Mensch ist gleich und sollte dieselben Rechte innehaben.«

Gustav schüttelte den Kopf, doch es war mehr ein Nachdenken als eine Verneinung. »Die Vernunft ist die

Magd der Gefühle, das sagte schon David Hume«, meinte er. »Hier stellt sich die Frage, ob eine kriegerische Revolution wirklich eine Lösung ist oder gar alles verschlimmert. Ich bin da unschlüssig. Ein wütender Pöbel, der lernt, dass Gewalt den gewünschten Erfolg bringt, könnte seine neugewonnene und ungewohnte Macht ähnlich missbrauchen wie Adel und Klerus.«

»Gus hat recht.« Johan rieb sich über den Bart. »Gewalt ist wie ein Stein in den Bergen. Einmal ins Rollen gebracht, ist er schwerlich zu stoppen.«

»Darf ich dich irgendwann einmal zitieren?«, unterbrach Gustav grinsend.

Johan warf ihm nur einen vielsagenden Blick zu. »Einen Niederländer, der von Bergen erzählt? Damit klingst du gewiss glaubhaft!«

Gus lachte amüsiert und Johan fuhr mit seiner Rede fort: »Wir sollten weiter mithilfe von Büchern und Überzeugungsarbeit den Druck auf die Regierenden erhöhen, endlich auch der unteren Bevölkerungsschicht eine politische Stimme zu geben. Ich fürchte, mit einem Krieg sterben nur mehr Unschuldige.«

»Aber sie sterben nicht grundlos und im Falle eines Sieges befreit es viele zukünftige Leben aus dem Joch des Absolutismus«, beharrte Levi. »Auch die Staaten von Amerika haben sich gewaltsam aufgebäumt und so den Unterdrücker mit Erfolg abgeworfen. Der Adel wird seine Macht niemals freiwillig aufgeben, noch weniger der Klerus. Beide lachen über unsere Schriften, halten uns klein und lassen das Volk hungern, während sie selbst prassen. Es ist höchste Zeit für eine Wende.«

»Levi, so sehr ich deine Ansichten teile, würde ich dich doch bitten, deine Stimme etwas zu dämpfen.« Johan sah sich hektisch um. »Noch gelten andere Gesetze, auch hier.«

Liliana horchte erstaunt auf. »Ist eine Revolution gegen den König geplant in Frankreich?«

»Es gibt Unruhen, ja«, antwortete Finlay ernst. »Aber ob es tatsächlich zu einem Aufstand kommt, ist noch lange nicht gesagt. Meist werden diese Aufrührer schnell aufgelesen und mundtot gemacht.«

Der letzte Satz beunruhigte sie. War das, was hier gerade geschah, nicht auch schon Aufwiegelung?

»Sie als Engländerin muss das nicht allzu sehr beunruhigen«, sagte Gustav sanft, als er ihre erschreckte Miene sah. »Obgleich er sich noch heute als König von Frankreich bezeichnet und aus dem Hause Hannover stammt, wird Ihr König George gewiss nicht mitmischen. Ihr Land leckt sich noch die Wunden des teuren und verlorenen Unabhängigkeitskriegs.«

»Ja, und was ist die Konsequenz, dass sich England und Frankreich so hoch verschuldeten im Krieg?«, fragte Levi mit leiserer Stimme als zuvor. »Eine Erhöhung der Steuern, damit die Monarchen weiter in Saus und Braus leben können. Diese Zurschaustellung deren Reichtümer, während die Bevölkerung weiter verarmt, ist zutiefst beschämend. Jeder, der hierbei untätig zusieht, macht sich schuldig.«

Gustav nickte. »Was sagte der englische Sprachforscher Samuel Johnson: Nichtstun liegt in der Macht eines jeden.«

Liliana hob verwundert die Brauen. Diese Männer sahen nicht so aus, als kämen sie aus armen Verhältnissen. Dennoch sorgten sie sich um die untere Bevölkerungsschicht und kämpften gegen Ungerechtigkeit.

Nichtsdestotrotz machte sich Unwohlsein in ihr breit. Gegen die Machthaber zu wettern, konnte jemanden ins Gefängnis bringen ... sicher auch in einem fremden Land wie diesem. Sie wollte mehr über die Umstände wissen und sich gleichzeitig heraushalten aus der gefährlichen Politik. Ein gänzlich neues Gefühl überkam sie, Furcht und Aufregung zugleich.

Als sie am Abend zusammen das Kaffeehaus verließen, fühlte sich Liliana wie in einem Rausch. Es war tatsächlich ein wenig wie Alkohol, nur dass man einen klaren Kopf behielt, wie dieser Levi sagte. Ihr Herz flatterte wie ein aufgeregter Vogel und sie wollte am liebsten ihre Arme wie Flügel ausbreiten und durch die Straßen rennen. Sie hielt sich an Finlays Oberarm fest und musste sich zusammenreißen, nicht beschwingt zu springen anstatt zu laufen. »Das war ein wundervolles Erlebnis, danke.«

Finlay blieb ernst. »Es beruhigt mich sehr, dass dir der Abend gefallen hat. Es ist ein wenig wie ein zweites Leben von mir, das ich nicht vor dir verheimlichen wollte. Ich bangte jedoch, ob dir meine Freunde zusagen würden. Sie sind etwas ... speziell.«

»Ich mag sie sehr. Es ist durchaus ungewohnt, sich mit einer Gesellschaft reiner Männer zu unterhalten, aber es war doch so viel interessanter als die langweiligen Themen der Frauengruppen bei den Festlichkeiten.« Sie seufzte. »Warum wurde ich nur als Frau geboren?«

Finlay lachte laut auf. »Als Mann gefielst du mir weit weniger.« Er schmunzelte. »Auch in Männergruppen geht es häufig um weniger anspruchsvolle Themen wie Jagd, Geschäfte oder Errungenschaften in Kriegen, besonders in England. Es liegt immer an der Gesellschaft selbst, mit der man sich umgibt.«

»Ich fürchte, niederländische Kaffeehäuser wandeln sich noch zu meinen Lieblingsstätten.« Ihre Mutter würde platzen, erführe sie davon. Liliana kicherte in sich hinein, dennoch erfüllte sie auch ein gewisser Stolz. Sie hatte mit einer Gruppe Männer über Politik diskutiert, es gab ihr das Gefühl, weltgewandt zu sein ... sowie ein wenig verwegen.

Finlay schwieg eine Weile. Er hielt unter einer Straßenlaterne an, drehte sich zu ihr und umfasste ihre Hände. Der Blick seiner dunklen Augen im schwachen Schein der Lampe ließ ihren Körper beben.

»Ich kann es noch immer nicht glauben, eine solch wundervolle Frau in meinen Armen halten zu dürfen«, sagte er mit sanfter Stimme. »Ich fürchte jede Sekunde, ich wache auf und dies war alles nur ein Traum.«

Liliana lächelte. »Mir geht es ebenso. Ich bin so glücklich gerade. Ich wünschte, dieser Tag würde nie vergehen.«

Finlay hob ihre Hände an seinen Mund und küsste sie sanft auf die Finger. Er sah ihr lange in die Augen, ohne etwas zu sagen. Liliana konnte ihren Blick nicht abwenden, auch wenn ihre Knie weich wurden.

»Ich würde gerne für immer an deiner Seite sein«, flüsterte er dann.

Liliana schluckte, ein enges Band um ihre Kehle verhinderte, dass sie ein Wort sagte.

Finlay behielt eine Hand in seiner und beugte das Knie. Lilianas Herz setzte einen Schlag aus, als sie den Mann, den sie liebte, vor sich niederknien sah. Das Band schnürte sich enger.

Er blickte sie mit seinen braunen Augen an. »Liliana Preston, willst du meine Frau werden?«

Sie sackte vor ihm zu Boden auf das Pflaster. Ihre Augen füllten sich mit Tränen. »Ja«, kam es heiser, fast flüsternd aus der engen Kehle. Sie fiel in seine Arme.

Finlay erhob sich und zog sie hoch auf die Beine. Seine Lippen bebten, als sie die ihren berührten.

»Ich liebe dich!«, sagte er nach dem Kuss. »Ich habe das Gefühl, mein ganzes Leben nur auf dich gewartet zu haben.«

»O Finn!« Ihr gesamter Körper zitterte vor Glück. Sie wollte ihn, nur ihn, und keinen anderen Mann auf der Welt.

Sie hielten sich fest im Arm. Liliana sog seinen Geruch ein und spürte, wie er ihren Geist benebelte. Sie war so unbeschreiblich glücklich.

Irgendwann löste er sich von ihr und sah sie tief an. »Ich kenne eine wunderschöne, kleine Pension hier in der Nähe. Lass uns dort heute Abend ein Zimmer mieten.«

»Du meinst ... eines gemeinsam?«

Finlay nickte. »Ich wäre gerne heute Nacht mit dir zusammen, nicht so beobachtet wie auf dem Schiff. Keine Sorge, ich werde dich zu nichts drängen, deine Nähe alleine würde mir genügen.«

Ihr Herz raste. War sie derart nervös oder spürte sie nur die Auswirkungen des Kaffees? »Einverstanden.«

Sie atmete tief durch. Etwas mulmig war ihr bei dem Gedanken schon, mit einem Mann ein Bett zu teilen.

Finlay lächelte glücklich und führte sie durch weitere Häuserreihen, bis sie ein schmales, hohes Gebäude mit weißem Anstrich erreichten.

Auch hier wurde er von dem Mann des Hauses freundlich begrüßt. Diesmal unterhielten sie sich auf Niederländisch. Liliana staunte, wie gut Finlay diese Sprache beherrschte. Von den Wortfetzen, die sie verstand, machte es den Anschein, als stellte er sie als seine Frau vor. Einerseits erleichterte sie das, denn in Verruf geraten wollte sie auch in einer fremden Stadt nicht. Andererseits ließ diese Lüge sie noch nervöser werden. Ihre Finger rangen wild miteinander und sie hoffte inständig, der Mann bemerkte dies nicht.

Finlay hingegen wirkte locker und fröhlich. Er nahm den Schlüssel entgegen, bot ihr den Arm und führte sie eine schmale Treppe hinauf.

»Du kannst die Landessprache?«, fragte sie bewundernd.

Finlay nickte. »Nicht fließend, aber ich bin oft genug hier, da bleibt viel hängen. Die meisten meiner Bekannten können jedoch Englisch oder zumindest Französisch.«

Das Zimmer war klein, aber sehr gemütlich eingerichtet mit vielen bunten Kissen auf dem breiten Bett. Liliana spürte Hitze in ihre Wangen treten, als sie die einzelne Lagerstätte betrachtete.

Finlay drehte sich zu ihr. »Wenn du möchtest, schlafe ich mit einer Decke auf dem Boden.«

»Nein ... ich ...« Puh, dieses Unterfangen stellte sich nun doch als komplizierter dar als erhofft.

Finlay trat auf sie zu und legte seine Arme um ihre Taille. Er sah ihr tief in die Augen. »Ich werde ganz gewiss nichts gegen deinen Willen tun. Genieße es«, hauchte er leise an ihre Wange, sodass sein warmer Atem ihre Haut kribbeln ließ. »Denke nicht, fühle! Gib dich gänzlich dem Moment hin. Es ist nichts Verwerfliches daran. Du musst dich auch nicht sorgen, es wird nichts von Konsequenzen geschehen.«

Die sanfte Stimme dicht an ihrem Ohr ließ ihren Geist wie ein Karussell rotieren. Sie spürte noch immer ihr Herz in ihrem Brustkorb herumspringen wie ein junges Pferd auf der Weide, ebenso erfüllte eine angenehme Wärme ihren Körper. »Küss mich!«, flüsterte sie.

Finlay kam dem Wunsch nach, anfangs sanft, dann immer leidenschaftlicher. Zärtlich zupften seine Zähne an ihrer Unterlippe. Als seine Zunge folgte, schwanden ihr beinahe die Sinne. Ohne nachzudenken, schob sie sein Hemd nach oben und ließ ihre Hände über den bloßen, muskulösen Brustkorb gleiten. Finlay unterdrückte ein Stöhnen, er zog das Hemd über den Kopf, ohne seine Lippen länger als dafür nötig von den ihren zu nehmen. Sie selbst entledigte sich ihres Oberkleides. Seine Hände glitten an ihre Brüste. Sanft, doch auch fordernd, streichelte er sie über dem Stoff. Lilianas Leib fühlte sich an wie von Blitzen getroffen, auch ihr entwich ein leises Ächzen. Finlay küsste ihren Hals und seine Lippen wanderten langsam den Nacken entlang.

»Ich liebe dich, Liliana! Mehr, als ich es je in Worte fassen könnte.« Er bedeckte sie weiter mit Küssen, die ihren Körper elektrisierten. Seine Hände glitten an ihren Rücken und er öffnete die Schnürung des Kleides. Liliana ließ den störenden Stoff über ihre Schultern nach unten gleiten. Ihr war alles gleich, sie wollte sich völlig diesem Rausch hingeben, ohne die Vernunft an sich zu lassen. Ihre Hände glitten an Finlays Hosenbund.

»Vorsicht«, warnte er flüsternd.

»Ich weiß Bescheid.« Sie lächelte beschämt. »Auch Frauen reden, nicht nur ihr Männer.«

***

Am nächsten Morgen wurde sie früh von der Sonne geweckt. Sie öffnete die Augen und blickte auf den unbekleideten Männerkörper neben sich. Liliana lächelte. Wie wunderschön er war. Die muskulöse, kaum behaarte Brust, das fein gezeichnete Gesicht, das im Schlaf noch sanfter wirkte, von blonden Haarsträhnen überdeckt. Ihr klopfendes Herz jubilierte, als sie sich an die letzte Nacht erinnerte. Die Leidenschaft zwischen ihnen, die ungeahnte Erregung, die ihren Körper überwältigt hatte. Das Brennen, Sehnen und schließlich die Explosion. Allein durch seine Liebkosungen. Das Erfahrene stellte jegliche Schwärmerei ihrer Freundinnen darüber in den Schatten. Wie es sich wohl anfühlen würde, wenn sie einen Schritt weiter gingen?

Sie erinnerte sich an die unschöneren Erzählungen einiger frisch verheirateter Mädchen aus dem Dorf, die ihr so viel Angst vor diesem Moment bereitet hatten. Sie redeten von Schmerzen beim ersten Mal, machten sich über die Männer lustig oder sprachen gar von Ekel vor dem eigenen Gatten. Nichts von all dem konnte sie nun nachvollziehen oder auch nur glauben. Alles, was sie in ihrem Herzen spürte, waren Leidenschaft und weiteres Verlangen.

Sie beugte sich über Finlays Gesicht und küsste ihn sanft wach.

Er öffnete blinzelnd die Augen und lächelte. »Ich möchte gerne den Rest meines Lebens so geweckt werden«, flüsterte er und zog sie an sich.

Liliana schmunzelte. »Dies versprach ich dir gestern doch bereits.« Sie legte ihren Kopf auf seine bloße Brust und lauschte dem beruhigenden Schlag seines Herzens. Der gestrige Tag ging ihr erneut durch den Kopf. So viel war geschehen! Der Spaziergang durch Hoorn, das Kaffeehaus, Finlays Freunde, sein Heiratsantrag ... die folgende Nacht!

»Das war der schönste Tag meines bisherigen Lebens«, flüsterte sie schwärmend.

Finlay strich ihr lächelnd über die Haare. »Lass uns noch einen ganzen Tag hier verbringen. Einfach zu zweit.«

»Gerne. Aber wird deine Mannschaft dich nicht vermissen?«

»So schnell nicht. Ezekiel ist es gewohnt, dass ich in Holland für mehrere Tage versacke.«

Liliana hob die Brauen, sagte aber nichts dazu.

***

Ein weiterer wunderbarer Tag folgte. Sie spazierten durch Hoorn, kosteten diverse niederländische Spezialitäten, lachten und scherzten. Stunden, die nur ihnen beiden gehörten, ohne Arbeit, ohne Regeln oder gesellschaftliche Zwänge. Für Liliana gab es nur Finlay und sie in dieser Welt. Es war wie in einem wundervollen Traum.

Erst am darauffolgenden Morgen gingen sie zurück zur *Alecto*, die friedlich im Hafen vertäut lag. Ihr war, als wäre statt zwei Nächten ein Jahr vergangen. Sie fühlte sich nach diesen Erlebnissen verändert. Erwachsener. Dennoch zog der Anblick des Schiffes sie magisch an. Sie wollte wieder die zügellosen Wellen unter sich spüren, die salzige Luft im Gesicht und den Wind in ihren Haaren.

Ezekiel stand auf der Brücke und begrüßte sie mit erhobener Hand und gewohnt ausdrucksloser Mimik.

Sie stiegen die kleine Treppe hinauf zu ihm.

»Wie sieht es aus?«, fragte Finlay.

»Wir haben einen Großteil der Waren bereits in den Frachtraum geladen«, erklärte er. »Einige Dinge fehlen noch, sollten aber bis zum Ende der Woche ankommen.«

»Gut, gib mir die Liste, ich gehe sie gleich mit Liliana durch. Falls Bas mit ein paar Säcken Kaffee kommt, du weißt Bescheid!«

Ezekiel nickte. »Klar.«

Finlay nahm die Liste entgegen und Liliana folgte ihm in den kleinen Arbeitsraum.

»Was meintest du damit?«, fragte sie.

»Der Kaffee ist privat für den Eigenbedarf, daher wird er nicht versteuert. Allerdings sollte man ihn bei einer eventuellen Inspektion nicht gleich finden an Bord. Einige Länder reagieren da etwas penibel.«

»Du meinst, Kaffee kann als Schmuggelware angesehen werden?« Sie erinnerte sich an die Anklage damals.

Ein enges Band zog sich um ihren Brustkorb, als das Bild aus dem Gefängnis vor ihrem geistigen Auge erschien: ihr Liebster verwahrlost und in Ketten gelegt. Nein, das durfte nicht noch einmal geschehen!

Finlay hob abwehrend die Hände. »Wenn ich die Steuern umgehen und ihn weiterverkaufen würde, ja. Aber ich werde mich hüten, solch gute Bohnen aus der Hand zu geben. Wie gesagt, es ist alles rechtens, nur hat die Fracht leider einen unberechtigt schlechten Ruf.« Er hob den Zettel. »Lass uns zusammen die Liste mit der bestellten Ware durchgehen. Ich werde die nächsten Tage noch einiges an Käse, Pfeffer und anderen Gewürzen günstig einkaufen hier, die hoffentlich in Hamburg reißenden Absatz finden.«

»Ich dachte, es sei zurzeit eher schwierig, in den Niederlanden Ware zu kaufen.«

»Ja, die Regression schreitet durch den Verlust einiger Kolonien mit schnellen Schritten umher. Das bedeutet jedoch nicht immer zwangsläufig teurere Ware. Zum einen werden überall die Steuern erhöht oder penetranter eingetrieben, zum anderen wird der Hafen hier in Hoorn für ausländische Händler uninteressanter. Dieser Standort hat sein goldenes Zeitalter hinter sich und verarmt. Daher ziehen viele Kaufleute weg und leeren ihre Lager. Trotz des Mangels kann man so recht gute Geschäfte machen.«

Liliana runzelte die Stirn. »Heißt das, du nutzt die schlechte Lage zu deinem Vorteil aus? Ist das nicht genau das, was deine Kameraden in dem Kaffeehaus anprangerten?«

Finlays Blick verdüsterte sich. »Ich handele sie nicht zu Tiefpreisen hinunter. Sie wollen schnell verkaufen, um die Ware loszuwerden, und ich biete ihnen einen fairen Preis. Dadurch kann ich den Käufern in Hamburg auch bessere Konditionen bieten, die Menschen dort benötigen die Waren. Für größere Wohltätigkeiten reicht es nicht, dann könnte ich bald meine Männer nicht mehr bezahlen. Aber sei unbesorgt, mit diesen Händlern arbeite ich schon lange und vertrauensvoll zusammen. Sie haben sich in den letzten Jahren vor dem Krieg eine goldene Nase verdient und enden ganz gewiss nicht am Hungertuch.«

Liliana atmete tief durch. »Ich fürchte, ich bin keine sehr gute Geschäftsfrau.«

»Überlasse das Verhandeln mir, du musst lediglich die Listen führen.«

***

Eine Kutsche fuhr vor und ein müder, aber sichtlich gut gestimmter Ben Hurley stieg aus. Er bezahlte den Kutscher und lief fröhlich an Bord.

Der Arzt zog den Hut, als er sie sah. »Finlay. Miss Preston.«

»Du siehst erholt aus«, begrüßte Finlay ihn.

»Ich hatte eine wundervolle Zeit, die Reise lohnte sich.« Er zeigte auf seine Tasche. »Mein Kollege schenkte mir sogar einen menschlichen Schädel aus Blumenbachs Sammlung.«

Finlay hob die Brauen. »Das Ding bleibt in deiner Kammer, verstanden?«

Ben grinste breit und tätschelte beinahe zärtlich die Ledertasche. »Keine Sorge, das ist rein wissenschaftlich.«

»Schöne Grüße von Johan, Gustav und Levi, sie fragten nach dir.«

Der Arzt seufzte. »Ich bedaure sehr, diesmal keine Zeit für unsere Freunde gehabt zu haben.«

Finlay klopfte ihm auf die Schulter und drehte sich dann zu Ezekiel. »Bereitmachen zum Ablegen, dann können wir noch mit der Flut in See stechen.« Er sah zu Liliana. »Hamburg ist ein Binnenhafen, allerdings steuerfrei. Er hat im Gegensatz zu London keine Schleusen, sodass wir verstärkt auf die Gezeiten achten müssen, besonders mit vollem Frachtraum. Die Einfahrt ist nur bei einlaufender Flut möglich.«

»Und die Abfahrt bei auslaufender, nehme ich an?«

Finlay nickte. »Bei ablaufendem Wasser, also beginnender Ebbe, ja.«

Hamburg, Deutschland

Mai 1786

Die *Alecto* steuerte die Elbe entlang bis Hamburg. Liliana stand an der Reling und betrachtete die Wiesen und Wälder am Rand des breiten Flusses. Es herrschte reger Schiffsverkehr, sodass der Steuermann persönlich das Ruder übernahm und die Bark in den Binnenhafen lotste.

Finlay brachte mit Ezekiel und Brian die Waren zu den Händlern, während Liliana an Bord blieb, um sich mit den Listen vertraut zu machen. Ein seltsames Gefühl überkam sie, als sie sich an Finlays hölzernen Schreibtisch setzte und Papier und Tintenfeder zur Hand nahm. Der Geruch der Tinte und das leichte Kratzen der Feder auf dem Pergament gaben ihr das Gefühl, eine wichtige Aufgabe auferlegt bekommen zu haben. Diese wollte sie nun auch mit höchster Sorgfalt erfüllen. Sie fertigte Tabellen über die Waren, Einkäufe und Verkäufe, die danach mit Datum, Ein- und Ausgaben ausgefüllt werden konnten.

Sie war derart in ihre neue Arbeit vertieft, dass erst Finlays Rückkehr sie in den kleinen Raum zurückholte.

Liliana sah vom Schreibtisch auf und tunkte erwartungsvoll die Feder in das Tintenfass. »Wie liefen die Verkäufe?«

Finlay lächelte breit. »Besser als erhofft. Die Waren wurden uns regelrecht aus der Hand gerissen. Ich musste aufpassen, nicht aus Versehen die Kleidung an unserem Leib mit zu verkaufen.«

Liliana lachte. »Das wäre ein herrliches Bild gewesen.«

»Ich kaufte einige Ballen an Baumwolle ein und Kisten mit Porzellan aus Meißen, für die ich in England Abnehmer habe.«

»Sind diese Dinge nicht sehr teuer?«

»Ja, besonders das Porzellan. Hier müssen wir extrem achtgeben, dass nichts kaputtgeht.«

»Dann hast du den ganzen Gewinn bereits wieder neu investiert?«

Finlay nickte. »So funktioniert Handel.«

Nachdem alles eingetragen und schriftlich festgehalten war, gingen sie zusammen von Bord, um sich Hamburg anzusehen.

Der Hafen selbst ähnelte anderen und es herrschte reges Treiben. Karren drängten sich gemeinsam mit Matrosen und Arbeitern durch die Gassen. Auf dem großen

Markt boten Fischer, Farmer und Händler ihre Waren feil.

»Kai ist aus Hamburg«, fiel Liliana ein. Die Sprachfetzen, die sie hier vernahm, erinnerten sie an seinen Akzent.

Finlay nickte. »Ich weiß. Seine Familie besitzt eine gutgehende Bäckerei hier.«

»Wieso geht ein erfolgreicher Bäckerssohn zur See?«

»Einige private Gründe. Er wurde einer Frau versprochen, die er ablehnte.«

Liliana hob die Brauen. »Du weißt ja viel über ihn«, bemerkte sie verwundert. Bisher wirkten die beiden nie besonders eng vertraut.

»Wir verstanden uns recht gut damals auf der *Black Hound*. Ich bat ihn später, mit mir zu kommen. Er blieb jedoch bei deinem Vater, was mich anfangs etwas enttäuschte. Heute verstehe ich seine Gründe, doch der unausgesprochene Vorwurf blieb wie ein tiefer Burggraben zwischen uns bestehen.«

»Schade.« Sie sah auf. »Wieso widersetzte er sich der Heirat? War die Frau so schrecklich?«

Finlay schmunzelte. »Ich denke, bei Kai hat es andere Gründe, doch das soll er dir besser selbst erzählen.«

Liliana runzelte die Stirn. Deutete er etwa an, der Zimmerer würde sich nicht zum weiblichen Geschlecht hingezogen fühlen? Sie ließ den aufkommenden Gedanken nicht weiter an sich heran. Es war schließlich nichts, in das sie ihre Nase stecken musste. Damit würde sie nur ihrer Mutter ähneln.

***

Am Abend stand sie wieder mit Finlay zusammen an Deck und warf einen letzten Blick auf die Hafenstadt.

»Die Flut geht«, bemerkte Finlay und legte die Hände an den Mund. »Leinen los und Segel setzen!«, rief er seiner Mannschaft zu. »Wir legen ab.«

»Halt!«, brüllte eine Stimme vom Pier.

Liliana drehte sich verwundert um und sah einen heftig winkenden Mann mit dunklen Haaren an der Anlegestelle stehen. Er trug einen grauen Mantel über dem linken Arm und einen kleinen Koffer in der anderen Hand. Es dauerte eine Weile, bis sie ihn erkannte.

»Gustav?«, rief Finlay erstaunt. »Ewan, lass ihn an Bord!«

»Aye, Kapitän.« Der Angesprochene tat wie ihm befohlen und schob den hölzernen Steg noch einmal aus, doch Gustav zögerte. Er drehte sich immer wieder suchend um.

»Was ist? Wir haben nicht viel Zeit!«, rief Finlay ungeduldig.

Gustav wurde zunehmend nervöser, er wippte von einem Bein auf das andere, betrat das Schiff aber nicht. »Warte!«

Finlay runzelte die Stirn. »Worauf?«

Die Antwort kam bereits keuchend angelaufen, bevor Gustav antworten konnte. Seinen Hut auf dem Kopf haltend, die Ledertasche unter dem Arm, hastete der schmale Levi den Pier entlang.

Finlay stutzte. »Was? Du auch?« Er seufzte. »Freunde, ich freue mich und bin zugleich verwundert, euch zu sehen, aber ich muss wirklich ablegen und das offene Meer erreichen, bevor die Gezeiten wechseln!«

»Wir wollen dich nicht aufhalten«, rief Gustav und wartete, bis der schmächtige Levi ihn erreicht hatte und sich schwer schnaufend auf den Oberschenkeln abstützte. »Wir möchten gerne mitfahren.«

»Was?«

Die beiden kamen nun den Steg herauf. Levi noch immer deutlich außer Atem.

Liliana lief auf sie zu. »Wie schön, Sie beide zu sehen!«

Gustav lächelte breit und deutete eine Verbeugung an. »Es ist mir ebenfalls eine große Freude, Miss Preston.«

Auch Levi zog seinen Hut. Schweiß perlte auf seiner Stirn.

Finlay hingegen stand mit gesenkten Brauen und verschränkten Armen vor ihnen. »Ich kann also ablegen? Ihr wollt mit nach England?«

Gustav nickte hektisch. »Ja, bitte, ich erkläre dir alles unterwegs.«

Er runzelte die Stirn. »Ich habe allerdings nur noch eine Kabine für Gäste frei, die des ehemaligen Quartiermeisters. Ich wollte sie eigentlich Red überlassen. Er wird zwar nicht erfreut sein, aber es ist ja nur für kurze Zeit.«

Gustav winkte ab. »Mache dir wegen uns bitte keine Umstände, wir schlafen auch unter Matrosen auf Hängematten, das ist uns gleich.«

Liliana überlegte, ob sie ihre Kabine anbieten sollte und mit in Finlays ziehen. Doch dies zu fragen, traute sie sich öffentlich nicht, ohne verheiratet zu sein. Womöglich wäre es ihm auch gar nicht recht.

»Nein, ihr seid meine Freunde und Gäste«, sagte dieser. »Es wird eng, aber so habt ihr eine Möglichkeit des

Rückzugs.« Er gab Ezekiel einen Wink und die Männer lösten die Leinen und hissten die Segel. »Lasst und nun runter in die Messe gehen und alles besprechen.«

Bevor sie die Treppe erreichten, stürzte Ben ihnen entgegen und begrüßte die beiden Gäste überschwänglich. »Also habe ich mich nicht verhört! Gustav! Levi! Wie schön, euch zu sehen.«

Finlay wandte sich an ihn. »Ben, kannst du bitte Joshua sagen, er soll uns Kaffee machen? Danach komme bitte auch zur Messe.«

Ben nickte fröhlich und ging.

Wenig später saßen sie alle zusammen mit einem Becher dampfenden Kaffee am Tisch. Liliana fand den Geruch dieses Getränks noch immer sehr betörend. Allein wohl auch aufgrund der schönen Erinnerung, die sie nun damit verband.

»Wir entschuldigen uns vielmals für den Überfall«, begann Levi mit seiner lauten, klaren Stimme. Sie fühlte sich sofort zurück in das Kaffeehaus in Hoorn versetzt, nur dass nun Ben am Tisch saß anstelle von Johan. »Es war uns trotz Eile leider nicht möglich, früher in Hamburg anzukommen. Zum Glück erwischten wir dich noch.«

Finlay nickte. »Um wenige Sekunden. Was ist passiert? Seid ihr auf der Flucht?«

»Ja und nein«, begann Levi und schob seinen Zwicker auf der großen Nase zurück.

»Es ist meine Schuld«, warf Gustav ein. »Lass mich erklären.« Er brach ab, presste eine Hand auf seinen Bauch, die andere an den Mund und unterdrückte ein Aufstoßen. »Verzeih, schwankt ein Schiff immer derart unangenehm?«

»Normalerweise ist der Seegang stärker, wir sind noch auf Binnenfahrt.« Finlay runzelte die Stirn. »Wenn du mir seekrank wirst und das gute Essen ausspuckst, werfe ich dich über Bord und lasse dich nebenher schwimmen.«

Gustav seufzte theatralisch. »Selbst dieses Unterfangen wäre besser als das, was mir blüht, wenn ich zurück nach Hause kehre.«

Liliana spürte einen Druck auf der Brust nach Gustavs Worten. »Was ist geschehen?«

Der junge Mann atmete tief durch, bevor er weitersprach. »Mein Vater ist ein Hauptmann. Er verlangt, dass ich als sein einziger Sohn der Familientradition treu bleibe und der preußischen Armee beitrete. Ich zögerte es heraus, indem ich angab, mich auf der Universität in Frankfurt eingeschrieben zu haben. Leider gibt es diesbezüglich eine Warteliste. Ohne Geld oder einen einflussreichen Fürsprecher war es mir nicht möglich, sie zu umgehen.« Er schloss kurz die Augen. »Ich verschwieg es meinen Eltern. Als ich nach unserem Treffen in Hoorn wieder nach Frankfurt kam, erwartete mich dort ein Schreiben meines Vaters. Er hat den Schwindel durchschaut und mich bei der Armee eingeschrieben. Sollte ich mich nicht bis zum Sommer dort gemeldet haben, gelte ich als Deserteur.« Seine Stimme brach ab und er schluckte hart.

Liliana fuhr ein kalter Schauer den Rücken hinunter, während sie die Worte des jungen Mannes hörte. Sie hatte ihn als so fröhlich, gebildet und pazifistisch kennengelernt. Als Soldat nur schwer vorstellbar, besonders da seine Ansichten gegen die Monarchie und für eine Republik gingen. Er würde bei einer Rebellion womöglich dazu gezwungen, auf Menschen zu schießen, die seine Ideale teilten.

»Das klingt schrecklich.« Sie griff über den Tisch und berührte seine Hand, die sich zu einer Faust geballt hatte. »Kann man da nichts tun?«

»Der familiäre Zwang ist hoch, seine Familie angesehen.« Levi schüttelte den Kopf. »König Friedrich II hat noch in seiner Blütezeit mit viel Propaganda großen Druck auf die Bevölkerung ausgeübt, um seine Armee zu stärken. So sehr ich einige Ansichten von ihm in Bezug auf Aufklärung und Menschenrechte auch achte, diesbezüglich trat er doch in die Fußstapfen seines cholerischen Vaters.«

»Nicht nur das«, mischte sich der Schiffsarzt Ben mit leiser Stimme ein. »Sein Prinzip ist, dass die Soldaten ihren Heerführer mehr zu fürchten hatten als den Feind selbst. Das zeigt, wie brutal es in dieser Armee zugeht. Sie töten Deserteure nicht, sie holen sie zurück und sorgen dafür, dass man es kein zweites Mal versucht.«

Gustavs Körper erfüllte ein Beben und er vergrub das Gesicht in den Händen. »Es tut mir leid, Finn, ich möchte dich in nichts hineinziehen, aber ich wusste nicht, was ich anderes tun konnte. Gerade in Anbetracht einer drohenden Revolution in Frankreich.«

Finlay berührte tröstend seine Schulter. »Du bist herzlich willkommen auf dem Schiff«, sagte er. »Ich denke nicht, dass du mich damit in Gefahr bringst. Du bist Passagier. Was habe ich als Brite mit der preußischen Armee am Hut? Habt ihr eine Möglichkeit, in England unterzukommen?«

»Ich habe Verwandtschaft in Schottland«, meinte Levi. »Allerdings muss ich noch herausfinden, wo genau sie leben, und sie natürlich fragen. Ich bin jedoch zuversichtlich.«

Ben legte nun ebenfalls die Hand auf Gustavs Schulter. »Wenn alle Stricke reißen, sag Bescheid, mein Freund. Meine Familie ist recht groß. Wir werden gewiss eine Möglichkeit finden.« Er blickte zu Levi. »Hast du auch vor, in England zu bleiben?«

»Nein, nur so lange, wie Gustav mich braucht. Danach kehre ich zu meiner Familie zurück.«

»Weiß Cecilia Bescheid?«

»Ja, ich habe es meiner Frau gesagt und sie steht hinter mir.«

Gustav sah von seinen Händen auf und in die Runde. Die bernsteinfarbenen Augen glänzten. »Danke. Das vergesse ich euch nicht. Es tut wirklich gut, solch echte Freunde zu haben.«

Auf der Alecto

Mai 1786

Liliana verbrachte einen Großteil der Überfahrt im Arbeitszimmer und fertigte Listen der Ein- und Verkäufe an. Es gelang ihr noch immer nicht, bei dem Seegang eine gut lesbare Schrift zu behalten, dennoch gefiel ihr diese Aufgabe.

Finlays beengter, schlicht eingerichteter Schreibraum wurde ihr bald vertrauter als die eigene Kajüte. Ganz besonders bewunderte sie das kleine Schiffsmodell, das als einziges Schmuckstück diente. Sie staunte, wie filigran Segel und Schnüre der Takelage bearbeitet waren. Am Rumpf befand sich sogar eine wunderschön geschnitzte Löwenfigur.

Sie drehte sich zu Finlay, der gerade den Kurs berechnete. »Warum schmückt dein Schiff eigentlich keine Galionsfigur?«

Er blickte auf und runzelte die Stirn. »Ich wusste nicht, dass dies eine Pflicht wäre.«

Liliana hob die Brauen. »Ist es das nicht?«

»Es ist meines Erachtens mehr ein Aberglaube als eine Verzierung. Die Figur ist oft an den Schiffsnamen oder das Wappentier des jeweiligen Heimatlandes angelegt und soll Glück bringen sowie vor Gefahren schützen.« Er zuckte mit den Schultern. »Bisher lief mir noch kein passendes Motiv über den Weg und die *Alecto* gefällt mir so, wie sie ist.«

»Weshalb gabst du dem Schiff eigentlich diesen Namen?« Dass er aus der griechischen Mythologie stammte, wusste sie, nur nicht genau, woher.

»Er kommt aus dem Altgriechischen und heißt so viel wie *die niemals Nachgebende*. Sie ist eine der Erynnien. Diese Göttinnen tauchen immer nur im Hintergrund der Mythologie auf und agieren sozusagen als die personifizierten Gewissensbisse.«

Liliana verzog den Mund. »Eine Anlehnung an die *Nemesis* ist hier unverkennbar.«

Finlay lachte trocken auf. »Der ewige Wettstreit zwischen uns, ich weiß. Sowohl in Bildung als auch Hartnäckigkeit.« Er drehte den Zirkel in seiner Hand. »Der Name passt dennoch so gut, dass ich ihn auch heute nicht mehr ändern würde.«

»Aus Trotz?« Liliana bereute die Frage, sobald sie ihre Lippen verlassen hatte. Sie wusste um das schwierige Verhältnis zwischen den beiden Kapitänen und wollte keine alten Wunden öffnen. »Entschuldige, ich wollte nicht ...«

»Wie du selbst merkst, passt es besser als gedacht«, unterbrach Finlay sie. Sein Blick nahm wieder den eines frechen Jungen an.

Liliana lächelte erleichtert, er nahm es offensichtlich mit Humor. Dennoch wurde ihr ein wenig flau im Magen, wenn sie an das bevorstehende Treffen mit ihrem Vater dachte. So sehr sie sich auch freute, ihn und ihre Tante Effie wiederzusehen, so sehr bangte sie um seine Reaktion auf die Verlobung. In Jacks Augen war ihr Liebster noch immer ein Feigling und Versager. Liliana liebte ihren Vater, aber empfand es als ungerecht, dass er Finlay kaum eine Chance zu geben schien, ihn vom Gegenteil zu überzeugen.

***

Als sie an diesem Tag nach dem Frühstück an Deck gingen, empfing sie ein rauer Wind, der Liliana in den Ohren pfiff. Sie zog sich ihr Tuch über die Haube und band es eng um den Hals. Lange würde sie heute nicht hier oben verweilen, sicher regnete es bald. Trotz der tiefhängenden grauen Wolkendecke sahen sie bereits die weißen Klippen Südenglands am Horizont aufragen.

»Wir legen noch heute in Hastings an«, erklärte Finlay.

»Sollten wir uns nicht mit Vater in Bristol treffen?«

Er nickte. »Ja, aber wir müssen Ladung löschen und ich wollte Duncan Urlaub geben.«

»Lebt seine Familie hier?«

»Ja. Wir werden in Bristol einige Wochen bleiben und die Matrosen bekommen dort für eine Weile frei. Nur wenige werden an Bord verweilen und das Schiff bewachen. Duncan hat sich eine Auszeit verdient, aber so muss er nicht die lange Reise von Bristol nach Hastings unternehmen.«

Das leuchtete Liliana ein.

»Wir haben noch genug Zeit, um nach Bristol zu kommen«, fuhr Finlay fort. »Dein Vater ist erst Anfang Juni wieder dort.«

Das rege Treiben an Deck trieb sie näher an die Reling. Liliana wollte keinem der Matrosen im Weg stehen. Finlay hingegen behielt alles im Auge und gab den Seeleuten hin und wieder Anweisungen, wobei er mit lauter Stimme gegen den starken Wind angehen musste.

Selbst Duncan half mittlerweile dabei, die Rahen auszurichten und die Segel zu setzen. Liliana staunte, wie geschickt sich der Junge verhielt, trotz der gefährlichen Böen. Duncan war ihr wie ein kleiner Bruder ans Herz gewachsen und sie verspürte stets den Drang, ihn vor jeder Gefahr schützen zu wollen. Sie drehte sich erneut zu Finlay. »Bringst du Duncan persönlich nach Hause?«

»Das hatte ich tatsächlich vor. Ich denke, ich bin es ihm schuldig. Gerade in Anbetracht der Tatsache, dass Parker in diesem Hafen entflohen ist und wir nicht wissen, wo er sich aufhält, würde ich den Jungen ungern alleine losschicken. Solange diese Ratte auf freiem Fuß ist, fürchte ich um Duncans Wohl.«

»Ich würde gerne mitkommen, wenn es erlaubt ist.« Sie war mehr als neugierig darauf, Duncans Eltern zu treffen. Er hatte immer so viel von ihnen erzählt.

Finlay lächelte. »Duncan wird gewiss erfreut darüber sein.«

Hastings, England
Mai 1786

Am nächsten Morgen sprach Finlay seine beiden Gäste nach dem Frühstück an. »Wollt ihr hier aussteigen oder mit nach Bristol?«

Gustav runzelte die Stirn. »Was liegt näher an Schottland?«

Finlay lachte. »Das wäre Bristol.«

»Dann fahren wir mit dorthin, wenn es keine Umstände macht.«

»Natürlich nicht, ansonsten hätte ich nicht gefragt. Ich war mir nur nicht sicher, ob du lieber über Land reist, bevor du weiter die Fische mit deinem Verzehrten fütterst.«

Gustav rieb sich verlegen über den Nacken. »Danke. Leider gleicht die Belastbarkeit meines Geldbeutels der meines Magens.«

Finlay klopfte ihm auf die Schulter. »Das ist überhaupt kein Problem. Ich selbst freue mich, wenn ihr beide noch eine Weile an Bord bleibt.«

»Ich fürchte, deine Mannschaft denkt da etwas anders.« Gustav warf ihm einen Hundeblick zu. »Dieser Mr Braden ist mir unheimlich. Ich meine stets, in seinen schönsten Träumen sieht er mich über die Planke spazieren und hinunter zu blutrünstigen Haien mit gebleckten Mäulern stürzen, deren messerscharfe Zähne mich in Stücke reißen, bis ein roter Teppich aus meinem Lebenssaft sich über das weite Meer ergießt.«

Liliana musste schmunzeln, ihr erging es anfangs nicht unähnlich mit dem mürrischen Ezekiel. Heute mochte sie ihn gern.

Finlay stieß Gustav lachend gegen den Oberarm. »Zügel deine bildhafte Fantasie ein wenig, mein Freund, und alles ist gut. Die Männer sind nur keine echten Landratten mehr gewohnt. Steht keinem im Weg rum und sie werden euch weiterhin tolerieren.«

Gustav runzelte die Stirn. »Das klingt vertrauensselig, danke«, sagte er mit wenig Enthusiasmus in der Stimme.

***

Nachdem sich Liliana zusammen mit Finlay um den Verkauf einiger Waren gekümmert hatte, gingen sie mit Duncan von Bord, um sich eine Kutsche zu mieten.

»Danke, dass Sie mich begleiten«, sagte der Schiffsjunge, doch seine Fröhlichkeit wirkte aufgesetzt. »Ich freue mich sehr, wenn meine Eltern Sie endlich einmal kennenlernen, Kapitän. Ich hoffe, das alles macht Ihnen keine Umstände.«

»Unsinn. Ich bin sehr gespannt auf deine Eltern.«

Duncan zog die Schultern hoch. »Es sind ... einfache Menschen. Wir wohnen ... eher bescheiden.« Ihm stand die Unsicherheit ins Gesicht geschrieben.

Finlay schmunzelte. »Ich möchte deine Eltern kennenlernen, nicht das Haus und seine Einrichtung bewundern.«

Der Junge nannte dem Kutscher die Adresse und der offene Einspänner fuhr mit ihnen die Küste entlang. Die großen Steinhäuser wurden weniger und gaben den Blick auf kleinere Holzhäuser frei, auf deren Dächer sich zahlreiche Möwen breitmachten. Es waren kaum Kutschen oder Wagen auf der Straße und nur einige Fußgänger mit Bündeln, Körben oder Seesäcken, deren flotter, zielstrebiger Schritt zeigte, dass sie ihrer Arbeit nachgingen und nicht dem Vergnügen. Hin und wieder rannte eine Katze oder ein Hund vor ihnen auf die Straße. Es roch verstärkt nach Algen und Meerestieren.

Fischernetze hingen zum Trocknen in den Vorgärten und bärtige Männer in Leinenkleidung und Wollmützen flickten oder strichen umgedrehte Boote. Es war schnell ersichtlich, womit die Menschen, die hier lebten, ihren Lebensunterhalt verdienten. Trotz der ärmlichen Verhältnisse waren die Hütten oft liebevoll gestrichen und mit Blumentöpfen geschmückt.

Duncan blickte die ganze Fahrt über zur Seite auf die vorbeiziehenden Häuser, scheinbar tief in Gedanken versunken.

»Wie geht es dir?«, fragte Finlay leise und eindringlich.

Liliana wusste, worauf er anspielte.

Duncan drehte ihm den Kopf zu, seine Mimik blieb ernst. Er wirkte erwachsener als noch vor wenigen Wochen. »Besser.« Seine Stimme klang rau und er räusperte sich. »Ich habe viel nachgedacht und würde mich in Zukunft mehr zur Wehr setzen oder früher Hilfe holen.«

Finlay legte ihm die Hand auf die Schulter. »Du weißt, du kannst immer zu mir kommen, ganz gleich, was geschehen sollte.«

Duncan presste die Lippen zusammen und nickte.

»Wir werden den Kerl suchen und finden. Wenn irgendetwas ist, zögere nicht und schicke einen Kurier zur *Alecto* nach Bristol, verstanden? Ich werde für die Kosten aufkommen.«

»Aye, Kapitän.« Er lächelte schwach. »Danke.«

Die Kutsche näherte sich einem der kleinen Häuschen. Liliana sah eine Frau mittleren Alters davor sitzen und ein Fischernetz flicken. Sie hob den Kopf, als die Kutsche vor dem Haus hielt, und ihre Augen weiteten sich. Langsam legte sie das Netz zur Seite und stand auf.

Duncan sprang strahlend aus der Kutsche. »Mom!«, rief er und rannte in ihre ausgebreiteten Arme.

Die Frau drückte ihn fest an sich, ihre Augen glänzten feucht.

»Duncan!« Ihre Haare waren nicht rot wie die ihres Sohnes, sondern besaßen ein honigfarbenes Blond. Auch hatte sie im Gegensatz zu ihm einige Locken, die von der Haube kaum gebändigt wurden. Ihre sommersprossenübersäten Gesichter ähnelten sich jedoch sehr. Die sanft wirkende Frau drückte Duncan länger, als dieser zu wollen schien. Liliana vermutete, dass es dem Jungen etwas unangenehm war, vor seinem Kapitän von der Mutter derart umarmt zu werden.

Finlay ergriff Duncans Seesack, den er auf dem Sitz der Kutsche hatte liegen lassen, und stieg aus. Erst als die Frau erkannte, dass noch zwei weitere Personen kamen, löste sie sich von ihrem Sohn. Sichtlich nervös rieb sie sich die Hände an der Schürze ab und trat ihnen entgegen.

Finlay half Liliana vom Trittbrett und drehte sich lächelnd zu der Frau um.

»Das sind mein Kapitän und Miss Lily«, erklärte Duncan stolz. Er nahm Finlay mit einem entschuldigenden Blick sein Bündel ab.

»Es freut mich sehr, dass Sie uns mit einem Besuch beehren, Kapitän«, sagte die Frau freundlich, aber spürbar aufgeregt und versuchte sich an einem Knicks. »Duncan hat so viel Gutes über Sie berichtet. Wir sind Ihnen wirklich zu großem Dank verpflichtet. Bitte, kommen Sie beide doch herein.« Sie deutete auf das kleine Haus.

»Mein Name ist Finlay Clark und dies ist meine Verlobte Miss Liliana Preston.«

Lilianas Herz machte einen Sprung. Es war das erste Mal, dass er sie als seine Verlobte vorstellte. Auch Duncans Augen weiteten sich. Es hatte sich wohl noch nicht bis zu ihm herumgesprochen unter der Mannschaft. Er sah sie fragend an und Liliana nickte ihm zu. Daraufhin fing er an zu grinsen, bis es beinahe seine Ohren erreichte.

Finlay zog den Hut. »Ich gehe davon aus, dass Sie Duncans Mutter sind, Madam?« Er schmunzelte über das erschreckte Gesicht der Frau.

»Du meine Güte.« Sie hielt sich die Hände vor den Mund. »Ich habe mich in der Aufregung gar nicht vorgestellt. Mariot Moore, ja, ich bin Duncans Mutter. Verzeihen Sie mir, wir sind solch hohen Besuch nicht gewohnt.«

Finlay lachte. »Ich bin lediglich ein einfacher Bürger dieses schönen Landes, Mrs Moore, kein Adliger. Es freut mich sehr, Sie kennenzulernen.«

Sie lächelte. »Kommen Sie bitte herein. Wollen Sie mit uns zu Mittag essen? Mein Mann sollte jeden Moment vom Markt kommen.«

Duncan ging strahlend und beinahe stolz neben ihnen zum Haus, als führte er seiner Mutter ein prächtiges Pferd vor. »Vater und Colin fahren um diese Zeit immer sehr früh aufs Meer hinaus zum Fischen und verkaufen den Fang dann auf dem Markt«, erzählte er. »Was sie nicht loswerden, kommt in die Pfanne. Mutter macht den besten Fisch in ganz England.« Er grinste breit.

»Dann lass uns hoffen, dass noch etwas übriggeblieben ist.« Finlay sah zu Duncans Mutter. »Ihr Sohn ist ein sehr strebsamer und auch kluger Junge, Mrs Moore, ich muss stets aufpassen, dass ihn mir keiner abwirbt. Sie können stolz auf ihn sein.«

»Das sind wir.« Sie lächelte. »Ich gebe zu, ich befürchtete Schlimmes anfangs. Aber wenn er bei uns ist, schwärmt er jeden Tag von dem Schiff und Ihnen und erzählte mir, wie Sie ihm sogar das Lesen beibringen ließen. Er versucht nun bei jeder Gelegenheit, es seinem Bruder Colin zu lehren und auch mich zu unterrichten, doch ich fürchte, ich bin für so etwas schon zu alt.«

Liliana stutzte, die Frau wirkte kaum älter als Finlay.

In diesem Moment betrat ein bärtiger Mann mit hellbraunen, glatten Haaren in Begleitung eines Jungen von etwa zehn Jahren das Haus. Beide trugen einfache Leinenhosen, Hemden und Wollmützen. Der Geruch von Fisch breitete sich im Raum aus, der jedoch mehr aus der Wollkleidung kam als von dem frischen Fang.

Sie hielten verwundert inne und betrachteten die Fremden in ihrem Heim mit großen Augen.

»Vater!«, rief Duncan erfreut und wurde auch von dem Mann kurz in die Arme genommen.

»Du bist zurück! Ist etwas passiert?« Er warf einen skeptischen Blick in ihre Richtung.

»Nein, sie leisteten mir nur Gesellschaft auf der Fahrt hierher.«

»Schatz!« Mrs Moore trat ihm ebenfalls entgegen. »Das sind Kapitän Clark und seine Begleitung Miss Preston.« Sie blickte zu Liliana und Finlay. »Dies sind mein Gatte Noah und mein jüngster Sohn Colin.«

Der Mann öffnete erstaunt den Mund, schloss ihn wieder und zog seine Mütze. »Herzlich willkommen in meiner bescheidenden Hütte, Kapitän.«

Finlay nickte. »Die Freude ist ganz meinerseits, Kapitän.«

Mr Moore zuckte bei dem letzten Wort leicht zusammen. »Ich besitze einen Fischerkahn, Sir, kein prächtiges Schiff.«

»Aber Sie fahren ihr Boot ohne die Hilfe anderer. Somit sind Sie sogar ein talentierterer Seemann, als ich es bin, Mr Moore.«

Der Mann lachte etwas verschämt ob des ungewöhnlichen Kompliments.

»Setzen Sie sich doch bitte.« Mrs Moore rückte zwei weitere Hocker an den sehr kleinen Tisch. »Es wird etwas eng, aber wir passen alle hin. Ich mache solange das Essen. Ich sehe, es sind noch genug Dorsche übrig.«

Sie nahm ihrem Mann die Tasche ab und ging zum Herd.

Duncan brachte ihnen Becher und einen Krug Bier und schenkte ein. Liliana betrachtete Colin, der noch immer neben dem Tisch stand und mit offenem Mund und großen Augen Finlay und seine Kleidung anstarrte. Trotz ähnlicher Gesichtszüge sah er anders aus als sein größerer Bruder. Seine Statur war weniger schmal als Duncans. Er wirkte gedrungener und stämmiger, was sich jedoch noch verwachsen könnte. Seine Haare waren hellbraun und lockig, die Augen dunkel wie die des Vaters. Duncan hingegen besaß die grünen seiner Mutter.

»Vielen Dank, Sir, dass Sie sich meines Sohnes angenommen haben«, sagte Mr Moore. »Wie es scheint, bekommt er eine sehr gute Ausbildung auf Ihrem Schiff. Und wird gut behandelt. Hier lag meine größte Sorge. Ich liebe meine Kinder und möchte, dass ihnen kein Leid geschieht.«

Finlay nickte, doch Liliana bemerkte seine angespannten Kiefer. Es ging ihm noch immer sehr nahe, dass er Duncan nicht vor Parker hatte beschützen können.

»Bitte hör auf, dich um mich zu sorgen, Vater«, warf Duncan ein, als wollte er seinen Arbeitgeber nicht in Bedrängnis bringen. »Mein Kapitän macht alles in seiner Macht Stehende, dass es der Mannschaft gut geht.«

Der Vater kratzte sich am Hinterkopf und lachte. »Ich weiß, das erzählst du uns ununterbrochen. Ich will auch nicht erscheinen, als wäre ich enttäuscht, mit meinen Sorgen damals Unrecht gehabt zu haben. Im

Gegenteil. Heute bin ich sehr froh, dass du doch die richtige Wahl getroffen hast.«

Einige Zeit später servierte Mrs Duncan den in Butter geschwenkten Fisch mit Kartoffeln und Möhren. Es duftete wundervoll.

»Wie lange kannst du bei uns bleiben?«, fragte sie ihren ältesten Sohn mit einem beinahe sehnsüchtigen Blick.

Duncan sah fragend zu Finlay.

»Die nächste Fahrt steht erst im August an«, antwortete der. »Dann bräuchte ich ihn wieder.«

Duncan verzog den Mund. »So spät?«

Mrs Moore nahm lächelnd seine Hand. »Ich freue mich, wenn du mal etwas länger als nur wenige Tage bei uns bleiben kannst. Oder möchtest du das nicht mehr?«

»Doch, natürlich.« Duncan rang sich nun doch ein Lächeln ab. »Ich freue mich darauf. Aber ich werde die *Alecto* sehr vermissen. Dann habe ich Zeit genug, Colin das Lesen beizubringen.«

Sein Bruder stocherte mit der Gabel in seinem Fisch und verrollte mit einem unterdrückten Stöhnen die Augen.

Duncan zeigte mit dem Finger auf ihn. »Du wirst es lernen, du fauler Hund! Du wirst mir nochmal dankbar sein dafür!« Sein Gesichtsausdruck war derart erwachsen, dass Liliana mit einem vorgeschobenen Räuspern ein Lachen unterdrücken musste.

»Höre auf deinen großen Bruder, Colin«, stimmte sein Vater zu. »Er hat recht. Ich wünschte, ich hätte damals solch einen Bruder gehabt. Ich wollte immer Lesen und

Schreiben lernen, aber meine Eltern befanden es als unnütz. Also strenge dich an!«

Colin zog den Kopf ein. »Ja, Vater.« Als Mr Moore wieder auf seinen Teller schaute, streckte Colin seinem Bruder heimlich die Zunge heraus. Der rümpfte nur die Nase.

Liliana schmunzelte. »Bitte streitet euch nicht«, sagte sie. »Brüder müssen zusammenhalten.«

Sie selbst hätte sehr gern Geschwister gehabt, jemanden, der ihre Situation verstand und im selben Boot saß. Ob Bruder oder Schwester wäre ihr gleich gewesen. Die Reaktion des Jüngeren verstand sie jedoch gut. Im Schatten seines Bruders zu stehen, der schon Geld verdiente, mit dem er die Familie unterstützte, und auch noch Bildung erhielt, war sicher nicht einfach. Auch wenn Colin immerhin in die Fußstapfen des Vaters treten durfte, was sonst dem Älteren vorbehalten war. Aber Duncan meinte es schließlich nur gut mit seiner Bevormundung.

Liliana aß alles bis auf den letzten Happen auf. Nur die Gräten blieben auf dem Teller liegen. »Vielen Dank für das Essen, Mrs Moore, es war absolut fantastisch.«

Sie winkte ab. »Es war nichts Besonderes.«

»O doch, Ihr Sohn hat nicht übertrieben«, sagte Finlay und legte die Gabel beiseite. »Das war der beste Fisch, den ich je gegessen habe.«

Mrs Moore errötete und sammelte hastig die Teller ein. »Das freut mich.«

Mr Moore räusperte sich. »Danke für Ihren Besuch bei uns, Kapitän, es beruhigt mich nun noch mehr, da ich weiß, dass mein Sohn in guten Händen ist.«

»Gerne. Es war angenehm, Ihre Bekanntschaft zu machen, Mr Moore … Mrs Moore.« Er drehte sich zu der Gemahlin und deute eine Verbeugung an. »Wir werden nun zurück zum Schiff fahren. Ich hole Duncan dann im August wieder bei Ihnen ab.«

Mrs Moore seufzte laut.

Duncan blickte seine Mutter vorwurfsvoll an. »Mach dir nicht immer solche Sorgen, Mom. Ich bleibe doch jetzt lange Zeit bei euch und bin wahrhaft kein Kind mehr.«

Sie strich ihm lächelnd über die Wangen, nahm ihn in die Arme und drückte ihn an sich. »Nein, das bist du nicht. Aber für mich wirst du es immer sein.«

Duncan wand sich aus der Umarmung und blickte etwas verschämt zu den Gästen. »Mutter! Bitte!«, flüsterte er.

Finlay schmunzelte. »Ein echter Seemann wehrt sich nicht, wenn eine Frau ihn umarmt«, scherzte er. »Auch nicht bei der eigenen Mutter.«

Liliana verabschiedete sich ebenfalls höflich und sie gingen zurück zur Kutsche, die vor dem Haus gewartet hatte.

»Duncans Familie ist wirklich sehr nett«, sagte Liliana, als sie auf den gepolsterten Sitzen saßen.

Finlay nickte. »Ich mochte sie ebenfalls.« Seine Mimik wurde ernst. »Es bestätigt mich umso mehr in meinem Drang, Travis Parker für seine Taten zur Rechenschaft zu ziehen.«

***

Kaum waren sie zurück auf dem Schiff, trat Ezekiel zu ihnen an Deck. »Ich habe etwas über Parker herausgefunden.« Er kratzte sich nervös am Nacken.

Finlay hob die Brauen. »Tatsächlich? Wie das?«

Der Bootsmann grinste. »Ein wenig unverbindliches Herumfragen in den Hafenkneipen bringt oft einiges zutage.«

»Sehr gut gemacht! Sprich, was weißt du?« Seine Stimme klang energisch und ungeduldig, aber Liliana bildete sich ein, ein Beben darin vernommen zu haben. Diese Geschichte ging ihm gewiss näher, als er zugeben würde.

»Travis Parker ist ein Leutnant der königlichen Marine. Er fuhr wohl zuletzt auf der *HMS Renown* und hat Spielschulden. Mehr konnte ich nicht in Erfahrung bringen.« Ezekiel brummte. »Besonders beliebt ist der Kerl nicht bei denen, die mal unter ihm dienten. Es fielen einige Flüche bei der Erwähnung seines Namens.«

»Danke, damit kann Jack gewiss etwas anfangen.« Finlay presste die Lippen zusammen.

»Der Kerl ist gerissen. Hat immer versucht, die Männer auf seine Seite zu ziehen während der Ausgangssperre. Zum Glück haben wir eine alte, gefestigte Mannschaft, die zusammenhält. Auf einem Schiff mit vielen neuen Matrosen hätte er vielleicht Erfolg gehabt.« Ezekiel ballte die Hand zur Faust und zeigte die Zähne. »Das ist ein schmieriger Lump, ich hab es gleich gesagt.«

Finlays Haltung entspannte sich und er klopfte seinem Bootsmann lachend auf die Schulter. »Ja, du hattest recht. Ich verspreche, nie wieder an dir zu zweifeln!«

»Besser nicht.« Ezekiel schmunzelte, was nun ohne den Vollbart besser zu erkennen war als früher. Auch wenn die Stoppeln bereits wieder sprossen und ihm seinen ehemals verwegenen Ausdruck zurückgaben. »Dann hättest du Miss Preston hier nie kennengelernt und auch uns wäre etwas entgangen.«

Sie stemmte scherzhaft die Arme in ihre Taille. »So war das also damals. Aber ich erinnere mich auch gut daran, dass Sie durch den Verzicht der Prämie zum Frieden mit meinem Vater beitrugen. Also sei Ihnen verziehen, Mr Braden.«

Ezekiel deutete eine Verbeugung an. »Vielen Dank, Miss Preston.«

»Geben Sie den beiden Gästen aus Europa bitte auch eine Gelegenheit, sich zu bewähren«, fügte Liliana hoffnungsvoll hinzu.

Der Bootsmann brummte nur dazu.

»Bereit machen zum Ablegen!«, sagte Finlay zu ihm.

»Aye, Kapitän.«

Es wurde hektisch an Deck. Finlay stand an der Brücke mit beiden Händen am Geländer und überwachte die Arbeiten.

Liliana trat neben ihn. »Wie lange brauchen wir nach Bristol?« Nun stieg doch die Aufregung in ihr, endlich Effie und ihren Vater wiederzusehen. Ob die *Nemesis* auch früher als erwartet anlegen würde?

»Je nach Wind drei bis vier Tage. Wir müssen um die Spitze Cornwalls und im Kanal auf die Gezeiten achten. Sie sind dort nicht so stark wie in Hamburg, aber unterschätzen sollte man es nicht.«

»Finn?«

»Ja?«

»Bringst du mir das Kämpfen bei?«

Er runzelte verwundert die Stirn.

Liliana seufzte. »Die Sache mit Mr Parker rief mir erneut ins Gedächtnis, wie viele unredliche Menschen es auf dieser Welt gibt. Ich würde gerne lernen, mich zu verteidigen. Zumindest mit Schwert oder Pistole.«

Er senkte die Brauen. »Pistole?«

Sie hob abwehrend die Hände. »Ich verspüre gewiss nicht das Verlangen, mich freudig in handfeste Auseinandersetzungen zu stürzen oder gar zu duellieren wie in ihrer Eitelkeit verletzte Männer. Nichtsdestotrotz ist es mir zuwider, immer derart ausgeliefert zu sein.« Sie biss sich auf die Unterlippe. »Und die Erzählungen deiner Freunde über einen kommenden Revolutionskrieg in Europa jagten mir Angst ein.«

Finlay musterte sie eine Weile ernst. Er nickte. »Ich kann gerne versuchten, dich im Schwertkampf unterrichten, was allerdings keine leichte Kunst ist. Das Schießenlernen ist im Vergleich dazu einfacher.« Seine Mundwinkel zogen sich schelmisch nach oben. »Solange du auf meiner Seite bleibst.«

Bristol, England

Mai 1786

Kaum, dass sie im Hafen von Bristol angelegt und die Männer das Schiff vertäut hatten, lief Liliana zu Finlay. »Lass uns gleich schauen, ob die *Nemesis* vielleicht doch schon im Hafen liegt!«

Finlay überkreuzte die Arme und hob eine Braue.

Liliana runzelte die Stirn, doch dann fiel es ihr ein. Sie musste der Pflicht des Quartiermeisters nachgehen.

»Lass uns gleich schauen, *nachdem* wir uns um den Verkauf der restlichen Waren gekümmert und eine Liste der zu tätigenden Einkäufe erstellt haben.«

»Das klingt schon besser.« Finlay lachte. »Etwas fehlt noch, um eine Meuterei zu verhindern.«

Sie hob den Zeigefinger. »Heuer auszahlen. Die Männer bekommen Landurlaub und brauchen ihren Lohn.«

»Richtig. Sowie die Steuern abgeben. Ich kenne das Gefängnis in Hastings bereits von innen, das genügt.«

Sie seufzte. »Ich muss in der Tat an meiner Geduld arbeiten.«

Finlay lachte. »Noch bist du ganz am Anfang der Lehre. Ich übernehme die Heuerzahlung, du kannst in der Zeit schauen, was wir noch an Lebensmitteln haben und welche Waren wir benötigen. Denke daran, dass wir nur noch zehn Matrosen an Bord haben werden die nächsten Wochen, die weniger schwer arbeiten und gewiss ab und zu in Kneipen speisen werden.«

Liliana nickte. »Aye, Kapitän.«

Gustav und Levi traten vor sie. Liliana musste schmunzeln. Die beiden schienen aneinandergewachsen zu sein, selten sah man den einen ohne den anderen auf dem Schiff. Trotz aller Gegensätze: älter und schmal neben jung und groß, penibel und steif neben chaotisch und zappelig. Wahrscheinlich stellte diese Verbundenheit einen unbewussten Schutz dar, hier in der Fremde und umgeben von rauen Seemännern.

»Könnten unsere Sachen noch bei dir an Bord bleiben?«, fragte Levi an Finlay gerichtet. »Wir wollten erst versuchen, meine Verwandten ausfindig zu machen, und nicht ins Unbekannte reisen.«

»Könnten wir auch die Kabine weiter nutzen?« Gustav kratzte sich beschämt im Nacken. »Weißt du, ich habe nicht wirklich viel Geld dabei und muss haushalten ... Ich mache das wieder gut ... irgendwann.«

Finlay lachte. »Natürlich, fühlt euch wie zu Hause. Da ein Großteil der Mannschaft Urlaub bekommt, ist es immer gut, wenn Personen an Bord sind, um eventuelle Plünderer zu vergraulen.«

Gustav lächelte breit. »Danke. Wir geloben, jeden Abend die besten Wachhunde zu sein. Ich werde jedem Einbrecher mit aller Kraft ins Hosenbein beißen, während Levi danebensteht und bellt.«

Finlay lachte und auch Liliana musste beinahe losprusten bei der bildlichen Vorstellung. Sie konnte gerade noch die Hand vor den Mund halten.

Levi hingegen hatte nur ein Augenrollen für seinen jüngeren Kameraden übrig. Er stieß Gustav an. »Komm, du Schwätzer, lass uns los, bevor die Behörden schließen.«

Nach dem Mittagessen saß Liliana zusammen mit Finlay am Schreibtisch des Arbeitszimmers. Sie kontrollierten gemeinsam die Listen auf Fehler.

Finlay lächelte zufrieden. »Alles korrekt und ebenso ein gutes Ergebnis. Der Handel lief sehr zu unseren Gunsten. Nun können wir uns den angenehmeren Dingen widmen. Zumindest, bis es erneut auf Fahrt geht.«

»Wie lange bleiben wir in England?«

»Meine Geschäfte liefen sehr gut in den letzten Monaten. Ich wollte die nächsten Tage einige Wartungen am Schiff durchführen lassen. Wir haben es somit nicht eilig.«

Liliana jauchzte. »Dann könnten wir zusammen zum Landsitz reisen und ich zeige dir endlich meine Heimat?«

»Gerne. Das würde mich sehr freuen.« Finlay lächelte geheimnisvoll. »Aber zuerst möchte ich dir etwas zeigen.« Er holte eine kleine Holzkiste aus der Schublade des Schreibtischs hervor und öffnete sie. Darin befand sich in öligen Tüchern eingewickelt eine Pistole mit doppeltem Lauf, hölzernem Griff und schnörkeligen Verzierungen im Metall.

Liliana betrachtete die Waffe fasziniert, aber nicht ohne Respekt. »Sie sieht beinahe zu schön zum Benutzen aus.«

»Es ist eine Steinschlosspistole hier aus England von W. Bailes mit drehbarem Doppellauf. Man kann so zwei Schuss absetzen, ohne neu laden zu müssen.« Er zeigte auf den Hahn. »Hier ist ein Feuerstein eingespannt. Wenn man den Abzug betätigt, reibt dieser gegen die Batterie und entzündet das Zündkraut. Durch die Explosion wird die Kugel im Lauf herauskatapultiert.«

Liliana nickte. »Ähnlich einer Kanone, nur kleiner.«

Finlay lachte. »Und man benötigt keine Lunte.«

»Ist es schwer, damit zu schießen?«

»Das Schießen selbst weniger, aber das Treffen ist nicht einfach. Die Zündung hat einen nicht unerheblichen Rückstoß, man benötigt eine sichere Hand und darf nicht allzu schreckhaft sein. Aber viel ist Übung und Gewohnheit.« Er strich mit den Fingern beinahe liebevoll über das verzierte Metall. »Wichtig ist auch die Pflege. Die Pistole muss trocken lagern und immer von den Rückständen des Pulvers gereinigt werden, sonst verstopft der Lauf und es kann dir vor der Nase explodieren.«

Liliana nickte. »Ich würde es gerne mal versuchen.«

»Dafür habe ich sie geholt. Wir üben erst das Pflegen, dann das Schießen. Aber pass auf, es ist eine tödliche Waffe!« Sein Blick wurde ernst. »Unterschätze dies nie! Nutze sie nur zur Verteidigung und auch nur dann, wenn du sicher bist, dass kein Unschuldiger deinen Weg kreuzt. Ein echter Kampf wird in der Regel mit Fäusten oder Schwertern ausgeführt, das ist zielgerichteter.«

Liliana nickte. Im Faustkampf gegen Männer wäre sie unterlegen und ein Schwert zu führen, würde lange Zeiten der Übung benötigen. Der Gedanke, eine solche Pistole erfolgreich zu handhaben, war daher äußerst verlockend. »Wie lädt man sie?«

»Die Munition wird durch die Lauföffnung eingeführt. Sie besteht aus Schießpulver, dem Projektil und einem Papierknäuel, das als Deckel dient, um die beiden anderen Bestandteile im Lauf zusammenzudrücken. Ich zeige dir alles.«

Finlay holte ein Öltuch hervor und unterwies sie in der Reinigung des Schachtes. Liliana wiederholte alles, was er ihr zeigte, und prägte sich jeden Schritt ein. Dann holte er Pulverbox und Kugeln hervor und lud die Pistole.

»Es gibt verschiedene Arten von Schießpulver«, erklärte er. »Dieses hier ist aus Frankreich. Die Franzosen verwenden eine bessere Rezeptur, die Kugeln weiter fliegen lässt. Das ist bei Pistolen nicht ganz so ausgeprägt, aber bei Gewehren und Kanonen ein prägnanter Unterschied. Viele sind der Ansicht, dass die Amerikaner auch deswegen einen Vorteil im Krieg hatten, weil die Franzosen ihnen das bessere Pulver verkauften.« Er nahm die geladene Pistole in die Hand. »Komm mit nach oben, da können wir üben.«

»Ist das nicht sehr laut?«

»Im Lärm des Hafens geht das unter. Außerdem verlassen wir mein Schiff, sprich: meinen Grund und Boden, nicht.«

Sie gingen an Deck und Finlay stellte in einigen Schritten Entfernung zwei Flaschen auf ein Fass. Er trat hinter Liliana und legte ihr die geladene Pistole in die Hand. Sie spürte den glatten, hölzernen Griff der schweren Waffe, der sich in ihre Handfläche schmiegte.

»So hält man sie. Hand um den Griff, Zeigefinger an den Abzug.« Finlays kräftige Hände umfassten die ihren und wiesen ihren Fingern den richtigen Platz.

Liliana bekam eine Gänsehaut bei seiner sanften Berührung und musste sich anstrengen, bei der Sache zu bleiben.

Er richtete ihre Hand mit der Waffe gegen die Flaschen und legte sein Kinn von hinten an ihre Schulter. »Bewege nicht nur den einzelnen Zeigefinger zurück, sondern mache eine Faust, dann hast du mehr Kontrolle. Ziele mit dem Lauf auf die Flaschen. Er hat eine kleine Erhöhung vorne und hinten ist eine Einkerbung, das nennt man Visierung. So erkennt man, ob der Lauf gerade gehalten wird.«

Der warme Atem an ihrer Wange und sein betörender Körpergeruch ließen ihre Knie weich werden. Wie sollte sie sich bei dieser körperlichen Nähe auf das Schießen konzentrieren?

»Rechne stets mit ein, dass der Lauf etwas nach oben zieht beim Schuss.«

Liliana riss sich zusammen und versuchte, die Erregung zu verdrängen, die durch Finlays Berührungen in ihr aufstieg. Zumindest war jegliche Angst vor der Pistole vergessen.

»Wir machen den ersten Schuss zusammen. Ich halte deine Hand. Versuche, die Augen offen zu lassen. Bereit?«

Liliana starrte auf die Flaschen und nickte.

»Dann drück ab.«

Sie zog mit ihrem Zeigefinger den metallenen Abzug zurück, indem sie vorgab, eine Faust zu machen, wie Finlay vorgeschlagen hatte. Kurz darauf blitzte es vor ihrer Nase auf und ein Knall ertönte. Liliana zuckte zusammen und schloss die Augen. In ihre Nase drang der beißende Geruch von Schwefel.

Sie öffnete die Augen wieder. Eine der Flaschen war explodiert.

»Guter Schuss, der Lauf hat sich kaum bewegt«, lobte Finlay und ließ ihre Hand los.

Liliana bedauerte es etwas, dass er sich von ihr löste und einen Schritt zurücktrat.

»Ich habe die Augen verschlossen«, gestand sie betrübt. »Dabei strengte ich mich so an, dies nicht zu tun. Ich traf nur, weil du meine Hand gehalten hast.«

»Du warst wirklich gut, glaube mir das. Jeder erschrickt anfangs. Ich stellte mich weitaus dümmer an beim ersten Schuss.«

»Du warst gewiss jünger!«

Finlay schmunzelte. »Etwas. Ja. Ich war zehn, als mein Vater es mir zeigte.«

Liliana seufzte. Sie war unsäglich enttäuscht von sich. »Es war viel leiser als ein Kanonenfeuer und da schloss ich meine Augen nicht.«

»Kanonen sind lauter, aber dumpfer und nicht so dicht am Gesicht.« Er wies auf die Pistole. »Drehe den Lauf, sobald er abgekühlt ist, und versuche es erneut. Diesmal ohne mich.«

Sie tat wie ihr geheißen und visierte die zweite Flasche an. Finlay stand schweigend einen Schritt daneben. Sie blickte fragend zu ihm. »Wann soll ich abdrücken?«

Er lachte. »Wenn du bereit bist natürlich. Entscheide selbst!«

Liliana schluckte. Sie verengte die Augen und sah nur noch Lauf und Ziel vor sich. Als sich ihr Finger krümmte, dachte sie einzig daran, dass die Flasche explodieren sollte. Sie war derart in diesen Wunsch vertieft, dass sie den Knall gar nicht realisierte. Diesmal sah sie, wie die Funken aus der Batterie stoben und im selben Moment die Flasche in Tausend Scherben zersprang.

Ihr Herz machte einen Freudensprung. Sie drehte sich stolz und glücklich zu Finlay um und grinste breit. Er sah sie mit offenem Mund und undefinierbarer Miene an. Lilianas Lächeln erstarb. Hatte sie etwas falsch gemacht?

»Was ist los?«, fragte sie verunsichert.

Finlay schüttelte langsam den Kopf. »Verzeih mir meinen überraschten Blick.« Er lächelte. »Ich muss zu meiner Schande gestehen, ich habe trotz allem nicht damit gerechnet, dass du so gut schießt.«

Liliana stutzte. Sie öffnete den Mund, um nachzufragen, schloss ihn aber wieder. Ihre Verblüffung war zu groß.

Finlay nahm sie lächelnd in die Arme. »Ich spreche die Wahrheit. Das war ein sehr guter Schuss.«

»Sicher nur ein glücklicher Zufall ...«

Finlay hielt ihr sanft einen Fingen auf den Mund. »Wiegel es nicht ab. Es bringt keinen um, einmal ein Kompliment anzunehmen.« Er löste den Finger und ersetzte ihn mit seinen Lippen.

Nach dem Kuss nahm sein Gesicht wieder den schelmischen Ausdruck eines frechen Jungen an. Er nahm ihr die Pistole ab, legte sie auf eines der hölzernen Fässer, die an Deck lagerten, und ergriff ihre Hand. »Komm mit!«

Liliana runzelte skeptisch die Stirn. Was hatte er nun wieder vor? »Wohin gehen wir?«

»In die Stadt.«

Sie sah auf die Waffe. »Sollten wir sie nicht erst reinigen nach den Schüssen?«

»Ja. Später.« Er zog an ihrer Hand und lief los.

Liliana musste beinahe rennen, um Schritt zu halten. Sie fühlte sich wie ein junges Mädchen, das mit ihrem heimlichen Verehrer vor den Blicken der Eltern flieht. »Was soll das?« Sie musste kichern. »Du ziehst an meiner Hand, als wäre ich ein Papierdrachen, den du steigen lassen möchtest.«

Finlay lachte herzhaft, verriet aber noch immer nichts. Sie liefen Hand in Hand die Straßen entlang bis zu einem kleinen Geschäft. Er zog sie so schnell hinein, dass sie das Holzschild davor nicht lesen konnte.

Im Inneren wirkte es wie ein Kramladen oder Pfandhändler. Der kleine Raum war vollgestopft mit allerhand Gütern aus aller Welt. Von chinesischen Vasen über Teppichen bis hin zu Musikinstrumenten. Es roch nach Harz und Lavendel gegen Motten.

Ein Mann mit fein gestutztem grauem Bart und dunklen Haaren kam ihnen entgegen. »Guten Morgen, Mr Clark, welch Freude, Sie zu sehen.«

»Die Freude ist ganz meinerseits, Mr Taylor. Darf ich Ihnen meine Verlobte Miss Preston vorstellen? Liliana, das ist der Besitzer des Ladens, Kenneth Taylor.«

Der Mann verbeugte sich. »Es ist mir eine Ehre, Miss Preston.«

»Es freut mich sehr, Sie kennenzulernen, Mr Taylor.«

»Womit kann ich dienen? Etwas für die Dame? Erst gestern bekam ich Seide aus Indien geliefert und Parfüm aus Persien.«

»Wir wären vielmehr an einer Pistole interessiert.«

Der Mann verlor sein Lächeln, fasste sich aber kurz darauf wieder. »Ich vergaß, dass Sie noch niemals ein gewöhnlicher Kunde waren, Mr Clark.« Er hob die Brauen. »Für die Dame?«

Finlay nickte. »Für die Dame«, bestätigte er.

Mr Taylor schien einen Moment nachzudenken, dann hellte sich seine Miene auf. »Da habe ich genau das Richtige.« Er wirkte wie in seinem Element und holte zwei Holzkisten unter dem Tresen hervor. »Ich denke, eine Reisepistole wäre ideal für zierliche Frauenhände. Die haben einen kürzeren Lauf, sodass sie leicht in der Tasche zu transportieren sind und so auch versteckt getragen werden können. Die Schussweite ist reduziert, aber ich nehme an, es dient ohnehin nur der Verteidigung?«

Finlay nickte. »Damit liegen Sie richtig.«

»Ich habe zwei besonders hübsche Kandidaten für eine ebensolche Dame. Beides gebrauchte aus Frankreich, aber noch in einem tadellosen Zustand und voll funktionsfähig.« Mit dem Lächeln eines stolzen Vaters öffnete er die größere der beiden Boxen und holte eine Pistole hervor. »Hier ist eine mit glattem, achteckigem, nach Baluster in rund übergehendem Lauf mit kanonierter Mündung.« Er drehte die Pistole vor ihren Augen und strich mit dem Finger über die jeweiligen Teile mit einer Eleganz, die Liliana bisher nur von Schneidern kannte, die Kleider absteckten.

Sie staunte, wie kurz sie war im Gegensatz zu Finlays. Auch war sie schlichter und weniger verziert.

»Steinschloss und Nussholzschaft mit polierter, eiserner Garnitur. Lauf und Schloss brüniert und stellenweise narbig, Schaft mit leichten Gebrauchsspuren. Länge sieben Zoll. Meine Dame!« Er reichte ihr die kleine Pistole, sodass sie sie betrachten konnte. Sie wog noch immer recht schwer, lag aber angenehm in der Hand.

Mr Taylor öffnete die zweite Schatulle und holte eine weitere Waffe hervor. Liliana sah auf. Diese gefiel ihr auf Anhieb. Ihr Holzgriff schimmerte dunkel, beinahe schwarz, und der untere Teil des Schafts ging vorn nach oben abgerundet in den Lauf über. Es wirkte geschwungen elegant, zugleich auch beinahe niedlich und erinnerte sie gegen ihren Willen an einen stupsnasigen Hundewelpen.

»Diese hier ist kürzer, aber in einem gepflegteren Zustand und wahrlich eine kleine Schönheit«, erklärte Mr Taylor, sichtlich angetan von Lilianas interessiertem Blick. »Achtkantiger über Sechzehnkant und Baluster auf rund übergehendem Lauf mit Kanonenmündung. Flache, gekantete Schlossplatte. Verziert ausgearbeitete Stahlbeschläge. Dunkler Nussbaumschaft leicht floral beschnitzt. Länge fünfeinhalb Zoll. Gereinigte Stahloberfläche mit leichter Fleckenbildung, keine Narben.« Er lächelte breit und hielt ihr die Waffe hin.

Liliana legte die erste auf den Tisch und nahm die zweite. Sie war um einiges leichter und lag noch besser in der Hand.

»Diese gefällt mir besonders gut.« Sie sah fragend zu Finlay, der nachdenklich das Kinn rieb.

»Die sind wirklich beide funktionsfähig?«, fragte er mit skeptisch gerunzelter Stirn. »Ich sähe es ungern, sollte eine davon in der Hand meiner Begleitung explodieren.«

Mr Taylor schnappte empört nach Luft. »Mr Clark, was denken Sie von mir? Sie können beide Waffen selbstverständlich vor dem Kauf testen.«

Finlay nickte. »Das würden wir gerne.«

»Natürlich.« Mr Taylor holte eine weitere Box hervor, in der sich Kugeln, Pulver und Papier befanden. Er stopfte die Läufe beider Pistolen, wobei er sehr sorgfältig und gewissenhaft vorging. Danach nahm er die Waffen an sich und breitete seine Hand in Richtung der gegenüberliegenden Tür aus. »Folgen Sie mir bitte in den Hinterhof.«

Vor einer Holzwand mit einer aufgemalten runden Zielscheibe, die bereits etliche Löcher aufwies, blieb er stehen und überreichte Finlay eine der Pistolen. Der trat jedoch zur Seite und wies auf Liliana. »Meine Begleitung muss damit umgehen können, nicht ich.«

Mr Tayler zuckte leicht mit der Augenbraue, behielt aber seine höfliche Miene und hielt die erste Waffe nun Liliana hin. Ihr fiel auf, dass er dies vorsichtiger tat. Das Verlangen, beleidigt die Nase darüber zu rümpfen, bekämpfte sie. Liliana nahm die erste, größere Pistole an sich und wog sie kurz in der Hand. Mr Taylor öffnete den Mund, wohl um eine Anweisung zu geben, doch sie zielte bereits auf die Scheibe. Erneut zwang sie sich zur Konzentration, statt lange nachzudenken oder zu zögern. Nach nur kurzem Anvisieren drückte sie ab. Die Kugel traf knapp neben die Mitte der Scheibe.

»Ein sehr guter Treffer«, lobte der Verkäufer. Sein Gesicht zeigte aufrichtiges Erstaunen. »Betreiben Sie diesen Sport schon lange?«

»Das war mein zweiter Schuss«, gab sie zu.

Mr Taylor hob anerkennend die Brauen. »Dann, meine Dame, haben Sie ein Talent, das ich selten sah. Meine Hochachtung.«

»Danke für das Lob, Mr Taylor.« Ihre Wangen glühten. Noch niemals war ihr von jemandem gesagt worden, dass sie für etwas talentiert wäre. Ihre Leistungen waren von den Lehrern früher stets nur als annehmbar bezeichnet worden. Sie seufzte innerlich. War es denn löblich oder gar eher verwerflich, bei der Handhabung einer tödlichen Waffe ein Geschick zu beweisen?

»Darf ich die zweite ausprobieren, Mr Taylor?«

»Selbstverständlich.« Er reichte ihr die andere Waffe. Sie lag wie schon zuvor besser in ihrer Hand und war auch leichter mit dem kürzeren Lauf. Liliana konzentrierte sich erneut. Der Rückstoß wirkte weniger stark und diesmal traf sie die Mitte exakt.

Mr Taylor klemmte die erste Pistole unter die Achsel und klatschte anerkennend in die Hände. »Sie sollten sich diesbezüglich an Turnieren beteiligen.«

Lilianas Wangen brannten noch immer, innerlich jubilierte sie, dass sich die Pistole sogar noch besser handhaben ließ, die ihr auch optisch gefiel.

»Entschuldigen Sie uns kurz, Mr Taylor.« Finlay nahm sie am Arm und führte sie ein Stück zur Seite. Er legte ihr lächelnd die Hand auf die Schulter. »Was meinst du?«, fragte er leise.

»Ich würde wirklich sehr gerne die kleinere, dunkle erwerben. Sie gefällt mir sowohl in Aussehen als auch beim Schießen.« Liliana zog etwas beschämt den Kopf ein. »Natürlich nur, wenn sie nicht zu teuer ist. Ich habe keine Ahnung, wie viel man für so etwas zahlen muss.«

Finlay schmunzelte. »Mach dir darüber keine Gedanken.« Er hob den Kopf und sprach wieder lauter: »Warte bitte hier auf uns, ich werde mich mit Mr Taylor unter vier Augen unterhalten. Ich bin mir sicher, wir werden preislich zueinander finden.« Er blickte zu dem Ladenbesitzer und dieser schüttelte amüsiert den Kopf.

»Ich sehe mich bereits über den Tisch gezogen von Ihnen, Mr Clark. Sie ruinieren mich jedes Mal aufs Neue.«

Finlay lachte auf. »Ich fürchte vielmehr, so erfreut, wie Sie mich immer wieder empfangen, zahle ich noch viel zu viel.«

Mr Taylor räusperte sich. »Dieser Umstand zeugt lediglich von meiner guten Erziehung. Folgen Sie mir.«

Die beiden Männer zogen sich in den Laden zurück und Liliana betrachtete erneut die Pistole in ihrer Hand. Sie strich mit den Fingern über das polierte, glänzende Nussbaumholz und das noch warme Metall des Laufs. Sie wünschte sich, die beiden würden sich auf einen Preis einigen. Diese Pistole wieder zurückzugeben und einem anderen Kunden zu überlassen, fiele ihr undenkbar schwer.

Nicht lange danach kam Mr Taylor zurück in den Hof, gefolgt von Finlay.

»Bitte geben Sie mir die Pistole, Miss Preston«, sagte der Ladenbesitzer.

Liliana seufzte innerlich und reichte sie dem Mann, der damit wieder im Laden verschwand. Sie sah Finlay beinahe ängstlich an.

Dieser lächelte beruhigend. »Er reinigt sie und verpackt sie für dich.«

Sie riss die Augen auf. »Du meinst ...?«

»Ja.« Er nickte. »Sie gehört dir.«

Liliana jauchzte vor Freude und fiel ihm um den Hals. »Danke! Vielen Dank.«

Finlay lachte. »Dein Herz hängt derart an einer Pistole? Sollte ich mir Gedanken machen?«

»Bitte verzeihe mir mein albernes Verhalten.« Liliana löste sich von ihm und atmete tief durch. »Ich weiß selbst nicht, was über mich kam. Es ist nur ... ich glaube, dies ist das erste Mal in meinem Leben, dass ich etwas geschenkt bekomme, das ich mir zuvor wirklich wünschte.« Sie lächelte verlegen.

Finlay küsste sanft ihre Hand. »Dann bin ich froh, dass ich derjenige sein durfte, dir dieses erste wahre Geschenk zu machen.«

Sie sah ihm tief in die Augen. »Danke.«

»Gern geschehen.« Er grinste frech. »Ich hoffe nur, ich mache keinen Fehler damit, meine Verlobte derart scharf zu bewaffnen.«

Bristol, England

Juni 1786

Beim Anblick des schwarz und weiß gestrichenen Rumpfs der *Nemesis* ging Liliana das Herz auf. Wie elegant die Fregatte dort vertäut im Hafen in der Sonne lag mit ihren gerefften Segeln. Sie konnte es kaum erwarten, ihren Vater, Effie und den Rest der Mannschaft wiederzusehen.

Als sie zusammen mit Finlay das Schiff erreichte, liefen ihre Tante und die Köchin Grace gerade von der anderen Richtung zum Steg. Sie rief winkend ihre Namen und stürmte ihnen entgegen.

»Liliana!« Effie nahm sie fest in die Arme. »Meine Kleine! Es war so ungewohnt, derart lange von dir getrennt zu sein und nichts zu hören.«

Liliana löste sich von ihr und lächelte sie an. »Ich bin kein kleines Kind mehr, Effie.« Sie drehte sich zu der Afrikanerin, deren breites Lächeln unter der dunkelbraunen Haut die schreckliche Narbe auf dem Gesicht überstrahlte. »Grace! Wie schön, dich zu sehen.«

Die alte Frau drückte sie an sich. »Wie geht es dir, Kind? Alles gut?«

»Ja, sehr gut sogar. Die Fahrt war ein Traum.« Sie lächelte stolz. »Er machte mir einen Antrag«, flüsterte sie unter vorgehaltener Hand.

Effies Miene hellte sich auf. »Wie wundervoll, ich freue mich!«

Nun erreichte auch Finlay sie und zog den Hut. »Meine Damen.«

Effie nahm seine Hand und tätschelte sie. »Ich freue mich, Liliana so fröhlich zu sehen. Danke, Finlay.«

»Wie geht es euch?«, fragte Liliana.

»Wir waren gerade auf dem Markt einkaufen«, berichtete Grace. »Ich schicke gleich ein paar Matrosen, die Dinge abzuholen.«

»Was macht Auma?«

Die alte Frau winkte ab. »Frech wie immer. Komm, lasst uns an Bord gehen.«

»Wer ist Auma?«, fragte Finlay, als sie den Steg hinaufgingen.

»Ihre Katze. Sie lebt an Bord der *Nemesis.*«

Finlay hob überrascht die Brauen. »Jack lässt ein Tier auf seinem Schiff leben, welches nicht der Nahrungsaufnahme dient?«

»Gegen die Hartnäckigkeit der guten Grace kommt selbst er nicht an.« Sie lachte. »Außerdem macht sich Auma sehr nützlich an Bord, indem sie Ratten und Mäuse verscheucht.«

Aus dem Rumpf des Schiffes wurde die Köchin von Kewku zu sich gewunken und Liliana folgte mit Finlay Effie die Treppe hinauf auf das Deck.

Sie erkannte ihren Vater sofort an seinem schwarzen Kapitänsrock mit der goldenen Randbestickung. Er stand mit Ove und Brian an der Reling, die Hände hinter dem Rücken verschränkt, der in ihre Richtung zeigte. Der kurze Zopf seiner schwarzen Haare schaute unter dem Dreispitz hervor. Als sie näherkamen, unterbrachen die Männer ihr Gespräch. Jack drehte sich um. Seine anfangs strenge Miene hellte sich beim Erkennen auf und die blauen Augen weiteten sich. Er breitete seine Arme aus und Liliana fiel hinein und drückte ihren Vater kurz, aber heftig an sich. Es war schön, ihn wiederzusehen.

Finlay begrüßte er mit einem Kopfnicken, bevor er sich wieder Liliana zuwandte. »Sprich, zu welchem Schluss bist du gekommen auf der Reise?«, fragte er. »Soll ich ihn heute schon kielholen schicken oder weiter abwarten?« Er wies mit dem Kinn auf ihre Begleitung.

»Wie es aussieht, wird es eine längere Wartezeit für dich.« Sie schmunzelte frech. »Finlay hielt um meine Hand an.«

Der Blick von Jacks meerblauen Augen verfinsterte sich wie bei einem Sturm. Sein Kopf ruckte zu Finlay. »Das hast du nicht!« Er schaute zurück zu Liliana. »Du hast hoffentlich abgelehnt?«

»Jack!«, tadelte Effie. »Freu dich gefälligst für die beiden, du Griesgram! Immerhin fragte er dich vorher offiziell, wie es sich gehört. Und du gabst deinen Segen, erinnere dich!«

Er verzog den Mund und brummte nur ein fast unverständliches »Ich wurde genötigt«.

Effie hob die Brauen. »Von uns zwei Frauen?«

»Jawohl, das sind oft die schlimmsten Folterer.«

»Im Grunde wollten wir uns bei dir über Travis Parker erkundigen«, wechselte Finlay das Thema. »Mein ehemaliger Quartiermeister, der mich mit seinem Betrug ins Gefängnis gebracht hat. Er ist geflohen, bevor wir ihn verhören konnten.«

Jack schnaubte verächtlich. »Der Kerl entwischte dir also?«

Finlay ging nicht auf den spöttischen Tonfall ein, doch Liliana erkannte, wie sich seine Haltung verspannte. »Ich würde ihn ungern unbescholten davonkommen lassen und muss zudem seinem Treiben Einhalt gebieten, bevor andere darunter leiden. Bisher haben wir herausgefunden, dass er als Leutnant zur See auf der *HMS Renown* diente und wohl einiges an Spielschulden hat, die er wohl mit der ausgesetzten Prämie für jeden gefangenen Piraten begleichen wollte.«

»Wie treffend.«

»Was meinst du?«

Jack verzog den Mund. »Die *Renown* ist seit zwei Jahren in Rente, hat aber einen für meinen Geschmack etwas zweifelhaften Ruf bekommen, als sie bei Newport die vom Sturm stark beschädigte französische *Languedoc* von hinten attackierte.«

Liliana staunte nicht schlecht, ihr Vater schien einfach alles zu wissen.

Finlay schob den Dreispitz zurück und kratzte sich am Kopf. »Nun, das sagt natürlich nichts über die einzelnen Offiziere aus, in solch einem Krieg ist wohl keine Seite heilig. Es würde aber in der Tat zu dem Charakter unseres Gesuchten passen.«

Liliana sah ihren Vater an. »Kannst du herausfinden, wo der Kerl heute steckt?«

Jack nickte. »Gewiss. Mir stehen diesbezüglich einige gute Quellen zur Verfügung. Ich melde mich bei dir.«

Finlay

Bristol, England

Juni 1786

Einige Tage danach stand Finlay am Pier und begutachtete zusammen mit seinem Segelmacher Red die gerade gelieferten Segeltücher auf die versprochene Qualität. Nach dem Gefecht im letzten Jahr musste er einige Segel flicken oder die stark abgenutzten der besiegten *Bloody Sue* verwenden. Endlich gab es eine Gelegenheit, sein Schiff mit neuen auszustatten.

Red nickte zufrieden. »Gute Ware, damit kann ich was anfangen.« Er winkte zwei Matrosen herbei, um die schweren Tücher aus dem Ochsenkarren an Bord zu tragen.

Finlay zahlte den Lieferanten und drehte sich zu Red. »Wirst du bis August fertig sein?«

»Ja, ganz gewiss.«

»Gut.« Er nickte. Nun war alles Nötige in die Wege geleitet. Er hoffte, Liliana würde bald von dem Treffen mit ihrer Tante zurückkehren, dann könnten sie ihr weiteres Vorgehen besprechen.

»Finlay?«

Er fuhr herum und erkannte Jack vor sich stehen. »Was gibt es?«, fragte er mit gerunzelter Stirn. Lilianas Vater hatte ihm bisher noch nie einen persönlichen Besuch abgestattet.

»Kommst du mit zum ›Seven Stars‹?«, fragte der zurück. »Mein Informant weiß womöglich schon

Genaueres über diesen Parker. Ich denke, das interessiert dich.«

Finlay nickte. »Sehr sogar.« Sein Blick fiel auf das Schwert, das Jack am Gürtel trug. Er hob die Brauen. »Soll ich mich ebenfalls bewaffnen?«

»Das bleibt dir überlassen, ich bin nur gerne auf alles vorbereitet.«

»Gut, ich hole mein Schwert, warte hier.«

Wenige Minuten später betraten sie den rustikalen, aber sehr gepflegten Pub in der Thomas Lane. Ein großer Mann mit blauem Kopftuch, braunen Augen und in Lederhosen trat ihnen mit einem breiten Lächeln entgegen. »Hallo Jack, ich habe mich schon gefragt, wo du bleibst.«

Jack wies auf Finlay. »Darf ich dir meinen zukünftigen Schwiegersohn vorstellen? Finlay Clark. Er ist derjenige, gegen den dieser Parker intrigierte. Finlay, dies ist William Thompson, der Besitzer des Pubs und ein guter Freund.«

Finlay fühlte sich seltsam unwohl, vor Jacks Freunden als Schwiegersohn vorgestellt zu werden. Das klang zu freundlich, er erwartete jeden Moment einen kräftigen, verbalen Seitenhieb seines ehemaligen Kontrahenten. Doch der blieb diesmal aus.

William reichte ihm lächelnd die Hand. »Freut mich, Sie kennenzulernen, Mr Clark.«

»Ebenfalls. Nennen Sie mich bitte Finlay.« Die saloppe Bemerkung *Jacks Freunde sind auch die meinigen*, die ihm auf der Zunge lag, verkniff er sich. Es wäre mehr als unpassend gewesen.

»Sehr gerne. Ich heiße Will.« Der Wirt füllte drei Krüge mit Bier und sie setzten sich zusammen an die Theke.

»Hast du etwas herausgefunden?«, fragte Jack frei heraus, nachdem sie angestoßen hatten.

»Ja.«

»Berichte!«

»Zuvor eine Kleinigkeit, die dich gewiss brennend interessieren wird.« William stützte einen Ellbogen auf den Tresen. »Travis Parker ist der älteste Sohn von Nathanial Parker, ebenfalls Leutnant zur See. Na, bimmelt da eine Schiffsglocke bei dir?«

Jacks Augen blitzten. »Das gibt es nicht! *Der* Nathanial Parker?«

William nickte. »Genau der.«

Finlay runzelte die Stirn. Ihm kam der Name bekannt vor, doch es dauerte einen Moment, bis es ihm einfiel. »War das nicht einer der Offiziere auf der *Black Hound?*«

Jack nickte mit derart finsterer Miene, dass Finlay es nicht wagte, genauer nachzufragen. Das Freibeuterschiff mit königlichem Kaperbrief hatte damals den Walfänger überfallen, an den er von seinem Vater verspielt worden war. Dieser günstige Umstand rettete ihm wahrscheinlich das Leben. Jack diente dort als Erster Offizier unter Kapitän Hollands.

Finlay hatte als einfacher Schiffsjunge nicht viel Kontakt zu den höhergestellten Besatzungsmitgliedern gehabt, erinnerte sich aber, dass die anderen Offiziere ihren tyrannischen Kapitän unterstützten, gegen den sich Jack schließlich gemeinsam mit der Mannschaft auflehnte. Kapitän Hollands hatte zudem Prise unterschlagen und sogar versucht, Finlay mit Druck und Bestechung als Spitzel gegen Jack zu benutzen. Diese Tatsache war wohl der Hauptgrund, weshalb Jack ihm stets das Gefühl gab, etwas wiedergutmachen zu müssen.

Dieser Nathanial Parker schien ebenfalls in Hollands Pläne eingeweiht gewesen zu sein und hegte gewiss einen tiefen Groll gegen seinen ehemaligen Ersten Offizier, der ihm die zusätzliche Einnahmequelle streitig gemacht und seinen guten Ruf ruinierte hatte … und Jack gegen ihn.

»Nun, ich möchte nicht behaupten, dass Söhne grundsätzlich für die Taten ihrer Väter verantwortlich gemacht werden sollten«, brummte Jack mit einem Seitenblick zu Finlay, der ihn wie ein eiskalter Stich mitten in die Eingeweide traf. Dieser Kerl verstand es stets, die wundesten Stellen mit brutaler Präzision zu treffen. »Aber hier scheinen sich Charakterzüge vererbt zu haben.«

Finlay verengte die Augen. Er kannte Jacks Direktheit, aber diese schmerzende Anspielung auf seinen eigenen Vater hätte er sich verkneifen können. Lediglich Williams Anwesenheit brachte ihn dazu, seinen aufsteigenden Ärger zu verbergen. Jack würde kein Aufbegehren zulassen und ein erneuter Streit wäre mehr als unangebracht.

William, der sich der Umstände nicht bewusst war, sprach unbeteiligt weiter: »Der alte Parker hat drei Kinder, ist verwitwet und lebt auf einem Hof in der Nähe von Dursley, das sind etwa zwanzig Meilen von hier. Seine Tochter ist mit einem hochrangigen Marineoffizier vermählt, Albert, Viscount Corve, der wohl bekannt dafür ist, über Leichen zu gehen. Von dem jüngsten Sohn hörte ich nicht viel, der scheint weniger Radau um sich zu machen. Der Älteste ist Travis. Er lebt hier in Long Ashton. Hat wohl letztes Jahr ein junges Ding aus höherem Stand geheiratet, deren Eltern dort ein Haus erbten, und sich hier niedergelassen. Soll aber kein allzu netter Zeitgenosse sein, der Bursche. Spielt sich als König von England auf und wird oft gewalttätig, auch gegenüber der Frau.«

»Entzückend.«

Der Wirt lachte über Jacks trockenen Kommentar. »Ich weiß doch, wie gerne du solche Menschen hast.« Er rieb sich die Hände. »Ein ortsansässiger Wirt erzählte mir, dass Parker wohl einige Gefälligkeiten genutzt hatte, um die Frau abzubekommen. Ihre Eltern, Daniel und Ellen Perry, leben im Nordwesten von Wales und sind sehr vermögend. Er spekuliert wohl auf das Erbe.«

Jack nickte. »Danke, deine Informationen sind goldwert.«

William grinste breit. »Du kannst es dir ja leisten.«

»Hast du auch noch eine Adresse für uns?«

»Aber klar doch.« Der Wirt schnalzte mit der Zunge. »Du weißt, ich mache keine halben Sachen.«

»Gut. Kannst du uns zwei deiner Pferde leihen?«

William hob die Brauen. »Was? Jetzt gleich?«

»Ja, natürlich, das ist keine Stunde Ritt. Wir bringen den Kerl auf die *Nemesis* zum Verhör.«

Finlay stutzte. Wollte er den Mann einfach so entführen? »Dazu haben wir keine Autorität«, warf er ein.

Jack schenkte ihm einen abfälligen Blick. »Hat der Kerl dich betrogen oder nicht? Dass dein Logbuch gefälscht wurde, ist bewiesen.«

»Wir sollten dennoch zuvor die Behörden benachrichtigen.« In ihm stieg Hitze auf. Er kannte Jacks Angewohnheit, impulsiv hiesige Gesetze zu missachten, und wollte höchst ungern erneut im Gefängnis landen.

»Ich bevorzuge, den Kerl persönlich zu holen, bevor er noch von seinen Freunden gewarnt wird und sich verdrückt oder gar seine Beziehungen spielen lässt. Hier zählt der Überraschungseffekt. Du kannst dich gerne auf deinem Schiff verkriechen, wenn du dir ein solches Unterfangen nicht zutraust.«

Finlay spürte den altbekannten Zorn gegenüber solcher ungerechtfertigten Verurteilungen in sich aufsteigen. »Darum geht es nicht. Wir riskieren nicht nur unseren Hals mit solchen Aktionen. Denke an deine Tochter!«

Jack sah ihn abfällig an. »Glaubst du wirklich, die Behörden interessiert eine abgeschlossene Gerichtsverhandlung von gestern? Wir brauchen mehr Informationen und die bekommen wir nur von ihm. Kommst du also mit oder schleichst du wieder mit eingezogenem Schwanz zurück in deinen Bau?«

Finlay wollte den Streit vor William nicht eskalieren lassen und gab sich geschlagen. »Gut, ich begleite dich.« Besonders wohl fühlte er sich nicht bei dem Gedanken. Dieser Parker schien mit allen Wassern gewaschen. Andererseits wollte er vor Jack keineswegs als Feigling dastehen und der Verräter war immerhin seine Angelegenheit. »Aber was stellen wir dann mit ihm an?«

»Das lass mal meine Sorge sein.«

Das war nicht, was Finlay hören wollte, doch er schwieg. Darauf konnte er noch immer einwirken, sollte es so weit sein.

Jack drehte sich fragend zu dem Wirt. »Und?«

William, der die Diskussion schweigend verfolgt hatte, blinzelte verständnislos ob der Frage, schlug sich aber dann mit der Hand gegen die Stirn. »Ah, die Pferde. Ja, natürlich. Den Wallach kannst du wieder nehmen, aber die anderen sind für die Kutsche ...« Er sah zu Finlay und verengte abschätzend die Augen. »Wie steht es mit deinen Reitkünsten?«

Finlay schmunzelte. »Sehr gut, wage ich zu behaupten.« Reiten war in der Tat das einzige, was er auf See vermisste. Schon als Kind hatten ihn Pferde begeistert. Noch heute trauerte er seinem Hengst Quintus nach, den er einen besten Freund genannt hatte, bis er von seinem Vater verkauft worden war. Dieser Verlust hatte ihn damals mehr geschmerzt als der des gesamten Vermögens.

»Also besser als Jacks.« Thompson grinste frech.

Jack schnaubte. »Ich fürchte, es mag tatsächlich etwas geben, in dem der Kerl geringfügig geschickter ist als ich«, brummte er. »Aber das ist auch gewiss das einzige.«

William nickte. »Ich überlasse dir meine Lieblingsstute, Finlay, sie ist schnell, aber sensibel. Behandle sie gut. Den Sattelhüpfer hier neben dir würde ich ihr ungern zumuten.«

Jack verzog den Mund. »Dir zuliebe ignoriere ich das soeben Gehörte.«

Finlay grinste in sich hinein. Dieser seltene Triumph war Balsam für seine Seele. »Ich werde sie zu würdigen wissen, William, danke für das Vertrauen.«

Der Wirt hieß seinen Knecht an, die beiden Pferde zu satteln, und blieb noch bei seinen Gästen an der Theke.

»Was macht mein Haus?«, fragte Jack ihn.

»Alles bestens.« William lächelte. »Komm doch am Samstag auf eine Inspektion und zum Abendessen vorbei, meine Frau würde sich freuen.«

»Nächste Woche werde ich in London erwartet, da wird die Zeit nicht reichen für einen Besuch. Aber ich gelobe, es vor der anstehenden Fahrt einzurichten.«

»Dein Haus steht dir immer offen.«

Jack hob die Brauen. »Zu freundlich von dir.«

William zwinkerte. »Ohne zu scherzen, ich danke dir sehr für die Möglichkeit, die du uns bietest.«

»Du kennst die Bedingungen.«

»Ja, und ich erfülle sie mit Freude.«

Finlay schwieg dazu. Er wusste, dass Jack ein Anwesen hier in Bristol gehörte, in dem ein Freund von ihm wohnte – offensichtlich dieser William –, aber der Rest des Dialogs blieb ihm ein Rätsel. Die Vorsicht gebot jedoch, besser nicht nachzufragen. Seiner Erfahrung nach war es bei Jack in der Regel besser, weniger von seinen Geschäften zu wissen als zu viel.

Sie leerten die Bierkrüge und gingen nach draußen.

Die beiden Tiere standen gesattelt und gezäumt bereit. Ein stämmiger Fuchswallach, der mit einem Hinterbein auf der Hufspitze gelassen in der Sonne döste, und eine wunderschöne dunkelbraune Vollblutstute, die mit erhobenem Kopf und gespitzten Ohren ihre Nüstern im Wind blähte.

Finlay strich der Stute über die Stirn. Ihre dunklen Augen blickten neugierig und klug. »Ein wunderschönes Tier.«

»Danke.« Der Stolz in Williams Stimme war nicht zu überhören. »Candy ist erst fünf, aber gut ausgebildet und ich hoffe, einige Fohlen von ihr ziehen zu können. Ich warte nur noch auf den passenden Gemahl. Solch eine Entscheidung zu treffen, ist weiß Gott nicht einfach.« Er zwinkerte in Richtung Jack, der ihn mit einem stechenden Blick beehrte.

Die beiden schienen sich ziemlich gut zu kennen, wenn Jack derartige Sticheleien tolerierte.

Sie stiegen in die Sättel. Finlay nahm die Zügel auf und spürte, wie das Tier auf die leisesten Signale horchte.

William nickte fröhlich. »Ich sehe schon an deinem Sitz, dass sie in guten Händen ist.« Er tätschelte den Hals der Stute. »Eine erfolgreiche Jagd wünsche ich, passt auf euch auf und bringt mir meine Tiere heil wieder!«

»Machen wir.« Jack lenkte seinen Wallach in Richtung Tor. »Wenn alles gutgeht, sind wir in zwei Stunden schon wieder zurück.«

Sie ritten aus Bristol hinaus in Richtung des kleinen Orts Long Ashton. Der Geruch getrockneten Grases lag in der Luft und einige Landwirte bei der Heuernte begegneten ihnen mit Ochsenkarren, ansonsten waren die Straßen recht leer.

Auf dem Feldweg galoppierten sie ein Stück, direkt vor dem Ort ließen sie die Pferde wieder in Schritt übergehen. Finlay genoss es mehr, als er gedacht hätte, mal wieder ein gutes Pferd zu reiten. Von ihm aus könnte der Weg doppelt so lang sein. Die Stute lief mit wachem Arbeitsdrang unter ihm, horchte und reagierte auf die leisesten Signale seiner Körperhaltung und wollte spürbar gefallen. Kein Vergleich zu den abgestumpften Mietpferden mit willenlosem Geist, die oft schon gefühllos in Maul und Flankengegend geritten worden waren.

»Was tun wir, wenn Parker sich weigert mitzukommen?«, fragte er Jack. »Oder wenn er gar nicht zu Hause ist?«

»Das sehen und entscheiden wir, wenn es der Fall sein sollte.«

Der genannte Hof war ein kleines, aber elegantes Anwesen mit breiter Rasenfläche davor und einem großzügigen Stallgebäude daneben. Sie ritten zur Eingangstür des Wohnhauses und stiegen ab. Finlay trat neben Jack an die Tür, während der energisch dagegen klopfte. Aus dem Nebengebäude erklang wütendes, mit Knurren unterlegtes Hundegebell.

Ein junges Mädchen von vielleicht sechzehn oder siebzehn Jahren öffnete. An ihrem kugelförmigen Bauch war ersichtlich, dass sie bald ein Kind erwartete. Finlay presste die Lippen zusammen. Einen kurzen Moment fühlte er sich unwohl bei dem Gedanken, einer jungen Mutter den Mann zu verhaften ... dann wanderte sein Blick zu ihrem Gesicht und er erkannte eine Rötung der Haut unter dem linken Auge des Mädchens, halb unter den blonden Haarsträhnen verdeckt. An seinen Armbeugen und Handgelenken schimmerten bläuliche, bereits ins Gelbe gehende Verfärbungen. Sollte dieser Mistkerl etwa ...? Ihm schoss in den Kopf, was Parker Duncan angetan hatte, und seine Wut stieg ins Unermessliche. Nun war er mehr als bereit, ihn abzuführen.

Die junge Frau sah sie mit den scheuen Augen eines Rehs an. »Sie wünschen?« Ihre Stimme klang hell und kraftlos wie die eines jungen Vogels.

»Mrs Parker?«

»Ja.«

»Wir würden uns gerne mit Ihrem Gatten unterhalten. Ist er zu Hause?«

Das Mädchen nickte. »Ich werde ihn holen, warten Sie bitte hier.« Es ließ die Tür offen und verschwand hinter einer weiteren.

Unverständliches Reden drang aus dem Raum, wenig später hörten sie ein Brüllen: »Dann fragt man nach den Namen, verdammt nochmal! Wie dämlich bist du blödes Weib?« Ein klatschender Laut folgte und ein Schluchzen des Mädchens.

In Finlay kochte es. Er ließ die Zügel los und wollte ins Haus und zu diesem Mistkerl stürmen, wurde aber von einem festen Griff an seinem Arm zurückgehalten. Zornig drehte er sich um. Jack schüttelte den Kopf, als sich ihre Blicke trafen. Die warnend gesenkten schwarzen Brauen machten jede Widerrede überflüssig. Finlay biss die Zähne zusammen, dass seine Kiefer schmerzten, doch er fügte sich. Tief durchatmend trat er wieder zurück. Jack hatte selbstverständlich recht, dort hineinzustürmen, würde nichts nutzen und den Kerl noch weniger davon abhalten, seine Frau weiter zu schlagen.

Er hoffte nur, Parker käme wirklich für längere Zeit hinter Gitter. Sein Kind wäre vor den Prügeln gewiss auch nicht sicher, schreckte er schon in der Schwangerschaft nicht davor zurück.

Die Tür öffnete sich schwungvoll und sein ehemaliger Quartiermeister Travis Parker trat energisch in den Flur. Der hochgewachsene Mann in den Dreißigern mit dem prominenten Kinn wirkte nun weniger zurückhaltend als damals auf dem Schiff, als er den Angestellten mimte. Er trug ein edles Hemd mit gelber Seidenweste, Kniehosen und eine weißgepuderte Perücke. Sein Gesicht war rasiert und die blauen Augen blitzten unter den hellen Brauen.

»Wer wagt es, ohne sich meiner Gemahlin vorzustellen, mein Haus zu ...« Er verstummte, als er sie vor der offenen Tür stehen sah. Sein Blick blieb an Finlay hängen, die Augen weiteten sich und sein Gesicht wurde fahl. »Verfl...«

Finlay warf ihm einen finsteren Blick zu. »So sieht man sich wieder, Mr Parker.«

»Mr Travis Parker?«, fragte Jack in festem Ton.

Der Mann nickte mit angespanntem Kiefer.

»Mein Name ist Jacob Farson, Mr Clark ist Ihnen ja bereits bekannt. Wir haben Belege, die Sie des versuchten Betrugs sowie der Unterschlagung und Fälschung von Logbüchern beschuldigen.«

Die Augen des Mannes verengten sich. Er zeigte mit dem Finger auf Finlay und sah ihn dabei scharf an. »Ich weiß, dass Sie ein verfluchter Pirat sind, *Kapitän*. Ich kann es belegen.« Er ballte die Faust, die andere Hand wanderte zum Türgriff.

Jack trat einen Schritt vor, dem aufgebrachten Mann entgegen. Er stellte seinen Fuß über die Schwelle, sodass Parker ihnen die Holztür nicht vor ihrer Nase zuschlagen könnte, und legte die rechte Hand an den Griff seines Schwertes.

Parker erkannte die Warnung und verharrte in seiner Position. Seine Nasenflügel bebten wie die eines Stiers. »Was wollen Sie?«

»Sie zum Verhör mitnehmen. Folgen Sie mir!«

»Haben Sie einen offiziellen Haftbefehl gegen mich?« Er überkreuzte die Arme vor der Brust. »Sie tragen keine Uniform. Ich bin ein Leutnant zur See und gehorche nur meinen Vorgesetzten in der Marine.«

»Prahlen Sie nicht, ich war ebenfalls ein Leutnant zur See und Ihres Vaters Vorgesetzter.« Jack zog sein Schwert. »Sie werden auf eine inoffizielle Unterredung mit uns kommen, ob freiwillig oder nicht, bleibt Ihnen überlassen.«

»Sie wollen mich also mit Gewalt entführen?« Er ballte die Hände zu Fäusten. »Versuchen Sie das mal ohne Waffe, dann sehen wir, wer hier der Stärkere ist!«

»Welch starker Mann Sie sind, haben Sie bereits bewiesen, als Sie gerade eine wehrlose und dazu noch schwangere Frau schlugen«, zischte Finlay und sah ihn abfällig an.

Parkers Augenlider zuckten. »Das geht Sie einen feuchten Kehricht an, wie ich meine eigene Gattin behandle!«

Vor Finlays Augen erschien Duncans blasses Gesicht, als er ihm alles gestand und sein Zorn stieg ins Unermessliche. »Was Sie geschätzten Mitgliedern meiner Mannschaft antun, geht mich allerding sehr wohl etwas an!«

Jacks Blick schoss aus den Augenwinkeln zu ihm und Finlay bereute die Bemerkung sofort. Er hatte Liliana versprochen, ihrem Vater nichts zu sagen, und die Situation war angespannt genug.

»Der Bengel lügt doch, sobald er den Mund aufmacht«, zischte Parker, doch seine Stimme klang unsicherer.

»Sie wissen demnach, von wem ich spreche?«

Der Mann zuckte wie ertappt zusammen, seine Augen funkelten zornig. »Wer könnte es anders sein als dein Schiffsjunge, diese kleine Ratte? Will mir alles in die Schuhe schieben. Der kann was erleben! Er soll mir vor die Augen treten und seine haltlose Anschuldigung erneut vorbringen. Ich wette, er wird kneifen.«

Finlay schnürte es die Kehle zu, am liebsten hätte er sich selbst geohrfeigt. Hatte er Duncan mit seiner unüberlegten Andeutung in Gefahr gebracht? Was, wenn sich der Kerl an ihm rächen würde? Der arme Junge musste fürwahr schon genug durchmachen.

Jack rieb sich nachdenklich über das Kinn. »Ich vermute, hier könnte etwas zutage kommen, das Ihre Gemahlin oder deren Eltern, Daniel und Ellen Perry, sehr interessieren würde.«

Parker ballte erneut die Fäuste. »Wagen Sie es nicht, Ihre schmutzige Nase in meine privaten Angelegenheiten zu stecken!«

»Schmutzig wird sie allemal durch all den Dreck, den man dort findet«, erwiderte Jack mit ähnlicher Grobheit. »Kommen Sie nun mit oder sollte ich mich gar gezwungen sehen, noch tiefer zu graben? Ich könnte noch einige Dinge über Ihren Vater der Öffentlichkeit zuteilkommen lassen, die Ihre Familie nicht gerade mit Ruhm bedecken werden.«

Der Mann knirschte mit den Zähnen. »Nun gut, ich gehe mit Ihnen. Aber freiwillig und nur, um meine Unschuld zu beweisen.«

Er stieß Jack grob aus dem Weg, als wäre der ein lästiger Betteljunge, und ging energischen Schrittes an ihm vorbei nach draußen und zum Stall, bevor jemand regieren konnte. Kurz darauf kam er in Reitstiefeln und mit einem gesattelten Pferd wieder. Der große Rappe wirkte wie ein Streitross, das sicher eine Menge Geld gekostet hatte. Parker zerrte mit einem groben Ruck am Zügel und der Hengst riss den Kopf nach oben und blieb gehorsam stehen.

Finlay erkannte am Schweifschlagen und Ohrenspiel, dass Parkers Pferd deutliches Unwohlsein signalisierte, während sich sein Reiter in den Sattel fallen ließ. Seine Wut auf diesen rohen Kerl stieg mit jeder Minute. Er tätschelte Candy wie zur Entschuldigung für seine Spezies den Hals, bevor er ebenfalls aufstieg.

»Dann los, ich will bis zum Abendessen wieder zu Hause sein!« Parker trat seinem Hengst energisch die Sporen in die Flanken, sodass der nach vorn stob. »Ihnen beiden wird diese Sache hier noch teuer zu stehen kommen.«

Jack lenkte seinen Wallach neben den Mann. »Ich denke eher, es ist Ihre Freiheit, die an einem seidenen Faden hängt.«

»Da irren Sie sich gewaltig!« Er lachte spöttisch auf. »Sie sind derjenige, der sich in Acht nehmen sollte, Mr Farson. Ich werde mir Ihren Namen und Ihr Gesicht merken und Sie für diese Unverschämtheit hier zu Fall bringen, das verspreche ich! Das gilt auch für Sie, Mr Clark! Ganz besonders für Sie!«

Finlay schwieg dazu. Er hatte kein gutes Gefühl bei dieser Sache, aber auch keine Alternativlösung parat. Dieser Travis Parker war in der Tat anders als der zurückhaltende Quartiermeister, den er einige Wochen lang auf seinem Schiff vorgegeben hatte zu sein. Wie hatte er sich nur derart in einer Person täuschen können? War er so blind gewesen oder der Kerl ein solch hervorragender Schauspieler?

Der Mr Parker, der nun zwischen ihnen ritt, wirkte wie jemand, der jeden Vorteil für sich und gegen andere nutzen würde. Die unorthodoxe Angewohnheit Jacks, sich nicht an gängige Regeln oder Gesetze zu halten, wenn er diese als unpassend befand, konnte einem solchen Menschen nur in die Karten spielen.

Andererseits wusste Finlay auch, dass sich solche Personen durch Beziehungen zu oft vor einer Gerichtsverhandlung drückten und dass der Kerl ungeschoren davonkäme, hätte Duncan nicht verdient. Er beschloss also, sich trotz der Zweifel auf Jacks Erfahrungen zu verlassen.

Sie ritten schweigend den Weg zurück zum Hafen von Bristol. Jack zügelte den Wallach vor der *Nemesis* und stieg ab.

»Was sollen wir hier?«, brummte Parker. »Ich dachte, Sie wollen mich aushorchen.«

»Dies ist mein Schiff, wir werden uns dort unterhalten. Steigen Sie vom Pferd!«

Parker verzog den Mund. »Was haben Sie vor?« Er wirkte sichtlich unwohl, ein Schiff betreten zu müssen. Dass es im Falle eines Ablegens keine Möglichkeit zur Flucht gab, war ihm als Seefahrer mehr als bewusst.

Entführte die königliche Marine doch selbst regelmäßig Männer auf diese Weise.

»Wie ich sagte, ein Verhör. Ich bevorzuge lediglich bekanntes Terrain dafür.«

Parker hob die Oberlippe und entblößte seine Zähne. »Ich warne Sie, Mr Farson. Dies ist eine Sache zwischen Mr Clark und mir. Halten Sie sich aus dieser Angelegenheit heraus und begehen Sie keinen Fehler, den Sie kläglich bereuen werden!« Er zog mit der anderen Hand derart an der Kandare, dass der Hengst hilflos das Maul aufriss, als das Kinn beinahe die Brust berührte. »Mich zum Feind zu haben, überlebt niemand. Sollten Sie etwas gegen meine Person im Schilde führen, wird Rache kommen. Ich habe hohe Freunde, die Männer wie Sie mit einem Fingerschnippen verschwinden lassen.«

Jack verzog keine Miene. »Kommen Sie nun eigenständig mit oder möchten Sie von meiner Mannschaft darum gebeten werden?«

Parker brummte und stieg ab. »Was ist mit meinem Pferd?«

»Das kann so lange bei einem Freund stehen.« Er drehte sich zum Schiff und pfiff einmal kurz durch die Zähne, bis einige Gesichter an der Reling erschienen. »Hank! Jonas! Bringt die Tiere bitte zurück zu William.«

Zwei junge Matrosen kamen von Deck und nahmen die Zügel der drei Pferde entgegen.

Finlay stieg nun ebenfalls ab, sein Magendrücken intensivierte sich. Er schwankte zwischen Zorn, dem Sehnen nach Vergeltung und der echten Angst, mit Jacks rigorosem Vorgehen alles nur schlimmer zu machen. Ein wenig zu sehr erkannte er eine Ähnlichkeit zwischen Jack und Parkers prächtigem Hengst: in Kraft und Ausbildung weit überlegen, doch eine von Außenstehenden entwickelte Hilfe genügte, um Parker wehrlos ausgeliefert zu sein. Anstelle einer Kandare zum Beispiel einflussreiche Freunde in der Armee und Adelstitel.

Ein Teil von ihm wollte diese ganze Geschichte am liebsten auf sich beruhen lassen und der Gefahr ausweichen, wie er es früher immer getan hatte. All dem den Rücken kehren und zurück auf das Meer segeln, wo er frei und selbstbestimmend war. Gerechtigkeit hin oder her. Doch hier war nicht nur er das Opfer, sondern auch sein Schiffsjunge Duncan, für den er die Verantwortung trug.

Er atmete tief durch, löste den Druck um seinen Brustkorb und folgte Jack und dem Gefangenen auf die *Nemesis.* Dabei bewunderte er die Selbstsicherheit, die Lilianas Vater in jeder Situation an den Tag legte. Er schien nie an seinen Entscheidungen zu zweifeln, während Finlay selbst in Jacks Anwesenheit stets erneut in die Rolle des unsicheren Schiffsjungen geriet, so sehr er auch dagegen ankämpfte.

Jack rief Ove herbei und ließ Parker von ihm in die Zelle unter Deck bringen. Die empörten Protestrufe des Mannes ignorierte er. Finlay hingegen bereiteten sie noch mehr Unwohlsein.

Jack winkte ihn zu einer ruhigen Stelle an der Reling und sah ihn ernst an. »Was hat er noch getan?«

Finlay presste die Lippen zusammen. Er wusste, worauf Jack anspielte. »Ich versprach dem Jungen, es niemandem zu sagen.«

Jack nickte. »Das beantwortet meine Frage.« Sein Blick verfinsterte sich. Die blauen Augen strahlten einen inneren Zorn aus, dass es Finlay eiskalt den Rücken hinunterlief. Er kannte den Jähzorn dieses Mannes zu gut. Seine Befürchtung wuchs, Jack könnte es erneut übertreiben und Duncan somit Parkers Rachsucht nur noch mehr ausliefern.

»Jack, höre mich an! Bitte handle nicht unüberlegt und übergebe Parker der Justiz. Dieses eine Mal! Ich habe auch Sorge um das Wohl des Jungen. Er ging so weit, Duncan zu drohen, seiner Familie etwas anzutun. Wenn du es nicht für Duncan tun möchtest, tue es für Liliana. Parkers Frau hat uns gesehen und unsere Namen gehört. Seine Freunde würden sich gewiss auch an deiner Tochter rächen, solltest du ihn verschwinden lassen.«

Jack betrachtete ihn eine Weile, während der Finlay bereits erwartete, wieder ein Feigling genannt zu werden.

»Es war mehr als offensichtlich, dass Parker ein Lump ist«, sagte er schließlich und sog zischend die Luft zwischen den Zähnen ein. »Aber diese Geschichte setzt dem noch die Krone auf.« Sein Blick ging in die Ferne.

Finlays Magendrücken verstärkte sich. »Jack, hast du gehört, um was ich dich bat ...?«

Jack hob abwehrend die Arme und Finlay verstummte. »Ja, ich habe es verstanden«, sagte er. »Ich plante durchaus, ihn persönlich zu verhören. Aber Liliana zuliebe versuchen wir es auf die legale Art. Auch wenn ich zweifle, dass dies fair verlaufen wird. Aber sei es. Ich werde einen Kurier zu General Derringham schicken, dem Gatten von Lilianas Mutter. Er wäre spätestens morgen hier, vielleicht schon heute Abend. So können wir ihm Parker übergeben. Wenn dies dich beruhigt.«

»Das tut es in der Tat.« Finlay atmete erleichtert auf.

»Duncan untersteht dir.« Der strenge Blick hielt ihn gefangen. »Es war und ist deine Verantwortung, ihn zu schützen!«

Finlay spürte diesen Tadel wie eine Ohrfeige und nickte.

***

Richard kam Jacks Bitte offenbar ohne Zögern nach. Schon am frühen Abend erreichte eine Kutsche den Steg der *Nemesis* und der leicht korpulente General stieg aus.

Jack nahm Finlay zur Seite. »Richard ist aus gesundheitlichen Gründen nicht mehr aktiv in der Armee, sondern kümmert sich mehr um Korrespondenzen und Verwaltung. Er besitzt jedoch durch seine hohen Verdienste und Auszeichnungen einen großen Einfluss und hat viele Beziehungen«, raunte er ihm zu. »Was jedoch entscheidend für dich ist: Er weiß nichts davon, dass ich Lilianas Vater bin. Er lernte mich erst im letzten Jahr als Partner Effies kennen. Das soll auch so bleiben, verstanden?«

Finlay nickte. »Ich werde nichts erwähnen, keine Sorge.«

»Es geht nicht gegen den General, er ist ein anständiger Mensch, aber ich gab Eliza dieses Versprechen und werde mich daran halten.«

»Verstanden.«

Jack ließ ihn stehen, trat zu Effie und bot ihr seinen Arm an. Die beiden gingen dem Mann in den Fünfzigern mit gepuderter Perücke und rotbraunem Schnurbart entgegen. Finlay folgte, blieb jedoch höflich im Hintergrund.

Richard trug seine rote Generalsuniform mit Säbel und schien offensichtlich noch immer stolz auf seinen Rang und Dienst zu sein. Er lächelte breit, als er sie erblickte, und lüftete seinen Dreispitz. »Mr Farson, Elfreda. Ich freue mich, Sie beide zu sehen.«

Effie lächelte. »Die Freude ist ganz meinerseits, Richard.«

Jack begrüßte den General mit einem Händedruck. »Danke, dass Sie es so schnell einrichten konnten.«

»Das ist doch selbstverständlich. Sollten Sie recht behalten, wäre das ein Skandal für die königlich Armee, dem zwingend nachgegangen werden muss.« Sie gingen den Steg hinauf und er ließ seinen Blick schweifen. »So komme ich auch mal zu der Gelegenheit, Ihr Schiff bewundern zu dürfen.«

Jack zeigte ein ungewohntes Lächeln. »Es wäre mir eine Ehre, Ihnen eine Führung zu geben. Die *Nemesis* ist mein ganzer Stolz.«

»Wie es scheint zu Recht. Ich sah schon einige Schiffe, aber selten eines, das derart gut gepflegt und geordnet erscheint. Auch Ihre Matrosen wirken adrett und in bester körperlicher Verfassung.«

»Sie sind herzlich eingeladen, mit mir zu speisen, und auch, hier zu nächtigen, sollten Sie das wollen, General.«

Richard nickte und sein Blick traf Finlay.

»Darf ich vorstellen?«, sagte Jack darauf. »Mein Freund und Kollege Finlay Clark. Der Kapitän eines Handelsschiffes.«

Derringham nickte ihm zu. »Freut mich, Sie kennenzulernen, Mr Clark.«

Finlay zog seinen Hut und verbeugte sich leicht. »General.«

»Gehen wir aber zur Besprechung in meinen Arbeitsraum.«

Jack reichte Effie den Arm und führte den General zum Achterdeck. Dort löste sich Effie von ihm. »Ich lasse euch Männer nun besser unter sich sein und werde nach Liliana sehen.«

»Bestelle bitte meine besten Grüße an deine Nichte, Elfreda.«

»Danke, Richard, das werde ich.« Sie nickte ihm noch einmal freundlich zu und ging dann nach draußen.

Jack schenkte Finlay, Richard und sich selbst einen Cognac ein.

Der General nahm das Glas dankend entgegen und richtete sich an Finlay. »Sie sind also ebenfalls Kapitän, Mr Clark?«

»Das bin ich, Sir.«

»Mr Clark besitzt mein vollstes Vertrauen, Mr Derringham«, sagte Jack und blickte den General offen an.

Finlay staunte bei diesen Worten. Sowohl darüber, dass Jack ihm sein Vertrauen aussprach, als auch über die gute Beziehung, die dieser nicht gerade gesetzestreue Kapitän mit einem Angehörigen der königlichen Armee hatte. Er verzog jedoch keine Miene.

Der General lächelte. »Das freut mich zu hören. Ich verlasse mich auf Ihr Urteil, Mr Farson.« Er blickte zu Finlay und prostete ihm zu.

Der Klang zusammenstoßender Gläser erfüllte den Raum. Finlay nahm einen großen Schluck des Getränks, dessen scharfes Eichenaroma ihm die Kehle wärmte. Er genoss dieses innere Streicheln nach diesem Tag mehr, als er zugeben wollte.

Der General räusperte sich. »Ich muss gestehen, ich bin aus Ihrem Schreiben nicht ganz schlau geworden, doch es klang beunruhigend.«

Jack nickte. »Wir haben in der Tat ein wohl eher ungewöhnliches Anliegen, General. Es handelt sich um perfide, ja, sogar kriminelle Vorfälle innerhalb der königlichen Marine, die uns redliche Seeleute persönlich betreffen und denen nachgegangen werden sollte.«

Mr Derringham hob die Brauen. »Jetzt machen Sie mich aber neugierig.«

»Kapitän Clark wurde im Frühjahr zu Unrecht der Schmuggelei verdächtigt und verhaftet. Seine Logbücher verfälschte der Intrigant dementsprechend. Da ich von der Unschuld meines Freundes überzeugt war, half ich bei den Ermittlungen. Wir hatten das Glück, dass Mr Clark in wahrer Voraussicht seine Logbücher stets in doppelter Ausgabe schrieb. Dies und die herausgetrennten Seiten und ungleiche Handschrift des ersten Buchs genügten, um vor Gericht seine Freiheit zu erwirken. Die Gerechtigkeit siegte, der Schuldige floh jedoch. Wir stellten Nachforschungen an und fanden heraus, dass es einen Mann bei der königlichen Marine gibt, der auf kriminelle Weise versucht, redliche Seefahrer der Piraterie zu beschuldigen, um die von der

königlichen Armee ausgesetzte Prämie zu kassieren.«
Jacks Blick wurde streng. »Diesen Mann, Mr Travis Parker, Leutnant zur See, machte ich ausfindig und brachte ihn hier an Bord.«

Der General hatte der Ausführung schweigend gelauscht und rieb sich nun nachdenklich über das Kinn. »Ich wurde darüber informiert, dass die königliche Armee zusammen mit der Marine härter gegen die Piraterie vorgeht. Auch, dass Belohnungen ausgesetzt wurden für gefangene Piraten oder Informationen über sie. Dass dies jedoch derart unkontrolliert um sich greifen würde, davon hörte und ahnte ich nichts.«

»Ich hoffe, dies ist ein Einzelfall, General, doch wenn die Gefangennahmen weiterhin willkürlich geschehen dürfen, werden solche kriminellen Methoden sicher Nachahmer finden.«

Derringham nickte. »Das wäre auch meine Befürchtung.« Er straffte die Schultern. »Sie haben diesen Mr Parker in Verwahrung?«

»Ja, er ist seit heute Mittag hier auf dem Schiff. Er wird gut behandelt, doch ich fürchtete, er würde fliehen oder eventuelle Mitwisser warnen, sollten wir ihn auf freiem Fuß lassen.«

»Ich verstehe. Danke, dass Sie sich in dieser Angelegenheit an mich wenden. Ihr Vertrauen ehrt mich.« Er stellte sein Glas auf den Tisch. »Wo ist er?«

»Folgen Sie mir.«

Finlay und der General gingen mit Jack unter Deck. Sobald sie die Brig erreichten, sprang Parker auf. Seine Augen weiteten sich, als er den Mann in der Uniform sah, und er salutierte hinter den Gitterstäben. »General!«

Derringham musterte den Gefangenen mit verengten Augen. »Die Anschuldigungen gegen Sie sind nicht unerheblich, Mr Parker. Haben Sie etwas zu ihrer Verteidigung zu sagen?«

Parker stand noch immer stramm und verlor tatsächlich ein wenig seine Gesichtsfarbe. Offenbar hatte er mit einem Verhör durch Jack gerechnet, jedoch nicht, einem General der königlichen Armee gegenüberzustehen. Die Überraschung war gelungen.

»General, ich habe nichts Unredliches getan, Sir. Meine Quelle schien vertrauenswürdig. Ich war der Überzeugung, es handele sich um einen Piraten. Meine Befehle waren ...«

»Wer war Ihr Informant?«, fiel Richard ihm barsch ins Wort.

»Ein gefangener Seeräuber, Sir, er sagte aus ...«

»Ein sicherlich gefolterter Pirat soll eine seriöse Quelle sein?« Derringhams Gesicht lief rot an. »Wollen Sie mich veräppeln hier?«

Parker zuckte zusammen. »Nein, Sir, Verzeihung, Sir.«

»Aufgrund der fragwürdigen Aussage eines skrupellosen Kriminellen lassen Sie Logbücher fälschen und bringen unschuldige Seemänner an den Galgen?«

»Das ist eine nicht belegte Anschuldigung, Sir.«

»Fliehen Sie nicht vor der Verantwortung!«, fuhr Jack ihn an. »Sie waren der Quartiermeister! Wenn die Zahlen im Buch nicht mit dem Warenhandel des Schiffes übereinstimmten, hätten Sie dies als eine Fälschung bemerken und melden müssen.«

Der General nickte. »Es sei denn, Sie haben davon gewusst.«

»Ich ...«

Derringham schnaubte, sein Gesicht nahm wieder normale Farbe an. »Gut, ich werde Soldaten schicken, Sie abholen zu lassen. Um alles Weitere werden sich die Gerichte kümmern.«

Finlay entging das leichte Aufatmen des Gefangenen nicht. Er presste die Lippen zusammen. Hatte er einen Fehler begangen, Jack zum legalen Weg zu überreden? Dieser Kerl verließ sich gewiss auf Freunde in den oberen Rängen. Hoffentlich würde er es zumindest nicht mehr wagen, weitere Seeleute zu beschuldigen oder sich an Duncan und seiner Familie zu rächen. Das Risiko einer erneuten Anklage dürfte auch solch einem Fiesling zu hoch sein.

Parkers Blick wanderte nun zu ihm. Seine hellen Augen blitzten warnend. Der Blick war alles andere als eingeschüchtert, sondern noch immer überheblich. Als wäre das Strammstehen vor dem General nur gespielt, um sich nicht tiefer in die Misere zu reiten.

Finlay hielt dem Blick stand, auch wenn er ihm Magendrücken verursachte. Der Leutnant wirkte auf ihn wie einer dieser verzogenen Rüpel, die durch Beziehungen und Familie niemals mit Konsequenzen für ihre Taten rechnen mussten. Er vertraute gewiss auf seine Herkunft, ohne je einen Fehler einzugestehen oder sich zu ändern. Finlay kannte dieses Gefühl besser, als Parker wohl ahnte.

Das stille Duell dauerte einige Sekunden, bevor es durch die Worte des Generals unterbrochen wurde.

»Kommen Sie, meine Herren, gehen wir an Deck. Hier unten ist die Luft zu stickig.«

Oben wehte ihnen wie zur Bestätigung eine frische Brise ins Gesicht, leichter Regen folgte.

Derringham drehte sich zu Jack. »Ich werde mich darum kümmern, dass Ihr Schiff noch heute von diesem Gesetzesbrecher befreit wird, Mr Farson, danke für die Möglichkeit der Aufklärung. Ich werde die Nacht hier in Bristol bleiben und erst morgen früh nach Bath zurückfahren.«

»Wir haben zu danken, Mr Derringham«, sagte Jack höflich. »Ich werde Ihnen für die Nacht meine Kabine zur Verfügung stellen und in einer anderen nächtigen. Effie und ich würden Sie auf Ihrer Rückfahrt nach Bath morgen begleiten, wenn Sie nichts dagegen haben. Ich habe einige Termine in London und würde dann dorthin weiterreisen und dabei Effie auf das Landgut bringen.«

»Ich wollte mit Liliana nach Northampton«, warf Finlay ein. Sie hatte ihn am Tag zuvor überredet, dort Nachforschungen über seine Familie anzustellen. »Wenn es keine Umstände macht, könnten wir uns ebenfalls anschließen.«

Richards gehobene Brauen deuteten an, dass er bei der Erwähnung, dass die beiden gemeinsam reisen würden, korrekt schlussfolgerte, doch er hakte nicht nach. »Es wäre mir eine Freude. Ich bin mit meiner eigenen Kutsche angereist, die groß genug für alle ist. Sie müssen bis Bath keine eigene mieten und sind auch herzlich eingeladen, bei uns zu nächtigen. Eliza wird sich sicher freuen.«

»Gewiss.« Jacks Betonung dieses Wortes glich dem leisen Zischen einer Schlange.

Finlay überlegte, welche Beziehung die beiden wohl zueinander hatten. Von dem, was er von Liliana bisher erfahren hatte, war es wohl keine sehr angenehme.

Liliana

Bath, England

Juni 1786

Die Kutschfahrt nach Bath nahm nur wenige Stunden in Anspruch. Liliana war sehr erleichtert, dass Finlay sie begleitete. Noch mehr freute sie sich über seine Einwilligung, mit ihr nach Northampton zu fahren. Hoffentlich würde er dort endlich Antworten finden und abschließen können. Sie spürte, wie sehr ihn die Unsicherheit über den Verbleib seines Vaters belastete.

Der Gedanke, wie Eliza auf ihren Verlobten reagieren würde, drückte ihr jedoch die Eingeweide stärker zusammen als jedes Mieder.

Richard schien angetan zu erfahren, dass Finlay um ihre Hand angehalten hatte. Womöglich hoffte er, ihre Mutter würde nun endlich Ruhe geben, einen Ehegatten für sie zu finden. Das bezweifelte Liliana jedoch stark.

Der General und ihr Vater unterhielten sich sehr angeregt während der Fahrt. Liliana bemerkte, dass sich Finlay weitaus schwerer tat, ein gemeinsames Thema mit dem Tory zu finden. Die Interessen gingen zu weit auseinander, Richard verstand nicht viel von Handel und Weltwirtschaft und Finlay war weder an der Fuchsjagd interessiert, die Richard trotz des Alters noch sehr leidenschaftlich auslebte, noch in der britischen Gesellschaft besonders bewandert. Jack half ihm oft indirekt auf die Sprünge, wenn sich die Themen auf

Politik oder Parlamentsabgeordnete bezogen. Finlay, der zwar bürgerlich aufgewachsen war, aber ohne die Möglichkeit, Kontakte zu knüpfen, wirkte häufig etwas verloren bei dieser Unterhaltung. Nun verstand sie, was er nach dem Besuch des Kaffeehauses angedeutet hatte: Ob ein Gespräch angenehm verlief, lag allein an der Gesellschaft, in der man sich befand.

Sie fuhren durch die Straßen von Bath und erreichten die Einfahrt des hohen Steinhauses. Der Kutscher öffnete die Tür und ließ sie aussteigen, bevor er das Gepäck löste.

Eliza kam ihnen mit ausgestreckten Armen entgegen. »Liliana, Effie, schön euch zu sehen … Mr Farson.« Ihr Lächeln erstarb. Als Finlay schließlich hinter Jack aus der Kutsche stieg, hob sie die Brauen. »Das werden ja immer mehr.«

Liliana trat vor. »Mutter, darf ich vorstellen. Das ist Finlay Clark, mein Verlobter.«

Eliza zuckte zusammen, als hätte sie eine Ohrfeige bekommen. »Wie bitte?«

Finlay zog den Hut und verbeugte sich. »Madam.«

Sie musterte ihn mit verengten Augen. »Guten Tag«, kam es mit eiskalter Stimme. »Kommen Sie doch herein.«

Das Dienstmädchen Marylin zeigte ihnen die Gästezimmer, von denen es genug in dem großen Haus gab. Richard beherbergte des Öfteren Besucher aus London. Effie und Jack teilten sich einen Raum, während Finlay und Liliana zwei separate zugeteilt bekamen.

Nachdem sie sich von der Reise frischgemacht hatten, trafen sie sich im Speisezimmer. Marylin reichte Gebäck herum.

Eliza trat zu den Männern, die vor dem Kamin standen, und spitzte ihre Lippen. »So, Mr Clark, erzählen Sie doch etwas über sich. Woher stammen Sie?«

»Aus Northampton, Madam.«

»Nennen Sie dort noch Familie oder Besitz Ihr Eigen?«

Finlay runzelte die Stirn. »Nein.«

Eliza hob die Brauen. »Und dennoch wollen Sie meine Tochter ehelichen?«

»Mutter!«, rief Liliana empört.

Eliza ignorierte sie.

»Ich kann finanziell gut für sie sorgen, falls dies Ihren Bedenken zugrunde liegt, Mrs Deringham«, erklärte Finlay kühl.

Ihre Mutter verzog den Mund. »Das klingt wundervoll. Wie beabsichtigen Sie, das zu tun ohne Land? Was ist Ihre Profession?«

»Ich betreibe Handel zur See und besitze einen Dreimaster.«

Eliza schnappte nach Luft. »Was? Ein Seefahrer?« Sie sah mit blitzenden Augen zu Liliana. »Bist du von allen guten Geistern verlassen?«

Liliana stemmte empört die Hände in die Hüften. »Mutter!«

Jack trat wie zur Verteidigung neben sie und blickte Eliza streng an.

Diese warf einen schnellen Blick zurück zu Richard, der außer Hörweite den Aperitif entgegennahm, und erwiderte dann Jack mit ähnlicher Herzlichkeit. »Das hast du eingefädelt, um mir eins auszuwischen, leugne es nicht!«, zischte sie leise. »Du entfremdest meine Tochter kategorisch von mir, glaube nicht, ich erkenne dies nicht!«

In Liliana kochte es. Traute ihre Mutter ihr bis heute nicht zu, eigene Entscheidungen zu fällen? Nun platzte ihr endgültig der Kragen über Elizas ewige Bevormundung.

»Entschuldigt uns bitte«, sagte sie an Finlay und ihren Vater gerichtet und winkte Eliza, ihr in den Flur zu folgen.

Hinter der Tür angekommen, hob ihre Mutter fragend die Brauen. »Was sollte denn diese peinliche Szene?«

»*Du* nennst *mich* peinlich?« Lilianas Herz raste. Die Tatsache, dass Eliza ihre große Liebe derart angriff, belastete sie mehr, als sie zugeben wollte. Angst, ihr würde erneut alles genommen, erfüllte sie und ließ ihren gesamten Körper beben. Erst verbannte Eliza ihren Vater aus ihrem Leben, schickte Liliana fort aus ihrem Zuhause zu ihrer Tante und nun machte sie auch noch Anstalten, ihr den Verlobten zu vergraulen!

Liliana hatte Mühe, ihre Stimme leise zu halten und passende Worte zu wählen. Zu sehr wirbelten die Gefühle in ihrem Kopf umher wie Herbstblätter im Sturm. »Die ganze Zeit über hängst du mir in den Ohren, ich solle einen Mann finden. Nun habe ich das, er hat Geld, ihm gehört zudem ein Schiff und doch ist es dir wieder nicht recht!«

Eliza schüttelte den Kopf. Ihre Mimik blieb kühl und abweisend. »Schatz, verstehe doch! Dieser Schönling besitzt weder Land noch Familie hier in England. Er lebt gefährlich, hat kein sicheres Einkommen und keinerlei Beziehungen oder einflussreiche Freunde. Willst du als verarmte junge Witwe enden? Womöglich noch mit Kind? Lass dich nicht nur von gutem Aussehen blenden!«

Liliana verengte die Augen. »Mir kommt der Verdacht, du hast schlichtweg etwas gegen Seeleute.«

»Natürlich habe ich das, du dummes Kind! Seemänner leben in ständiger Bedrohung ihres Lebens, lassen Angetraute monatelang alleine und betrügen sie in jedem Hafen. Man kann solchen Männern niemals trauen! Du wirst unglücklich werden.« Sie atmete tief durch und hielt ihr eine Hand hin. »Nun stell dich nicht an und komme zurück ins Speisezimmer. Was sollen die Angestellten von uns denken?«

Liliana ignorierte die ausgestreckte Hand. Eliza seufzte laut und ging an ihr vorbei in den Raum.

Sie selbst blieb im Flur stehen, ihr war der Appetit vergangen und sie verspürte auch keinerlei Drang auf weitere Gespräche, als wäre nichts geschehen. Diese Oberflächlichkeit war noch nie ihre Welt gewesen. Sie sehnte sich zurück auf Finlays Schiff, auf dem sie einfach nur sie selbst sein konnte, ohne gesellschaftliche Zwänge oder Vorurteile. Den Gedanken, der sich klammheimlich in ihren Geist drängen wollte und das Verhalten ihrer Mutter verstand, verwarf sie schnell wieder. Zu sehr weckte es ihren Zorn und Kampfgeist um die große Liebe. Um das, was sie aus vollem Herzen wollte. Sie hatte als Kind stets für Elizas Wohl Entbehrungen auf sich nehmen müssen, diesmal würde sie ihr Glück nicht für den Willen ihrer Mutter aufgeben.

Liliana stand lange im düsteren Flur und starrte die Tür an. Bis sie sich erneut öffnete. Sie befürchtete schon, ihre Mutter käme zurück, doch als sie Finlay erkannte, atmete sie erleichtert aus.

»Alles in Ordnung?«, fragte er mit leiser Stimme, deren samtener Ton tief in sie hinein drang wie die ersten wärmenden Sonnenstrahlen an einem kalten Wintertag.

»Ja.« Liliana atmete tief durch. »Wäre es dir recht, das Essen ausfallen zu lassen? Ich benötige dringend frische Luft. Wir könnten im Park spazieren gehen.« Sie gab ihm einen flehenden Blick.

Finlay nickte sichtlich erleichtert, als hätte auch er nur auf eine Gelegenheit gewartet, fliehen zu können. »Liebend gerne.«

Liliana hakte sich bei ihm unter und sie schlenderten durch die Straßen von Bath. Der leichte Nieselregen, der ihr Kleid benetzte, störte sie nicht, im Gegenteil. Er vertrieb einen Großteil der Menschen von der Straße und sie musste keine neugierigen Blicke fürchten.

Sie liefen ziellos an den Häusern und Geschäften vorbei. Liliana genoss diese Zweisamkeit mit Finlay, fort von ihrer besitzergreifenden Mutter. Sie wünschte sich so sehr, endlich ein eigenes Leben führen zu dürfen.

»Hast du schon einmal mit dem Gedanken gespielt, dich auf dem Land niederzulassen?«, fragte sie. Wenn sie diesen Mann heiratete, musste sie auch über eine gemeinsame Zukunft nachdenken.

Finlay zuckte die Schultern. »Hin und wieder. Aber bisher wüsste ich nicht, wo auf dieser Welt.«

Liliana stutzte. »Was meinst du damit? Du bist doch Engländer, oder nicht?«

»Nicht im Herzen, fürchte ich. England hat meiner Familie kein Glück gebracht. Es hat mich verraten und verkauft. Ohne Freunde oder Familie hängt mein Herz hierzulande an keinem Ort.«

Sorge überkam sie. Bisher bestimmte der Besitz von Land oder eines Hauses stets, wer unabhängig leben konnte und wer auf die Gunst anderer angewiesen war.

Würden sie und Finlay obdachlos sein? Oder war diese Definition ein Trugschluss? Wäre jemand ohne Besitz und Verpflichtungen gar freier?

»Aber was geschähe, wenn dein Schiff zerstört wird? Dann bist du mittellos.«

»Keine Sorge. Sollte ich nicht zusammen mit der *Alecto* untergehen, habe ich noch immer etwas Geld in Banken verschiedener Länder verteilt. Dies tat ich in der Hoffnung, dass nicht alles auf einmal durch Kriege, Plünderung oder Ähnliches verlorengeht.« Er lächelte. »Vielleicht findet sich irgendwann ein Ort für mich – oder uns – zum Niederlassen. Abgeneigt bin ich dieser Vorstellung keineswegs, doch noch ist sie verfrüht.«

Sie atmete erleichtert auf, doch ihr Herz beruhigte sich nicht. Anstelle von Sorge, schlug es nun vor Abenteuerlust. Der Gedanke, einmal in ein anderes Land auszuwandern, dort die Sprache und Kultur zu lernen und fernab von ihrer Mutter leben zu können, erschien ihr wundervoll aufregend. Es wäre dann freiwillig, nicht gezwungenermaßen wie bei dem armen Gustav.

Sie spazierten durch die Straßen, bis die Dämmerung einsetzte. Liliana fühlte sich glücklich und entspannt, auch wenn ihre Kleidung bereits durchnässte. Angelehnt an Finlays Arm, seine Wärme und Bewegung nahe bei sich zu spüren, ihre beinahe synchronen Schritte auf dem Pflaster zu hören, das Rauschen ihrer Röcke unter dem Kleid, der leichte Regen, der die Haut benetzte, der Geruch feuchter Erde und nassem Stein ... sie hätte bis in alle Ewigkeit so weiterlaufen können. Wenn sich ihr Magen nicht lautstark bemerkbar gemacht hätte.

»Wir sollten zurück zum Haus«, meinte sie betreten. »Effie sorgt sich gewiss bereits.«

Finlay nickte. »Alles, was du möchtest.«

Sie lehnte ihren Kopf an ihn. »Danke, dass du hier bei mir bist«, flüsterte sie.

»Das werde ich immer sein.« Er drückte wie zur Bestätigung ihre Hand.

***

Nach einem Abendessen zu zweit winkte ihr Vater Liliana zu sich. Sie folgte ihm in die kleine Bibliothek und hob fragend die Brauen.

»Ich wollte die Gelegenheit ergreifen, noch einmal alleine mit dir zu sprechen, Liliana.« Jack schritt auf und ab, als suche er nach den passenden Worten, dann trat er vor sie und hob die gefalteten Hände an sein Kinn. »Es geht um deine geplante Hochzeit. Hast du dir dies wohl überlegt? Möchtest du wirklich diesen Schritt gehen? Ist dies nicht alles sehr übereilt?«

Ein Blitz durchfuhr ihren Körper. Was wollte er ihr damit sagen? Sie stemmte die Arme in die Hüften und verengte die Augen. »Ja, Vater. Ich bin mir sicher«, sagte sie mit fester Stimme.

»Ich möchte dich nur warnen, nicht überstürzt aus einer Schwärmerei heraus zu handeln. Du kennst diesen Kerl kaum.«

»Was soll das heißen?« Ihr Brustkorb zog sich schmerzhaft zusammen.

»Ich kenne ihn hingegen sehr gut.« Ein leiser Seufzer entfuhr Jacks Lippen. »Finlay ist zu passiv, ohne wirkliche Hochziele. Ein Pferdehändler, der nicht den Schneid hat, lange durchzuhalten. Er wird früher oder später im Gefängnis oder am Galgen landen, wenn ihm nicht einer zuvor die Kehle aufschneidet. Willst du so etwas als Gemahl?«

So *etwas?* Liliana schnappte nach Luft. Wollte er ihr nun auch den passenden Bräutigam aussuchen wie Mutter? Der einen war Finlay zu wild, dem anderen zu harmlos! Was sollte dieses Theater? »Verlangst du nun von meinem zukünftigen Ehemann Heldenbeweise wie Prinzessinnen in Theaterstücken von ihren Prinzen? Dabei tat er dies sogar unverlangt! Er ist uns gegen die Piraten zur Hilfe gekommen und hat Effie das Leben gerettet.«

Jack schnaubte. »Ein blindes Huhn ...«

Das Band um ihren Brustkorb zerbarst im Zorn. »Ich habe genug von deinen und Mutters ewigen Sticheleien gegen den Mann, den ich liebe!«, fauchte sie ihn wütend an, während ihr Tränen in die Augen stiegen. »Finlay hat sehr wohl Ideale. Er ist lediglich vorsichtiger, schwenkt den anderen keine Fahnen ins Gesicht und versucht nicht immer, mit dem Kopf durch die Wand zu rennen, wie du es tust. Im Gegensatz zu dir nimmt er *meine* Gefühle ernst. Er ist einfühlsam und rücksichtsvoll. Du hingegen denkst nur an deine eigenen, dir selbst gesteckten Ziele und nie an die Menschen, die dir nahe sind und die dich lieben.«

Sie drehte sich auf dem Absatz um und rannte davon. Zu sehr fürchtete sie sich davor, ihrem Vater in die stechend blauen Augen schauen zu müssen nach diesen heftigen Worten.

Sie lief in ihre Kammer und verschloss sie von innen. Das Herz klopfte ihr bis zum Hals, als sie sich mit dem Rücken gegen die Tür lehnte und tief durchatmete. Jack würde nicht folgen, da war sie sich sicher, doch sie wollte nicht, dass Finlay sie derart aufgelöst sah.

Sie wischte sich die Tränen vom Gesicht und würgte den aufkommenden Zorn hinunter. Enttäuschung machte sich breit. Sie hatte gehofft, gerade in ihrem Vater endlich ein Elternteil gefunden zu haben, das sie verstand. Und nun dies!

In gewisser Weise war sie stolz auf sich, endlich einmal den Mut aufgebracht zu haben, sowohl ihrer Mutter als auch ihrem Vater die Meinung zu sagen ... auch wenn sie bei Letzterem feige geflohen war.

****

Am nächsten Morgen holte der bestellte Kutscher sie nach dem Frühstück ab. Liliana atmete tief durch, als das Gefährt mit ihr und Finlay die Straßen von Bath hinter sich ließ und über Land rollte. Endlich Frieden!

»Der General bat mich, nochmal bei ihm vorbeizuschauen, wenn wir wieder nach Bristol reisen«, dämpfte Finlay ihre gute Stimmung etwas.

»Wieso das?«

»Er wollte mir erzählen, was im Falle Parkers herauskam. Diese Sache lässt mir keine Ruhe. Ich bin es nicht nur mir selbst, sondern auch Duncan schuldig, ein Auge auf seinen Verbleib zu haben.«

Liliana nickte. Sie verstand, was er meinte.

***

Die Fahrt dauerte fünf ruhige Tage und Nächte, in denen sie in kleineren Inns übernachteten. Auch wenn es oft nicht die angenehmste Unterbringung war, genoss Liliana die Zeit zu zweit ohne Stress oder Hektik. Niemand kümmerte sich darum, ob sie verheiratet waren oder nicht. Fragen wurden an die Reisenden nicht gestellt. Dies war ungewohnt und angenehm zugleich.

Abends lagen sie müde von einem langen Reisetag zusammen im Bett, doch mehr als ein gegenseitiges Umarmen geschah nicht. Die beiden Nächte in Hoorn blieben etwas Besonderes.

Sie sprachen nur über alltägliche Dinge, es schien, als mied Finlay den Grund ihrer Reise wie der Teufel das Weihwasser. Liliana erinnerte sich mit einer Gänsehaut an den Abend, als er sich ihr anvertraute und berichtete, wie sein Vater ihn damals betrunken an einen Walfänger verspielt hatte. An etlichen Momenten öffnete sie den Mund, um Finlay auf seine Vergangenheit anzusprechen, doch ihr Herz begann zu flattern und sie verlor den Mut. Sie traute sich nicht, aus eigennütziger Neugier alte Wunden bei ihm zu öffnen, die offenbar nie vollends verheilt waren.

Liliana bemerkte, dass Finlay immer verschlossener und nachdenklicher wurde, je näher sie seinem

Heimatort kamen. Der Stadt, in der er mit seinen Eltern eine glückliche Kindheit gehabt hatte, bevor alles jäh endete. Sie glaubte, nachvollziehen zu können, wie er sich fühlte, wagte jedoch weder, ihn darauf anzusprechen, noch, seine Gedanken zu unterbrechen.

Sie wünschte so sehr, dass er sich ihr von selbst anvertrauen würde, doch er schien noch nicht so weit zu sein.

Wenn er stundenlang schweigend in der Kutsche saß und zum Fenster hinaussah, nahm sie seine Hand und drückte sie. Sie wollte ihm zeigen, dass sie für ihn da war. Finlay blickte weiter in die vorbeiziehende Landschaft, erwiderte den Druck aber.

Northampton, England

Juni 1786

Die Sonne näherte sich bereits dem Horizont, als die Kutsche ratternd auf den Kirchplatz des Stadtteils fuhr, in dem Finlay aufgewachsen war.

»Wollen wir uns nicht um eine Bleibe kümmern?«, fragte Liliana. »Es ist schon spät.«

Finlay schüttelte den Kopf. »Ich möchte zuvor etwas überprüfen, um zu wissen, für wie lange ich ein Zimmer buchen muss.«

Liliana runzelte die Stirn, fragte aber nicht weiter. Sie stiegen aus und baten den Kutscher, mit dem Gepäck zu warten.

Finlay zeigte auf das eiserne Gittertor zwischen den Mauern. »Ich denke, ich werde meine Suche hier beginnen.«

Liliana fröstelte. »Auf dem Friedhof?«

Er nickte. »Nur, um sicherzugehen, bevor ich anfange, Leute zu befragen. Sollte er hier liegen, wäre die Reise ohnehin beendet und wir können uns morgen schon auf den Rückweg machen.«

Die Monotonie seiner Stimme brach ihr das Herz, diese Sache musste ihn wirklich belasten, wenn er versuchte, seine Gefühle derart zu verdrängen.

Es war ein relativ großer Friedhof, der sich einige hundert Fuß hinter einer steinernen Kirche ausbreitete. Umringt von alten Buchen und Eichen.

Liliana und Finlay schritten langsam die Reihen der Grabmäler entlang. Viele waren mit bunten Blumen oder kleinen Kränzen verziert, einige davon bereits vertrocknet. Die tiefstehende Sonne tauchte die Gräber in ein leuchtendes Gelborange, nur ab und zu zog sich eine Wolke darüber und warf einen kühlen Schatten über den stillen Ort.

Liliana bemühte sich, nicht allzu sehr auf die Inschriften und Daten zu achten. Zu viele junge Menschen lagen hier. Viele Todesdaten aus der Zeit des Krieges. Ihr Magen zog sich zusammen, wenn sie die Gräber von Säuglingen oder Kleinkindern sah. Wollte sie nicht auch so gern einmal Kinder haben? Was, wenn diese starben? Sie glaubte nicht, so etwas verkraften zu können.

An einem Stein aus dunklem Granit hielt Finlay inne und verharrte völlig reglos.

Liliana überkam ein kalter Schauer der Vorahnung. Sie las die schnörkellose Inschrift des unscheinbaren Steins:

Henry F. Clark
Geboren am 7. April 1725, gestorben am 3. Februar 1781
Gatte von Rosalinde Clark, geborene Herschel, 17. Juli
1729 bis 10. Juni 1773
Möge seiner Seele die Ruhe zuteilwerden, die er auf
Erden nicht zu finden vermochte.

Finlay schluckte hart. »Er ist seit über fünf Jahren tot«, flüsterte er. »Ich habe es befürchtet und gleichzeitig erhofft.« Er nahm seinen Dreispitz ab, drückte ihn mit einer Hand gegen die Brust und schaute weiter auf den Stein. Der leichte Wind wehte ihm blonde Strähnen aus dem Zopf.

Liliana ergriff seine linke Hand und Finlay schob seine Finger in die ihren. Auch wenn sie seine Eltern nie kennenlernen durfte, empfand sie Trauer, nun vor dem Grab seines Vaters zu stehen. Der Gedanke, dass unter dieser feuchten Erde überall tote Menschen begraben lagen, ließ sie frösteln. Menschen, die einst ein Leben besaßen, eigene Gedanken und Ideen innehielten, geliebt wurden.

Man lebte, dachte, fühlte ... und auf einmal war alles ausgelöscht. Für immer. Unwiederbringlich. Ohne eine Gelegenheit, zu lange Ungesagtes auszusprechen oder Fehler wiedergutzumachen. Wie viele schmerzhaft entrissene Teile der Herzen Lebender lagen hier ebenfalls vergraben?

Sie standen eine Zeit schweigend nebeneinander. Liliana hätte viel darum gegeben, Finlays Gedanken zu hören, doch sie durfte diese nicht mit Fragen unterbrechen. Alles, was sie in diesem Moment für ihn zu tun vermochte, war, bei ihm zu sein.

Sie spürte den Wind in ihren Haaren spielen, hörte die Blätter in den Bäumen rauschen und die Vögel der untergehenden Sonne ein Abschiedslied zwitschern. Auf eine seltsame Weise war dieser Ort schön und grausig zugleich.

»Verzeihen Sie, mein Herr.« Ein relativ kleiner, rundlicher Mann mittleren Alters näherte sich ihnen. Er trug schwarze Pastorenkleidung und eine weiße Perücke. »Sie kennen den Verstorbenen?« Er blieb neben Finlay stehen und musterte ihn, als suchte er nach bestimmten Zügen.

Finlay sah auf, wie aus einem tiefen Traum erwacht, und drehte sich zu dem Mann mit dem rundlichen, freundlichen Gesicht. »Ja.« Seine Stimme klang rau, er räusperte sich. »Er war mein Vater.«

»Sie sind Mr Finlay Clark?« Der Pastor nickte. »Sie müssen es sein bei der Ähnlichkeit. Ich bin Jonathan Matthews, ich betreue diese Gemeinde.«

Finlay hob die Brauen. »Sie kannten meinen Vater?«

Matthews legte wie zum Schwur eine Hand auf seine Brust. »Ja. Sehr gut sogar. Sie glauben nicht, wie sehr ich mich freue, Sie hier und derart wohlauf zu sehen.« Er beugte leicht den Kopf vor Liliana. »Sowie in solch angenehmer Begleitung.«

»Freut mich Sie kennenzulernen, Mr Matthews, mein Name ist Liliana Preston.«

»Darf ich Sie beide zu mir auf einen Tee einladen? Ich denke, es gibt einige Dinge zu besprechen.«

Liliana blickte Finlay mit erhobenen Brauen an, der sah kurz zu ihr und nickte dem Mann dann zu.

Matthews breitete mit einem einladenden Lächeln die Arme aus. »Wie schön. Folgen Sie mir!«

Er führte sie den Schotterweg entlang zu der kleinen Kirche aus hellem Sandstein, hielt aber inne, als käme ihm ein Gedanke. »Sie sind sicherlich ein gutes Stück gereist. Haben Sie bereits eine Möglichkeit zum Nächtigen hier in der Stadt?«

»Nein«, sagte Finlay. »Wir sind gerade erst angekommen. Der Kutscher wartet noch vor dem Friedhof mit unserem Gepäck.«

Matthews nickte. »Dann lassen Sie uns die Sachen holen und den Mann vorerst entlassen. Sie beide können gerne bei mir nächtigen. Das Kirchhaus hat zwei Gästezimmer.«

»Das wäre sehr großzügig, herzlichen Dank.«

Die beiden Männer holten die Gepäckstücke und trugen sie zu dem kleinen Nebengebäude der Kirche.

Der Pastor öffnete die Holztür. »Treten Sie ein«, sagte er freundlich und ging vor. »Ich zeige Ihnen die Zimmer, dann können wir anschließend in Ruhe reden. Hier sind die beiden Räume. Miss Preston kann den rechten nehmen, der ist etwas größer.«

Liliana sah Finlay fragend an und dieser zwinkerte ihr zu. Sie lächelte zurück. Sie waren offensichtlich nicht verheiratet, daher gab es strenge Trennung in einem gottesfürchtigen Haushalt. Daran hatte sie gar nicht mehr gedacht nach den Tagen zusammen.

In dem Wohnraum kam ihnen eine ältere Frau in blauem Wollkleid mit weißer Schürze und gleichfarbiger Haube entgegen.

»Ah, Mrs Bloom«, begrüßte Matthews sie. »Dies ist der Sohn von Mr Clark und seine Begleitung Miss Preston. Er ist endlich aufgetaucht.«

Die Augen der Frau weiteten sich, doch sie nickte nur höflich.

»Dies ist Mrs Bloom, die gute Seele dieses bescheidenen Haushalts«, erklärte er weiter und wendete sich wieder an die Frau. »Bitte bringen Sie meinen Gästen und mir einen Tee.«

»Jawohl, Mr Matthews.«

Es wurde langsam dunkel, nur das Feuer des offenen Kamins erhellte den Raum. Der Pastor entzündete mehrere Kerzen auf einem kleinen Tisch und wies sie an, sich zu setzen. Die Stühle waren aus Holz, aber mit Stroh gepolstert. Die gesamte Einrichtung wirkte recht karg, nicht so prunkvoll, wie Liliana es gewohnt war, aber doch luxuriöser als auf einem Schiff und durchaus gemütlich. Das Flackern des Feuers im Kamin ließ die Schatten des großen Kruzifixes an der Wand tanzen und es so lebendig wirken.

Als sie saßen und Mrs Bloom Tee und Gebäck gebracht hatte, blickte Finlay den Mann vor sich nur offen an, sagte aber kein Wort.

Matthews räusperte sich. »Ich erkenne an ihrer Mimik, dass Sie viele Fragen haben, diese aber nicht zu stellen wagen. Ihre Meinung über Ihren Vater ist ganz gewiss nicht die beste. Jedoch gibt mir die Tatsache, dass Sie ihn aufzusuchen beabsichtigten, große Hoffnung. Lassen Sie mich demnach berichten, was ich weiß.« Er goss sich einen Schluck Milch aus dem kleinen Kännchen in den Tee und verrührte diese. »Henry Clark kehrte gut vier Jahre vor seinem Tod hierher zurück. In einem desolaten Zustand. Ich fand ihn eines Morgens zusammengebrochen vor dem Altar der Kirche liegen. Abgemagert und in Lumpen, kaum am

Leben, als hätte Gott der Herr ihn persönlich die letzten Fuß getragen. Erst nach tagelanger Pflege war Ihr Vater überhaupt in der Lage zu sprechen.« Er trank einen Schluck Tee und faltete danach seine Hände auf dem Tisch. »Henry berichtete mir unter Tränen, wie er nach dem Tod seiner Frau den gemeinsamen Sohn im Hafen an raue Seemänner verspielt hatte, die nicht den Eindruck machten, besonderen Wert auf Menschenleben zu legen.«

Finlays Kiefer verspannten sich, doch er schwieg weiter.

»Wie Sie sich vielleicht noch entsinnen können, führte vor mir Pastor Miller diese Gemeinde, Gott habe ihn selig. Ich holte ihn zu Rat und er erkannte Ihren Vater wieder und wusste auch von Ihnen und Ihrer Mutter. Er berichtete, dass die Familie Clark damals aufgrund hoher Spielschulden Ihres Vaters alles verkaufen und untertauchen musste.«

Finlay runzelte die Stirn, als dachte er nach. »Tut mir leid, Mr Matthews, aber ich kann mich nicht wirklich an Ihren Vorgänger hier erinnern.«

Der Pastor nickte mit angespannter Mimik. »Mr Miller berichtete mir bereits, dass die Familie Clark nicht sehr häufig die Messe besuchte. Er bekam auch Sie nach der Taufe kaum mehr zu Gesicht.« Er seufzte. »Was sicherlich auch zu all dem beitrug.«

Finlay verengte die Augen, schwieg aber.

Matthews erhob sich mit einem schweren Schnaufen, als lägen urplötzlich Bleigewichte auf seinen Schultern. Er ging zu dem kleinen Sekretär an der Wand, zog einen Bronzeschlüssel aus seinem Gewand und schloss eine der Schubladen auf. Daraus holte er einen versiegelten Brief hervor und legte den Umschlag vor Finlay auf den Tisch, bevor er sich erneut setzte.

Finlay starrte auf das Papier, als hätte der Pastor gerade eine giftige Schlange vor ihn gelegt.

»Dieses Schreiben hat er vor seinem Tod für Sie verfasst. Sollten Sie eines Tages hier auftauchen.« Matthews' Stimme wurde leise, beinahe eindringlich. »Bitte hegen Sie keinen allzu großen Groll gegen Ihren Vater. Ich weiß, es ist oft ein schweres Unterfangen, aber suchen Sie in Ihrem Herzen nach Vergebung. Auch zur Rettung Ihrer eigenen Seele. Henry hat mir, wie gesagt, alles in tiefster Reue und unter Tränen gebeichtet. Diese seine Tat verfolgte ihn bis in den Tod. Er tat viel Buße und unterstützte mich tatkräftig bei der Errichtung eines Waisenhauses, obgleich er sich körperlich nie wieder ganz erholte. Er war nach dieser Einsicht ein anderer, ein *geläuterter* Mensch.« Er sah ihn eindringlich, aber mit einem milden Lächeln an. »Dennoch steht es mir nicht zu, Ihnen etwas vorzuschreiben. Hören Sie auf Gott und lassen Sie Ihr Herz entscheiden.«

Finlay schwieg weiter.

Matthews rückte den Stuhl zurück und stand auf. »Ich werde mich nun zurückziehen, um Ihnen beiden Freiraum zu geben. Rufen Sie mich jederzeit, wenn Sie etwas benötigen.« Er nickte ihnen zu, verließ den Raum und schloss leise die Tür hinter sich.

Lange Minuten vergingen, während Finlay immer noch wie versteinert auf seinem Stuhl saß. Liliana presste nervös die Hände im Schoß zusammen, bis ihr die Schultern schmerzten, und betrachtete ihn besorgt. Er starrte reglos den verschlossenen Umschlag an, als existiere nichts anderes mehr auf der Welt. Das flackernde Licht der kleinen Flamme warf geisterhafte Schatten über sein Gesicht. Das Wachs der Kerze lief in dünnen Streifen hinunter, ohne dass Finlay in dieser Zeit auch nur zu blinzeln schien. Er war wie zu Stein erstarrt.

»Möchtest du alleine sein?«, flüsterte sie schließlich.

Er reagierte nicht.

Sie erhob sich langsam und wollte aus dem Raum gehen, spürte aber eine Hand nach der ihren greifen. Finlay hielt sie fest, den Blick noch immer auf den Umschlag gerichtet, ihre Hand wie ein Rettungsseil umklammert. Liliana setzte sich wieder neben ihn, löste seine klammen Finger von ihren und umschlang stattdessen seinen Arm. Er lehnte den Kopf an ihren und schloss die Augen. Sie spürte seine verschärfte Atmung. Welch eine emotionale Belastung musste all dies gewesen sein, wenn er sich derart fürchtete, diesen Brief – und mit ihm die alte Wunde – zu öffnen.

»Lies ihn!«, flüsterte sie in sein Ohr. »Ich werde hier bei dir bleiben.«

Finlay schluckte hart und nickte. Mit leicht bebenden Fingern nahm er den Umschlag auf. Er zögerte, brach dann in einer schnellen Bewegung das Siegel und faltete das Pergament auseinander, als fürchtete er, den Mut zu verlieren. Es bedeckte eine Schrift, die schmal und wie mit der zittrigen Hand eines alten Mannes geschrieben wirkte.

Lilianas Blick wanderte gemeinsam mit Finlays über die Zeilen.

Mein lieber Sohn,

mein einziges Kind,

Finlay,

ich bete zu Gott, dass Du überlebt hast und vielleicht eines Tages diese Zeilen zu Gesicht bekommst.

Ich möchte Dir so gerne mitteilen, dass ich zutiefst bereue, was ich Dir angetan habe. Du warst stets ein fröhlicher, kluger und redlicher Junge, der in der schlimmsten Zeit unseres Lebens nie von meiner Seite gewichen ist. Du bist wahrhaftig der letzte Mensch auf Erden, der einen Vater wie mich verdiente.

Ich habe Deine Zukunft zerstört und Dir womöglich auch das Leben genommen.

Dennoch hoffe ich in der Tiefe meines Herzens, dass Du es geschafft hast. Du warst nie solch ein Schwächling wie ich, sondern stets ein Kämpfer, wie es deine Mutter gewesen ist.

Rose hat Dich so geliebt. Sie unterstützte Dich, wo sie konnte, und gab Dir das Gefühl, etwas Besonderes zu sein. Ich schimpfte oft mit ihr deswegen, meinte in meiner Engstirnigkeit, dass Deine Mutter Dich damit zu sehr verwöhnen würde. Doch heute, wenn ich zurückdenke, erkenne ich, dass sie Dich mit dieser Liebe und Zuneigung nur hatte stärken wollen.

Ich selbst wurde stets unterdrückt von meinem Vater und glaubte, Strenge gegenüber Kindern wäre vonnöten, um sie zum Gehorchen zu bringen. Doch genau diese Erziehung machte mich zu einem alkoholsüchtigen Feigling, der nie lernte, seinen Mann zu stehen. Du hingegen hattest Selbstbewusstsein und Mut entwickelt.

Du fordertest unseren vollen Lohn von dem Farmer, als dieser behauptete, es wäre weniger ausgemacht gewesen. Ich wäre in meiner Scham und meiner Erbärmlichkeit damals ohne Streit gegangen und stand nur staunend dabei, als Du ihm fest in die Augen blicktest und derart rhetorisch geschickt gegen diese Ungerechtigkeit argumentiertest, dass er nicht umhinkam, kleinlaut nachzugeben.

Und womit dankte ich Dir diese Treue, mein Sohn? Mit Selbstmitleid, Trunkenheit und Spielsucht. Du hast mir letztendlich das Leben gerettet, indem ich das Deinige opferte.

Ich verlange für meine Tat keine Absolution von Dir, alleine vor dem Allmächtigen werde ich mich nun verantworten müssen. Ich bete, dass Du diesen Brief eines Tages liest und verstehst, dass Dich keinerlei Schuld an meinen Sünden trifft.

Diese meine Untat öffnete mir die Augen. Ich habe die letzten Jahre in Gottesfurcht verbracht und dem Alkohol sowie dem Spiel entsagt. Auch kümmerte ich mich zusammen mit Pastor Matthews um arme und verwaiste Kinder. Dein Leid rettete meine Seele, was sicherlich nur einen schwachen Trost für Dich darstellen wird.

Ich arbeite als Schreiber und gebe keinen Penny für mich aus, sondern sammle für die Kinder und auch für Dich.

Leider hat die Alkoholsucht meine Gesundheit stark beeinträchtigt. Der Arzt gibt mir nicht mehr viel Zeit. Dennoch habe ich eine geringe Menge an Geld zusammensparen können. Solltest Du überlebt haben und eines Tages den Weg nach Hause finden, will ich Dir

*wenigstens eine Möglichkeit für einen neuen Start ins
Leben hinterlassen.
Ich vertraue Pastor Matthews in dieser Sache.
In ewiger Liebe,
Dein Vater
Henry Clark*

Finlay ließ den Brief mit zitternder Hand auf die
Tischplatte sinken. Die Kerze flackerte ihren schwachen Schein über das gelbliche Papier und hob die
schwarze Tinte hervor.

Liliana legte den Arm um seine Schultern. Finlay
drehte sich zu ihr, vergrub sein Gesicht an ihrer Brust
und zog sie an sich wie ein Ertrinkender das rettende
Boot. Liliana war unfähig, etwas zu sagen. Ihre Kehle
war wie zugeschnürt und ihr Brustkorb schmerzte bei
dem Gedanken, wie sehr Finlay diese Nachricht quälen
musste. Sie wollte ihm so gern etwas Leid abnehmen,
aber wusste nicht, wie. Außer, ihn an sich zu drücken.

Eine ganze Weile saßen sie so da. Sie genoss seine
Nähe und strich ihm sanft über die blonden Haare,
hoffte, ihm damit zumindest ein wenig Trost spenden
zu können.

Schließlich erhob er sich, doch derart langsam und
steif, als hätte sich seine Kleidung in starres Eisen verwandelt. Er ergriff ihre Hand und zog sie in sein Zimmer. Den Brief ließ er auf dem Tisch zurück.

Sie lagen nebeneinander auf dem Bett und sahen hinauf an die Decke. Liliana kannte schon jede Linie der
Holzfaserung auf den Balken, auch wenn die Öllampe
auf dem Nachttisch den Raum nur gering erhellte.

Finlay hielt den linken Arm um sie und drückte sie fest an sich. Sie wagte es nicht, seine Gedanken zu unterbrechen, er musste von selbst aus seiner Stille herauskommen.

»Danke, dass du hier bist«, flüsterte er schließlich.

Liliana drehte ihren Kopf zu ihm. »Wie fühlst du dich?«

»Das kann ich nicht sagen. Leer.« Er atmete tief durch. »All die Jahre habe ich es nicht an mich herangelassen und mir vorgemacht, diese Sache verarbeitet zu haben. Ich lebte recht gut damit. Nun reißt die Wunde erneut auf ... und dennoch, auch wenn es schmerzt, spüre ich, dass sie nun wirklich zu heilen beginnt.«

»Du kannst abschließen. Schade, dass es dir nicht vergönnt ist, ihn noch einmal zu sehen ... oder er dich.«

»Ich denke, es ist besser so. Gewiss wären nur Emotionen hochgekommen und wir hätten uns gestritten und verletzt. So bin ich endlich in der Lage, ihm zu verzeihen. Im Grunde hat diese Tat, so schrecklich sie auch war, uns beiden ein besseres Leben beschert. Wenn auch nur um Haaresbreite.«

Liliana schwieg eine Weile, zu viele Dinge gingen ihr durch den Kopf. Gab es Schicksal? Oder war dies alles Zufall und Glück gewesen?

»Meinst du, dies alles war so etwas wie eine göttliche Fügung?«, fragte sie leise. »Vielleicht sogar, damit wir beide uns treffen und zusammenfinden?«

Finlay presste die Lippen zusammen. Seine Miene nahm einen ähnlich verkrampften Ausdruck an wie bei Matthews' Erwähnung des Allmächtigen. Liliana wurde es mulmig zumute. Glaubte er etwa nicht an Gott?

»Meine Eltern waren beide der Aufklärung zugetan«, sagte er wie zur Rechtfertigung. »Sie suchten meine Lehrer danach aus. Ich wurde nicht nur in vielen Wissenschaften unterrichtet, sondern auch in entsprechender Philosophie. Die Worte meines Vaters in dem Brief klangen befremdlich. Seine Gottesfurcht muss sich erst in den letzten Jahren etabliert haben.«

Liliana erinnerte sich an das Gespräch im Kaffeehaus, bei dem Levi die Schriften deutscher Aufklärer erwähnte. Sie runzelte die Stirn. Was wollte Finlay damit andeuten? War er tatsächlich ein Ungläubiger, ähnlich ihrem Vater? War so etwas erlaubt? Eine leichte Verunsicherung überfiel sie. »Vielleicht suchte Henry durch den Glauben nach Vergebung für seine Tat?«

»Ist das nicht zu einfach?«

»Immerhin verleitete es ihn, Gutes zu tun.« Ein solches Thema leise im dunklen Raum zu besprechen, wirkte befremdlich auf Liliana. Der eigentümliche Drang, sich rechtfertigen zu müssen, überkam sie, ohne zu wissen, wofür.

»Dann jedoch handelte mein Vater nur derart redlich, um sich bei einer eventuell existierenden höheren Macht einzuschmeicheln.« Es klang verbittert.

»Ich denke, er tat es auch für sich selbst. Solch eine Schuld auf seinen Schultern zu tragen, verkraftet kein normal fühlender Mensch dauerhaft. Er wusste zudem, dass er dich wohl nie mehr um Verzeihung bitten konnte. So hoffte er gewiss, sich durch seine guten Taten gegenüber anderen Kindern nicht mehr selbst verachten zu müssen.«

Sie verfielen immer mehr in ein Flüstern. Als verwandelten sich ihre Gedanken in Geisterstimmen. Die gruselige Stimmung im Halbdunkeln zusammen mit den Worten verpasste Liliana eine Gänsehaut. Finlays geisterhafter Schemen mit den flackernden Augen wirkte beinahe unmenschlich.

Er drehte sich mit dem Gesicht zu ihr und sah ihr in die Augen. »Bist du gläubig?«

Liliana spürte das Blut in ihren Kopf steigen.

Sie schüttelte die aufsteigende Furcht ab und zwang sich, einen klaren Kopf zu bewahren. Dass die Ansichten ihres Vaters nur allzu oft gegen für sie selbstverständliche Normen gerichtet waren, daran hatte sie sich bereits gewöhnt. Da er jedoch in ihren Gedanken immer mit einem gewissen räumlichen Abstand zu ihrem Leben und sogar zu England existierte, hatte sie nie intensiver darüber nachgedacht.

Ihren Liebsten und zukünftigen Angetrauten diese Frage stellen zu hören, machte ihr hingegen Angst. War es nicht Blasphemie, an der Existenz Gottes zu zweifeln? Wurden nicht Frauen als Hexen verbrannt deswegen? Selbst heute noch? Würde sie das Pech verfolgen oder gar der Blitz als Gottes Zorn sie treffen, gab sie die falsche Antwort?

Sie blickte in Finlays Gesicht, der sie noch immer erwartungsvoll ansah. »Es ... es war stets normal. Effie hat mich jedoch nicht in einem festen Glauben an die Kirche von England erzogen«, wich sie aus. »Aber ich befürworte die Ideen deiner Freunde im Kaffeehaus, dass allen Menschen die gleichen Rechte zustehen sollten.«

Finlay nickte. Er beließ es dabei und Liliana atmete erleichtert durch. Weshalb fühlte sie sich bei der Frage wie ein in die Ecke gedrängtes Reh? War es ein schlechtes Gewissen, da auch sie zweifelte? Oder die Furcht, genauer darüber nachzudenken?

Finlay schien ihre Anspannung zu bemerkten, beugte sich über sie und küsste sie. »Entschuldige, ich wollte dich nicht in Bedrängnis bringen mit dieser Frage.«

Liliana seufzte innerlich. Ihre Reaktion hatte ihm gewiss schon genug Antwort gegeben. Sie strich ihm über das Gesicht. Die schwache Öllampe auf dem Nachttisch ließ sie nur dessen Umrisse erkennen. »Der Brief klang, als wärst du deiner Mutter sehr nahe gewesen. Du sprichst so gut wie nie über sie.« Sie erinnerte sich, dass er ihr sogar beim Ankleiden geholfen hatte.

Er schoss die Augen und lehnte sich im Kissen zurück. »Es schmerzt, sich an sie zu erinnern. Und, ja, ich hing stark an meiner Mutter. Weit mehr als an Vater. Ich habe sie sehr geliebt.«

»Sie verwöhnte dich?«

»Ja. Zu viel, fürchte ich. Ich bekam von ihr alles, was ich verlangte.« Er lachte trocken. »Eine Tatsache, die mich die erste Zeit auf dem Walfänger als die Hölle auf Erden erleben ließ. Auch wenn ich zuvor bereits als Tagelöhner geackert hatte, tat ich dies damals für Vater und mich. Nicht unter Zwang. Ich wurde nie zuvor mit Gewalt zu etwas gezwungen. Das war völlig neu für mich und dementsprechend eine qualvolle Erfahrung.«

»Ich denke dennoch, dein Vater hatte recht in seinem Schreiben. Dadurch, dass deine Mutter dir das Gefühl mitgab, etwas wert zu sein, hast du dich nicht so schnell aufgegeben. Es gab dir Stolz und Kraft, all dies durchzustehen.«

»Auch verzogene Kinder können zerbrechen. Ich hatte schlichtweg Glück.«

»Du besitzt einen starken Charakter, rede dich nicht klein.« Sie stupste ihn mit dem Zeigefinger auf die Nasenspitze. »Auch mein Herz hast du immerhin nicht aufgrund von Glück gewonnen.«

Finlay schmunzelte und strich ihr über die Haare. »Wenn nicht Glück, dann war es gewiss mein blendendes Aussehen.«

»Stimmt. Sowie deine unsägliche Eitelkeit.« Sie wurde ernst. »Erzähl mir von deiner Mutter. Ich würde gerne etwas über sie erfahren. Lasse sie aufleben, sie hat es gewiss verdient.«

Finlay sah zur Decke, doch sein Blick schien in die Ferne zu gleiten, als versuchte er, entflohene Erinnerungsfetzen zu fangen wie aus einem Netz entglittene Schmetterlinge.

»Rose hatte langes, goldenes Haar und leuchtend grüne Augen«, begann er leise. »Sie war nicht nur freundlich, aufgeschlossen und herzlich, sondern auch sehr gebildet und ehrgeizig. Mutter fühlte sich nie wohl in der Rolle als bloße Ehegattin. Sie las viel und war begeisterte Botanikerin. Unsere Orangerie kam der eines Schlosses gleich. Sie sammelte jede Blüte und jedes Blatt, das sie zwischen die Finger bekam, und presste ihre Schätze in Büchern. Sobald Freunde eine ferne Reise unternahmen, bat sie diese, ihr Blüten von dort mitzubringen. Sie entwarf ein penibel detailliertes Herbarium mit Ort und Datum der Entnahme und wundervollen Zeichnungen. Auch darin war sie begabt. Ich half ihr oft dabei und habe noch heute die Gerüche der Blüten und der frisch angerührten Farben in der Nase, wenn ich daran denke.« Er seufzte. »Ich wünschte, ich hätte dieses Werk retten können und so eine

Erinnerung an sie haben. Doch Vater ließ solche, wie er meinte, unwichtigen Dinge zurück, als wir fliehen mussten. Wahrscheinlich sogar mit Freude. Ihm missfiel es stets, dass ich Mutters Hobby teilte, er bestand darauf, dass sein Sohn Handel lernte und das Geschäft weiterführe. Doch ich stellte mich mit aller Kraft dagegen.« Finlay schmunzelte. »Und heute bin ich Händler mit Leidenschaft, wie er einer war, obgleich ich ihn früher so bekämpfte. Welch Ironie des Schicksals.«

»Ich vermute, dir ging es eher um das Prinzip als gegen diese Profession.«

Er sah zu ihr. »Ja. Ich wollte gegen ihn rebellieren. Ich verachtete damals schon seine Trunkenheit und wie er uns aus bloßer Unsicherheit und Machtlosigkeit anbrüllte oder um sich schlug, sobald er ein Argument gegen Mutter oder mich verlor.«

Liliana schluckte bei den Worten. »Wurde er oft gewalttätig?«

»Nein, sicher nicht. Er war kein Schläger, wie sein eigener Vater es wohl gewesen war. Im Grunde war er ein herzensguter Mensch. Wie gesagt, es kam eher aus einer anerzogenen Hilflosigkeit heraus, doch genau diese Tatsache ließ mich den Respekt vor ihm verlieren. Sein Brief verdeutlicht gut, was ich damals bereits vermutete. Die Leute im Ort hatte ich oft reden hören, wie ungewöhnlich streng meine Großeltern wohl zu ihrem Sohn gewesen waren.«

»Hast du deine Großeltern nicht gekannt?«

»Nein. Vaters Eltern starben kurz nach meiner Geburt. Meine Mutter wiederum stammte aus Schlesien und hat keine Familie hier in England. Trotz seines Verhaltens spürte ich als Kind stets, dass Vater meine

Mutter sehr liebte und sie auch zu unterstützen versuchte. Ich behaupte sogar, er war im Inneren stolz auf sie und ihren Forschungsdrang, wollte sich jedoch im Ort vor den anderen keine Blöße geben. In seiner Erziehung galt eine Frau nur als eine gute, wenn sie die Mutterrolle einnahm und ihrem Mann gehorchte.«

»Dann bin ich sehr froh, dass du nicht nach deines Vaters Seite kommst.«

Finlay schmunzelte. »Etwas sagt mir, dass ich dich dann nicht hätte gewinnen können.«

»Woran verstarb deine Mutter?«

»Sie bekam im Winter zuvor bereits Husten und hohes Fieber. Einen Arzt oder Medikamente konnten wir uns nicht mehr leisten. Eine Heilerin kam und vermutete Schwindsucht. Sie wurde immer schwächer und kraftloser, bis sie eines Morgens nicht mehr erwachte.« Er schloss die Augen und Liliana kuschelte sich an ihn.

»Das tut mir sehr leid.«

Er atmete tief durch. »Danke, dass ich dir all dies anvertrauen durfte. Ich habe diese Erinnerungen aus egoistischem Selbstschutz viel zu lange verschlossen gehalten. Du lagst richtig, meine Mutter verdient es, dass man über sie berichtet. Das bin ich ihr schuldig.«

Sie drehte den Kopf zu ihm, bis ihre Lippen auf seine trafen. Finlay erwiderte den Kuss. Zuerst sanft, dann heftiger, als wären sie wochenlang voneinander getrennt gewesen.

Als sich Liliana wieder von ihm löste und aufstehen wollte, hielt Finlay sie fest. Er sah ihr tief in die Augen, sagte jedoch nichts.

Sie runzelte die Stirn. »Was ist los?«

»Bitte bleibe bei mir heute Nacht«, flüsterte er. »Die ganze Nacht.«

Ihr Körper bebte bei seinem Blick. Endlich zeigten die dunklen Augen wieder die Zuneigung, die sie auf der Reise so vermisst hatte.

»Wie in Hoorn?«, flüsterte sie.

Finlay nickte. Sie lächelte und setzte sich auf. Er öffnete die Schnürung ihres Kleides am Rücken, zog es von ihrer Schulter und bedeckte ihre nackte Haut mit heißen Küssen.

Sie entledigten sich ihrer Kleider und Liliana huschte trotz der Dunkelheit schnell unter die Decke. Noch immer gab ihr dies alles das Gefühl, etwas Unredliches zu tun. Finlay streichelte sie voller Leidenschaft. Liliana empfand erneut die Erregung in ihrem Körper bei seinen sanften Berührungen und dem Gefühl seiner warmen, nackten Haut an ihrer.

»Ich liebe dich, Lily«, hauchte er in ihr Ohr. Seine leise, fast heisere Stimme war kaum zu vernehmen und löste ein erregendes Kribbeln in ihr aus. »Ich will mehr, ich will dich endlich spüren.«

Liliana schluckte. Wärme kroch in ihren Unterleib, ohne dass sie dies zu unterdrücken vermochte. Eine leise Stimme rief ihr warnend zu, dass man damit bis nach der Heirat warten sollte und sie sich immerhin in einem Kirchhaus befanden. Doch dieser Ruf verstummte bald darauf, als wäre er in dicke Watte verpackt worden.

Dennoch siegte die Vernunft über das Verlangen. »Ich fürchte die Konsequenzen zu sehr«, flüsterte sie betrübt. Eine Schwangerschaft käme ihr noch ungelegen.

»Außerdem sollte unsere Hochzeitsnacht etwas Besonderes sein.«

Finlay nickte, drückte seinen Mund auf den ihren und kroch dann zärtlich ihren Körper hinab. »Du hast recht«, keuchte er. »Ich werde mich zügeln. Es wird auch so wundervoll werden.« Seine Küsse erreichten den Bauchnabel und wanderten weiter nach unten ...

Liliana schwanden fast die Sinne vor Erregung.

***

Am nächsten Morgen, noch vor Sonnenaufgang, huschte Liliana schnell in ihren eigenen Raum, bevor sie noch jemanden in eine unangenehme Situation bringen würde. Sie musste kichern, als sie mit klopfendem Herzen die Tür hinter sich verschloss. Sie fühlte sich wie ein Kind, das heimlich Kuchen in der Speisekammer genascht hatte.

Beim Frühstück saßen sie wieder zu Dritt an dem Tisch, während Mrs Bloom Tee sowie Brötchen, Brot, Butter und Marmelade auftrug. Die Sonne strahlte hell durch das offene Fenster.

»Wie geht es Ihnen heute, Miss Preston?«, fragte Matthews freundlich.

»Sehr gut, lieben Dank«, sagte Liliana höflich. »Ich habe ausgezeichnet geschlafen.«

»Das freut mich.« Der Pastor wandte sich an Finlay und sein Blick wurde trüb. »Und Ihnen? Sie haben den Brief gelesen, Mr Clark?«

»Ja.« Finlay räusperte sich. »Bitte spenden Sie das Geld meines Vaters dem Waisenhaus, Mr Matthews. Ich benötige es glücklicherweise nicht und es wäre in Vaters

Sinne gewesen. Ich werde ebenfalls noch etwas dazugeben. Danke für Ihre Hilfe und die Gastfreundschaft.«

Der Pastor nickte. »Das werde ich, Mr Clark, ich danke ebenfalls. Möchten Sie beide noch eine Zeit hierbleiben? Meine Tür steht Ihnen offen.«

»Danke, aber ich muss das Angebot ablehnen. Mich hält an diesem Ort nichts mehr.«

»Ich verstehe. Kann ich sonst noch irgendetwas für Sie tun?«

Finlays Miene blieb ausdruckslos, beinahe abweisend. »Nein, ich fürchte, es ist alles getan diesbezüglich.«

»Ich meinte, wenn Sie über etwas reden möchten ... Ihre Erfahrungen ...« Er blickte ihn offen an und Liliana konnte sich denken, dass er gern über Finlays Seelenheil sprechen würde, die Höflichkeit es ihm jedoch verbat, direktere Fragen zu stellen.

Finlay schüttelte den Kopf. »Danke, nein.«

Matthews nickte sichtlich enttäuscht. »Ich verstehe.«

Liliana nahm Finlays Hand in ihre. Auch, wenn es unhöflich wirkte, verstand sie seine kühle Reaktion und hoffte, Matthews würde es ihnen verzeihen. Sie richtete sich an den Pastor, der bedrückt auf den Tisch schaute. »Er ist nicht alleine, machen Sie sich keine Sorgen.«

Matthews sah auf und lächelte. »Das freut mich sehr zu hören. Wirklich.« Sein Blick wanderte zu Finlay. »Sie müssen mein seltsames Verhalten verstehen. Nach den vielen Geschichten, die Ihr Vater über Sie erzählte, bekam ich stets das Gefühl, Sie persönlich gekannt zu haben. Ihr Schicksal ging mir sehr nahe und ich litt die ganzen Jahre unter der Ungewissheit, was wohl mit diesem Kind geschehen sein mag.« Er atmete tief durch. »Aber der Herr hat unsere Gebete erhört, wie es scheint.«

Finlay schwieg, sein Gesicht blieb ausdruckslos.

Wiltshire, England

Juli 1786

Es regnete den ganzen letzten Tag der Reise und die Kutschpferde arbeiteten sich durch den tiefen Matsch der Wege. Zweimal stieg Finlay aus und half dem Kutscher, die festgefahrenen Räder aus dem Morast zu schieben.

Sie erreichten den Landsitz in Wiltshire erst am späten Abend. Effie lief ihnen mit einem Schirm entgegen.

»Sie sind ja völlig durchnässt«, sprach sie den Kutscher an, als er das Gepäck löste. »Wenn Sie wollen, können Sie gerne hier im Gesindehaus übernachten. Bis zur Poststation ist es noch weit. Die Pferde haben dort ebenfalls Platz.«

Der Mann lächelte erleichtert und zog trotz des Regens seinen Hut. »Danke, das wäre sehr freundlich, Madam.«

»Ich werde Ben schicken, Ihnen alles zu zeigen. Meine Köchin bringt Ihnen später etwas zu Essen und heißen Tee.« Sie richtete sich an Liliana und Finlay. »Und ihr beide kommt ins Haus und ruht euch aus von der langen Reise.«

Auch Finlay zog seinen Hut. »Danke, Effie.«

Ihre Tante winkte lächelnd ab. »Du gehörst ja bald zur Familie. Willkommen in meinem bescheidenen Heim. Leider sieht man heute bei dem grausigen Wetter nicht viel vom Gut.«

Finlay trug ihr Gepäck ins Haus. Auf dem Flur wurden sie von einem großen Deerhound schwanzwedelnd begrüßt.

»Milton!« Liliana streichelte ihm kräftig durch das graue Fell und blickte den Gang entlang. »Wo ist Rover? Schafft er es nicht mehr hoch?«

Effie trat neben sie und ihre Mimik wurde trüb.

Liliana riss die Augen auf. »Nein!«

»Er ist friedlich eingeschlafen. Er war schon sehr alt für einen Hund seiner Größe.«

Liliana schluckte. »Ich weiß das. Aber ...« Sie kniete sich zu Milton und vergrub ihr Gesicht in seinem Fell. Eine tiefe Traurigkeit erfüllte ihr Herz und engte die Atmung ein. Schon lange hatte sie damit gerechnet, dass der alte Rüde sie eines Tages nicht mehr begrüßen würde. Dennoch schien es unwirklich, diesen Landsitz ohne Rover zu sehen. Sie fühlte sich schuldig, ihn so lange allein gelassen zu haben. Nicht für ihn dagewesen zu sein in seinen letzten Stunden.

Als sie vor zwölf Jahren von ihrer Mutter hierhergebracht wurde, war der Welpe für lange Zeit ihr ständiger Begleiter und einziger Freund gewesen. Er half ihr, sich zurechtzufinden und einzuleben in der neuen Umgebung. Sich nicht so schrecklich allein, ungewollt und zurückgelassen zu fühlen, sondern glücklich zu sein.

Finlay legte ihr tröstend die Hand auf die Schulter. »Er wird in deiner Erinnerung weiterleben.«

Liliana erhob sich und wischte mit der Hand die Tränen von ihrer Wange, die sich wider Willen den Weg in ihre Augen erkämpft hatten. »Ich hätte ihn dir so gerne vorgestellt.«

»Komm, lasst uns erst einmal etwas essen«, sagte Effie.

Liliana atmete tief durch. »Was habt ihr mit ihm gemacht?«

»Ben hat ihm ein Grab ausgehoben. Neben dem alten Baum, unter dem er so gerne lag. Du kannst ihn morgen dort besuchen.«

Liliana nickte und sah schwärmend zu Finlay. »Rover liebte diesen Ort. Sobald die Sonne schien, ließ er sich dort nieder. An diesem Fleck das Grab zu haben, wäre gewiss sein Wunsch gewesen.«

Finlay schmunzelte und nahm ihren Koffer auf. »Immerhin hat er ein langes und glückliches Hundeleben gehabt, das kann nicht jedes Tier von sich behaupten.«

Sie nickte. »Da hast du recht. Komm, ich zeige dir mein Zimmer.«

Wenig später saßen sie zusammen im Speiseraum. Es duftete herrlich nach Hühnerfleisch, Gewürzen und Pastete und Lilianas Magen begann fordernd zu grummeln. »Rieche ich Marys Chewette?«

Effie nickte. »Ihr kamt genau pünktlich für dein Leibgericht.«

»Mary ist sozusagen unsere Haushälterin und kann fantastisch kochen«, erklärte Liliana Finlay. »Sie kennt Rezepte, die bis ins Mittelalter reichen!«

Effie trug das von Mary zubereitete Essen persönlich auf und stellte ein Tablett mit mehreren kleinen, dampfenden Pasteten auf den Tisch.

Liliana rutschte aufgeregt auf ihrem Stuhl hin und her. Es war lange her, dass sie ihr Leibgericht gegessen hatten, es fühlte sich an wie Weihnachten. »Kennst du Chewette?«, fragte sie Finlay, der die Küchlein neugierig musterte.

Er schüttelte den Kopf. »Nein, das sagt mir nichts.«

»Es ist Blätterteig gefüllt mit Fleisch oder Leber und Gewürzen wie Ingwer. Mary hat eine ganz besondere Rezeptur entwickelt, du wirst es lieben!«

»Ich bin gespannt. Solche Törtchen kannte ich bisher nur mit süßem Inhalt.«

Effie verteilte je eine der Pasteten auf ihre Teller und setzte sich dann ebenfalls. »Ihr habt ja eine lange Reise hinter euch, ihr zwei«, sagte sie. »Sprich, habt ihr etwas herausgefunden in Northampton?«

Liliana blickte fragend zu Finlay. Er sollte selbst entscheiden, wieviel er berichten wollte.

»Ja«, antwortete er. Sein Gesicht nahm wieder diese emotionslose Mimik an. »Wir haben das Grab meines Vaters gefunden.«

Effie hielt sich die Hand vor den Mund. »Oh, Finlay. Das tut mir so leid.«

»Das muss es nicht, Effie.« Er winkte ab. »Er hat mir einen Brief hinterlassen, in dem er sich für seine Tat entschuldigt. Man kann also sagen, dass diese Fahrt eine gute Entscheidung für unser aller Seelenheil gewesen ist.«

Ihre Tante lächelte. »Du hast gewiss recht. Dennoch hätte ich so sehr gehofft, dass ihr euch hättet aussprechen können. Er schrieb einen Brief?«

Finlay ging nicht darauf ein. »Diese Chewettes sind im Übrigen köstlich, richte der Köchin bitte mein Kompliment aus«, sagte er.

Effie nickte. »Danke, das wird Mary sehr freuen.«

Liliana war sich sicher, dass ihre Tante den Wink verstanden hatte, das Gespräch über Finlays Vater nicht weiter zu vertiefen, und es höflich akzeptierte.

***

Am nächsten Morgen erwachte Liliana, als die Sonne wie zur Entschuldigung vom Fernbleiben am gestrigen Tag durch das Fenster strahlte. Sie genoss die Wärme auf ihrem Gesicht, noch bevor sie die Augen öffnete.

Sie spürte, wie sich Finlay an sie lehnte und mit sanften Küssen ihren Nacken bedeckte. Blinzelnd sah sie ihn an. »Guten Morgen.«

Er lächelte. »Die Sonne scheint. Was machen wir heute?«

Sie erhob sich schmunzelnd. »Eine Führung natürlich.«

Nach einem ausgiebigen Frühstück gingen sie zusammen über den Hof.

»Hier rechts ist das Stallgebäude«, erzählte sie stolz. »Wundere dich nicht über dessen Größe, zu Zeiten meines Urgroßvaters gab es hier ein eindrucksvolles Gestüt. Mein Großonkel, also der Bruder meiner Großmutter, erbte es damals. Doch er verstarb ohne

Nachkommen. Seine jüngere Schwester, meine Großmutter, übernahm es schließlich, auch wenn sie kein
wirkliches Interesse daran besaß. Ihr Mann hatte leider kein Händchen für das Wirtschaftliche und viel
musste verkauft und verkleinert werden. Nach dem
Tod meiner Großeltern erbte Effie den Landsitz mit den
verbliebenen Pferden und versuchte zu retten, was
noch zu retten war.« Liliana seufzte. »Sie meinte immer, ihr Großvater würde sich im Grabe umdrehen,
wüsste er, was mit seinem Traum geschehen war.«

»Wie es aussieht, hat Effie es doch noch sehr gut hin-
bekommen.«

»Ja, es trägt sich. Aber sie hat keinen Mann, das sehen
leider auch viele Käufer kritisch. Man sagt, Frauen
könnten keine Pferde bereiten oder einen Hof wirtschaften. Dabei war es ihr Vater gewesen, der alles ruinierte.« Liliana deutete zu einen mit Mauern umgebe-
nen Garten. »Hier pflanzen wir Kräuter, Blumen, Gemüse und die Beerensträucher. Dahinter ist eine Obst-
wiese.« Sie pflückte im Vorbeigehen einen kleinen
Strauß Blumen. »Der ist für Rover.«

Sie gingen am Holzpavillon vorbei, neben dem ein
großer Baum stand. Liliana hielt an und betrachtete
den frischen Erdhügel. Sie bückte sich und legte den
Blumenstrauß darauf ab. Nachdem sie sich langsam
wieder erhoben hatte, legte Finlay tröstend den Arm
um sie.

»Ich saß als Kind oft stundenlang hier auf der Bank
mit einem Buch oder meinem Stickzeug«, erzählte sie
leise. »Rover lag dann immer unter dem Baum in der
Sonne. Er folgte mir wie ein Schatten.«

»Es ist hart, ein Tier zu verlieren, das man geliebt hat.«
Finlays Stimme klang ehrlich betrübt.

Liliana erinnerte sich, dass er ihr von seinem Hengst
erzählt hatte, den sein Vater verkaufen musste. Er
wusste nicht einmal, wie es dem Tier ergangen war und
wie er von seinem neuen Besitzer behandelt wurde.
Solch eine Ungewissheit war gewiss noch härter zu ertragen als der Verlust durch den Tod.

»Komm mit.« Sie nahm ihn an der Hand und führte
ihn die kleine Allee entlang zu einer der Pferdekoppeln.
Zwei Tiere standen nebeneinander unter einem Baum
und vertrieben sich gegenseitig die Fliegen mit ihrem
Schweif. Drei weitere grasten auf der Wiese, dessen
Halme noch mit Morgentau bedeckt waren.

»Schau! Der Braune dort hinten ist Quintus, er ist bereits ein Jahr alt.« Sie zeigte auf den jungen Hengst, der
gerade den Kopf hob und mit gespitzten Ohren über die
Wiese zu einem anderen Junghengst trabte. Dort angekommen neckte er diesen und forderte ihn mit kurzen,
angedeuteten Bissen zum Spielen auf.

»Komm mit.« Liliana bückte sich unter dem Zaun
durch und lief der Herde entgegen.

Finlay stieg kurzerhand hinterher und lachte. »Ich
fühle mich wie ein kleines Kind, das heimlich in Nach-
bars Garten eindringt.«

»Das Gatter befindet sich auf der anderen Seite.« Sie
legte die Hände an den Mund. »Hiiier!«

Die Pferde sahen auf und spitzten die Ohren.

»Hiiier!«, rief sie erneut und die Herde setzte sich langsam auf sie zu in Bewegung.

»Nach dem Ruf gibt es für gewöhnlich immer etwas
Leckeres«, erklärte sie und griff in ihre Taschen. Sie

holte mehrere Möhren hervor und reichte Finlay die Hälfte.

Ein dunkelbrauner Wallach mit weißer Blesse erreichte sie als Erster und schnupperte an ihrem Kleid.

»Das ist Max.« Liliana hielt ihm eine der Möhren vor die Nase und Max streckte seine Oberlippe danach aus und biss hinein. Er kaute genüsslich, orangener Schaum bildete sich um sein Maul. »Er ist der älteste hier und zeigt den jungen sozusagen, wie man sich verhält.«

Zwei weitere kamen herbei und verlangten mit ausgestreckten Köpfen nach der Leckerei. Nur Quintus und der andere Jährling beäugten das Geschehen noch mit einigen Schritten Abstand.

Liliana streckte ihm eine der Möhren entgegen. »Komm her, Quintus.«

Der junge Hengst spielte nervös mit den Ohren, er streckte den Kopf zu ihr, warf ihn dann in die Luft und machte ein paar Bocksprünge um die anderen Pferde herum. Sein junger Spielkamerad folgte dem Beispiel. Max drehte indes seinen Kopf und stibitzte das Gemüse aus Lilianas Hand.

»Hey, du Nimmersatt, du hast schon genug«, protestierte sie.

Finlay nahm eine der Möhren und ging langsam auf den jungen Hengst zu. »Hallo Quintus«, sagte er in einem ruhigen Ton. »Hier, das ist für dich. Keine Angst, keiner tut dir etwas.«

Der Jährling spitzte die Ohren und hielt inne. Finlay sprach weiter auf ihn ein und näherte sich langsam. Quintus ließ ihn nicht aus den Augen. Finlay hielt ihm die Leckerei unter die Nüstern, sobald er nahe genug war. Der junge Hengst schnupperte kurz neugierig, machte dann die Oberlippe lang und biss schließlich hinein.

Finlay strich ihm sanft über den Hals, das Pferd ließ es geschehen. »Er ist wunderschön.« Sein Blick wurde schwärmend. »Und sieht meinem Quintus in der Tat ähnlich. Nur dass der Abzeichen an den Fesseln hatte. Dieser hier ist ganz ohne weiße Markierungen.«

Der Jährling streckte den Hals und schnupperte an Finlays Nacken, dass dieser lachen musste.

»Hey, meine Haare kann man nicht essen, auch wenn sie die Farbe von Hafer haben.« Er kraulte ihn hinter den Ohren und Quintus rieb seinen Kopf an ihm. »Die Fliegen sind dir wohl zu lästig, was?«

Liliana ging das Herz auf bei diesem Anblick. Es war, als hätte Finlay einen fast vergessenen Kindheitstraum wiedergefunden. »Ich staune, er mag dich auf Anhieb.«

Finlay drehte sich zu ihr um. »Was geschieht mit ihm, wenn er älter ist?«

»Hengste werden nach ihrer Ausbildung verkauft. Aber wir bemühen uns immer, einen guten Reiter zu finden, der sie nicht schindet.«

»Ich würde ihn gerne erwerben.« Er kratzte den Jährling an der Kruppe, der das sichtlich genoss. Finlay lächelte. »Es wäre wirklich schön, wieder ein Pferd zu besitzen. Falls er hier nicht bleiben kann, suche ich eine andere Unterkunft für ihn, solange ich auf Fahrt bin. Ich bin mir sicher, William Thompson würde solch ein Tier sofort bei sich aufnehmen.« Er klopfte ihm den Hals. »Ein geeigneter Partner für Candy wäre er allemal.«

»Candy?«

»Mr Thompsons Stute. Ebenfalls sehr hübsch und William geht gut mit ihr um.«

Liliana strahlte. Nicht nur, weil sie dann Quintus nicht verkaufen mussten, es erfreute sie noch mehr, Finlay derart glücklich zu sehen. Endlich konnte sie auch etwas für ihn tun. »Effie wird gewiss eine Möglichkeit finden, ihn hier zu lassen.«

»Ich wünschte, ich könnte Pferde mit an Bord nehmen.«

»Vielleicht, wenn man sie frühzeitig daran gewöhnt?«

Finlay schüttelte den Kopf. »Die *Alecto* ist zu klein dafür. Auch, wenn sie an Land genug Auslauf bekämen, wären sie tagelang unter Deck eingepfercht ohne frische Luft oder Sonne. Das ist kein gutes Leben für ein Pferd.«

»Du hast recht.« Sie verwarf den Gedanken. Die warme Sonne auf ihrer Haut forderte angenehmere Themen. »Wollen wir ausreiten?«

Finlay schien das Lächeln nicht mehr aus seinem Gesicht zu bekommen. »Das wäre wundervoll.«

Sie gingen zurück zum Haus, um sich umzuziehen. Liliana beauftragte Ben damit, in der Zwischenzeit ihre Schimmelstute zu satteln. Finlay erwartete sie, mit ledernen Reitstiefeln bekleidet, vor dem Stallgebäude. Liliana wusste gar nicht, dass er solche besaß.

Er hob die Brauen, als sie ihm in ihren Reithosen entgegenkam.

Ihr stieg nun doch die Hitze ins Gesicht. Sie wusste, wie einige Männer darauf reagierten, wollte sich aber vor ihrem Liebsten nicht verstellen. Trotz allem fühlte sie den Drang, sich erklären zu müssen. »Ich würde gerne rittlings reiten. Ich beherrsche es auch anders, meide den Damensattel jedoch, wenn möglich. Als Kind saß ich beinahe nur ohne Sattel auf den Pferden, um mehr Gefühl für die Bewegungen des Tiers zu bekommen. Danach konnte und wollte ich mich nicht mehr umgewöhnen.« Ihr Herz klopfte schneller. »Ich hoffe, das zerstört kein Bild über mich in dir.«

Finlay lachte nicht, wie erwartet, sondern trat auf sie zu und ergriff ihre Hände. »Du musst dich hier ganz gewiss nicht rechtfertigen. Im Gegenteil, das bestärkt vielmehr meine Achtung vor dir. Ich bestehe nicht auf derartige Etikette und noch weniger möchte ich eine Frau, die sich den Zwängen der Gesellschaft beugt, ohne es zu wollen.« Er schmunzelte. »Bei den Piraten gab es einige Frauen, die Hosen bevorzugten. Du würdest dich zudem wundern, wie viele sich als Matrosen verkleiden und auf Schiffen anheuern. Oft lange unbemerkt.«

Lilianas riss erstaunt die Augen auf. Damit hatte sie nicht gerechnet.

»Das sind Tabuthemen«, erläuterte er. »Man erwähnt es nicht, wie man auch die Prostituierten auf Schiffen der königlichen Marine unerwähnt lässt. Doch ohne sie würden die ohnehin schon geplagten und oft gepressten Matrosen noch öfter aufmucken.«

Liliana runzelte die Stirn. »So ähnlich wie die Männer, die in der Liebe Männer bevorzugen anstelle von Frauen?« Sie dachte an das, was er über Kai erzählt hatte.

Finlay nickte. »Oder Frauen, die andere Frauen begehren.« Er zuckte mit den Schultern. »Für mich ist dies alles keine Sünde, sofern freiwillig. Im echten Leben ist

Vieles nicht so, wie es die Moralapostel des Klerus gerne hätten oder uns glauben lassen wollen.«

Liliana sah an sich hinunter und verzog den Mund. »Das wir von meinen Reithosen auf solch ein Thema gelangten, ist mir nun doch unangenehm.«

Finlay lachte herzhaft auf. »Dann lass uns weniger reden und endlich los.« Er sah sich um. »Wen kann ich nehmen?«

»Wenn du dich als Reiter beweisen möchtest, versuche Hunter. Er ist unser Deckhengst und der Vater von Quintus.« Sie zeigte durch die offene Stalltür auf die hintere Box, in der ein großer, dunkelbrauner Vollbluthengst stand. »Er ist gut ausgebildet, hört jedoch nicht auf jeden Reiter.« Sie lächelte. »Falls es nicht klappt mit euch beiden, gibt es noch Max als Alternative.«

Finlay zeigte lachend die Zähne. »Herausforderung angenommen!«

»Sattel und Zaumzeug hängen neben der Box, Putzzeug ebenfalls. Ich warte noch, bis Ben Lady, meine Schimmelstute, für mich von der Weide geholt und gesattelt hat, dann schicke ich ihn zu dir.« Was sie dem Stallmeister noch in Auftrag gegeben hatte, verriet sie nicht.

Finlay winkte ab. »Kein Bedarf, ich bin durchaus in der Lage, ein Pferd aufzuzäumen.«

Während Liliana auf ihre Stute stieg, führte Finlay den gesattelten Hunter aus dem Stall. Er redete eine Zeit lang auf ihn ein und strich ihm über das Fell, bevor auch er aufstieg. Liliana bewunderte, wie einfühlsam er sich in den Sattel setzte und die Zügel aufnahm. Sie könnte sich jeden Tag aufs Neue in diesen Mann verlieben.

Finlay lenkte den Hengst eine Runde über den Hof, Hunter reagierte folgsam auf jede Gewichtsverlagerung, die Zügel blieben zu Lilianas stiller Freude stets gelockert.

»Ich denke, wir beide verstehen uns«, sagte er schließlich und tätschelte Hunters Hals. »Ein tolles Tier.«

Sie nickte glücklich. »Ich habe nichts anderes erwartet. Lass uns los.«

Sie trieb ihre Stute an und trabte einen Feldweg entlang. Finlay folgte mit Leichtigkeit. Es war ein wundervoller Sommertag. Die Sonne strahlte ungehindert auf sie herab, lediglich von ein paar Schäfchenwolken umringt, die jedoch keinen Versuch starteten, ihre Strahlen zu verdecken. Vögel zwitscherten in der Luft, am Wegrand blühten Margeriten, dazwischen leuchteten ihnen noch einige Mohnblumen rot entgegen. Die kleinen Obstbäume warben bereits mit ihren Früchten, wenn auch noch grün. Auf den Feldern schnitten die Bauern das Getreide und bündelten die Ähren für den Transport. Der Geruch des frischen Strohs mischte sich mit den Ausdünstungen der Ochsen vor den Wagen. Liliana genoss es sehr, wieder in ihrer Heimat zu sein. Hier fühlte sie sich stets sicher und geliebt.

Sie erreichten eine breite, gemähte Wiese, die noch nach Heu duftete. Der Wind wehte ihnen ins Gesicht und beide Pferde spitzten erwartungsvoll die Ohren. Liliana sah Finlay auffordernd an.

Der nickte. »Auf drei?«

Liliana zählte laut und sie galoppierten los. Sie musste ihre Stute kaum antreiben, in beiden Pferden schien der eigene Ehrgeiz erwacht zu sein. Auch Liliana war kurz davor, laut zu jauchzen, so sehr fühlte sie sich wie ein kleines Mädchen. Sie lehnte sich nach vorn und genoss die kraftvollen, ausgreifenden Galoppsprünge der Stute. Sie spürte die Muskelkraft des Tieres unter sich. Der Rausch der Geschwindigkeit gab ihr das Gefühl dahinzuschweben.

Lady war klein und flink, doch gegen die enorme Kraft des großen Hengstes kam sie nicht an. Hunter machte seinem Namen alle Ehre und überholte sie nach wenigen Sprüngen.

Am Ende der Wiese zügelte Finlay ihn und wartete auf sie. Der Hengst blähte die Nüstern des stolz erhobenen Kopfes, als wäre er sich seines Sieges bewusst.

Die ältere Stute hingegen schnaubte am Ziel und ihre Atmung ging schneller. Liliana gab ihr die Zügel frei, sodass Lady den Hals strecken konnte. Auch sie war außer Atem, doch unheimlich glücklich.

»Wenn Quintus nur ein wenig wie sein Vater wird, werde ich den Kauf nie bereuen«, schwärmte Finlay und tätschelte den Hals des Tieres. »Dieser Hengst ist eine Pracht. Danke, dass ich ihn reiten darf.«

Liliana schmunzelte. »Ich habe dich selten so ausgelassen und fröhlich gesehen, sollte das Meer doch nicht dein Zuhause sein?«

Finlay hob lachend die Hände. »O nein, mein Schiff gebe ich nicht so schnell auf.« Er blickte über die Wiesen. »Es sind nur Erinnerungen, die hier auf dem Gut bei den Pferden in mir wach werden. Schöne Erinnerungen. Ich wusste gar nicht mehr, dass es auch solche gab. Sie wurden von den schlechten verschüttet.«

»Lass uns dort unter den Bäumen eine Pause machen.«

Sie ritten zu der Baumgruppe und stiegen ab. Liliana band die Decke vom Sattel und breitete sie auf der Wiese aus. Dann holte sie einen Beutel aus den Satteltaschen.

Finlay hob die Brauen. »Was hast du da?«

»Ich dachte, ich überrasche dich mit einem Picknick.« Sie lächelte. »Effie hat uns Brot, Obst und Kuchen eingepackt ... leider ist der Wein nun gewiss etwas aufgeschüttelt.« Sie holte eine Flasche aus der anderen Seite und hob entschuldigend die Schultern. »Wir hätten das Rennen auf nachher verschieben sollen.«

Finlay winkte ab. »Das war es mir wert.«

»So kann ich zumindest sagen, dass Lady nur aufgrund des Ballastes verlor.«

Er grinste breit. »Ganz gewiss.«

Sie setzten sich auf die Decke und Liliana verteilte das Essen darauf.

Finlay legte von hinten den Arm um sie und küsste sie im Nacken. »Die Überraschung ist dir gelungen, es ist wunderschön hier mit dir.«

Nach dem Essen lehnte sich Liliana an Finlay und schloss die Augen. Der Wein ließ ihren Kopf leicht werden. Sie spürte die warme Sonne auf ihrem Gesicht, sog den Duft der Blumenwiese in sich ein, lauschte dem Gesang der Vögel und dem Schnauben und Kauen der Pferde, die neben ihr die frischen Grasbüschel rupften, das hin und wieder von einem Schütteln gegen die Fliegen unterbrochen wurde.

Finlays wärmende Haut an ihrer und die leichte Bewegung seiner Atmung erfüllte ihren Körper mit einem wohligen Glücksgefühl. Sie wünschte, dieser Moment würde ewig anhalten und niemals enden.

***

Die Tage vergingen wie im Flug. Finlay half Liliana bei der Arbeit mit den Pferden, während sich Effie wieder der Küche und den Näharbeiten zuwandte.

Liliana war glücklich und auch stolz, dass sich Finlay nicht scheute, ihr bei Dingen wie dem Ausmisten des Stalles zu helfen, und auch sie selbst nicht dafür verurteilte, solche Arbeiten zu erledigen. Wie anders war dieser Mann doch im Vergleich zu den hochnäsigen Junggesellen, die ihre Mutter im vergangenen Jahr herbeigezerrt hatte.

Eines Abends berichtete Liliana ihrer Tante davon, wie gut sich Finlay mit Quintus verstand. »Er möchte ihn gerne käuflich erwerben«, endete sie. »Das wäre doch sicher möglich, oder?«

Sie saß Effie gegenüber im Nähzimmer. Ihre Tante breitete den cremefarbenen Stoff auf dem Tisch aus, den sie im vergangenen Jahr in Portugal gekauft hatte. »Natürlich. Quintus kann gerne auf dem Gut bleiben, wir werden die Zucht ohnehin weiter reduzieren.«

»Ich wünschte, wir hätten Finlay als Bereiter«, schwärmte Liliana. »Er geht so wundervoll mit den Tieren um.«

»Ben ist auch sehr einfühlsam«, warf ihre Tante ein.

»Ich weiß. Das wollte ich auch nicht andeuten damit.«

Effie schmunzelte und schnitt den Stoff zurecht. »Ich denke, ich überlasse die Ausbildung der Pferde in Zukunft ganz Ben und seinen Gesellen«, erklärte sie. »Ich selbst fühle mich zu alt dafür.«

Liliana erschrak. »Du planst aber nicht, das Gut abzugeben, hoffe ich?«

»Um Himmels willen, nein! Auch, wenn ich deinen Vater schrecklich vermisse, solange er ohne mich auf Fahrt ist. Dieser Landsitz und die Pferde sind mein Leben ... oder wie die gute Grace es ausdrücken würde: meine *Welt*« Ihr Blick wurde schwärmend.

Als sie am Mittag mit Finlay zusammen im Kaminzimmer saß, trat Effie zu ihnen.

»Gerade kam ein Kurier vorbei«, sagte sie mit einem seltsamen Ausdruck im Gesicht. »Er brachte dies.« Sie hielt einen Brief in der Hand und reichte ihn Finlay.

Der runzelte die Stirn. »An mich? Von wem? Niemand dürfte wissen, dass ich hier bin.«

»Es steht kein Absender darauf, nur dein Name, und wurde hierher geschickt. Ich wunderte mich ebenfalls sehr. Vielleicht von Richard?«

Finlay brach das Siegel, das neutral gehalten war, und faltete das Pergament auseinander. Seine Augen verengten sich beim Lesen der Zeilen und er presste die Lippen zusammen.

Liliana blickte ihm neugierig über die Schulter. »Was steht drin?«

Finlay drehte das Papier so, dass sie es lesen konnte, und ihr wurde heiß. Es waren nur wenige Zeilen:

Ich beobachte dich.
Schritt für Schritt.
Meine Rache wird kommen.

Sie schnappte nach Luft. »Parker?«

Finlays Kiefer verspannten sich. »Ich wüsste nicht, wer sonst.«

»Aber sollte der nicht noch in Verwahrung sein?«

»Offenbar hat er seine Beziehungen spielen lassen, wie befürchtet. Im Gefängnis schreibt er sicher keine solch netten Briefchen.« Er zerknüllte das Papier, erhob sich, ging mit flottem Schritt zum Kamin und warf es hinein.

»Was tust du?«, fragte Liliana erschrocken. »Vielleicht benötigen wir das als Beweis vor Gericht?«

Sein Gesicht blieb finster. »Ich werde mich von diesem kläffenden Köter gewiss nicht einschüchtern lassen. Wir reisen nach Bath. Vielleicht weiß der General mehr.« Er sah zu Liliana. »Die erholsamen Tage sind leider vorüber. Ich muss den Kerl finden und zur Rechenschaft ziehen, sonst wird dieses Spielchen niemals enden.«

Liliana schnürte es die Kehle zusammen, doch sie nickte.

Bath, England

Juli 1786

Die Ankunft in Bath weckte gemischte Gefühle in Liliana. Zum einen hoffte sie auf Neuigkeiten, was Parker und seine Drohung betraf. Auf der anderen Seite verspürte sie keine große Lust auf die Nörgelei ihrer Mutter. Nach den Erlebnissen des letzten Jahres fühlte sie sich erwachsen und selbstständig. Sie besaß weder Zeit noch Muße, sich von Eliza bevormunden zu lassen. Nun, mit einem Mann an ihrer Seite, noch weniger.

Richard begrüßte sie im Kaminzimmer. Nach einem Glas Wein wandte er sich direkt an Finlay.

»Ich bin der Sache nachgegangen und habe Unvorstellbares herausgefunden«, erzählte er. »Sie lagen mit Ihrer Annahme korrekt, Mr Clark. Leutnant Parker hat laut mehrerer Zeugenaussagen Soldaten unter Druck gesetzt, Piraten ausfindig zu machen. Koste es, was es wolle. Es wurden wohl einige redliche Seeleute hintergangen und mit fadenscheinigen Argumenten verhaftet. Nur, um die Prämie zu bekommen. Ähnlich, wie es Ihnen ergangen ist, Kapitän. Ich entschuldige mich vielmals für diese Unannehmlichkeiten.«

Finlays Miene verspannte sich. »Ich danke Ihnen sehr, dass Sie bereit waren, dieses Verbrechen aufzuklären. Eine solche Anschuldigung kann nicht nur unschuldige Kapitäne an den Galgen bringen, es verurteilt ebenso die gesamte Mannschaft eines Schiffes und zerstört Einkommen und Zukunft redlicher und hart arbeitender Seeleute.«

Richard nickte. »Zudem bringen derartige Aktionen die königliche Armee bei der Bevölkerung in Misskredit, das möchte ich keinesfalls. Die Stimmung beim einfachen Volk ist ohnehin aufgewühlt seit dem verlorenen Krieg und den Unruhen im kontinentalen Europa.«

»Was geschah mit Parker?«, fragte Finlay.

Der General seufzte. »Ich fürchte, er erhielt nicht viel mehr als einen Tadel. Leutnant Parker hat gute

Beziehungen und einen adligen Gönner, der in der Vergangenheit bereits seinen Vater aus einer Misere riss.« Er schnalzte mit der Zunge. »Die gesamte Familie kennt offenbar keine Ehre.«

Liliana spürte ein Magendrücken bei diesen Worten. Warum konnten sich Menschen mit vermögenden und einflussreichen Freunden benehmen wie sie wollten, während die untere Bevölkerungsschicht beim kleinsten Vergehen verhaftet wurde?

Sie wollte gerade eine Andeutung auf den Brief machen, als Eliza neben sie trat. »Lily Schatz? Ich muss mit dir reden.«

Liliana runzelte die Stirn. »Worüber?«

Ihre Mutter winkte ihr zu folgen. Sie tat es, wobei sich ihr Magen noch mehr zusammenzog. Was hatte diese Frau nun wieder vor? Oder wollte sie sich endlich versöhnen? Hoffnung glomm in ihr auf.

Eliza lotste sie in ihr Gemach und schloss die schwere Holztür hinter ihnen. Dennoch flog ihr Blick vom Eingang zum Fenster, bevor sie sprach, als fürchtete sie Lauscher. »Ich habe Unerhörtes herausgefunden.« Sie sah Liliana mit ernster Miene an. »Über deinen Begleiter.«

»So?« Liliana hob herausfordernd den Kopf. Ihr Herz raste, doch sie nahm sich fest vor, diesmal keine Schwäche zu zeigen. Aus dem Alter, sich von ihrer Mutter bevormunden zu lassen, war sie herausgewachsen. »Ich denke, dann sollten wir meinen Verlobten für dieses Gespräch zu uns holen, wenn es um ihn geht.«

Eliza riss die Augen auf. »Nein, um Himmels Willen! Er wird es gewiss abstreiten.«

»Dann behalte diese Gerüchte bitte für dich, Mutter, ich möchte sie nicht hören.«

Ihre Mutter verzog das Gesicht über ihren unnachgiebigen Tonfall. »Das werde ich gewiss nicht tun. Ich werde alles daransetzen, dass mein eigen Fleisch und Blut eine gute Wahl trifft und sich nicht ins Unglück stürzt. Dieser Mann ist zu Unrecht aus der Haft entlassen worden. Er ist sehr wohl ein Pirat. Das erfuhr ich aus sicherer Quelle. Kapitän Clark und seine *dubiose Mannschaft* entführen Frauen und fordern Lösegeld für sie. Dein Verlobter ist ein erbärmlicher Verbrecher und wahrscheinlich zudem noch ein Weiberheld. Warum sollte er sonst nur Frauen als Beute wählen? Ich habe eine gute Freundin, deren Nichte von deinem ach so vergötterten Kapitän entführt wurde und als Zeugin gegen ihn aussagen würde.« Sie sah Liliana eindringlich an. »Ich werde es Richard vorerst nicht sagen, um dich nicht in Verruf zu bringen, aber höre auf mich und trenne dich! Sei nicht so schrecklich naiv. Ich will dich nur vor Leid bewahren, Kind, verstehe das doch.«

Liliana schluckte, Frösteln durchzog ihren Körper. Nicht aufgrund der Information, denn über Finlays frühere Geschäfte wusste sie nur zu gut Bescheid, sondern aus Sorge, er könnte erneut wegen eben solcher Geschichten in Bedrängnis geraten.

Sie spürte in diesem Moment eine tiefe Abscheu ihrer Mutter gegenüber. Konnte diese Hexe sie nicht einfach in Frieden und glücklich leben lassen?

Eliza beherzte ihr Schweigen mit einem erleichterten Lächeln auf den dünnen Lippen. »Ich sehe, du bist ähnlich erschrocken, wie ich es war.« Ihre Mimik wurde mitleidig und sie ergriff Lilianas Hand und tätschelte etwas hilflos ihre Finger. »Wir werden einen besseren Mann für dich finden, keine Sorge.«

Wütend riss Liliana ihre Hand weg. »Das wirst du nicht! Du wirst uns in Ruhe lassen! Hör auf, auf Finlay herumzuhacken und vergangene Dinge über ihn hervor zu zerren wie eine gemeine Krähe!« Zorn erfüllte sie, den sie so nicht kannte. »Deine gehässigen Klatschweiber können reden, was sie wollen, ich werde bei Finlay bleiben. Ich liebe ihn! Mit ihm bin ich glücklich. Und wenn du meinen Liebsten in deiner Boshaftigkeit ins Gefängnis bringen solltest, dann hast du auch mich für immer aus deinem Leben verloren, das schwöre ich bei allem, was mir heilig ist!«

Eliza riss Mund und Augen auf wie ein Karpfen an Land, brachte aber kein Wort heraus.

Liliana stürzte aus dem Raum, Tränen der Wut und Verzweiflung rannen ihr über die heißen Wangen. Alles in ihr brannte und schmerzte.

Im Flur lief sie beinahe in Finlay, der sie festhielt. »Liliana, was ist los?«

Sie stürzte in seine Arme und ließ den Tränen freien Lauf. »Ich verabscheue sie!«

Finlay strich ihr über die Haare. »Das tust du ganz sicher nicht.«

Die Tür hinter ihr öffnete sich quietschend. Liliana drehte sich um und sah ihre Mutter finster an, die gerade aus dem Raum trat.

Ihre Mutter betrachtete sie stumm, die Miene verzerrt. Sie raffte schließlich ihren Petticoat und verschwand in entgegengesetzter Richtung.

»Möchtest du darüber reden?«, fragte Finlay leise.

Liliana schüttelte den Kopf. »Nein, es ist alles gut.« Sie zog ihn den Flur entlang zu ihrem Zimmer, wo ihr Koffer offen, aber nicht ausgepackt auf dem Bett lag.

Sie musste sich ablenken und begann, einzelne Kleidungsstücke herauszuholen und in der Kommode zu verstauen.

»Was meinst du, wie das Wetter wird morgen? Sollte ich überhaupt alles auspacken?« Sie sah auf.

Finlay stand noch immer unbeweglich in der Mitte des Raumes und sah sie streng an.

Ein ungutes Gefühl überkam sie und engte ihre Kehle ein. »Was ist los?«

»Das fragte ich dich. Rede mit mir!«

Liliana schluckte den Kloß hinunter. »Das muss dich nicht belasten.« Sie wandte sich ab und zwang die aufkommenden Tränen zurück.

»Liliana!« Finlay nahm sie an den Schultern und drehte sie zu sich. Sie wich seinem Blick aus. »Sieh mich an, bitte.«

Liliana hob den Kopf. Der sanfte Blick gab ihr eine Gänsehaut. Sie spürte, wie ihre Augen feucht wurden, und schalt sich dafür. Doch die Wut darüber, wie kindisch ein Weinen vor diesem Mann wäre, ließ die Tränen erst recht fließen.

»Lily«, fuhr er mit eindringlicher Stimme fort. »Du bist immer da, wenn jemand Hilfe braucht. Du hast dir mein Leid angehört, mich zum Grab meines Vaters begleitet, mich aufgefangen und getröstet. Du warst sogar für Duncan da, als er sich keinem anderen anvertrauen konnte.« Er atmete tief durch. »Bitte sage mir, welche Dämonen dich verfolgen. Lass mich auch für dich da sein. Dein Schweigen belastet mich mehr als jedes

Gewicht, das du mit deinen Worten auf mich laden könntest.«

Lilianas Lippen bebten. »Es ist … ich … es ist so lächerlich im Vergleich zu deiner oder Duncans Geschichte.«

»Wenn es dich so sehr aufwühlt, ist es keineswegs lächerlich.« Er legte den Arm um sie. »Was hat sie zu dir gesagt?«

Liliana lehnte sich an ihn. Zusammen ließen sie sich auf das Sofa sinken. Sie blickte auf ihre Hände, die sich in ihrem Schoß ineinander wrangen. »Es ist nicht nur das, was sie eben sagte. Ich war immer nur Ballast für Mutter, ein unangenehmes Anhängsel, das ihr Glück behinderte. Ich wollte ihr stets gefallen, versuchte, ihr alles recht zu machen, aber nichts schien gut genug.« Sie seufzte und wischte sich die Tränen von den Augen. »Ach, hier sitze ich nun und jammere dir etwas vor und heule wie ein kleines Kind! Dabei habe ich es wirklich gut gehabt bei Effie später. Ich verhalte mich so albern.«

»Hörst du das? Du fängst sofort an, deine eigenen Gefühle zu diskreditieren. Ganz, wie es Eliza dir wohl antrainiert hat.« Er strich ihr sanft die Tränen von der Wange. »Achte nicht auf ihre Stimme, höre auf deine eigene. Auch du hast das Recht zu lamentieren. Du musst nicht jedem gefallen. Ich denke sogar, es ist unsagbar grausam, einem Kind das Gefühl zu geben, dass es nicht gewollt war. Darunter zu leiden, ist alles andere als albern.«

Liliana atmete tief durch. »Sie hat sich im Geheimen nach dir erkundigt und wohl eine ehemalige Geisel von dir gefunden. Sie versucht alles, um dich schlecht zu machen. Einfach nur, weil du ihr nicht passt. Warum kann sie uns nicht in Ruhe lassen? Sollte sie nicht froh sein, mich endlich loszuwerden? Das war es doch, was sie immer wollte.«

Finlay schwieg und presste die Lippen zusammen. »Es ist nicht völlig abwegig, was sie behauptet«, sagte er schließlich. »Aus ihrer Sicht betrachtet, würde ich meine Tochter auch höchst ungern einem Menschen mit meiner Vergangenheit anvertrauen.«

Liliana schüttelte den Kopf. »Ihr geht es lediglich um ihr Ansehen, nicht um mein Wohlergehen.«

»Bist du sicher? Vielleicht bedeutest du ihr doch noch etwas und sie kann es nur nicht zeigen.«

»Oder sie wollte ihre Vorteile aus meiner Heirat mit einem ihrer Wunschkandidaten schlagen, was mit dir nicht mehr möglich ist.« Liliana kuschelte sich tief in seine Arme und Finlay drückte sie an sich. Sein Körper war wie ein wärmendes Kaminfeuer in einer rauen Winternacht.

»Ich werde immer bei dir sein, das verspreche ich«, flüsterte er in ihr Ohr. »Wir können jederzeit das Land verlassen und uns woanders niederlassen. Du bist nicht von ihr abhängig, zumindest nicht finanziell oder gesellschaftlich.«

»Nur emotional.« Sie seufzte.

Finlay

Nachdem sich Liliana zurückgezogen hatte, stand Finlay noch eine Weile im Kaminzimmer an dem hohen Fenster des Herrenhauses und blickte hinunter auf die Straße. Trotz der Dämmerung herrschte noch reger Betrieb; Kutschen fuhren ratternd über das Kopfsteinpflaster und Menschen spazierten allein oder in Gruppen die Gehwege entlang. Er wollte fort von hier. Es war nicht nur aufgrund Lilianas Stress mit ihrer Mutter oder Elizas Druck, seine Lösegeldforderungen ans Licht zu bringen. Er fühlte sich beengt hier in der Stadt zwischen den vielen Häusern. Sie gaben ihm Gefühl, nicht ausreichend Luft zum Atmen zu haben.

Er sehnte sich nach der See. Fort von der Enge und den Anfeindungen, ob von Eliza, Jack oder Parker. Auf der *Alecto*, umgeben von engen Vertrauten, war er in seinem Element und wusste instinktiv, was zu tun war. An Land hingegen sank seine Selbstsicherheit wie ein Anker im Meer und die Unsicherheit drückte ihn zu Boden. Auch wenn es auf seinem Schiff weit weniger Raum zum Bewegen gab, waren doch der weite Horizont und das unendlich wirkende Meer ein Ausgleich. Aus einem Fenster direkt auf Steinwände und Straßenlärm zu sehen, weckte innere Unruhe in seinem Herzen. Dieser Ausblick gab ihm das Gefühl, als Raubtier in einem engen Käfig zu sitzen.

Er hörte, wie sich die Tür hinter ihm öffnete und wieder schloss. In der Erwartung, Liliana zu sehen, drehte er sich um. Sein Lächeln erstarb. Eliza trat auf ihn zu, lediglich in ein Nachthemd mit tiefem Spitzenausschnitt gekleidet, unter dessen dünnem Stoff sich ihre schmale Figur abzeichnete. Die hellbraunen Haare fielen offen über ihre Schultern.

Finlay musste zugeben, dass sie trotz ihres Alters noch sehr attraktiv war und Liliana ihr wirklich ähnelte. Er runzelte die Stirn ob des ungewöhnlichen Besuchs. »Mrs Derringham?«, fragte er verwundert.

Sicher hatte sie nicht damit gerechnet, dass sich noch jemand im Kaminzimmer befand. Das Feuer war bereits zur Glut geschrumpft und erhellte den Raum nur noch spärlich.

»Es tut mir leid, ich werde den Raum verlassen und Ihnen Privatsphäre geben.«

»Nein, zu Ihnen wollte ich«, säuselte sie.

Finlay stutzte darüber. Hatte sie gar getrunken?

Eliza trat weiter lächelnd auf ihn zu. Sie schwang die Hüfte leicht bei ihrem Gang und streckte ihm den linken Arm entgegen. »Bitte, Finlay, nenne mich Eliza.« Sie lächelte. »Nun haben wir endlich die Gelegenheit, uns etwas besser kennenzulernen.«

Kurz bevor ihre Hand seine Schulter berühren konnte, wich er erschreckt zurück wie vor einem glühenden Eisen. »Ich denke, es ist Zeit, mich zurückzuziehen.«

»Keine Sorge, die Tür ist verschlossen.« Eliza balancierte mit der rechten Hand einen Schlüssel vor seinen Augen. »Keiner wird uns stören hier drinnen.« Sie schürzte die rotgeschminkten Lippen.

Finlay zog die Stirn kraus. Was zur Hölle ging hier gerade vor? Wollte sie ihn verführen? »Ich fürchte, Sie sind nicht mehr Herrin Ihrer Sinne, Mrs Derringham.

Bitte lassen Sie mich aus dem Raum.« Er wollte nach dem Schlüssel greifen.

Eliza zog die Hand kichernd zurück. »Hol ihn dir!«

Ärger stieg in ihm auf. Wollte diese Frau ihn zum Narren halten? »Was ist das für ein Spiel?«

»Gefalle ich dir nicht?« Eliza schenkte ihm einen lasziven Augenaufschlag.

»Nicht in dieser Weise, nein. Des Weiteren sind Sie verheiratet und ich liebe Ihre Tochter. Dieses Verhalten ist höchst unangebracht.«

Sie zog einen Schmollmund und ihr Blick verfinsterte sich abrupt. »So, ich bin dir also nicht jung genug, was? Ihr Seemänner nehmt doch immer alles, was euch begegnet.«

Nun verlor Finlay seine gute Kinderstube. »Was soll dieses absurde Verhalten? Öffnen Sie auf der Stelle die Tür!«

»Nein! Das werde ich nicht tun.« Eliza hob das Kinn und umschlang den Messingschlüssel in ihrer Faust. Sie zeigte drohend auf ihn, die aufgerissenen Augen blitzten im Schein der roten Kaminglut wie in einem Wahn. »Du wirst deine Finger von meiner Tochter lassen. Ich werde ansonsten in diesem Raum mein Gewand zerreißen, schreien und behaupten, du hättest versucht, mich mit Gewalt zu nehmen.«

Finlay schnappte nach Luft. »Das ... das werden Sie nicht wagen!«

»Finde es heraus!« Eliza verengte die braunen Augen zu Schlitzen.

Finlay schüttelte fassungslos den Kopf. »Warum tun Sie das? Was haben Sie gegen mich?« Eine nicht unerhebliche Angst stieg in ihm auf. Wenn diese Frau ihre

Drohung wahrmachte, gab es nichts, was er dagegen zu tun vermochte. Jede Verteidigung würde wie ein Angriff wirken und ihn nur tiefer in die Misere ziehen. Zudem war er vor nicht allzu langer Zeit bereits vor Gericht gewesen, das sähe nicht sonderlich gut aus.

Der rußige Geruch des Feuers trug noch mehr dazu bei, dass er sich wie auf dem Weg in einen Höllenschlund fühlte. Der Teufel stand mit funkelnden Augen vor ihm, die Zunge als Peitsche benutzend.

»Ich werde nicht tatenlos zusehen, wie meine Tochter sich ins Unglück stürzt! Eure Heirat werde ich mit allen Mitteln verhindern.« Eliza verzog den schmalen Mund, was ihr in seiner Fantasie nur mehr das Bild des Leibhaftigen verlieh.

Finlay schluckte und wich zurück. Die verzerrte Mimik dieser Frau strahlte eine regelrechte Besessenheit aus. Dagegen war die Auseinandersetzung mit Lilianas Vater ja beinahe eine Vergnügungsfahrt gewesen. Jack konfrontierte zumindest offen und gab seinem Gegner die Möglichkeit, sich zu verteidigen. Aber dies hier war ein unfaires Spiel.

Was zum Teufel hatten Lilianas Eltern nur allesamt gegen ihn? Diese Abneigung schien in der Familie zu liegen.

Er hob abwehrend die Hände. »Mrs Derringham, bitte bleiben Sie vernünftig. Ich ...«

»Keine Ausreden!«, fuhr sie ihn an und bleckte die Zähne. »Ich weiß von Ihren Geschäftchen! Sie werden mich morgen vor Lilianas Augen küssen, damit sie sieht, welch ein Frauenheld Sie sind! Ich werde Sie ohrfeigen und Sie verlassen das Haus. Wenn Sie nicht darauf eingehen, dann mache ich meine Drohung wahr und bringe Sie vor Gericht. Selbst auf die Gefahr hin, dass ich Liliana für einige Zeit verlieren würde, aber sie wird darüber hinwegkommen und hoffentlich von den Flausen befreit sein.«

Finlay presste die Lippen zusammen. Diese Furie da vor ihm schien in der Tat zu allem fähig. Sein Blick wanderte durch den Raum, verzweifelt auf der Suche nach einer Lösung aus dieser Kalamität, bevor er wieder auf Eliza traf. »Schließen Sie die Tür auf, Mrs Derringham, und lassen Sie uns diese Scharade hier beenden und vergessen.«

Eliza umfasste mit der Faust den dünnen Spitzenstoff ihres Dekolletees. »Ich werde es zerreißen und schreien!«

Finlay schüttelte fassungslos den Kopf. Er ging rückwärts zum Fenster, drehte sich um und schob es nach oben.

»Was tun Sie da?«

»Der Situation entfliehen.« Seine Königsdisziplin! Er setzte sich auf die Fensterbank und schwang die Beine nach draußen. »Ich denke, bei einem Sturz aus dem Fenster würde mir keiner eine versuchte Vergewaltigung anhängen.«

»Was?« Eliza riss die Augen auf.

Er beugte sich noch einmal in den Raum. »Wir beide benötigen etwas Abstand nach all dem. Gute Nacht, Mrs Derringham.«

Eliza schnappte nach Luft. »Kommen Sie sofort zurück, Sie unverschämter ...«

Mehr hörte Finlay nicht. Entgegen seiner ersten Absicht, hinunter auf die Straße zu springen und dann ganz dreist an die Tür zu klopfen, als hätte er einen abendlichen Spaziergang unternommen, erkannte er einen Mauervorsprung, an dem er sich entlanghangeln wollte. Der kühle Abendwind blies ihm um die Ohren, aber im Vergleich zum Klettern an der Takelage eines schwankenden Schiffs war dies hier ein Kinderspiel. Er hoffte nur, keiner der Passanten käme auf die Idee, nach oben zu schauen. Das würde gewiss einige seltsame Gerüchte in dem Ortsteil streuen.

Vor Lilianas Fenster blieb er stehen und klopfte gegen die dünne Scheibe.

Sie öffnete mit erstaunt geweiteten Augen. »Finn?« Ihr Gesicht wurde bleich. »Um Gottes Willen, was treibst du da? Du könntest auf die Straße stürzen!« Sie wich zurück und ließ ihn hinein. »Warum klopfst du nicht an die Tür wie jeder normale Mensch?«

»Weil hier in diesem Haus nichts normal scheint.« Finlay sprang erleichtert in den Raum und nahm sie in die Arme. Erst jetzt merkte er, wie sein Körper vor Erleichterung bebte. »Ich musste vor einem Drachen fliehen.« Langsam beruhigte sich sein Puls wieder.

»Was ist passiert?«

»Eine unglaubliche Geschichte.« Er fuhr sich mit der Hand über die Haare und lachte freudlos auf. »Ich fühle mich gerade wie eine Figur in einem von Gustavs zitierten Theaterstücken!«

Liliana runzelte unverständlich die Stirn.

»Ich denke, es ist das Beste, wenn ich gleich mit der Wahrheit herausrücke. Deine Mutter schloss sich mit mir im Kaminzimmer ein und drohte, mich der Vergewaltigung zu beschuldigen, sollte ich sie morgen nicht in deiner Anwesenheit küssen.«

Liliana schlug die Hände vor den Mund.

»Ich hoffe, du glaubst mir diese Abstrusität.«

»Natürlich glaube ich dir, ich kenne Mutter.« Ihr Blick wurde sanft und sie schüttelte den Kopf. »Was musst du alles durchmachen mit meinen Eltern!«

Finlay lachte trocken. »Dein Vater will mich über Bord werfen, deine Mutter versucht, mich ins Gefängnis zu bringen. Ich bin auf einmal recht froh, selbst keine Familie mehr zu haben.«

Liliana umschlang seinen Arm. »Du Armer, es tut mir so unendlich leid! Und peinlich ist es zudem. Ich fürchte, keiner würde es dir übelnehmen, solltest du tatsächlich gehen wollen.«

»Und diese Furie siegen lassen?« Finlay strich ihr über die Wange. »Keine Sorge. Wie du weißt, stelle ich mich stets jeder Herausforderung, wenn der Gewinn hoch genug ist. Dafür kämpfe ich auch gegen Hexen und Drachen.« Er ließ die Finger zärtlich über ihren leicht geöffneten Mund wandern, bevor seine Lippen ihnen folgten. Niemals würde er zulassen, dass jemand dieses Glück wieder aus seinem Herzen riss, das schwor er sich.

***

Am nächsten Morgen nach dem Frühstück wollte Liliana sofort zu ihrer Mutter eilen und sie zur Rede stellen, doch Finlay hielt sie zurück. »Lass sie.«

Sie drehte sich um und sah ihn mit erhobenen Brauen an. »Ich kann solch eine miese Tat nicht auf sich beruhen lassen.«

Er hob beschwichtigend die Hand. »Es wird nur zu unnötigem Streit führen, der dich noch mehr belastet. Ich werde selbst versuchen, das zu klären.«

»Bist du dir sicher? Sie verachtet dich.«

»Ja, ich bin mir sicher und Zweiterem bewusst. Dennoch muss ich es zumindest versuchen, das diktiert die Ehre.« Er wollte dies alles nicht auf sich sitzen lassen und würde um Liliana kämpfen, das hatte er sich am Vortag geschworen.

Eliza stand allein vor dem Erkerfenster des Speiseraums. Finlay fasste sich ein Herz und trat entschlossen zu ihr. Der Wunsch, mit dieser Frau zu reden, hatte sich in ihm festgesetzt. Er wollte die vergangene Nacht nicht auf sich sitzen lassen und hier gab es im Zweifel genug Zeugen.

»Mrs Derringham?«, sagte er höflich, aber bestimmt.

Eliza drehte sich erschreckt um und sah ihn mit großen Augen an. Im ersten Moment wirkte sie wie ein verletztes Reh, doch dann verengten sich ihre Lider und sie hob naserümpfend das Kinn, als stände ein verdreckter Hund vor ihr. »Was wollen Sie noch?«

Finlay versuchte, diesen herablassenden Blick zu ignorieren. Es fiel ihm schwer. Die Erinnerung von damals, nach der Entäußerung aller Besitztümer urplötzlich als niederer Mensch angesehen zu werden, obgleich man zuvor hochgeachtet wurde, drang wieder an die Oberfläche. Diese unfaire Behandlung, die lange Jahre ein ständiger Begleiter gewesen war, schmerzte noch immer und versetzte ihn gleichzeitig in Rage. Wie jemand aus der Unterschicht behandelt zu werden, hatte er nicht verdient. Nicht bei seiner Abstammung und schon gar nicht bei seinem Verhalten. Trotz dieser Gedanken bemüht er sich, gelassen zu bleiben.

»Ich würde mich gerne mit Ihnen unterhalten«, sagte er in ruhigem Ton.

Sie runzelte die Stirn. »Gedenken Sie, auf meinen Vorschlag einzugehen?«, flüsterte sie beinahe hoffnungsvoll.

Finlay stutzte. »Sie hier vor Lilianas Augen küssen? Um Himmels willen, nein!«

Eliza riss empört den Mund auf.

»Ich möchte unser Verhältnis friedlich und wie Erwachsene klären, bevor es erneut zu derartigen ... Missverständnissen kommt.«

»Was meinen Sie damit?«

»Was genau haben Sie gegen mich? Meine Absichten sind absolut redlich. Ich bin zudem in der Lage, finanziell gut für Ihre Tochter zu sorgen.« Finlay musste sich davon abhalten, die Hände zu Fäusten zu ballen. Es war schon schlimm genug, Jack als zukünftigen Schwiegervater zu haben, dazu noch den ewigen Gegenwind von Lilianas Mutter zu erhalten, zehrte an seiner Kraft.

Elizas Augen nahmen einen milden Ausdruck an. »Sie wissen es noch immer nicht? Ich glaubte, dies zur Genüge erwähnt zu haben. Ich will nicht, dass meine Tochter einen so viel älteren und wilden Seemann heiratet. Sie soll auch gesellschaftlich abgesichert sein«, erklärte sie in einem Ton, als spräche sie zu einem kleinen Kind.

Finlay musste sich sehr zurückhalten, höflich zu bleiben. »Was hätten Sie denn mit ihr geplant, wäre ich auf Ihre Intrige eingegangen? Ihre Tochter wie ein Stück Vieh an einen dahergelaufenen reichen Erben zu verscherbeln?« Seine Stimme wurde scharf. »Könnten Sie sich tatsächlich einreden, Liliana wäre dann glücklicher?«

»Glücklich sein, ist nicht alles im Leben.«

»Hier spalten sich unsere Ansichten, Mrs Derringham. Eine Frau kann noch so abgesichert sein, ist sie jedoch unglücklich, erkennt man dies schnell an ihrem Verhalten anderen gegenüber.« Er sah sie bedeutungsvoll an.

Eliza schnappte nach Luft. »War das eine Andeutung auf mich?«

»Das können nur Sie selbst wissen.«

»Das ist ja der Gipfel der Impertinenz«, rief sie entrüstet. »Ich verbitte mir diese Frechheiten mir gegenüber!«

»Was geht hier vor sich?«, ertönte die strenge Stimme des Generals hinter ihm.

Finlay trat einen Schritt zurück und hob beschwichtigend die Hände. »Verzeihen Sie, General, es war nicht meine Absicht, ihre Gemahlin aufzuregen. Ich suchte lediglich, eine friedvolle Beziehung zwischen uns aufzubauen.«

Eliza zeigte mit dem Finger auf ihn. »Dieser Mann ist ein elender Schuft und ein Pirat. Er hat nicht das Recht, meine Tochter zu ehelichen!«

Richards Blick ging zwischen Finlay und Eliza hin und her. Schließlich landete er bei ihm. »Kommen Sie bitte mit ins Jagdzimmer, Mr Clark, da können wir die Sachlage in Ruhe besprechen.«

Finlay nickte. Er hoffte, ein Gespräch mit dem stets ruhig wirkenden General würde sich als produktiver herausstellen.

Sie betraten ein relativ kleines Zimmer mit rustikalem Schreibtisch, über dem die Trophäe eines Zwölfenders thronte. An der Wand gegenüber hingen Ölgemälde über Fuchsjagden. Es roch nach ledergebundenen Büchern, welche die beiden Regale füllten.

Mr Derringham schloss die Tür hinter ihnen und drehte sich zu Finlay.

»Ich entschuldige mich erneut, General«, begann dieser, doch Richard gebot ihm mit einer Handbewegung zu schweigen.

»Ich kenne meine Frau und ihre Ansichten, Mr Clark. Sie brauchen sich nicht zu entschuldigen. Ich glaube Ihnen, dass dieses Gespräch unter guten Absichten begann.«

Finlay atmete erleichtert aus, keinen Familienstreit begonnen zu haben. »Es war ein Fehler von mir, sie darauf anzusprechen. Liliana war nur so bedrückt gestern. Sie wünscht sich sehr die Anerkennung ihrer Mutter, doch alles, was sie wählt, scheint Eliza nicht recht zu sein. Dass Ihre Gemahlin mich einen dahergelaufenen Piraten nennt, verletzte meine Verlobte sehr.« Er sah Derringham offen an. »Und mich ebenfalls. Ich habe nur die besten Absichten, General, glauben Sie mir dies bitte. Ich kann und werde für Liliana sorgen.« *Immer dieser Zwang, sich rechtfertigen und beweisen zu müssen ...*

Richard nickte. »Ich bemerkte bereits, dass die Beziehung zwischen Mutter und Tochter keine so gute ist. Womöglich trug die frühe Trennung hierzu bei. Das größte Problem scheint mir jedoch Elizas Angst vor Seeleuten zu sein, die immerhin nicht von ungefähr kommt. Meine Gemahlin ist überzeugt, dass jeder

Seefahrer gleich ist, nur weil sie einst einem Kriminellen begegnete.«

Finlay runzelte die Stirn. Er wusste, dass Richard im Dunklen darüber gehalten wurde, dass Jack Lilianas Vater war, aber nicht, was er wirklich von seiner Frau erzählt bekam. Daher schwieg er besser zu dieser Angelegenheit. Wozu Eliza fähig war, hatte er ja am eigenen Leib zu spüren bekommen.

»Eine lange und unangenehme Geschichte«, sagte der General. »Glauben Sie mir nur, dass Ihre Profession tatsächlich der einzige Grund ist, weswegen Eliza Sie ablehnt. Sie könnten zusätzlich der Sohn eines Herzogs sein und ihre Reaktion wäre dieselbe.«

Finlay presste die Lippen zusammen und nickte verstehend. »Mein Vater war Kaufmann. Ich kam durch Zufall zur See. Ich handele mit Waren, wie es mein Vater tat. Mit dem einzigen Unterschied, dass es zu Wasser ist und nicht zu Land.« Er atmete tief durch. »Ich kann damit leben, dass Ihre Gemahlin mich nicht honoriert. Aber Liliana leidet sehr darunter. Das zu sehen, schmerzt.«

Derringham nickte. »Ich werde versuchen, mit ihr darüber zu sprechen.«

»Ich danke Ihnen, General.«

Liliana

Den Rest des Tages war Mutter verschwunden. Liliana begrüßte dies sehr. Während sich Richard mit Finlay im Jagdzimmer unterhielt, packte sie ihre Sachen und hoffte, Eliza bis zu ihrer Abreise morgen nicht mehr begegnen zu müssen. Sie hatte nach dieser Szene endgültig die Geduld mit ihrer Mutter verloren und wollte den Kontakt am liebsten für einige Wochen, wenn nicht Monate abbrechen ... oder gänzlich? Der bloße Gedanke an sie drückte Lilianas Brustkorb zusammen und erfüllte sie mit Wut, Enttäuschung und Zorn.

Sie seufzte. Seit sie Finlay begegnet war, schienen ihre Gefühle einem starken Wellengang zu gleichen, sie waren ein stetiges Auf und Ab. Vom größten Glück zu tiefster Sorge. Einmal schwebte sie im siebten Himmel aus Liebe zu ihm, kurz darauf riss sie ein tiefer Sturz, einem Wasserfall gleich, hinunter zu einer Abneigung gegenüber ihrer Mutter. Warum konnte es nicht einmal ruhiger werden in ihrem Leben?

Am Abend ging sie gemeinsam mit Finlay zum Essen. An der Tafel im Speisezimmer saß jedoch nur Richard, der sich höflich erhob, als sie eintraten.

»Ist Mutter noch nicht zurück?«, fragte Liliana verwundert.

Bevor Richard antworten konnte, öffnete Marylin die Tür und Eliza trat in den Raum. Gefolgt von einer jungen Frau in einem samtgrünen Kleid. Sie besaß eine zierliche Figur und strahlend blaue Augen, ihre leuchtend roten Haare waren hochgesteckt und einzelne Strähnen umrahmten ein puppenartiges Gesicht mit porzellanfarbenem Teint.

In Liliana stieg Hitze auf. Ihre Mutter neigte nicht zu spontanen Einladungen von Gästen, hierfür musste für gewöhnlich alles sorgsam vorbereitet und einstudiert werden. Warum gerade heute, wo ihr Verlobter im Haus war, den Eliza ablehnte? Wie sie ihre Mutter einschätzte, würde diese niemals riskieren, dass ein Außenstehender eine Liaison mitbekam, die ihrer Ansicht nach nicht lange halten sollte. Das würde nur zu Gerüchten führen und Eliza hasste kaum etwas mehr als Gerüchte gegen sie.

Liliana zog es den Magen zusammen. Sollte das womöglich die Person sein, die ihre Mutter ausgemacht hatte, Finlay erneut ins Gefängnis zu bringen? Zuzutrauen wäre es ihr. Sie zwang sich zu einer ruhigen Atmung. Vielleicht war es lediglich der Besuch einer Freundin, die Liliana noch nie bei ihr gesehen hatte. Einer sehr viel jüngeren Freundin ...

Eliza wies in einer ausladenden Geste auf die unbekannte Frau und lächelte einnehmend, als wolle sie einen lange gesuchten und soeben gefundenen Schatz präsentieren. »Richard, Liliana, Mr Clark. Darf ich vorstellen: Therese MacMillan, die Nichte einer guten Freundin von mir. Ich bin ihr zufällig in der Stadt begegnet und lud sie zum Abendessen ein.«

Noch offensichtlicher konnte sie kaum lügen. Liliana ließ sich ihre Sorge nicht anmerken, brachte aber nicht mehr als ein höfliches Zunicken hervor.

Bevor die beiden Männer etwas sagen konnten, plapperte Eliza gut gelaunt weiter. »Weißt du, Liliana,

Therese kennt Mr Clark ebenfalls. Ist das nicht ein herrlicher Zufall?« Ihre hellbraunen Augen blitzten verschlagen.

Also doch. Liliana schaute zu Finlay, der etwas blasser geworden zu sein schien, und sah ihn fragend an. Doch er starrte nur auf den neuen Gast.

Die junge Frau trat direkt auf ihn zu. »Hallo Finlay«, flötete sie. »Welch Freude, dich wiederzusehen.«

Lilianas Wangen brannten. Diese Szene wirkte nicht so, als wolle diese Person gegen ihn vor Gericht aussagen. Im Gegenteil, sie schien äußerst angetan von ihm zu sein ... etwas zu angetan für Lilianas Geschmack.

Finlay schien sich wieder gefasst zu haben und deutete eine Verbeugung an, die jedoch steif wirkte. »Therese.« Er wies auf Liliana neben sich. »Darf ich vorstellen? Meine Verlobte Liliana Preston.«

Miss MacMillan bedachte sie mit einem flüchtigen Gruß und richtete sich wieder an Finlay. »Ich habe mich oft gefragt, ob ich den adretten Kapitän des *Handelsschiffes* einmal wiedersehen würde.« Sie zog einen Schmollmund. »Du bist so schnell verschwunden damals. Dabei gabst du mir ganz und gar nicht das Gefühl, dir missfiele meine Gesellschaft.« Sie schenkte ihm einen koketten Augenaufschlag.

Liliana befand diese Konversation als höchst suspekt.

»Lasst uns erst einmal essen«, sagte Eliza derart feierlich, als wäre es Weihnachten.

Sie setzten sich. Liliana war jeglicher Appetit vergangen. Sie sah Finlay fragend an, doch dessen Blick klebte an dem Besuch wie Federn an Teer, er schien nicht einmal in der Lage zu sein, auf zurückhaltende Höflichkeit Rücksicht zu nehmen.

Liliana schämte sich dafür, die Situation wurde zunehmend unangenehm.

Während sie nur einige Häppchen hinunterwürgte, schien Eliza einen gesunden Appetit zu haben. Sie plauderte über das Wetter und die bevorstehende jährliche Gartenparty am Wochenende.

Therese hatte nur Augen für Finlay, dem sie gegenübersaß. Sie stellte ihm einige direkte Fragen, denen er jedoch auswich. Ihre Anwesenheit machte ihn sichtlich nervös, aber gerade diese Tatsache erregte ein ungutes Gefühl in Liliana. Was hatte er zu verbergen? Warum wollte er diese Person nicht in seiner – und ihrer! – Nähe sehen?

Das Essen wurde zur Qual und jedes belanglose Gespräch bereitete ihr körperliche Schmerzen. Schließlich erhob sie sich. »Entschuldigt mich bitte, mir geht es nicht gut, ich sollte mich zurückziehen.«

Die beiden Männer erhoben sich respektvoll, doch Finlay machte keine Anstalten, sich ebenfalls zu entschuldigen. Er nahm nur ihre Hand und drückte sie kurz. Es sollte wohl beruhigend wirken, doch die Berührung fühlte sich unecht an, wie von einer Holzpuppe. »Gib mir noch einen Moment«, bat er leise, fast flüsternd. »Ich komme nachher zu dir und erkläre alles. Versprochen.«

Sie nickte, jedoch mit einem deutlichen Druck auf dem Magen. Diese Therese lächelte zu selbstbewusst und ihre Mutter schien ebenfalls innerlich zu triumphieren. Liliana sah noch einmal hilfesuchend zu Finlay. Seine ganze Körperhaltung wirkte steifer als sonst, er kam ihr vor wie ausgewechselt. Hatte er etwas zu verbergen? Was war zwischen den beiden geschehen? Gab es gar eine gemeinsame Vergangenheit?

Sie schalt sich innerlich ob dieser Zweifel und sollte ihm lieber vertrauen. Immerhin waren sie verlobt und gemeinsam bereits siegreich durch einige Stürme und eisigen Gegenwind gesegelt. Nicht zuletzt am gestrigen Abend. Noch heute Nacht würde sich das sicherlich alles klären, Finlay hielt seine Versprechen.

Sie nickte, warf ihrer Mutter einen zornigen Blick zu, den diese nur ausdruckslos erwiderte, und ging in ihr Zimmer.

Sie setzte sich auf ihr Bett, doch die finstere Wolke verschwand nur langsam aus ihren Gedanken. Als sich die Angst etwas gelegt hatte, begann ihr Magen beleidigt zu knurren, aber zurück in den Speisesaal wagte sie sich nicht. Sie nahm ein Buch zur Hand, um vor lauter Grübeln nicht verrückt zu werden.

Das Warten stellte sich dennoch als wahre Tortur dar, jede Zeile musste sie zweimal lesen, da ihre Gedanken immer wieder zu Finlay und Therese schweiften. Diese Frau war so gutaussehend, dazu erwachsen. Sie strahlte eine Aura aus Selbstbewusstsein und gleichzeitig Charme aus. Liliana hatte sich neben ihr wie ein kleines, unsicheres Kind gefühlt.

Diese Gedanken halfen nicht gerade dabei, ihre Fantasie zu zügeln.

Erst nach zwei langen Stunden klopfte es an der Tür. Liliana richtete sich im Bett auf. Ihr Herz machte einen Sprung. Finlay! Sie atmete erleichtert durch. Endlich.

Sie sprang vom Bett und lief durch den Raum. Nach diesem Abend konnte sie es kaum erwarten, in seine starken Arme zu fallen. Egal, was er berichtete, sie würde ihm nicht böse sein. Es war Vergangenheit.

Mit einem Lächeln im Gesicht öffnete sie die Tür. Der Flur war leer. Liliana runzelte die Stirn. Hatte sie zu lange gebraucht? Oder sich gar verhört? War das Klopfen nur der Wind gewesen, der an der Tür rüttelte?

Das Fenster im Flur stand offen. Sie ging, um es zu schließen, als sie leise Stimmen vor dem Haus vernahm. Eine flüsternde Unterhaltung. Neugierig sah sie hinunter und ein Schrecken fuhr durch ihren Körper. Sie erkannte Finlay und Therese vor einer Kutsche stehen. In inniger Umarmung! Thereses Gesicht verschwand in seinen Armen und Finlay presste diese Frau regelrecht an sich, eine Hand schützend auf ihren Kopf gelegt!

Liliana schluckte hart. Sollte sie etwas rufen? Oder gar hinunter stürzen?

Statt einer Reaktion blieb sie starr und stumm. Sie beobachtete, wie sich die beiden voneinander lösten, gemeinsam in die Kutsche stiegen und davonfuhren.

Lange Minuten starrte sie auf die leere, dunkle Straße, die lediglich vom Schein der Öllaternen erhellt wurde, die verschwommene Kreise auf das regennasse Pflaster malten. Als wäre all dies nur ein Traum. Eine Wahnvorstellung. Nicht real. Das Hufgeklapper der Kutsche war längst in der Ferne verklungen.

Liliana blinzelte. Was war soeben geschehen? Warum stieg er mit dieser Frau in eine Kutsche, ohne ihr Bescheid zu sagen? Weshalb diese innige Umarmung?

Langsam löste sie sich aus der Erstarrung und ging zurück in ihr Zimmer. Ihr Herz raste, sie atmete so heftig und keuchend, dass ihr schummrig wurde. *Nein, nicht die Sinne verlieren.* Sicher würde Finlay ihr noch eine Erklärung geben. Das hatte er ihr versprochen. Sie sollte keine schlechten Gedanken hegen, ohne seine Sicht gehört zu haben. Das wäre nicht fair.

Vielleicht ging es Therese nicht gut und er begleitete sie zu einem Arzt. Aber wieso beauftragte er keinen der Dienstboten damit? Warum tat er es? Er kannte sich in Bath doch gar nicht aus ... oder? Gab es eine Seite von ihm, die ihr noch unbekannt war? Sie erinnerte sich mit schmerzhaftem Druck auf dem Herzen an die warnenden Worte ihres Vaters.

Therese hatte sehr reif gewirkt und wie eine Frau, die sich nicht zierte. Sie würde gewiss nicht von einem Mann verlangen, bis zur Heirat zu warten. Liliana dachte an ihre gemeinsame Nacht in Northampton, in der sie sich Finlay verweigert hatte.

Konnten Männer solchen Druck womöglich nicht über längere Zeit aushalten? War die Verführung zu groß oder er Liliana gar leid?

Gegen ihren Willen füllten sich ihre Augen mit Tränen.

Anstatt zu schlafen, wälzte sie sich die ganze Nacht hin und her. Das Grübeln zog ihre Gedärme zusammen wie ein Fischernetz den Fang.

***

Am nächsten Morgen ging sie ohne Appetit zum Frühstück. Obgleich sie am Abend davor kaum etwas zu sich genommen hatte, fühlte sich ihr Magen an, als hätte sie Steine gespeist. Sicher war Finlay zurück und hatte sie gestern so spät nicht mehr wecken wollen. Heute würde sie hoffentlich alles erfahren.

Ihre Mutter saß bereits am Tisch und beehrte sie mit einem breiten Lächeln. Zu breit. Liliana sah sich scheu um, noch immer zog sich ein enges Band um ihre Eingeweide.

»Falls du deinen Verlobten suchst, der hat sich aus dem Staub gemacht.«

Der höhnende Tonfall goss weitere Säure in Lilianas Magen, doch sie versuchte, den Kloß in ihrer Kehle nicht anschwellen zu lassen. »Was meinst du damit? Wo ist Finlay?«

»Er ist gestern Abend mit Therese fortgefahren und bis dato nicht zurückgekehrt.« Eliza schüttelte schnalzend den Kopf. »Selbst Richard wollte mir nicht glauben, als ich sagte, Seemänner rennen jedem Kleid hinterher. Nun ist er eines Besseren belehrt worden.« Sie verzog das Gesicht zu einer gekränkten Grimasse. »Hättest du mich früher über deine Heiratspläne in Kenntnis gesetzt, wie es eine wohlerzogene Tochter ihrer Mutter gegenüber tun sollte, dann hätte ich dir genau dies vorausgesagt. Aber von dieser Therese hätte ich in der Tat weniger Freizügigkeit erwartet. Kein Wunder, dass sie bisher noch kein Mann heiraten wollte. Nun, jetzt hat sie einen gefunden, der zu ihr passt.«

Liliana spürte einen brennenden Stich in ihrem Herzen. Sie konnte nur stumm dastehen und ihre Mutter anstarren.

Die seufzte theatralisch. »Ich hoffe, diese eigentümliche Freundschaft Richards zu Jack endet nun auch. Höchst unangenehm, diese kuriose Beziehung. Das tut dein Vater, dieser falsche Hund, doch nur, um mich zu ärgern.« Die letzten Worte sagte sie wie zu sich selbst.

Liliana blinzelte. »Was erzählst du da?« Mehr brachte sie nicht über die Lippen.

Eliza sah auf wie aus den eigenen Gedanken erwacht. »Meine Kleine, es tut mir so leid für dich!« Sie erhob sich und trat auf sie zu. »Gerade, wo ich diesen Finlay akzeptieren wollte. Hätte ich das gewusst, ich hätte Therese gewiss nicht eingeladen.« Sie ergriff Lilianas Hand, die kalten Finger umfassten ihre, doch Liliana konnte sich noch immer nicht rühren. »Mach dir keine Sorgen, wir werden einen besseren Mann für dich finden. Wie es der Zufall will, wird der junge Mr Stableton am Wochenende zu unserer jährlichen Gartenparty kommen. Du erinnerst dich? Er ist noch immer Junggeselle und wird dich gewiss von deinem Gram ablenken.«

Ein Blitz durchfuhr Lilianas Körper bei diesen Worten und gab ihr das Reaktionsvermögen zurück. Sie riss ihre Hand aus der ihrer Mutter. »Was fällt dir ein, mich erneut vermitteln zu wollen? Ich bin noch immer verlobt und was immer auch gestern geschah, Finlay bändelte gewiss nicht mit dieser Frau an.« Sie hoffte es so sehr. »Ich werde ihn finden und selbst fragen.«

»Du dummes Kind! Sei nicht naiv!«, schalt Eliza sie. »Therese erzählte mir, dass sie ein romantisches Verhältnis mit Mr Clark hatte. Sagt dies nicht alles? Er ist zurück zu ihr gegangen und, ich wette, das sogar, obwohl er dich auch schon vor eurer Hochzeit in sein Bett gelockt hat, habe ich recht?«

Liliana schnappte nach Luft, war jedoch unfähig, etwas zu sagen.

»Therese ist wohlhabender und reifer als du, dazu sehr gutaussehend. So sind die Seefahrer und werden es immer sein. Du rennst in dein Unheil mit solch einem!«

Lilianas Augen brannten wie Feuer. »Ich werde nach Bristol zu seinem Schiff fahren und dort auf ihn warten. Erst, wenn er mir ins Gesicht sagt, dass er eine andere hat, glaube ich es. Nicht zuvor. Niemals zuvor!« Mit diesen Worten stürmte sie aus dem Raum, damit Eliza ihre Tränen nicht sah.

Sie schloss die Tür zu ihrem Zimmer zu, warf sich auf das Bett und weinte still, das Gesicht in die weichen Kissen gedrückt. Es waren Tränen der Wut und Verzweiflung. Aber auch der Angst. Was war geschehen? Hatte Finlay sie tatsächlich zurückgelassen, ohne mit der Wimper zu zucken? Nein, das wollte sie nicht als Tatsache akzeptieren. Nicht nach all dem, was sie zusammen durchgemacht hatten. Obgleich … Was wusste sie schon von seinem bisherigen Leben? Immerhin war er schon siebenundzwanzig und sie kannte ihn erst seit vergangenem Jahr. Zählten diese wenigen Monate überhaupt etwas für ihn? War er es möglicherweise sogar leid, dass sie sich ihm bis zur Hochzeit verweigern wollte?

Sie schüttelte den Kopf. Nein, sie weigerte sich, dem Geschwätz ihrer Mutter Glauben zu schenken. Nicht, ohne echte Belege.

Im Umkehrschluss würde das jedoch bedeuten, dass er sich in Gefahr befand … vielleicht gar verunglückt war? Warum sonst meldete er sich nicht? Was vermochte ihn davon abhalten, zu ihr zu kommen?

Hatte ihre Mutter nicht erwähnt, dass sie ihn verhaften lassen wollte? Vielleicht hat diese Therese ihn angezeigt und er war erneut im Gefängnis gelandet? Diesmal wäre es schier unmöglich, ihn zu retten.

Das Bild der Umarmung zwang sich vor ihr geistiges Auge, doch sie verscheuchte es wie eine lästige Fliege. Fort damit! Sie wollte das nicht an sich nagen lassen wie eine Ratte am Tau. Es musste mehr dahinterstecken.

Vielleicht sollte sie ihren Vater benachrichtigen? Sie seufzte. Nein, er würde sich nur bestätigt sehen in seiner Ansicht, dass Finlay ein Feigling wäre und kalte Füße bekommen hatte. Wahrscheinlich würde er heimlich triumphieren.

Erneut rannen brennende Tränen über ihre Wangen. Wie sollte sie als Frau allein Nachforschungen anstellen? Sie fühlte sich so fürchterlich einsam und hilflos.

Hatte sie sich nicht fest vorgenommen, dies nicht mehr zu sein?

Liliana atmete tief durch und stand auf. Sie goss das Waschwasser aus dem Krug in die Porzellanschale und wusch ihr Gesicht. Danach packte sie ihre Tasche. Als sie die kleine Reisepistole in der Hand hielt, musste sie erneut mit den Tränen kämpfen. Die Berührung Finlays, während er hinter ihr stand und ihr das Zielen beibrachte ... Nein, sie konnte man sich derart nicht in einem Menschen täuschen! Und wenn, würde sie ihn noch lange nicht kampflos aufgeben.

Ein Gedanke schoss in ihren Kopf wie eine Pistolenkugel: das Klopfen an der Tür gestern Abend! Das offene Fenster! Jemand *hatte gewollt*, dass sie die Szene auf der Straße beobachtete. Dies alles war sicher der

Plan ihrer Mutter! Sie presste die Lippen zusammen und ballte ihre Fäuste. Diese Hexe!

Wenn es eine Intrige war, dann befand sich Finlay tatsächlich in Gefahr. Ihr Herz klopfte schneller. Sie musste ihn finden.

Kurzentschlossen säuberte und ölte sie die Pistole und stopfte Pulver, Kugel und Papierknäuel in den Lauf. Immer wieder drängte sich während dieser Arbeit das Bild Thereses in ihren Kopf ... mit einem Einschussloch in dem hübschen Gesicht! Nein, sie schimpfte sich selbst für solch schlechte Gedanken. So tief würde sie nicht sinken.

Liliana verwahrte die Pistole sicher in der Tasche unter ihrem Kleid. Sie verschloss den Gurt um ihren Koffer und ging nach draußen. Im Innenhof bat sie den Stallknecht, ihr eine Kutsche zu rufen. Ohne sich von ihrer Mutter oder Richard zu verabschieden, fuhr sie nach Bristol.

Bristol, England

Juli 1786

Am Mittag erreichte Liliana den Hafen. Als sie vor der *Alecto* aus der Kabine stieg und den Kutscher bezahlte, winkte Ezekiel ihr bereits vom Deck aus zu.

»Miss Preston«, rief er erfreut. »Wo haben Sie unseren Kapitän gelassen?«

Bei dieser Frage brannten ihre Augen erneut. Es bestätigte ihren Verdacht, dass sich Finlay in Gefahr befand. Eine Frau würde er vielleicht noch im Stich lassen, doch sein Schiff niemals!

»Ich muss dringend mit Ihnen reden, Mr Braden!« Liliana lief den Steg hinauf. Noch immer musste sie die Tränen unterdrücken. Die Welle der Gefühle, die beim Anblick des Schiffes und seiner Besatzung auf sie einflossen, drohte, sie zu übermannen und zum Kentern zu bringen.

Ezekiel kam ihr entgegen und nahm ihr den Koffer ab. Er musterte sie mit ernster Miene. »Was ist geschehen?«

»Finlay ist verschwunden. Es tut mir leid, ich ...« Sie wedelte mit den Händen und rang nach Luft, doch ihre Stimme erstickte in Tränen.

Ezekiel legte den Arm um sie. »Jetzt beruhigen Sie sich erst einmal, Miss. Kommen Sie, wir gehen unter Deck.« Er warf einen strengen Blick auf die wenigen Matrosen, die neugierig herüberschauten und nach Ezekiels unausgesprochenem Tadel sofort wieder ihrer Arbeit nachgingen.

Im Speiseraum brachte er ihr einen Krug Wasser und sie setzten sich an den Tisch.

»Erzählen Sie, was ist passiert.« Die Stirn des Bootsmanns zeigte nun deutliche Sorgenfalten.

Liliana nahm einen großen Schluck und ihr Herzschlag beruhigte sich wieder etwas. Sie berichtete ihm alles, was geschehen war, auch die Drohung ihrer Mutter, Finlay erneut ins Gefängnis zu bringen. »Er stieg gemeinsam mit dieser Frau in eine Kutsche und ist seitdem verschwunden«, endete sie schluchzend. »Ich fürchte das Schlimmste.«

Der alte Mann hörte stumm zu und schwieg dann einige lange Sekunden mit ernster Miene und gesenkten

Brauen. Liliana wartete geduldig ab, auch wenn ihr jeder verstrichene Moment wie eine Ewigkeit vorkam.

»Das stinkt zum Himmel«, brummte er. Mehr kam eine Weile nicht.

»Erinnern Sie sich an diese Therese MacMillan? Rote Haare, sehr helle Haut.« Beinahe fürchtete sie sich vor der Antwort.

Ezekiel verzog das Gesicht. Er schaute ihr mit seinem strengen Blick direkt in die Augen. »Ja, ich erinnere mich an diese Person«, antwortete er brummend, »und ja, da lief etwas zwischen den beiden. Ich warnte ihn. Das war ein durchtriebenes Luder. Finlay erkannte ihr Spielchen durchaus, nahm aber freizügig, was sie anbot. Verübeln kann man es ihm nicht bei der Frau.« Er zuckte wie zur Entschuldigung die Schultern. »Aber das ist Vergangenheit. Finlay ist sicher kein Kostverächter, durchdenkt aber seine Entscheidungen stets und hat festgesteckte Prioritäten. Romanzen kamen immer erst hinter dem Geschäft, diesbezüglich setzte sein Verstand niemals aus. Blindlings einem Weibsbild nachzurennen, das klingt nicht nach meinem Kapitän. Abgesehen von Ihnen«, fügte er schmunzelnd hinzu. »Das ist jedoch etwas anderes. Ich habe Finlay niemals zuvor derart glücklich gesehen mit einer Frau. Er würde dies nie für ein kurzes Abenteuer riskieren. Da bin ich mir absolut sicher.«

Seine Erzählung schmerzte zwar etwas, ließ aber gleichzeitig einen Stein von Lilianas Herzen fallen. Auch wenn sie es gehofft und gewusst hatte, dass er sie nicht betrügen würde, vertrieb diese Bestätigung die letzten Zweifel, machte jedoch der Sorge Raum. »Was können wir tun, Mr Braden? Wo ist Finlay? Wie finden wir ihn?«

Ezekiel rieb sich über den Bart, der bereits wieder sein halbes Gesicht verdeckte. »Leider sind nur wenige Männer an Bord, um die *Alecto* zu bewachen, der Rest hat Landurlaub bis August. Ich selbst kann das Schiff nicht verlassen und kaum einen Mann für eine groß angelegte Suche entbehren.«

»Was ist mit Gustav und Levi? Wissen Sie, wo die beiden stecken?«

Der Bootsmann runzelte die Stirn. »Ja, sie wohnen noch immer an Bord ... leider. Mr Süssmann hat wohl die Adresse seines Vetters herausgefunden, aber die Reise nach Schottland muss noch organsiert werden. Das dauert alles etwas länger bei diesen Kerlen, wie es den Anschein macht. Die beiden haben Gelegenheitsarbeiten angenommen, um alles zu finanzieren. Dazu tragen sie allerhand seltsame Dinge in ihre Kabine. Ich möchte nicht wissen, wie es darin aussieht.« Seine Brauen senkten sich. »Miss Preston, ehrlich gesagt, befürchte ich, diese Hampelmänner bräuchten selbst mehr Hilfe, als sie Ihnen geben könnten.« Seine Stimme wurde leiser und er hob die Hand an den Mund. »Sie benehmen sich äußerst eigentümlich und sprechen allerhand wirres Zeug.«

Liliana musste trotz der Situation ein Lächeln unterdrücken.

Ezekiel verengte die Augen. »Was ist mit Ihrem Vater? Soweit ich weiß, liegt die *Nemesis* noch hier im Hafen.«

Sie seufzte. »Vater ist in London.« Dass er sicher nicht sonderlich enthusiastisch wäre, Finlay erneut aus der Misere zu holen, verschwieg sie besser. »Ich werde

Gustav und Levi fragen, ob sie mich zumindest begleiten und bei Nachforschungen unterstützen. Können
Sie bitte meinem Vater Bericht erstatten, sobald dieser
zurück ist? Wäre dies möglich? Falls wir doch seine
Hilfe benötigen.« Sie atmete tief durch. »Vielleicht ist
bis dahin auch der ganze Spuk vorüber.«

Ezekiel nickte. »Ich werde Ove bitten, mir Bescheid zu
geben, wenn sein Kapitän wiederkehrt. Nicht, dass ich
es verpasse und sie unbemerkt ablegen. Dr. Hurley reist
in den nächsten Tagen wieder aus seiner Heimatstadt
an und könnte Sie gewiss begleiten. So hätten Sie zumindest einen richtigen Mann dabei.«

»Danke.« Liliana konnte ihre Erleichterung über die
Hilfe kaum in Worte fassen. Die Mannschaft gab ihr
stets das Gefühl, ein Teil ihrer Familie zu sein. Selbst
ohne Finlay. Sie war unglaublich dankbar dafür.

***

Am späten Nachmittag kehrten Gustav und Levi zurück. Sie gingen zielstrebig an Deck und diskutierten
dabei heftig gestikulierend über etwas. Da sie Deutsch
sprachen, konnte Liliana den Inhalt anhand einiger
Wörter lediglich erahnen, doch es schien um die Reise
nach Schottland zu gehen.

Levi schüttelte gerade heftig den Kopf nach Gustavs
eindringlicher Rede und öffnete den Mund, um etwas
zu erwidern, als er sie erblickte. »Miss Preston! Welche
Überraschung«, rief er fröhlich auf Englisch.

Gustav sah sich auf Deck um. »Ist Finn ebenfalls zurück?«

»Nein, er ist verschwunden.« Liliana schluckte. »Ich brauche dringend Ihre Hilfe, meine Herren.«

Die beiden schauten sie fragend an, dann wies Levi auf die Tür nach unten. »Kommen Sie. Lassen Sie uns in unsere Kajüte gehen und dort alles besprechen.«

Liliana folgte ihnen nicht ohne eine gewisse Neugier unter Deck, als ihr die Worte Ezekiels wieder in den Sinn kamen. Wie würde deren Kammer wohl aussehen, wenn die beiden noch immer zu zweit dort hausten?

Gustav öffnete die Holztür und ließ sie eintreten. »Ich hoffe, wir finden Platz zu dritt da drinnen.«

Liliana staunte bei dem Anblick. Der kleine Raum wirkte wie in zwei völlig unterschiedliche Bereiche geteilt. Links befand sich das in die Wand eingelassene Bett, das säuberlich gemacht war, als hätte nie jemand darin geschlafen. Die Laken waren penibel glattgestrichen und die Kleidungsstücke daneben adrett gefaltet und gestapelt.

Rechts hingegen schwebte eine Hängematte im Raum, in der es chaotischer nicht hätte zugehen können: Decken, Hemden, Hosen und selbst Schuhe und sogar Zeitungsblätter lagen wie hingeworfen darüber.

Auch der kleine Schreibtisch in der Mitte war in zwei Bereiche geteilt. Rechts flogen Papierbögen und Tuschefedern umher, links lagen feinsortiert ein Uhrmacherset mit Lupe und mehrere Taschenuhren und Zahnräder, alle nach Form und Größe sortiert.

»Sie sind Uhrmacher, Mr Süssmann?« Liliana zweifelte keine Sekunde, dass Levi die linke Seite des Zimmers bewohnte.

»Ja, das bin ich. Ich habe ein paar Aufträge angenommen, damit wir das Geld für die Anreise zusammenbekommen.«

»Levi ist ebenfalls ein Erfinder«, erklärte Gustav stolz. »Er bastelt und schraubt auch zu Hause immer an allerhand Dingen herum. Irgendwann erfindet er einmal etwas, worauf die gesamte Welt wartet, und wird berühmt.«

Levi lachte freudlos. »Rede keinen Unfug. Das Prinzip der Dampfmaschine fasziniert mich, aber diesbezüglich sind ganz andere Köpfe am Arbeiten.«

Liliana rieb sich das Kinn. »Ich würde ungern etwas durcheinanderbringen und es wirkt recht beengt. Gehen wir besser in die Messe.«

Levi nickte. »Wenn wir dies dürfen. Ich würde es niemals ohne Erlaubnis tun.«

»Ich bin mir sicher, Finlay hätte nichts dagegen.«

Kurz danach saßen sie zu dritt im Speiseraum der *Alecto* und Liliana erzählte die Geschichte von Neuem.

Levi hörte ihrem Bericht stumm zu, während Gustav Feuer und Flamme war. Ständig stellte er Zwischenfragen, hakte bei jeder Kleinigkeit nach und wollte alles bis ins letzte Detail wissen. Selbst die Farbe von Thereses Kleid, als male er sich dazu ein Bühnenstück im Kopf aus.

Nachdem Liliana geendet hatte, schlug er derart fest mit der flachen Hand auf die Tischplatte, dass sie erschrak. »Ha!«

Levi schob seinen Zwicker auf der etwas zu großen Nase zurück. »Was beabsichtigst du, mit ›Ha!‹ auszudrücken?«

»Es ist eindeutig.« Gustav tippte mit dem Zeigefinger auf den Tisch. »Das war eine Falle, eine Intrige der Mutter. Unser Finn wurde entführt. Wie in einer guten Tragödie.«

Liliana spürte erneut den Zorn über ihre Mutter aufkommen und straffte ihre Schultern.

Gustav zeigte sein breites, einnehmendes Lächeln. »Diese *Miss* Therese MacMillan ist demnach unverheiratet?«

»So ist es.«

»Dann ist dies unser Ansatz. Wir werden ein Gegendrama konstruieren und sie mit ihren eigenen Waffen schlagen.« Er lehnte sich zurück und breitete die Arme aus.

Levi rieb sich nachdenklich über das Kinn. »Du meinst, an die niederen menschlichen Instinkte appellieren, wie hier geschehen? Das könnte funktionieren.«

Liliana warf den beiden abwechselnd einen irritierten Blick zu.

Gustav beugte sich wieder vor und schmunzelte. »Kennen Sie sich mit Dramen aus, Miss Preston?«

»Ich habe einige Werke von Shakespeare gelesen, kam jedoch nie in den Genuss, ein derartiges Theaterstück zu besuchen.«

»Das sollten Sie nachholen. Aber vorerst werden *wir* eines aufführen.« Er stand auf und hob den Zeigefinger. »Dem Mann kann geholfen werden!«, tönte er gegen die hölzerne Schiffswand. Nach einer theatralischen Pause setzte er sich wieder und räusperte sich. »Das ist aus *Die Räuber* von Friedrich Schiller. Fünfter Akt, zweite Szene.«

Levi runzelte die Stirn. »Du bist dir bewusst darüber, dass derartige Stücke meist mit dem Tod aller Beteiligten enden?«

»Nicht die Meinigen, keine Sorge.« Gustav fuchtelte mit den Händen vor dem Gesicht, als wolle er Fliegen verjagen. Er stand erneut auf und schritt im Raum hin und her. »Der Erste Akt ist bereits ohne unser Zutun gelaufen: Die boshafte Königin intrigiert gegen den Liebhaber ihrer Tochter, da dieser ein bloßer Bürger ist und ihren Ansprüchen nicht genügt. Sie lässt ihn von einer Frau aus seiner Vergangenheit verführen und fortlocken. Unser Held landet in einem Kerker ... hier müssen wir eventuell noch angleichen, sobald neue Informationen zur Verfügung stehen ...«

Liliana war derart überrumpelt über dieses Gespräch, dass sie nicht wusste, wie sie darauf reagieren sollte. Sie konnte den jungen Mann nur erstaunt mit offenem Mund anstarren und verstand langsam, was den eher bodenständigen Mr Braden so irritiert haben musste.

Gustav rieb sich das Kinn, als dachte er nach, noch immer am Tisch entlang schreitend. »Zweiter Akt: Die Prinzessin holt die Freunde ihres Liebhabers zur Hilfe. Der jüngere und hübschere der beiden – demnach ich – wird die Rolle eines vermögenden, einflussreichen Wissenschaftlers aus Preußen spielen, der hier einen Vortrag halten soll. Diese Therese wird bei meinem Charme zerlaufen wie Konfekt auf der Zunge einer beleibten Gräfin und mir jedwedes Geheimnis anvertrauen.« Er blieb stehen und zupfte sich mit einem Zwinkern die Hemdsärmel zurecht.

Liliana schüttelte lachend den Kopf. »Sie sind allerdings einige Jahre jünger als diese Frau.«

Gustav schnalzte gespielt hochnäsig mit der Zunge. »Umso mehr wird sie mir verfallen.«

Sie schmunzelte. »Das glaube ich Ihnen aufs Wort.« Dieser gutaussehende junge Mann besaß in der Tat ein nicht unerhebliches Charisma.

Levi seufzte indes. »Das hier ist kein Theater, Gus, das ist die Wirklichkeit.«

»Das echte Leben schreibt die besten Tragödien, mein guter Levi.« Er hob theatralisch eine Hand zur Decke. »Und niemand weiß, wie weit seine Kräfte gehen, bis er sie versucht hat. Das schrieb Johann Wolfgang von Goethe.« Er setzte sich, blickte zu Liliana und korrigierte den Sitz seines Halstuchs. »Wir benötigen die Adresse des gnädigen Fräuleins und ich werde ihr einen Besuch abstatten. Wie treffend, dass ich meinen besten Anzug auf diese Reise mitnahm.«

»Deren Wohnsitz kann ich gewiss durch Mutters Dienstmädchen erfahren.« Sie spielte vor Aufregung mit den Spitzen ihrer Schürze. »Aber wieso sollte Therese Ihnen von der Intrige erzählen?«

»Weil ich ebenso ein geheimer Spion der Armee bin und über Piraten recherchiere.«

Levi lachte trocken auf und schlug mit der Hand auf seinen Oberschenkel. »Das ist doch absurd!«

Gustav lehnte sich im Stuhl zurück und überkreuzte die Arme. »Je absurder, desto eher glauben einem die Leute Geschichten. Lass dich überraschen, Levi-Darling.« Er zeigte seine strahlenden Zähne.

Sein Freund lachte trocken auf. »Du bist und bleibst ein Spinner mit dem Kopf in den Wolken.«

Gustav schnalzte mit der Zunge. »Schon Jakob Lenz schrieb: Wenn keine Narren auf der Welt wären, was wär' die Welt?«

Bristol, England

Juli 1786

Liliana beobachtete, wie ein sichtlich gutgelaunter Gustav schwungvoll auf die *Alecto* zulief, während der schmale Levi wesentlich steifer hinter ihm her hechtete. Er rückte alle paar Schritte seinen Hut zurecht, der auf dem kleinen Kopf immer zu verrutschen schien.

Die beiden mussten jeden Penny umdrehen und waren daher zu Fuß in die Stadt gegangen, doch Liliana bezweifelte, dass dies jemandem in der Schreibstube aufgefallen war. Gustav trug seinen besten Anzug und strahlte Eleganz und Weltgewandtheit aus. Er besaß zudem ein außergewöhnliches Geschick im Umgang mit Menschen.

Liliana winkte ihnen zu. Der junge Preuße lief fröhlich an Bord und zog seinen Hut vor ihr. Levi nickte ebenfalls.

»Waren Sie beide erfolgreich?«, fragte sie ungeduldig, als sie gemeinsam die Messe betraten.

Die vergangenen Stunden der Untätigkeit und die ständige Sorge um Finlay zehrten an ihr. Sie konnte kaum etwas essen und fand keine Ruhe.

Gustav strich sich die dunkelbraunen Haare zurück. »Levis Fingerfertigkeit ist einzigartig und er ist zudem ein äußerst begabter Künstler. Er fälschte deutsche Papiere für mich, die so echt aussehen, dass es die eigenen Behörden täuschen würde. Dazu eine hochtrabende

Einladung an mein Alter Ego von der *Royal Society,* hier einen Vortrag zu halten. Mit Siegel.« Er klopfte seinem Freund anerkennend auf die Schulter, der verlegen lächelte.

»Bitte erzähle meiner Gattin nicht, dass ich an unredlichen Geschäften beteiligt bin.« Levi kratzte sich unsicher am Hinterkopf.

»Ich treibe kein Schindluder damit, sondern vernichte die Dinge sofort, sobald wir unser Ziel erreicht haben. Es geht um Finns Leben hier.«

Levi nickte. »Ich vertraue auf dein Wort.«

Gustav hielt sich die flache Hand auf seine Brust. »Das kannst du. So wahr ich Heinrich Fischer heiße.«

Levi beehrte dies mit einem Augenrollen und atmete tief durch. »Nun müssen wir nur noch sehen, dass wir dieser Therese begegnen. Am besten in einem Milieu, bei dem sie mit Gustav als Begleitung prahlen kann.«

»Mutter und Richard halten ihre jährliche Gartenparty übermorgen. Sie besaß tatsächlich die Unverschämtheit, nach all dem mit meiner Anwesenheit zu rechnen, um mich erneut jungen Männern vorzustellen bei der Feierlichkeit. Ich bezweifle jedoch, dass Miss MacMillan eingeladen ist. Bisher war sie nie zugegen.«

Gustav nickte wissend. »Sie wird mit ihrem neuen Begleiter auftauchen, seien Sie sich dessen gewiss.«

Liliana runzelte die Stirn. »Wie wollen Sie das in solch kurzer Zeit erreichen?«

»Lassen Sie uns gemeinsam nach Bath fahren und den Wohnort dieser Therese herausfinden. Ich werde sodann als Fremder, der sich verlaufen hat, zufällig dieser Frau begegnen und sie um Hilfe bitten. Im Gespräch werde ich dann von besagter Gartenparty schwärmen.

Sie wird dort erscheinen, um den anwesenden Gästen ihre neue Errungenschaft, den ausländischen Gelehrten, zu präsentieren.«

Liliana lachte auf. »Ihr Selbstvertrauen ehrt sie, Mr Homeyer.«

»Alles zu retten, muss alles gewagt werden. Ein verzweifeltes Übel will eine verwegene Arznei. Das ist von Friedrich Schiller«, fügte er hinzu. »Aus *Die Verschwörung des Fiesco zu Genua*, Vierter Akt, sechster Auftritt.«

Lilianas leichtes Schmunzeln über Gustavs Zitate wurde zu schnell durch trübe Gedanken verdrängt. »Würde der Plan nicht auch ohne eine Feier klappen? Ich weiß nicht, ob ich es verkraften kann, meiner Mutter nach all dem noch einmal zu begegnen.«

»Es wäre immens wichtig.« Gustav blickte sie mit seinen bernsteinfarbenen Augen mitfühlend an. »Wir haben so beklemmend wenig Zeit und müssen jeden Vorteil nutzen. Wenn ich Therese auf gewöhnliche Art den Hof mache, wird es gewiss länger dauern, bis sie mir Dinge anvertraut. Im Rahmen einer Feier, bei der die Frauen sich brüsten können und wo Alkohol fließt, erhöhen sich meine Chancen exponentiell.«

»Ich verstehe.« Sie legte den Kopf schief. »Sie klingen sehr erfahren diesbezüglich.«

Gustav zwinkerte ihr mit einem schelmischen Grinsen zu, ohne weiter auf die Frage einzugehen.

Bath, England

Juli 1786

Sie fuhren mit der Kutsche nach Bath. Liliana war froh, noch einiges an Zahlungsmitteln zur Verfügung zu haben. Ezekiel bot zwar an, ihr etwas aus Finlays Geldkiste zu geben, doch das wollte sie nur im äußersten Notfall annehmen.

Je näher sie dem Haus ihrer Mutter kamen, desto stärker zog sich ihr Magen zusammen. Der Hass auf diese Frau stieg mit jedem zurückgelegten Meter ins Unermessliche. Sollte Finlay diese von Eliza angezettelte Intrige nicht überleben, wüsste sie nicht, was sie tun würde.

Bevor das Haus in Sicht kam, ließ sie den Kutscher halten. »Sie warten bitte hier in der Kabine, damit Sie niemand sieht«, sagte sie zu ihren beiden Begleitern. »Ich versuche, die Adresse von Therese zu erfahren, und lasse Ihnen dann eine Notiz zukommen.«

Gustav nickte. »Seien Sie stark! Für Finn!« Sein Blick auf ihr gewiss bleiches Gesicht wurde weich. »Sollte das mit dem Besuch der Feier wider Erwarten nicht klappen, werde ich ohne diese Hilfe versuchen, alle nötigen Informationen aus ihr herauszubekommen.«

»Danke!«

Lilianas Magen fühlte sich an wie von einer Kanonenkugel getroffen, als die gegen die weißgetünchte Holztür des Wohnhauses klopfte.

Marylin öffnete. Ihre Augen weiteten sich im Erstaunen. »Miss Preston!« Offenbar hatte sie nicht damit gerechnet, sie sobald wieder zu sehen. »Treten Sie ein.«

Liliana blieb im Türrahmen stehen. Sie sah ihre Chance. Wenn jemand wusste, was in diesem Ort vor sich ging, war es Marylin. »Marylin, ich muss Sie zuvor etwas fragen und hoffe auf Verschwiegenheit.«

Die junge Frau hob neugierig die Brauen. »Aber natürlich.« Sie sah sich um, dass auch keiner im Flur stand, und senkte ihre Stimme. »Worum geht es?«

»Kennen Sie zufällig die Adresse dieser Therese MacMillan?«

Marylins Mundwinkeln zuckten wissend. »Diese aufdringliche Person? Ja, ich weiß, wo sie wohnt.«

Liliana lächelte dankbar. Sie notierte die Adresse auf einem Zettel und schickte einen Boten damit zu der Kutsche. Erst dann betrat sie das Gebäude.

Eliza empfing sie mit großherzigem Gehabe und mitleidigem Lächeln, doch der Triumph in ihrer Mimik war kaum zu übersehen. »Mein Engel, ich wusste, dass du zur Vernunft kommen würdest.«

Jedes ihrer Worte ließ Lilianas Magen rebellieren, doch sie riss sich zusammen und ließ ihre Mutter stehen. Wortlos ging sie in ihr Zimmer.

Am darauffolgenden Tag mied sie ihre Mutter so gut wie möglich. Lediglich beim Essen war dies unvermeidbar. Eliza spielte jedoch die verständnisvolle Mutter, die ihre vom rechten Weg abgekommene und vom Verlobten betrogene Tochter nur zu gern wieder bei sich aufnahm und ihr alles verzieh. So würde sie im Tratsch der Öffentlichkeit gewiss gut dastehen.

In Lilianas Eingeweiden brodelte die Säure des Zorns, doch sie riss sich mit aller Kraft zusammen und zeigte sich als die reumütige Wiederkehrerin.

Das Einzige, das sie wirklich traurig statt wütend stimmte, war die sichtliche Enttäuschung Richards Finlay gegenüber. Er glaubte Elizas Lügengeschichte und versuchte auf seine eher ungeschickte Art, Liliana zu trösten, was sie nur mehr schmerzte.

»Er täuschte uns alle«, sagte er betrübt. »Selbst Mr Farson, dem ich eine sehr gute Menschenkenntnis zuspreche. Zumindest kam all dies noch vor eurer Heirat zutage.« Er tätschelte unsicher ihre Schulter und Liliana nickte mit zusammengepressten Lippen.

Finlay

Ein Schlag gegen den Kopf riss ihn aus der Bewusstlosigkeit.

Finlay stöhnte leise. Seine Schläfen schmerzten, in seinem Mund steckte ein muffig schmeckender Knebel und seine Hände und Füße waren zusammengeschnürt wie ein Baumwollballen. Der Bretterboden, auf dem er lag, ruckelte im Takt von Hufgeklapper. *Eine Kutsche in Fahrt. Was war passiert?*

Nur dumpf erinnerte er sich. *Therese … ihr Geständnis … die Fahrt zum Friedhof … dann der Schlag gegen die Schläfe … Alles eine Lüge? Eine Falle!*

Zorn und Schrecken schossen wie Peitschenhiebe durch seine Adern und vertrieben die Benommenheit. Er riss die Augen auf. Es war dunkel in der Kabine und sein Kopf schlug mit jedem Holpern der Kutsche schmerzhaft gegen das metallene Gestell des Sitzes. Er versuchte, sich trotz der Fesseln aufzurichten, als ein Stiefel gegen sein Gesicht ihn brutal zu Boden drückte. Finlay spürte die kleinen Steinchen in der Ledersohle in seine Wangen schneiden.

»Du bleibst, wo du hingehörst, *Kapitän*«, zischte eine höhnende Stimme. »Nun habe ich das Sagen! Zumindest für die kurze Zeitspanne, die du noch zu leben hast.« Ein boshaftes Lachen folgte.

Trotz der gedämpften Stimme erkannte er den Sprecher: Travis Parker! Wut stieg in ihm auf. Er wollte ihn anschreien, doch der eng geschnürte Knebel, der ihn in die Mundwinkel schnitt und mittlerweile mit dem eigenen Speichel getränkt war, ließ ihn nur dumpfe Laute von sich geben.

Parker lachte überheblich. »Ich sagte doch, mit mir sollte man sich nicht anlegen. Hat dir dein Schiffsjunge nichts erzählt? Wie *penetrant* ich sein kann? Der Kleine war äußerst gehorsam, hat nach meiner Warnung nicht einmal geschrien, als ich ihn so richtig hart rannahm. Eine gute Wahl hast du da getroffen!«

Finlays Körper bebte, unsagbarer Zorn erfüllte ihn. Duncans gepeinigtes Gesicht erschien vor seinem inneren Auge und ihm wurde schlagartig übel. Dazu gesellte sich der verschreckte Blick der jungen Mrs Parker ... selbst das gequälte Schweifschlagen des Pferdes, nachdem dieser Dreckskerl die Sporen in dessen Flanken gerammt hatte. Er wünschte sich in diesem Moment nichts mehr, als diesen Mann mit einem Schnitt durch die Kehle für immer zum Schweigen zu bringen. Leider lag er gefesselt zu dessen Füßen, die schlammige Ledersohle an seine Wange gepresst.

Die Kutsche hielt an.

»Wir sind da«, hörte Finlay Parker sagen. »Du kommst mit und machst keinen Mucks, verstanden?«

Ein Dolch tauchte vor seinen Augen auf. Die Klinge fuhr langsam an seinem Gesicht entlang. Das kalte Metall strich ihm leicht über die Wangen, dass es gerade so nicht durch die Haut ging, und hielt mit der Spitze kurz vor seinen Augen an.

Schweißtropfen rannen von seiner Stirn, er wagte kaum zu atmen aus Furcht vor dem Verlust des Sehvermögens durch die leiseste Bewegung. Dennoch schloss er die Lider nicht. Wollte Parker ihm das Augenlicht nehmen, würde er es so oder so tun.

Die Klinge wanderte zurück zu seiner Wange. Mit einem Ruck durchschnitt Parker das Tuch um den Mund und ritzte ihm dabei tief in die Haut unter dem linken Jochbein. Finlay zuckte zusammen.

Parker lachte. »Das ist erst der Anfang. Wir werden noch viel Spaß zusammen haben.« Er löste die Fesseln um seine Beine.

Liliana

Bath, England

Juli 1786

Die letzten Vorbereitungen zur Gartenparty nahmen zum Glück alle derart in Anspruch, dass längere Gespräche nicht stattfanden, was Liliana sehr begrüßte. Sie half den Dienstboten, den Garten mit Blumen, bunten Fahnen und Girlanden zu verzieren. Die rege Beschäftigung um sie herum wirkte paradoxerweise wie ein Zufluchtsort mitten im Trubel. Es wurden die gewaschenen und gebleichten Tischdecken aufgelegt, die Kristallgläser geputzt und Speisen zubereitet.

Liliana hoffte auf Gustavs Erfolg bei dem Plan. Wenn Therese so kurzfristig mit einem neuen Mann auftauchte, würde Richard vielleicht auch an der Geschichte zweifeln.

***

Die Feierlichkeit war im vollen Gange. Das Wetter zeigte sich von seiner besten Seite und im großen Garten standen Tische mit Gebäck, Konfekt und Kuchen. Dazu wurden Getränke gereicht. Die Gäste trugen die neueste Mode, standen in Grüppchen zusammen und tauschten aktuelle Gerüchte und Skandale aus. Hier und da bellte oder winselte einer der Schoßhunde der Besucher.

Liliana fühlte sich in der Menge an Menschen einsamer denn je. Sie stand an einer Ecke des Gewächshauses und beobachtete die fleißigen Bienen, die unbeirrbar jede Blüte besuchten. Wie sorglos ihr diese Tierchen erschienen, fernab des ganzen künstlich konstruierten Tumults um sie herum.

Sie bemühte sich, nicht in Tränen auszubrechen. Der Geruch des süßen Gebäcks um sie herum bereitete ihr Übelkeit. Wie in den vergangenen Tagen bekam sie kaum einen Bissen hinunter und trank nur etwas Tee, um das Brennen in ihrem Magen zu beruhigen. Sie vermisste Finlay so sehr. Die Gespräche mit ihm, sein Lächeln, die Wärme und Geborgenheit seines Körpers ... Ob er noch am Leben war? Vielleicht siechte er in Ketten gelegt in irgendeinem Gefängnis dahin ... oder, schlimmer, lag ermordet mit eingeschlagenem Schädel in einem entlegenen Waldstück?

Die Sorge um ihn schmerzte auf schier unerträgliche Weise und gleichzeitig fraß der Zorn auf ihre Mutter an ihren Eingeweiden wie ein hungriger Wolf. Steckte sie wirklich hinter all dem, würde Liliana ihr dies nie verzeihen!

Sobald sie sah, wie sich Eliza mit einem jungen Mann unterhielt und sich dann suchend umdrehte, wich sie hinter einem Baum oder in den Schutz des Gewächshauses zurück. Sie verspürte keine Lust, von dieser skrupellosen Person feilgeboten zu werden wie Vieh.

Die Gäste wirkten in ihrer Steifheit auf sie wie Vogelscheuchen ... nein, wie Laienschauspieler in einem Bühnenstück, geschrieben von Dilettanten. Großrahmige Hüte auf hochgesteckten Frisuren, voluminöse Petticoats und mit Spitzen verzierte Sonnenschirme bei den

Damen und streng geschnittene, taillierte Röcke bei den Herren mit Dreispitz und Gehstock. Viele der Älteren trugen noch gepuderte Perücken und Säbel. Einige Leinen endeten an teuren Windhunden, an anderen zerrten kleinere Schoßausgaben mit Schleifen im Fell. Die Unterredungen wirkten oberflächlich, die Gesichtszüge arrogant. Je hochnäsiger man sich gab, desto wichtiger erschien man dem Gegenüber.

Liliana verzog den Mund. Ja, ein Theater war dies, wie Gustav es beschrieb.

Zwischen all dem Treiben stachen – wie vom Verfasser des Stückes gerufen – eine Hochsteckfrisur leuchtend roter Haare und ein grünes Kleid aus der Menschenmenge hervor. Liliana trat aus ihrer Deckung. Therese?

Tatsächlich, sie war es. Dieses Biest! Der Zorn verflog und wich einem kalten Lächeln, als sie den Mann an ihrer Seite erkannte. Gustav. Er hatte es vollbracht. Levi schritt hinter ihnen und tat untergeben wie sein persönlicher Dienstbote. Welch ein Schauspiel!

Sie schlich näher zu ihnen und erkannte, wie die Mimik ihrer Mutter bei dem Anblick der Neuankömmlinge drohte, außer Kontrolle zu geraten. Gerade stellte Therese der Gastgeberin ihren Begleiter und seinen persönlichen Schreiber vor.

Liliana bemerkte amüsiert, dass Levi und Gustav auf sie wie die einzigen echten Personen inmitten von Statisten wirkten, obgleich es exakt diese beiden waren, die als Schauspieler auf dieser Feierlichkeit fungierten.

»*Enchanté*«, begrüßte Gustav ihre Mutter auf Französisch und küsste deren Hand. »Ich entschuldige mich für das unangekündigte Erscheinen, gnädige Frau«, fuhr er auf Englisch mit einem deutlicheren deutschen Akzent als sonst fort. »Aber jeder hier in Bath, den ich traf, schwärmte nur so von Ihrer alljährlichen Feierlichkeit, sodass ich das Verlangen, diese beinahe surreal erscheinende Person einmal kennenlernen zu dürfen, nicht zu unterdrücken vermochte. Sollte Sie meine Anwesenheit stören, werde ich mich untergeben entfernen.«

Eliza wurde leicht rot vor Verlegenheit und gluckste kichernd mit vorgehaltener Hand, was Liliana gar nicht von ihr kannte. »Sie sind zu charmant, Mr Fischer, selbstverständlich sind Sie willkommen. Ich freue mich, solch international angesehenen Besuch auf meiner bescheidenen Feier zu sehen.« Therese hingegen warf sie nur einen kühlen Blick zu. Erneut sah sie sich um und diesmal konnte Liliana nicht rechtzeitig abtauchen. »Lily! Darling! Ich suchte dich bereits.« Sie winkte Liliana zu sich. »Darf ich dir diesen jungen Herrn vorstellen? Mr Heinrich Fischer aus Preußen. Er ist ein Wissenschaftler, der nach England eingeladen wurde, um seine Forschungen zu präsentieren. Mr Fischer, dies ist meine ... *Nichte* Miss Liliana Preston.«

Liliana beehrte ihre Mutter mit einem eisigen Blick, den diese ähnlich streng erwiderte, und trat lächelnd näher. »Es ist mir eine Freude, Sie kennenzulernen.«

Gustav verbeugte sich tief, sein Blick verriet keinerlei Erkennen. »Die Freude ist gänzlich auf meiner Seite, verehrtes *Fräulein*.«

Nun drängte sich Therese zwischen sie und schlang ihren Arm um Gustav. »Kommen Sie, Mr Fischer, ich stelle Ihnen noch weitere Gäste vor.«

»Aber, aber, meine gute Miss MacMillan. Wir können diese netten Damen hier doch nicht nach einer kurzen Begrüßung einfach so stehenlassen.« Gustav zwinkerte Liliana zu. Offenbar wollte er Therese etwas anstacheln, was ihm, deren Gesichtsausdruck nach, auch gelang. »Genießen wir den Augenblick. Der bekannte Poet Johann Wolfgang von Goethe, den ich einst in Frankfurt persönlich begegnete, ließ es treffend in einem seiner Stücke singen: Mit Mädeln sich vertragen, mit Männern rumgeschlagen und mehr Kredit als Geld. So kommt man durch die Welt.«

Eliza jauchzte. »Wie wundervoll amüsant Sie sind, Mr Fischer, und so gebildet. Meine Nichte Liliana ist ebenfalls unheimlich belesen. Meine Schwester konnte sie kaum von ihren Büchern wegbringen. Lily, was meinst du? Ihr beide würdet euch doch vortrefflich über Literatur unterhalten können.«

Thereses Mund verzog sich und ihr Blick glich giftigen Pfeilen, die auf Eliza einschossen. »Wir haben noch genug Zeit für Gespräche, lassen Sie uns eine Erfrischung holen.« Sie ergriff Gustavs Arm und zog ihn mit sich zum Buffet. Dieser lüftete entschuldigend seinen Dreispitz und folgte. Levi trottete hinterher.

Liliana musste sich bemühen, einen ernsten Gesichtsausdruck zu wahren. Welch ein herrliches Bühnenstück!

»Welch ein verwegenes Biest!«, zischte Eliza ihr leise zu, während sie anderen Gästen mit einem gespielten Lächeln zuwinkte. »Wirft sich jedem Mann an den Hals. Unfassbar dieses Benehmen.«

Liliana sah ihre Mutter streng an, ihr war es gleich, ob andere ihre Mimik sahen oder die Worte hörten. »Was macht die hier? Du sagtest doch, sie wäre mit meinem Verlobten abgehauen? Stimmt das womöglich nicht? Wo ist Finlay?«

Eliza wurde blass. »Tja, offensichtlich ist der bereits der nächsten Partie hinterher ... und sie ebenfalls, wie es scheint.« Sie hob das Kinn, raffte den voluminösen Rock und schritt davon.

***

Am nächsten Morgen packte Liliana noch vor dem Frühstück ihre Tasche und schlich auf Zehenspitzen durch den Gang. Aus der Küche ertönte das Klappern von Geschirr, doch sie begegnete keinem. Sie würde sich gewiss nicht von ihrer Mutter verabschieden, sie konnte dieser Person nicht mehr in die Augen blicken.

Erst auf der Straße beruhigte sich ihr Herzschlag wieder. Sie ging zu dem Platz, an dem sie damals die beiden abgesetzt hatte. Gustav und Levi waren zu ihrer Erleichterung bereits zugegen und winkten ihr zu.

»Wie sieht es aus?«, fragte sie hoffnungsvoll.

Levi lächelte. »Wir können eine Kutsche ordern und zurück nach Bristol.«

Lilianas Herz machte einen Sprung. »Sie meinen ...?« Ein Hoffnungsschimmer wärmte ihr Gemüt.

Gustav nickte. Sein Gesicht blieb jedoch ernst. »Ich habe von ihr alles erfahren, was sie weiß. Leider nicht allzu Gutes. Ich erzähle es Ihnen unterwegs.«

Liliana nickte, der Kloß in ihrer Kehle schwoll erneut an. Levi winkte eine Kutsche heran und die drei setzten sich in die Kabine.

»Sie sehen nicht gesund aus, Miss Preston«, bemerkte Gustav mit sorgenvollem Blick. »Sie sollten etwas mehr essen, um bei Kräften zu bleiben.«

Liliana atmete tief durch. »Ich wünschte, ich könnte es. Mein Magen scheint seit Längerem seine Tore verschlossen zu haben.« Sie sah die beiden flehend an. »Bitte berichten Sie mir, was Sie herausfanden!«

Levi lächelte. »Unserem Charmeur Gus mit dem intellektuell klingenden deutschen Akzent hat diese Dame bereits gestern Nacht noch alles berichtet.«

Gustav nickte. »Ja, dank des Alkohols und weil du mich als mein Lakai so untertänig hofiert hattest, ohne ein einziges Mal mein Verhalten zu kritisieren, und glaube mir, mein Freund, ich weiß sehr genau, wie schwer dir dies fiel. Meine Person erweckte so den Anschein, umso wichtiger zu sein. Bei derartigen Feierlichkeiten ein Muss.« Er lächelte schwach. »Aber es ist leider auch höchste Zeit, wenn wir Finlay retten wollen. Sie lagen korrekt mit Ihrer Vermutung, Miss Preston. Es steckt dieser Travis Parker dahinter. Ihre Mutter hatte ihn über ihren Gatten General Derringham ausfindig gemacht. Mr Parker sehnte sich nach Rache, während Eliza Finn loswerden wollte. Da fanden sich zwei Gleichgesinnte. Die perfekte Grundlage einer Tragödie.« Er seufzte und schloss kurz die Augen, als müsse er in Gedanken das Erfahrene rezitieren. »Sie holten Therese mit an Bord, die sich offenbar für genug Geld zu nichts zu schade ist. Diese sollte Finn mit einer Finte fortlocken und Parker ausliefern. Immerhin muss man Eliza zugutehalten, dass sie wohl darum bat, ihn nicht zu töten, sondern lediglich einige Zeit in Gewahrsam zu nehmen. Ob sich Parker daran hält, bleibt fraglich. Er hat unseren Freund wohl auf ein Schiff der Marine gebracht, das er als Leutnant führt ... zum Kapitän wurde dieser Parker wohl noch nicht ernannt. Es ist die *HMS Earl*. Ein Zehn-Kanonen-Schoner. Sie ist, um Miss MacMillan zu zitieren, hässlich, alt und beschädigt und dafür bekannt, Zwangsrekrutierungen vorzunehmen. Der Schoner stach bereits gestern in See in Richtung Afrika, um Küstenwachdienste in den Kolonien zu leisten.« Er hatte alles beinahe in einem Atemzug berichtet und holte nun tief Luft.

»Was?« Vor Lilianas Augen tanzten schwarze Flecken. Sie riss die Hände vor den Mund. »Du meine Güte, nein!« Die Zustände auf solchen Schiffen waren schon für gewöhnliche Matrosen unmenschlich. Wie erging es dann jemandem, der vom Kommandanten verabscheut wurde? Musste Finlay nun erneut das erleben, was ihn in seiner Kindheit beinahe umgebracht hatte?

Levi beugte sich vor und tätschelte etwas ungelenk ihre Schulter. »Er überlebt das gewiss. Unser Finn ist zäh.« Seine Stimme klang unsicher und das Lächeln wirkte eher gezwungen als aufbauend.

Liliana keuchte. »Ich muss meinen Vater bitten zu helfen, eine andere Wahl haben wir nicht. Vielen Dank für Ihre Hilfe. Vielleicht können wir Finn das Leben retten mit dieser Information. Ohne Sie beide hätten wir womöglich niemals herausgefunden, wo er steckt.«

Levi winkte ab. »Das ist doch selbstverständlich, er hätte dasselbe für uns getan.«

Gustav beugte sich vor und sah ihr tief in die Augen. »Es war mir ein ganz besonderes Vergnügen, mit Ihnen zu arbeiten, meine hochverehrte Liliana.« Er nahm ihre Hand und hauchte einen Kuss darauf. »Vielleicht können wir uns irgendwann einmal über *Literatur* unterhalten.« Er grinste breit.

Liliana musste bei der Anspielung an das peinliche Gespräch mit Eliza unwillkürlich lächeln. Selbst wenn er sich offensichtlich über jemanden lustig machte, schaffte es dieser Mann, dabei noch sympathisch zu wirken.

Gustav atmete tief durch. »Ich würde ja liebend gerne mitkommen und Sie weiter bei der Jagd unterstützen, aber wir wären wohl keine große Hilfe auf einem Schiff.«

Levi rückte seinen Zwicker zurecht. »Zudem wäre es äußerst peinlich, wenn du dein Halbverdautes auch auf der edlen Fregatte ihres Vaters verteilen würdest.«

Liliana schmunzelte und Gustav blickte zu Levi und blähte die Nasenflügel. »Der Magen eines Genies ist für gewöhnlich hochsensibel, wie auch seine Seele.« Er griff sich ans Herz und schluchzte theatralisch. »Deine zynischen Worte schmerzen daher zutiefst.«

Levi schüttelte seufzend den Kopf. »Du bist unverbesserlich.« Der Blick seiner bernsteinfarbenen Augen wanderte zu Liliana. »Bitte findet diesen Schuft und holt unseren Finn wieder heil von diesem Schiff, versprochen?« Er drückte ihre Hand.

Liliana nickte. Der dicke Kloß in der Kehle hinderte sie an einer Antwort.

Bristol, England

Juli 1786

Sobald sie im Hafen ankamen, ließ Liliana die beiden an der *Alecto* stehen und hastete den Pier entlang zu der Stelle, an der die Fregatte ihres Vaters vertäut lag. Sie fürchtete, er befände sich noch in London, doch erkannte bald seine große, dunkelhaarige Gestalt im schwarzen Kapitänsrock an der Reling stehen.

Als Jack sie erblickte, ging er die Treppe hinunter und kam er ihr auf dem Steg entgegen.

»Vater!« Liliana stürzte in seine Arme und ließ ihren Tränen freien Lauf.

Er drückte sie an sich und sie genoss diesen Schutz für einen Moment. Es war, als flöße er ihr neue Kraft und Zuversicht ein. Der Groll gegen ihn, der aufgrund seiner Zweifel aufgekommen war, verblasste gänzlich im Vergleich zu Elizas Tat.

Langsam löste sie sich aus der Umarmung und sah ihrem Vater in die hellblauen Augen. Noch flossen die Tränen über ihre Wangen, doch ihre Stimme klang fest. »Hat Mr Braden dir bereits Bericht erstattet?«

Jack nickte. »Ja, er kam gestern zu mir.«

Liliana atmete tief durch und fasste sich, um nicht erneut zu weinen. »Ich habe herausgefunden, was geschehen ist. Ich brauche deine Hilfe.«

»Erzähl!«

Sie gingen an Bord in sein Arbeitszimmer und Liliana berichtete ihm alles. Von dem Versuch Elizas, Finlay in Verruf zu bringen, dem Moment, als er Therese umarmte, ihre Reise allein zurück nach Bristol bis zu den Informationen, die sie mit Gustavs und Levis Hilfe herausgefunden hatte.

Jack hörte geduldig zu. Seine Kiefer verspannten sich, als sie geendet hatte. »Das war eine äußerst ungewöhnliche, aber offensichtlich sehr erfolgreiche Vorgehensweise von euch, diese beiden Freunde von Finlay würde ich gerne einmal kennenlernen.« Er atmete tief durch. »Ich traue Eliza mittlerweile einiges zu, doch das verwundert selbst mich.«

Liliana seufzte. »Offenbar kennt sie Parkers wahres Gesicht nicht und hoffte nur, mir den Verlobten zu entziehen.« Sie erinnerte sich daran, wie auch Finlay auf den angeblichen Quartiermeister hereingefallen war. Dieser zwielichtige Kerl konnte sich offenbar gut verstellen. Erneut drängten sich die Tränen in ihre Augen, Liliana verfluchte sich im Stillen für diese Schwäche.

Ihr Vater sah sie an und sein Blick wurde sanfter. »Keine Sorge, wir fangen die *HMS Earl* ab und holen Finlay da heraus.«

Sie atmete innerlich auf. Kein Wort der Stichelei, kein Spott oder eine abfällige Bemerkung über Finlays Verbleib. Nicht einmal ein Zögern, ihn zu retten. »Danke.« Sie meinte es inbrünstiger, als sie sagen konnte.

Er schüttelte den Kopf. »Dieser Kerl sollte wirklich mal damit aufhören, sich ständig in Schwierigkeiten zu bringen.«

Also doch noch ein kleines Zubeißen. Sie verzieh es ihrem Vater allerdings sofort. »Finlay kann nichts für die Gemeinheiten meiner Mutter. Seine einzige Schuld war, sich in mich zu verlieben. Strenggenommen trage ich so einen Teil der Verantwortung.«

Jack seufzte laut. »Du kannst am Wenigsten dafür, Lily. Es ist ebenso das unvorsichtige Umgehen mit seiner Vergangenheit, die ihn stets einholt. Wenn er seine Nebengeschäfte nicht im Geheimen halten kann, soll er es gänzlich unterlassen.«

Lilianas Augen funkelten. »Er hat damit abgeschlossen, höre bitte auf, ihm immer aufs Neue dieselben

Vorwürfe zu machen! Gerade du!« Ihr Körper bebte, auch aufgrund der Schwäche durch zu wenig Nahrung in den vergangenen Tagen.

Ihr Vater schien das zu bemerken, denn sein Blick wurde weich. »Komm her!« Er schloss sie in die Arme und Liliana kuschelte sich an ihn. »Es tut mir leid, du hast recht. Ich wollte deine Qual nicht noch vertiefen. Dies alles ist Parkers und Elizas Zutun, nicht Finlays.« Er strich ihr über die Haare. »Und deiner Geschichte nach zu urteilen, hat er loyale Freunde, die auch in Notzeiten zu ihm halten. So etwas spricht immer für einen Menschen.«

Liliana löste sich von ihm und blickte zu ihm auf. »Aber was sollen wir nun tun? Du kannst nicht einfach so ein Schiff der königlichen Marine angreifen und das Pressen von Matrosen ist bei denen legal.« Die Tränen rannen erneut, trotz aller Versuche, ihre Emotionen zu kontrollieren. Was Finlay wohl durchmachen musste auf diesem Schiff? Ob er die Rettung überhaupt erleben würde?

»Ich hatte schon häufig mit Kerlen wie diesem Travis Parker zu tun und weiß genau, woran ich bin. Die sind alle gleich.« Ihr Vater holte ein Tuch hervor und trocknete sanft ihre Wangen. »Es wird alles gut.«

»Ich fahre mit.«

»Davon ging ich aus.«

Finlay

Auf der HMS Earl

Juli 1786

Ein Hieb in die Seite ließ Finlay aus dem Schlaf aufschrecken. »Hey, du! Aufstehen! Es schlug acht Glasen, die Morgenwache beginnt.«

Erst vier Uhr morgens. Finlay richtete sich in der Hängematte auf, ein leises Stöhnen entfuhr ihm. Er konnte sich kaum mehr an eine Zeit ohne körperliche Qualen erinnern. Seine noch immer geprellten Rippen schmerzten und jeder Muskel brannte von der Schinderei an Bord. Dazu der stickige, feuchte Gestank unter Deck, der ihm das Gefühl gab, kaum Luft zu bekommen.

»Was?« Er blinzelte und sah in das narbige, wettergegerbte Gesicht des älteren Bootsmanns Michael Heller. »Ich hatte erst die Abendwache bis Mitternacht.« Das Sprechen schmerzte in der rauen Kehle.

Heller zuckte die Schultern. »Was schert das mich? Befehl ist Befehl.« Er lispelte aufgrund der fehlenden Schneidezähne oben. Ob die verfault oder ausgeschlagen worden waren, war schwer zu sagen. »Der Leutnant kann dich nicht ausstehen, was? Ich merk das schon. Und nicht nur an deinem buntgefleckten Körper.«

Finlay erhob sich murrend und ignorierte das Brennen in den Muskeln.

»Hey, ich geb dir einen gutgemeinten Tipp, Junge«, fuhr der Alte fort. »Schluck deinen verfluchten Stolz hinunter und zeige ihm wenigstens, wie du leidest. Wenn du alles stumm mitmachst, wird er es nur derber treiben, glaube mir das. Du wärst nicht der erste, der auf diesem gottverdammten Kahn abkratzt.«

Liliana

Auf der Nemesis
Juli 1786

Die *Nemesis* hatte alle Segel gehisst und sprang über die Wellen wie ein Hirsch über die Felder. Ove passte immer wieder den Kurs an, um selbst den geringsten Windvorteil zu nutzen.

»Gute vierzehn Knoten!«, rief Brian begeistert vom Heck und wickelte die Logleine wieder auf. »Wir brechen noch unseren Rekord.«

Liliana stand an der Reling und ließ den Wind ihre Tränen trocknen. Noch immer schlief sie kaum und aß nur das Nötigste. Was, wenn sie Finlay nicht fanden? Oder noch schlimmer, wenn sie nur seinen leblosen Körper zurückzuholen vermochten?

Sie schluckte und sah auf das tiefblaue Meer mit den weißen Schaumkronen der Wellen. Würde sie ohne Finlay den Mut finden, weiter zu leben? Ihre Mutter würde das gewiss nur recht sein.

Liliana presste die Lippen zusammen. Nein, bevor sie sich Elizas Plänen beugte, würde sie in ein anderes Land auswandern. Vielleicht mit Levi nach Frankfurt ziehen? Oder doch auf den Grund des Meeres? Aber dann würde sie zuvor ihrer Mutter einen letzten Besuch abstatten ... mit geladener Pistole. Die Waffe, die Finlay ihr geschenkt hatte ...

Welch passendes Ende wäre dies für eine von Gustavs Tragödien.

Am Abend klopfte es an ihre Kabine. Liliana öffnete und sah Grace mit einem Tablett vor ihr stehen. Die Köchin ging zielstrebig an ihr vorbei in den Raum und stellte einen Topf Suppe und eine Schüssel auf den kleinen Tisch.

»Du musst etwas essen.«

»Das ist lieb von dir, Grace, aber ich habe keinen Hunger.«

»Unsinn! Wie willst du deinem Verlobten helfen, wenn du kraftlos bist?« Ihre dunklen Augen sahen sie streng an. »Oder möchtest du nicht zur Rettung beitragen und alles den Männern überlassen?«

Liliana sah erschreckt auf. »Was? Nein, natürlich nicht.«

»Das dachte ich mir.« Grace schmunzelte. »Zerfließe nicht in Selbsttortur, sondern iss die stärkende Suppe, die ich extra für dich gekocht habe! Ich bleibe zur Not so lange dabei. Du hilfst Finlay nicht, wenn du hier sitzt und leidest!«

Liliana lächelte schwach. »Danke. Ich werde es versuchen.« Es duftete in der Tat gut, dennoch schnürte sich ein enges Band um ihren Magen.

Wie aus dem Nichts huschte Auma durch die noch angelehnte Tür in den Raum. Sie schaute Liliana kurz mit ihren gelben Katzenaugen an und sprang mit einem Satz auf ihren Schoß. Liliana riss erschreckt die Arme hoch. Die Katze ließ sich davon nicht beirren, sie drehte sich zweimal auf Lilianas Kleid im Kreis, sodass ihr aufrechter Schwanz beinahe in der Suppe landete, und rollte sich dann gemütlich zusammen.

Liliana streichelte ihr über das braungetigerte Fell und Auma schnurrte laut und genüsslich.

»Das hat sie ja noch nie gemacht bei mir«, flüsterte sie in Sorge, die Katze mit lauten Worten zu verschrecken.

Grace lächelte wissend. »Sie will dich trösten«, sagte sie. »Die meisten Tiere spüren es, wenn jemand traurig ist.«

Liliana lächelte. Das Streichen über das samtige Fell, die leichte Vibration des Schnurrens und der massierende Milchtritt der weichen Pfoten nahmen ihr tatsächlich das Magendrücken. Sogar leichter Hunger vom Geruch der Suppe stellte sich ein.

»Mein alter Hund Rover kam auch immer zu mir, wenn ich traurig war, um mich zu trösten«, sagte sie leise. »Er lebt leider nicht mehr. Ich vermisse ihn sehr.« Sie aß einige Bissen und kraulte die Katze weiter unter dem Kinn. »Vielen Dank, Grace.«

Die alte Frau schmunzelte. »Danke nicht mir, sondern Auma.«

Finlay

Auf der HMS Earl

Juli 1786

Während seine Schicht Pause hatte und zu Mittag aß, musste Finlay das Deck schrubben. Er merkte frustriert, dass er aufgrund des Schlafmangels und zu wenig Nahrung immer schwächer wurde. Dennoch führte er stoisch jede Arbeit aus und würde das weiter tun, solange er noch die Kraft dazu hatte.

Parkers Stiefel tauchten vor seinen Augen auf. »Na, wie gefällt dir die Fahrt bisher?«, höhnte er. »Es wird kalt und neblig werden heute Nacht, da habe ich dich für den Dienst im Krähennest eingeteilt. Aber fall nicht runter, ich habe noch mehr geplant mit dir.«

Finlay arbeitete schweigend weiter. Bisher hatte er kein einziges Wort zu diesem Mann gesagt, nicht einmal ein »Aye, Sir«. Den Rat Hellers ignorierte er. Parker wollte ihn so oder so umbringen, da würde er nicht ohne seinen Stolz gehen.

»Noch immer stumm wie ein Fisch, was?«, zischte der Leutnant. »Ich weiß, du hast eine Verlobte! Meinst du, die bleibt auch so schweigsam, wenn ich ihr einen Besuch abstatte in England? Jemand muss sie ja trösten, wenn du auf See verunglückt bist.«

Finlays Blut kochte, doch er riss sich zusammen und verdrängte das von Parker kreierte Bild aus seinem Kopf. Dieser Mistkerl hatte dieselbe Masche bereits bei Duncan angewendet und den Jungen mit der Angst, seiner Familie Leid anzutun, kontrolliert. Er durfte sich nicht dem Zorn hingeben, dann hätte Parker ihn in der Hand. Außerdem verschätzte er sich bei Liliana gewaltig. Sie würde ihm zeigen, dass eine Frau kein Opfer sein musste, und dem Kerl womöglich sogar eine Kugel in den Kopf jagen. Diese Vorstellung ließ ihn innerlich schmunzeln.

»Steh auf!«, brüllte der Leutnant. »Hast du nichts zu mir zu sagen? Bist du nicht nur stumm, sondern auch noch taub?«

Finlay erhob sich langsam und sah ihm fest in die Augen, schwieg jedoch weiter. Die zornig verkrampfte Mimik seines Gegenübers war wenigstens eine kleine Genugtuung in dieser Hölle.

»Du fühlst dich wohl noch immer zu fein, um mit mir zu sprechen, du arroganter Mistkerl, was?« Parkers Augenlider zuckten nervös. »Ich werde dir das Verhalten schon noch austreiben, keine Sorge, bevor du stirbst, wirst du noch auf Knien vor mir kriechen und mich um Gnade anflehen!« Er drehte sich zu dem Bootsmann. »Mr Heller! Dieser Matrose hat es gewagt, mich zu beleidigen! Binden Sie ihn an den Mast und verpassen Sie ihm zwölf Streiche, verstanden?«

Heller nickte. »Aye, Sir.« Er trat hinzu und packte Finlay am Arm. Ihre Blicke trafen sich und Heller spannte die Kiefer an. »Zieh dein Hemd aus!«

Finlay gehorchte und Parker pfiff die Mannschaft zusammen, damit sie alle der Bestrafung beiwohnten. Der Kerl schien jeden Moment zu genießen.

»Verdammt, Junge, was hast du nur angestellt?«, raunte der Bootsmann Finlay zu, als er dessen Handgelenke an den Mast fesselte. »Das wird nicht gut enden!«

Finlay schwieg weiter. Heller steckte ihm ein Beißholz zwischen die Zähne und Parker verkündete laut vor den Matrosen seine ausgedachte Anklage.

Finlay hörte nicht zu. Er lehnte die Stirn an den Mast und schloss die Augen. Wie auch jede Nacht auf diesem Höllenschiff konzentrierte er sich mit allen Sinnen auf Liliana, um die Schmerzen auszublenden. Jede Faser seines Körpers sehnte sich nach ihr. Er zwang ihr Bild in seine Gedanken, ihre himmelblauen Augen, die kastanienbraunen Haare … die zarte, samtweiche Haut, die er mit heißen Küssen übersäte. Ihre vollen, warmen Lippen …

Die Hiebe brannten wie Feuer. Finlay presste die Lider zusammen und biss mit aller Kraft auf das mit Leder eingebundene Holz. Er schwor sich zu überleben und sei es nur lange genug, um sie ein letztes Mal in die Arme nehmen zu können!

»Schiff in Sicht!«, brüllte der Matrose vom Ausguck.

Die Peitschenschläge stoppten, was Finlay etwas Zeit zum Durchatmen gab. Sein gesamter Körper zitterte.

»Welche Flagge haben die gehisst?«, rief Parker, deutlich verärgert.

»Den Union Jack. Aber sie kommen in voller Fahrt auf uns zu.«

»Dann hisst zusätzlich unseren am Heck! Nicht, dass die uns mit den Franzosen verwechseln.«

»Aye, Sir«, rief der Bootsmann.

Parker wies mit den Daumen auf Finlay. »Schmeißt den Kerl unter Deck in die Zelle. Wir beenden die Bestrafung später.«

Heller nickte. »Aye, Sir.«

Liliana

Auf der Nemesis

Juli 1786

»Schiff in Sicht!«, rief Jonas vom Ausguck.

Liliana rannte aufgeregt zu ihrem Vater, der durch das Fernglas schaute. »Ist es das Schiff?« Sie musste sich zurückhalten, nicht auf den Fingernägeln zu kauen.

Jack senkte das Fernrohr. »Zumindest ein Schoner, auf den die Beschreibung passt, und sie wehen den *Blue Ensign*.« Er drehte sich zu Ove. »Nimm Luvstellung ein und lass Kweku die Kanonen laden. Aber fahrt sie noch nicht vor! Ich will bis zum letzten Moment warten, damit der Überraschungseffekt auf unserer Seite ist.« Er atmete tief durch. »Das ist ein Schiff der Marine, das wir planen, anzugreifen, wenn auch ein kleines. Wir müssen es versenken und dürfen keine Zeugen lassen. Dann gilt sie als verschollen.«

Liliana schluckte. »Was ist mit Finlay? Was, wenn er getroffen wird oder mit dem Schiff ertrinkt?«

»Deshalb versuchen wir, so nahe wie möglich heranzukommen, auf die Masten zu schießen und rasch zu entern.«

Ihr Magen zog sich erneut zusammen.

Ihr Vater seufzte. »Ich hoffe, dass Finlay nicht irgendwo eingesperrt ist und zur Not bei einem Brand von Bord kann.«

Ove brummte. »So, wie ich diesen Parker einschätze, ist der ein feiger Hund. Finlay liegt wahrscheinlich irgendwo in Ketten oder ist derart zugerichtet, dass ...«

Liliana entfuhr ein Schluchzen bei der bloßen Vorstellung und der Steuermann verstummte.

»Tut mir leid, ich wollte nicht ...«

»Hör auf zu Schwatzen und mach deine Arbeit«, fuhr Jack ihn an. »Je eher wir entern können, desto besser.«

»Aye, Kapitän.« Mit einem entschuldigenden Blick auf Liliana entfernte sich der Steuermann.

Sie lief zum Pulverraum und half wie damals, die Kartuschen zu füllen. Zwar gab es genug Matrosen auf der *Nemesis*, doch sie brauchte eine Aufgabe, um nicht vor Grübelei den Verstand zu verlieren. Sie zwang sich, nicht darüber nachzudenken, was mit Finlay geschehen sein könnte, und hoffte, dass er wirklich auf diesem Schiff und noch am Leben war.

Als der Kanonier Kweku die Männer in Gefechtsstellung rief, ging sie hoch an Deck, um alles besser überschauen zu können.

Ihr Vater stand an der Reling und beobachtete den Schoner durch sein Fernglas. Mittlerweile waren sie gefährlich nahe, das Feuergefecht könnte jeden Augenblick beginnen. Ihr Herz klopfte wild in ihrem Brustkorb wie die Flossen eines zappelnden Fisches.

Jack senkte das Fernrohr. »Es wird hektisch dort an Bord. Die Stückpforten öffnen sich.«

»Schöpfen sie Verdacht?« Liliana biss sich auf die Unterlippe.

Ihr Vater nickte. »Parker ist nicht dumm und kennt die *Nemesis*, er hat immerhin eine Weile hier in der

Brig verbracht. Wir nähern uns zudem im Windvorteil und antworten nicht auf deren Lichtsignale. Die werden nicht warten, bis wir die Kanonen vorrollen.« Er drehte sich zu Brian. »Kewku soll feuern, sobald er sicher ist, die Masten zu treffen!«

»Aye, Kapitän.«

Die Schüsse knallten und der beißende Geruch von Schwarzpulver breitete sich aus. Glücklicherweise wurde der Qualm durch den starken Wind schnell fortgeweht, dafür schwankten die Schiffe besonders heftig auf den hohen Wellen. Der Lärmpegel stieg an. Liliana klammerte sich an der Reling fest und weigerte sich, unter Deck zu gehen. Das Getöse beider Schiffe dröhnte in ihren Ohren: Kanonenschüsse mischten sich mit Rufen, Geschrei, quietschenden Seilen und dem Krachen von Holzbalken.

Ihr Herz raste, sie fühlte sich an das Gefecht im letzten Jahr erinnert, als die *Nemesis* gleich von zwei Schiffen angegriffen worden war. Damals kam ihnen Finlay zu Hilfe. Finlay …

Würde sie ihn lebend wiedersehen? Sie wollte nicht, dass ihr letztes Bild von ihm eines wäre, in dem er mit einer fremden Frau in eine Kutsche stieg.

Die *Nemesis* feuerte die nächste Salve. Ein krachender Laut ertönte inmitten des Getöses von Kanonen. Der Hauptmast der *Earl* brach und fiel splitternd ins Meer, dabei riss er einen Teil der Reling mit sich. Der zweite Mast war ebenfalls mehrfach angeschossen und schwankte gefährlich. Liliana sah mit Entsetzen, wie das Deck des Schoners an mehreren Stellen zu brennen begann. Sie mussten sich beeilen, sonst wäre es für alle

Insassen zu spät. Ein Platz im Rettungsboot würde Finlay gewiss nicht gewährt werden.

Die Breitseite der *Nemesis* näherte sich der *Earl*. Etwa zehn von Jacks Männern stürmten mit Enterdreggen an Deck, um den Schoner heranzuziehen.

Jack legte ihr eine Hand auf die Schulter. »Du bleibst mit mir hier an Bord und gehst unter Deck in deine Kajüte, verstanden?« Tonfall und Mimik zeigten deutlich, dass dies keine Bitte war. »Meine Männer kümmern sich darum. Es dürfte bei der kleinen Mannschaft nicht lange dauern.« Mit diesen Worten ging er zurück zur Brücke, um den Überblick über die Schlacht zu behalten.

Mehrere Dutzend Matrosen stürzten sich von der höheren *Nemesis* auf das Deck des kleineren Schoners wie eine Meute von Jagdhunden auf ein Kaninchen. Einige sprangen mit Hilfe von Seilen auf das feindliche Schiff, andere hangelten sich über die Enterdreggen oder kletterten die Strickleiter hinunter. Alle waren sie bis an die Zähne bewaffnet, trugen Schwerter, Pistolen und Messer an ihrem Körper.

Auf der *Earl* wurde es hektisch. Die Matrosen wichen zurück, während die Marinesoldaten ihre Gewehre zückten. Dennoch wirkte es eher wie eine Gruppe aufgescheuchter Hühner, bei Weitem nicht so organisiert und geübt wie die Mannschaft der *Nemesis*.

Liliana stand noch immer an der Reling. Sie war hin- und hergerissen. Eine innere Stimme rief sie dazu auf, dem Befehl ihres Vaters Folge zu leisten und sich in Sicherheit zu bringen, dennoch gehorchten ihre Beine nicht. Sie wollte und konnte diesen Platz nicht verlassen. Das Deck des Schoners war übersichtlich, doch kein Anzeichen von Finlay. Überall loderten Brandherde. Auch aus den Luken drang Qualm: unter Deck war Feuer! Was, wenn er dort angekettet lag? Vielleicht im Rauch erstickte oder gar durch ein Leck ertrank? Nein, sie konnte und durfte keine Zeit verlieren.

Kurzentschlossen raffte sie ihr schlichtes Baumwollkleid, kletterte die Strickleiter hinunter und sprang über die Reling des Schoners. Sie wich den heftigen Schwertkämpfen aus und rannte zur Luke. Eine Treppe führte von hier unter Deck.

Beißender Qualm kam ihr entgegen, der sich unten in gelblichen Schwaden sammelte. Ihre Kehle und Augen brannten gleichermaßen. Hustend hob sie ihre Schürze und hielt sich den Stoff schützend über Mund und Nase. Sie streckte die andere Hand aus und tappte durch die Dunkelheit an schmutzigen Hängematten und aufgespannter Wäsche vorbei. Sie war froh, dass der Rauch jeden weiteren Geruch verdrängte.

Sie löste das Tuch vom Mund. »Finlay?«, rief sie in die Dunkelheit und bekam sofort wieder beißenden Qualm in die Kehle.

»Lily?«, kam die leise Antwort von nicht weit entfernt. Vor lauter Husten hätte sie es beinahe nicht gehört. »Bist du das?« Finlays Stimme klang kraftlos und rau.

»Finn!« Ihr Herz machte einen Sprung. »Wo bist du? Ich sehe kaum etwas.«

»Hier hinten in der Zelle.«

Liliana erreichte den hinteren Abschnitt. Ihre Augen hatten sich an die Dunkelheit gewöhnt und die Rauchschwaden lösten sich hier hinten zum Glück auf. Sie erkannte Finlay hinter der Gittertür eines Bretterverschlags. Er trug kein Hemd und keine Schuhe, nur eine schmutzige Hose, und sah elend aus, noch schlimmer als damals im Gefängnis. Sein Gesicht war eingefallen, er hatte dunkle Augenringe und war unrasiert. Sie erinnerte sich, was er über den Bartwuchs gesagt hatte, und ihre Augen füllten sich erneut mit Tränen, nicht nur wegen des Qualms. Sie ließ die Schürze los und stürzte auf ihn zu. Er streckte ihr die Hände entgegen und Liliana nahm sie. Sie küssten sich durch das Eisengitter.

»Oh, Finn, ich bin so froh, dich zu sehen!« Sie sah auf das Schloss. »Wie bekomme ich das auf? Mit der Pistole? Oder gibt es eine Axt hier irgendwo?«

»Am einfachsten mit dem Schlüssel. Der hängt an einem Haken an der Wand dort.«

Liliana warf ihm einen vielsagenden, aber auch erleichterten Blick zu. Sie fand den Eisenschlüssel und schloss mit zitternden Händen die Zelle auf.

Finlay nahm sie in die Arme und drückte sie an sich. »Du bist wirklich hier«, flüsterte er in ihr Ohr. »Das ist kein Traum!«

Erst jetzt erkannte sie, dass die dunklen Stellen an seinem Oberkörper kein Schmutz, sondern Prellungen und Blutergüsse waren. Seine linke Wange wies einen tiefen Schnitt auf und der Rücken war mit frischen, blutigen Striemen übersät.

»O mein Gott, Finn, was haben sie mit dir gemacht?«

»Ich lebe und habe noch alle Köperteile, alles andere heilt.« Er löste sich von ihr. »Komm, lass uns nach oben, bevor das Schiff gänzlich in Flammen aufgeht.«

Finlay

Sie kämpften sich durch den beißenden Rauch zur Treppe. Finlay hielt Lilianas Hand fest in seiner. Seine Liebste zu sehen, ließ ihn alle Pein und Schmerzen vergessen und er wollte sie auf ewig halten. Oben angekommen ließ er den Blick über Deck schweifen. Der Schoner hing mit Enterhaken an der *Nemesis* und war bereits zum Wrack geschossen worden. Das Schicksal der *HMS Earl* war besiegelt. Endlich würde er dieses verfluchte Schiff für immer verlassen dürfen! Er wollte nur noch in Lilianas Armen liegen und sich von all den Strapazen erholen. Sein Blick traf auf Parker, der gerade fernab der Kämpfenden mit dem Seilzug ein Beiboot ins Wasser ließ. Zorn flammte in ihm auf. Diese Ratte wollte feige fliehen, während seine Mannschaft um ihr Leben kämpfte! Die rasende Wut verdrängte alle Erschöpfung.

Trotz seiner Verletzungen stürzte er sich brüllend auf den Leutnant, bevor dieser die Strickleiter hinunterklettern konnte, und schlug ihn mit aller Kraft die Faust gegen das Kinn, dass ein krachender Laut ertönte. Dieses bloße Geräusch war Balsam für seine Seele.

Parker fing sich schwankend, bewahrte den Stand und reagierte sofort mit einem Gegenangriff. Er boxte Finlay gezielt auf die bereits geprellten Rippen. Der aufflammende Schmerz ließ ihn beinahe ohnmächtig werden, doch Finlay kanalisierte seine gesamte Wut auf diesen Kampf. Alles, was Travis Parker ihm, Duncan, seiner schwangeren Ehefrau und gewiss vielen anderen angetan hatte, rief er sich ins Gedächtnis.

Er merkte kaum, dass er irgendwann die Oberhand gewann und der Leutnant nach dem letzten Hieb bäuchlings auf die Bretter stürzte.

Gleichzeitig sackte Finlay schwer atmend auf die Knie. Seine Kraftreserven waren aufgezehrt.

Parker krümmte sich stöhnend auf und spuckte einen blutigen Zahn auf die Planken. »Das wirst du bereuen!«, nuschelte er, während schäumendes Blut aus seinem Mund spritzte. Mühsam versuchte er, sich auf die Hände zu stützen.

Finlay saß auf den Knien neben ihm, unfähig, sich zu erheben. Schwindel überkam ihn. Sein Kopf dröhnte und jeder Atemzug war ein stechender Schmerz.

Parker war noch immer in besserer körperlicher Verfassung und schaffte es, sich aufzurichten. Er griff an den Gürtel seiner Marineuniform und zog eine Pistole. Finlay erschrak, war aber zu kraftlos, um zu reagieren.

Der Leutnant nahm leicht wankend einen breitbeinigen Stand ein und zielte mit der Pistole auf ihn. Er grinste dabei hämisch, während rotgefärbter Speichel aus seinem Mund tropfte. »Prophezeite ich nicht, dass du vor mir knien wirst«, tönte er leicht lispelnd. »Ich sagte doch, mit mir legt man sich nicht an. Aber du wolltest ja nicht auf diesen Ratschlag hören.«

Finlay schluckte mit trockener Kehle. Trotz seines Schwankens würde Parker auf diese kurze Entfernung treffen. Er selbst hatte nicht mehr die Kraft, sich zu wehren.

Parker wischte sich mit dem linken Ärmel den blutigen Rotz vom Gesicht. »Den Rest meiner Rache werde ich an dem Jungen und deiner Verlobten ausleben. Diese Vorstellung darfst du gerne mit ins Grab nehmen.«

Finlay sah ihm fest in die Augen und wenn es das letzte war, was er tat.

Ein Schuss knallte. Hinter ihm. Er zuckte vor Schreck zusammen. Parker griff sich an die Brust und stürzte zu Boden, wo er reglos liegenblieb.

Finlay drehte sich mit offenem Mund um und erblickte Liliana, die Waffe noch in der Hand. Ihr gesamter Körper zitterte, die Augen füllten sich mit Tränen. Als kostete es sie große Überwindung, löste sie den Blick von dem Gefallenen und sah zu ihm. So gern wollte er ihre Tränen trocknen, doch ihm fehlte die Kraft aufzustehen.

Sie steckte die Pistole weg, lief auf ihn zu und schlang ihre Arme um ihn. Die sanfte Berührung vertrieb einen Großteil der Schmerzen, ließ die Erschöpfung jedoch nur mehr aufflammen. Er schaffte es schließlich mit ihrer Hilfe, sich zu erheben. Schwindel überkam ihn und er lehnte sich an sie, schloss die Augen und wünschte sich, in ihr versinken zu können wie in einer Wolke.

»Wie geht es dir?«, fragte sie besorgt.

Er sah auf den leblosen Parker. »Etwas besser.« Seine eigene Stimme klang fremd.

Lilianas Blick folgte seinem. »Ist er tot? Habe ich gerade einen Menschen getötet?« Tränen liefen über ihr Gesicht.

Finlay küsste sie sanft auf die Schläfe und blickte über ihren Kopf hinweg auf den Leutnant. Parker lag reglos auf den Planken, die Augen starr zum Himmel gerichtet. Wie es aussah, hatte der Schuss direkt ins

Herz getroffen. Ein Gefühl der Genugtuung überkam ihn. So würde der Kerl wenigstens mit seinem Schiff untergehen, wie es sich gehörte, anstatt es feige zu verlassen.

Er hielt Liliana dicht an sich gedrückt. »Du hast mir erneut das Leben gerettet und Duncan von seinem Peiniger erlöst«, sagte er, um ihr jedes schlechte Gewissen zu nehmen. Jack hätte den Leutnant nach dem Angriff ohnehin nicht mehr lebend nach England gelassen ...

Wie vom Teufel gerufen, tauchte Lilianas Vater neben ihnen auf, ein Schwert in der Hand. »Solltest du nicht mit mir an Bord der *Nemesis* bleiben?«, fragte er mit strengem Ton.

Liliana schwieg und lehnte ihren Kopf an Finlay, als wäre dies Antwort genug.

Jacks Blick wanderte zu ihm. Er musterte ihn von oben nach unten. »Du siehst ziemlich leckgeschlagen aus. Ein feiges Wegducken wie sonst klappte diesmal anscheinend nicht.«

Finlay seufzte innerlich. »Deine Komplimente sind wie immer sehr aufbauend.«

»Sie kommen von Herzen.« Jack legte ihm väterlich die Hand an den Arm. »Ich bin froh, dich lebendig zu sehen«, fügte er ernst hinzu und wies mit dem Kinn auf Parker. »Tot?«

Finlay nickte.

»Gut.« Jack sah ihn an. »Das hätten wir auch schneller und komplikationsloser haben können, wäre es damals nach mir gegangen.«

Finlay fühlte sich zu schwach, um auf diese Bemerkung einzugehen. Jacks Ansicht teilte er jedoch nicht.

Die Folgen hätten dann noch weit verheerender sein können.

»Wir nehmen den Rest der Mannschaft mit an Bord und entscheiden dann, was mit denen geschieht«, fuhr Jack fort. »Anheuern oder über die Planke laufen lassen. Das Schiff wird versenkt. Du gehst gleich zu Tai und lässt dich verarzten, verstanden? Ich muss zurück, wir sehen uns.«

»Danke für die Rettung. Ich stehe in deiner Schuld.«

Jack drehte sich noch einmal um und wies mit der Schwertspitze auf ihn. »Ich werde es dir zu gegebener Zeit unter die Nase reiben, dessen kannst du dir sicher sein!« Er grinste breit und ging davon.

Finlay sah ihm nach. Trotz der gewohnten Sticheleien wurde ihm bewusst, wie drastisch sich das Verhältnis zwischen Jack und ihm verändert hatte. Der Kapitän der *Nemesis* behandelte ihn weniger von oben herab wie noch vor wenigen Monaten. Auch ihm selbst kam es so vor, in dieser Zeit gewachsen zu sein und beinahe Augenhöhe mit seinem größten Kritiker erreicht zu haben.

Um sie herum wurden die restlichen Überlebenden zusammengetrieben, als auf einmal Mr Heller wie Zuflucht suchend neben ihm auftauchte. Er wirkte erschöpft, doch unversehrt. »Hey! Geht es dir gut?«

Finlay runzelte die Stirn und nickte. Er hielt noch immer Liliana im Arm, als fürchtete sein Unterbewusstsein, sie könnte wie ein Traum verpuffen.

Der Bootsmann der *Earl* grinste unsicher. »Hast dich tapfer geschlagen. Das hier sind Freunde von dir, wie es aussieht.« Er rieb sich nervös über den Nacken. »Vielleicht könntest du ein gutes Wort für uns einlegen? Wir kamen doch gut miteinander aus, oder? Hey, du weißt, ich hatte kaum eine Wahl.«

Finlay sah sich um. Ein halbes Dutzend von Parkers Männern lag tot auf dem Deck verteilt, der Hauptmast war gebrochen, überall häuften sich Trümmer und Holzsplitter. Der Bug stand in Flammen. Der ohnehin schon betagte Schoner war ein Wrack. Von der Mannschaft der *Nemesis* schien niemand gefallen oder auch nur verletzt zu sein.

»Mir war klar, dass der Leutnant gerne Leute verärgert«, murmelte Heller und zog zischend Luft durch die Zahnlücke, als hätte er sich an einer Kerze verbrannt. »Aber hier scheint er an den Falschen geraten zu sein.« Sein Blick fiel auf die *Nemesis*. »Welch ein prachtvolles Schiff! Du hast mächtige Retter und wie es aussieht auch eine Traumfrau ... Warum hast du das nie erzählt? Legst du ein gutes Wort für uns ein?«

Finlay dämmerte, dass die Männer die *Nemesis* für ein Piratenschiff halten mussten. Die schnelle Bereitschaft überzusiedeln, zeigte jedoch eine fehlende Loyalität der Mannschaft zur königlichen Marine sowie zu ihrem Leutnant. Offenbar war er selbst nicht der einzige Gepresste hier. Nun, wer hielt sein Fähnchen nicht gern in den Wind? Den Tod verdient hatte die Mannschaft trotz der Rauheit gewiss nicht.

Er ließ Liliana los, trat leicht schwankend zu dem Mann und legte ihm seine Hand auf die Schulter. »Keine Sorge, meine Rache war rein auf Travis Parker gerichtet. Ihr hattet keine Wahl, das werde ich meinen Freunden so berichten.«

Der Brustkorb des Bootsmanns hob sich erleichtert und er nickte. »Danke, Mann. Du hast was gut bei mir.«

»Komm jetzt.« Liliana zog an Finlays Arm. »Du bist schwer verletzt. Lass uns zu Tai, bevor diese offenen Wunden noch schlimme Folgen haben. Schaffst du es die Leiter hoch?«

Finlay nickte, doch der aufkommende Nebel in seinem Kopf verdichtete sich rapide. »Ich denke, ja.«

Der Albtraum war vorbei. Endlich.

Er bekam kaum mit, wie er das Lazarett des vietnamesischen Schiffsarztes erreichte. Kraftlos sackte er auf der Liege zusammen und klammerte sich an Lilianas Hand wie ein Ertrinkender an die Rettungsleine. Die Erschöpfung drohte, ihn vollends zu übermannen, nur einige Hustenattacken hielten ihn noch wach.

Dr. Nguyen untersuchte seinen Körper sehr gründlich und genau in seiner gewohnten Ruhe. Seine Miene blieb ausdruckslos dabei. Erst, nachdem Liliana besorgt nachfragte, äußerte er sich. »Die Rippen sind nur geprellt, aber die Wunde im Gesicht hat sich entzündet, ich fürchte ein Wundfieber. Die Verletzungen am Rücken sind ebenfalls verschmutzt, aber noch frisch genug. Ich werde alles säubern und mit Kräutertinkturen verbinden. Er hat zudem wohl einiges an Rauch eingeatmet ...«

Der eintönige Klang seiner Stimme verschwand von Finlays Ohren wie ein Schiff im dichten Nebel ...

***

Ein Laut ertönte und ließ ihn schweißgebadet aufschrecken. Begann seine Schicht erneut? Ein weiterer Tag voller Torturen und Erniedrigung? Es war stockfinster und roch angenehm nach Kräutern, nicht muffig nach altem Schweiß und Urin. Langsam realisierte Finlay, dass er sich im Schiffslazarett der *Nemesis* befand. In Sicherheit. Er war schweißgebadet, dennoch fröstelte er und seine Atmung ging rasselnd. Die schmerzenden Rippen waren in Verbände gewickelt, die nach Kampfer rochen. Ein aufkommender Hustenreiz zwang ihn, sich leicht zu erheben, trotz des Schwindels. Sofort spürte er zwei sanfte Hände auf seiner Schulter, die ihn unterstützten.

»Langsam, du hast noch immer Fieber.«

Liliana! Er wollte etwas sagen, ihr endlich alles erklären, den Ballast von ihrem Herzen nehmen ... doch seine Kehle war wie ausgetrocknet und jeder Versuch zu sprechen, ließ ihn husten.

Sie hielt eine Tasse dünne Brühe an seinen Mund und er nahm dankbar einen großen Schluck. »Trink langsam«, hörte er ihre leise Stimme, die wie die schönste Melodie auf Erden in seinem Kopf erklang.

Erschöpft legte er sich wieder auf das Kissen zurück und klammerte sich an ihre Hand wie ein Anker an den Meeresgrund, bis seine Sinne erneut im Nebel versanken.

***

Als Finlay das nächste Mal erwachte, war sein Kopf wieder klar. Nun erst wurde er sich seiner Situation richtig bewusst. Er lebte. Befand sich in Sicherheit. Wieder mit seiner Liebe vereint.

Er streckte die Hand nach Liliana aus, die ihm offenbar die gesamte Zeit nicht von der Seite gewichen war.

Womit hatte er diese Treue nur verdient, nach all dem, was sie hatte ertragen müssen? Ihr eingefallenes und schmal gewordenes Gesicht zeugte von Schlaflosigkeit und zu wenig Nahrung.

Liliana erwiderte den Druck seiner Finger.

Aufgrund der Auszehrung und noch fehlenden Kraft drohten seine Gefühle, ihn zu übermannen, und Finlay musste mit aller Macht die Tränen der Erleichterung zurückhalten. Er atmete sie fort, führte Lilianas Hand an seine heile Wange und schmiegte sich an sie.

»Ich fürchte, ich bin dir noch eine versprochene Erklärung schuldig«, flüsterte er mit rauer Stimme. »Ich bin blind in eine Falle gerannt. Es tut mir leid.«

Lilianas Augen füllten sich mit Tränen. »Dich lebendig und einigermaßen heil gefunden zu haben, entschädigt alles.«

»Du kennst die Geschichte noch nicht ... was wirklich geschehen ist. Ich möchte auf keinen Fall, dass ein Geheimnis zwischen uns steht.« Was musste Liliana gedacht haben, als er mit dieser Frau verschwunden war und nicht wieder auftauchte? Welche Zweifel und Qualen musste sie erlitten haben?

Sie lächelte sanft. »Ich weiß mehr, als du vielleicht glaubst. Du hattest ein Verhältnis mit dieser Frau. Warum auch nicht? Sie ist attraktiv und du warst ungebunden.« Ihre leicht verkrampfte Miene schimpfte dem betont gleichgültigen Tonfall Lüge. »Meine Mutter steckte dahinter. Sie machte durch Richard diesen Parker ausfindig, der ihr dann versprach, dich für immer aus meinem Leben zu streichen. Sie bat wohl darum, dich nicht zu töten, doch alles andere war ihr offenbar gleich.« Lilianas Miene verdüsterte sich. »Parker

bezahlte Therese, dich fortzulocken und ihm zu übergeben.«

»Woher weißt du das? Beichtete Eliza dir alles?« Er
wollte nicht glauben, dass ein Mensch derart kaltherzig
sein könnte und auch noch damit prahlte.

»Nein, sie würde gewiss alles leugnen. Ich fand es mithilfe deiner Freunde heraus. Gustav und Levi brachten
es fertig, Unmögliches möglich zu machen.« Sie
schmunzelte. »Die beiden sind in der Tat etwas ganz Besonderes.«

Finlay spürte ein wohliges Gefühl der Freude bei dem
Gedanken an seine Kameraden. »Ich kann es kaum erwarten, diese Geschichte zu hören.« Er umgriff mit beiden Händen ihre Finger. »Doch zuvor muss ich den Ballast abwerfen, der auf meiner Seele brennt. Du sollst
wissen, wie Therese es geschafft hat, dass ich mit ihr
ging.«

Erneut huschte ein Schmerz über Lilianas Gesicht,
den sie rasch mit einem Lächeln zu verbergen suchte.
Finlay brach dies fast das Herz.

»Ich fühlte zu keiner Zeit ein neues romantisches Interesse an dieser Person«, sagte er schnell, um ihr diese
Angst zu nehmen. »Aber wir haben eine Vergangenheit.
Therese behauptete, damals ein Kind von mir erwartet
zu haben. Dieses wäre angeblich im Säuglingsalter gestorben. Dieser Gedanke erschreckte mich sehr.
Schwere Schuldgefühle und Selbstvorwürfe über-
mannten mich in diesem Moment. Die Vorstellung, ein
Leben erzeugt zu haben, das ich danach verbannte und
sterben ließ, zerriss mich innerlich. Als sie vorschlug,
mir das Grab des Kindes zu zeigen, willigte ich sofort
ein. Sie spielte die Rolle der trauernden Mutter derart

gut, ich kam nicht auf die Idee, dass sie lügen könnte.«
Er schnaubte. »Doch wie du vielleicht ahnst, tat sie es.
Ich bin einerseits froh, dass ich weder eine Frau ge-
schwängert, noch ein Kind verloren habe, dennoch
wäscht es meine Hände nicht rein. Ich war unvorsich-
tig. In jeglicher Beziehung.«

Liliana starrte ihn mit aufgerissenen Augen an und
schüttelte fassungslos den Kopf. »Welch ein boshaftes,
gewissenloses Weib! Wie kann man derart verschlagen
und grausam sein?« Sie beugte sich vor und küsste ihn.

Eine unsagbare Erleichterung erfüllte sein Herz. Liliana sah nur seinen Schmerz, nicht sein Verschulden.
Eine Eigenart die ihm völlig neu war. Wie hatte er eine
solche Frau nur verdient? Er genoss es, ihre warmen,
weichen Lippen auf den seinen zu fühlen, und spürte,
wie sich sein tauber Körper wieder mit Leben füllte.

Liliana

Pünktlich zum Mittagessen ging Liliana in die Messe. Bisher hatte sie sich ihr Essen an Finlays Krankenbett bringen lassen und auf der Pritsche daneben geschlafen. Sie war nur in größter Notdurft von dessen Seite gewichen. Seine nicht enden wollenden Fieberschübe hatten sie fürchterlich geängstigt. Noch mehr, wenn er sich schwitzend und stöhnend hin und her gewälzt hatte, wie im Delirium oder von grausamen Albträumen heimgesucht. Dann hatte es wieder Stunden gegeben, in denen er gar nicht mehr reagierte. Die Sorge, ihn nach all dem doch noch zu verlieren, hatte an ihrer Seele wie auch an ihrem Körper gezehrt. Dennoch, selbst wenn er in ihren Armen gestorben wäre, so wäre es zumindest nicht allein auf diesem Höllenschiff gewesen.

Nun, da sich Finlay erholt zu haben schien, kam auch ihr Appetit zurück.

Ihr Vater saß bereits am Tisch. Er trug wie oft auf dem Schiff nur das weiße Hemd ohne den schweren Kapitänsrock und seine schwarze Kniehose mit schwarzen Strümpfen und Schuhen. Seine halblangen Haare waren zu einem Zopf gebunden. Er blickte erstaunt auf, als sie eintrat, und erhob sich.

»Liliana!« Seine Mimik zeigte aufrichtiges Erstaunen. Mehrmals hatten er und der Schiffsarzt Tai versucht, sie zu überreden, zumindest zum Essen aus dem kleinen Raum zu kommen, doch sie war stur an Finlays Seite geblieben.

Liliana lächelte ihrem Vater zu und der atmete auf. »Es geht ihm besser?«

»Ja. Das Fieber ist weg und er ist wach. Tai sagte, dass nun keine Gefahr mehr besteht. Er wird sich gänzlich erholen.« Erst, als sie ihre eigenen Worte hörte, begann sie, fest daran zu glauben. Die Erleichterung ließ ihre Knie zittern und sie setzte sich.

Ihr Vater nahm auf dem Stuhl daneben Platz und ergriff ihre Hände. »Du musst etwas essen!«

»Deswegen kam ich her, ich habe wirklich Hunger.«

Ein kurzes, erleichtertes Lächeln huschte über sein Gesicht, er wurde jedoch zu schnell wieder ernst. Sie runzelte skeptisch die Stirn. Dieser Blick verhieß oft nichts Gutes.

»Lily, ich muss dir etwas sagen«, begann er. »Es betrifft deine Beziehung zu Finlay.«

Liliana spürte, wie sich ihre Kehle bei diesen Worten zusammenzog. Bitte keinen Streit! Dafür fehlte ihr die Kraft nach all dem. »Vater, wenn du erneut versuchst, gegen ihn ...«

Jack tätschelte beschwichtigend ihre Hand. »Keine Sorge. Ich möchte mich bei dir entschuldigen.«

Liliana stutzte. »Entschuldigen? Du? Es geschehen noch Zeichen und Wunder.« Sie biss sich auf die Zunge, derart frech zu sein, wenn er doch endlich einmal auf sie zukam, aber in diesem Moment hatte sie es nicht zurückhalten können. Auch dies schrieb sie der Erschöpfung zu.

Ihr Vater schmunzelte wider Erwarten amüsiert. Er nahm ihr den Zynismus nicht übel, kannte ihn wohl zu gut von sich selbst. »Wunder sind meine Spezialität«, konterte er. »Wie gesagt, Finlay hat etwas aus sich gemacht. Er steht zu seinen Versprechungen und wehrt auch Attacken erfolgreich ab, ohne den Kopf einzuziehen, wie er es früher so oft tat. Dies alles zeigte, dass er gewiss kein Feigling ist. Zugegeben, mit seinem Hang neuerdings, sich devot dem Gesetz zu beugen, lebst du wahrscheinlich sicherer bei ihm als in meiner Gegenwart.« Er atmete tief durch, als bereitete ihm der nächste Satz Überwindung. »Ich müsste blind sein, um nicht zu sehen, wie sehr ihr euch liebt, und denke, im Großen und Ganzen hast du eine recht akzeptable Wahl getroffen mit dem Kerl. Ich freue mich für euch und wünsche euch alles Gute für die gemeinsame Zukunft.«

Liliana stutzte. »Du magst ihn.« Es war mehr eine Feststellung als eine Frage.

»Nun, so weit würde ich nicht gehen ...«

Mit einem strahlenden Lächeln fiel sie ihrem Vater um den Hals. »Es freut und erleichtert mich unendlich, wenn du ihn zumindest akzeptierst.«

Jack drückte sie an sich. »Ich will nur, dass du glücklich bist, meine Kleine.«

»Das bin ich mit Finlay, Vater.«

Er seufzte laut. »Ich weiß.«

Es klopfte kurz an der Tür und Finlay trat ein. Er hatte sich rasiert und gewaschen. Die neuen Verbände waren unter dem ebenfalls gesäuberten Hemd versteckt und er sah erholter aus, auch wenn ihm die Strapazen und die Tage des Fiebers noch ins Gesicht geschrieben waren. Von der nun verheilten Schnittwunde über der linken Wange, die in den ersten Tagen ohne Versorgung geeitert hatte, würde sicher eine unschöne Narbe zurückbleiben.

Liliana sprang erfreut auf, sodass der Stuhl beinahe nach hinten umkippte. Sie hatte nicht damit gerechnet, ihn so schnell auf den Beinen zu sehen. »Finn!«

Er breitete lächelnd die Arme aus und sie schmiegte sich vorsichtig ob der Verletzungen und Schwäche an ihn. Er drückte sie trotz allem fest an sich, als fürchtete er, sie würde wieder verschwinden wie ein Traum. Liliana genoss es, ihn endlich wieder berühren zu können nach so langen Tagen des Bangens. Sie kuschelte sich an seine Brust und sog den Duft und die Wärme seines Körpers in sich auf. Dazu gesellte sich der Geruch von Kernseife und Tais Kräuterverbänden, der gleichsam betörend wirkte. Sie wollte ihn nie wieder loslassen.

Finlay nahm ihr Gesicht in seine Hände und lächelte glücklich. »Ich sehnte mich schrecklich nach dir!«, flüsterte er. »Die bloße Erinnerung an dich gab mir Kraft, das alles durchzustehen.«

»Ich vermisste dich auch.« Tränen der Freude liefen über ihre Wangen.

Seine Lippen näherten sich ihren.

Ein Räuspern ertönte. »Vielleicht sollten wir erst speisen, bevor du noch meine Tochter verschlingst«, sagte ihr Vater streng.

Liliana nahm nur am Rande wahr, dass er sich ebenfalls erhoben hatte. Sie löste sich schweren Herzens von Finlay und schaute aus den Augenwinkeln zu ihrem Vater, der jedoch schmunzelte.

Sie setzten sich und Jack läutete nach einem Matrosen, das Essen aufzutragen.

Nicht lange danach stand ein köstliches Reisgericht vor ihnen, das sicher von Grace persönlich gekocht worden war. Liliana bemerkte mit leichter Verwunderung, doch auch Freude, wie ihr Magen hungrig knurrte.

»Liliana.« Finlay atmete tief durch. Er warf einen leichten Seitenblick zu Jack, der jedoch unbeteiligt das Essen zu sich nahm. »Ich habe nachgedacht und würde unsere Hochzeit gerne noch dieses Jahr vollziehen.« Seinen fragenden Blick ermunterte sie mit einem begeisterten Lächeln. »Dann werden zumindest gewisse Attacken ausbleiben.«

»Ich hoffe, dies ist nicht der einzige Grund?«

Er lachte auf. »Wenn ich es nicht ernst meinen würde, wäre ich schon fort, das wird dir dein Vater sicher gerne bestätigen.«

Jack sah unter den dunklen Brauen auf und warf ihm einen finsteren Blick zu, schwieg aber weiterhin. Er schien abzuwarten, wie sich dieses Gespräch entwickeln würde.

»Wäre es in deinem Sinne, wenn wir uns auf der *Alecto* vermählen?«, fragte Finlay weiter. »Ich habe die Absicht, Pastor Matthews zu bitten, ob er zu diesem Zwecke anreisen würde.«

Lilianas Herz machte einen Luftsprung bei dem Gedanken. »Das klingt wundervoll. Ich mochte diesen Mann recht gerne und er ist der einzige Pastor, zu dem du eine persönliche Bande besitzt.«

Jack räusperte sich, er schien sich nicht länger zurückhalten zu können. »Wenn, dann wird auf der *Nemesis* geheiratet, nicht auf deiner Nussschale.«

Finlay verengte die Augen. »Beleidige gerne weiterhin mich, wenn dir dies derartige Freude bereitet, aber lass mein Schiff außen vor!« Er runzelte die Stirn. »Ich dachte, du lässt keine Pfaffen auf deine Fregatte?«

»In der Tat ungern. Mir wäre eine Eheschließung außerhalb der Kirche von England lieber, aber leider wird das nicht mehr offiziell anerkannt.«

»Pastor Matthews ist Unitarier«, bemerkte Finlay. »Zumindest der Aufklärung nicht allzu sehr abgeneigt.«

»Dennoch ...«

Liliana räusperte sich. »Das haben außerdem noch immer wir zu entscheiden, Vater! Es genügt schon, wenn Mutter sich ständig in mein Leben einmischt.«

Jack hob abwehrend die Hände. »Natürlich, entschuldige, euer Pfaffe darf an Bord. Aber entscheidet euch bitte für die *Nemesis*. Wenn ich meine Tochter schon schweren Herzens einem anderen Mann übergeben muss, dann zumindest auf meinem eigenen Schiff.«

Liliana erkannte, wie wichtig das für ihren Vater zu sein schien und auch das Geschenk, das er ihnen damit machte. Das weitaus geräumigere Deck der Fregatte würde allen Gästen und auch den Musikern genug Platz bieten. Sie sah fragend zu Finlay, der schließlich nickte, wenn auch mit leicht zerknirschter Mimik. »Einverstanden.«

Liliana strahlte. Sie konnte es kaum erwarten, ihre große Liebe endlich offiziell an ihrer Seite zu sehen. »Aber wann?«

Finlay legte die Serviette beiseite. »Eigentlich wollte ich Mitte August wieder auf Fahrt sein, doch das verschiebt sich nun ohnehin nach hinten. Vielleicht Ende August oder Anfang September? Oder wäre das zu knapp für die Planung? Der 9.9. klingt nett und ist zudem ein Samstag. Natürlich müssten wir mit Pastor Matthews sprechen.«

»Ich finde auch, das wäre ein schönes Datum.« Ihr kam ein anderer Gedanke. »Was geschieht mit Mutter?«

Finlays Mimik verspannte sich, doch er schwieg.

Jack legte die Gabel auf den leeren Teller, nahm sein Glas zur Hand und lehnte sich zurück. »Wie meinst du das?«

Liliana seufzte innerlich. Er wusste gewiss, was sie auszudrücken versuchte. »Ehrlich gesagt, wäre ich glücklich, wenn ich diese Person komplett aus meinem Leben streichen könnte. Aber das wird kaum möglich sein. Auch möchte ich Richard nicht enttäuschen.« Sie sah zu Finlay. »Er schien so betrübt, als er glaubte, sich in dir getäuscht zu haben. Das würde ich gerne richtigstellen. Abgesehen davon werden sie und andere von unserer Heirat erfahren. Lassen wir Mutter außen vor und setzen sie sozusagen ihrem persönlichen Albtraum aus, indem die Leute über sie tuscheln, warum sie von ihrer *Nichte* nicht zur Hochzeit eingeladen wurde, ist eine Fehde gewiss.« Liliana atmete tief durch. »Auch wenn es eine nette Rache wäre, würde auf diese Art der Streit niemals enden. Dafür fühle ich weder Lust noch die Kraft.«

Ihr Vater nickte. »Ich verstehe das sehr gut. Allerdings können wir ihr nicht die Wahrheit sagen. Ich habe vor wenigen Tagen ein Schiff der königlichen Marine versenkt und dabei sind mehrere Offiziere und ein Leutnant gefallen. Ich fürchte, davon können wir Richard bei aller Liebe nicht berichten.«

»Was sagen wir ihm?« Liliana musste schlucken, hörten diese Sorgen nie auf? »Ich mag Richard, aber Mutter würde erneut gegensteuern und wir können sie vor ihm nicht als Lügnerin darstellen. Das sähe unschön aus.«

Finlay presste die Lippen zusammen und ballte seine Fäuste. »Ich bin mir nicht sicher, dieser hinterhältigen Person erneut begegnen zu können, ohne dass mir die Hand ausrutscht, Frau hin oder her«, knirschte er.

Jack nickte. »Auch das vermag ich sehr gut nachzuvollziehen, glaube mir. Dennoch wird dir nicht viel übrigbleiben.«

Finlay schnaubte.

Liliana ergriff seine Hand und drückte sie. Seine Finger fühlten sich ungewohnt kalt an, doch die Faust löste sich bei ihrer Berührung. »Mir geht es ähnlich, obgleich es sich um meine eigene Mutter handelt, aber wir müssen den Schein wahren, nichts von ihrer Intrige gewusst zu haben. Bitte!«

Er schloss die Augen und atmete tief durch. »Gut. Ich werde mich um Zurückhaltung bemühen. Dir zuliebe.«

Ihr kam ein Einfall. »Wir könnten die halbe Wahrheit sagen«, schlug sie vor. »Finlay wollte diese Therese nur nach Hause begleiten und war auf dem Weg zurück überfallen und auf ein Schiff entführt worden. Wir konnten ihn retten, bevor es auslief.«

Jack runzelte die Stirn, nickte aber. »Ich denke, das wäre das Beste. Mit zu vielen Lügen verstrickt man sich nur.«

»Die Tatsache, dass diese Therese mit einem neuen Begleiter auf dem Gartenfest erschien, bestätigt unsere Notlüge zudem.«

Ihr Vater hob die Brauen. »Ich gebe zu, ich kann es kaum erwarten, deine beiden ausländischen Freunde einmal zu treffen«, sagte er an Finlay gerichtet. »Sie klingen hochinteressant.«

Finlay schmunzelte. »Das sind sie in der Tat.«

»Wo hast du sie kennengelernt?«

»In einem Kaffeehaus in Hoorn. Ich habe einige gute Freunde, die diese Stätte besuchen.«

Jacks Augen wurden schmal. »Welcher Art sind diese deine Freunde?«

Liliana runzelte die Stirn. Was beabsichtigte er mit diesen Fragen? Es klang wie bei einem Verhör. Dennoch schwieg sie abwartend.

Zu ihrem Erstaunen wirkte Finlay keinesfalls angespannt bei dem ihm sicher allzu vertrauten Blick. Im Gegenteil, er blickte Jack fest ins Gesicht. »Auch wenn es alleine meine eigene Entscheidung ist, wie und mit wem ich meine Freizeit gestalte, kann ich dich hier beruhigen. Meine Freunde sind alles gebildete Menschen und Aufklärer, die sich gegen den Absolutismus des Adels auflehnen.«

Jack nickte anerkennend. »Ein Segeln gegen den Wind? Wer hätte das von dir gedacht?«

»Ich bin Humanist, Jack. Schon immer gewesen. Nur verlangte das Geschäftliche häufig, dass ich mich mit meiner persönlichen Meinung zurückhalte.« Er klang nun doch leicht gereizt, bewahrte jedoch seine feste Stimme.

»Ich verstehe.« Jacks Spott in diesen Worten war nicht zu überhören.

»Das freut mich sehr, danke für dein Verständnis«, erwiderte Finlay ähnlich zynisch und wich auch dem eisigen, beinahe herausfordernden Blick nicht aus, den Jack ihm daraufhin zuwarf.

Liliana hielt den Atem an. Innerlich jubilierte sie zu sehen, dass Finlay ihrem Vater endlich die Stirn bot und sich weder unterbuttern noch provozieren ließ. Sie bangte nur um Jacks Reaktion. Würde er ein Aufbegehren im Keim ersticken wollen oder dem Anerkennung entgegenbringen?

»Wie lösen wir das mit der Hochzeit?«, änderte sie hastig das Thema. Heute hatte sie weder Kraft noch Lust, dem verbalen Kräftemessen der beiden freien Lauf zu lassen. »Wir können Richard und Mutter wie besprochen nicht außen vor lassen, so gern ich es hätte, doch wenn der General sieht, dass du mich führst ... ich denke, so blind und dumm ist er nicht.«

Jack nickte und ging zu ihrer Erleichterung auf die Ablenkung ein. »Ich sollte Richard endlich die Wahrheit sagen, auch, wenn ich damit mein Versprechen Eliza gegenüber breche. Er hat uns sehr geholfen in der Angelegenheit mit Parker und diese Geheimhaltung nicht verdient. Ich fühle mich schlecht mit einer derartigen Lüge.«

Liliana blies die Luft durch die Nase. »Du würdest kein Wort brechen, Vater.«

Jack hob die Brauen.

»Wie ich mich entsinne, war die Bedingung für dein Schweigen, dass sie sich nicht mehr in mein Leben einmischt, habe ich recht?«

Er nickte.

»Versuchte sie nicht ohne Unterlass, Finlay und mich zu trennen? Auf die übelste und hinterhältigste Art und Weise?«

Jack lehnte sich zurück. »Das ist wahr.« Er musterte Finlay, dessen Gesicht noch deutliche Spuren dieser Einmischung aufwies, und rieb sich dabei das Kinn. »Du bekamst in der Tat die volle Breitseite ihrer Boshaftigkeit ab.« Sein Mund verzog sich zu einem Grinsen, als genösse er diese Vorstellung.

Finlay warf ihm einen bissigen Blick zu. »Dass dich mein Leid derart zu erheitern vermag, liegt gewiss an einem Satz eigener Erfahrungen diesbezüglich?«

»Ich weiß allerdings ein Feuergefecht zu gewinnen, selbst gegen Furien.« Jack wurde wieder ernst und straffte den Rücken. »Ich werde mit euch nach Bath reisen und bei Richard meine Beichte ablegen.«

»Danke«, sagte Liliana aus vollem Herzen. »Nicht nur für die Rettungsaktion, sondern auch dafür, dass du uns Feuerschutz gegenüber Eliza bietest.«

Jack legte eine Hand auf ihren Arm. »Dass du diese Person erdulden musst, ist immerhin mein Zutun. Eliza ist ein Fehler meinerseits, der mir ein Leben lang anhaften wird.«

»Ohne diesen *Fehler*, wie du es nennst, gäbe es mich nicht.«

Jack lächelte. »Das stimmt. Diese Tatsache entschädigt alles. Doch dass du keine zweite Eliza geworden bist, ist dein eigener und vielleicht Effies Verdienst. Ich selbst darf mich damit nicht brüsten.«

Bristol, England

August 1786

Liliana ging mit Finlay im Arm zur *Alecto*, die noch immer im Hafen vertäut lag wie ein vergessenes Leben.

Finlay stoppte vor ihrem Rumpf und betrachtete sein Schiff.

Auch Liliana bewunderte erneut den blauen Anstrich und die goldenen Verzierungen um die Fenster und Luken. Am Heck der Bark prangte ihr Name in goldenen Lettern auf blauem Untergrund: *Alecto* – die niemals Nachgebende.

»Ich bin so froh, sie wieder sehen zu dürfen«, sprach er wie aus vollem Herzen ihre Gedanken aus. »Man denkt so wenig darüber nach, wie schnell das alles vorbei sein und der Tod eintreten kann.«

Sie schmiegte sich an ihn. »Das ist auch gut so. Ansonsten würde man sich ewig ängstigen und nicht mehr aus dem Haus trauen.«

»Das stimmt, dennoch sollte man das Leben genießen, wenn man kann, und sich nicht mit zu viel Gram aufhalten.«

Liliana musste an ihre Mutter sowie an Finlays Vater denken und nickte stumm. Er hatte recht. Einen ewigen Groll zu hegen, nagte nur an der eigenen Seele und änderte nichts.

»Kapitän!« Ezekiel lief ihnen entgegen, packte Finlay an den Schultern und schüttelte ihn leicht. Er strahlte über das ganze Gesicht. »Du lebst!«

Finlay nickte lächelnd und klopfte ihm freundschaftlich auf den Rücken. »Wie du siehst, wirst du mich nicht so rasch los.«

Der Bootsmann lachte. »Dabei hoffte ich schon, das Schiff übernehmen zu können.«

»Unterstehe dich!«

»Das muss gefeiert werden! Ich trommle die Leute zusammen.« Er hielt inne und musterte ihn mit gerunzelter Stirn. Sein Blick blieb an der Narbe im Gesicht hängen. »Oder brauchst du Erholung?«

»Nein, die hatte ich zur Genüge auf der Rückfahrt. Mir ist tatsächlich sehr nach Feiern zumute.«

»Das ist gut«, sagte Ezekiel erfreut. »Dann rufe ich die Männer und hole die Rumfässer.« Seine Augen glänzten bei den Worten.

Gustav lehnte mit einem Buch in der Hand an der Reling und drehte sich um, als sie das Schiff betraten. Seine Augen weiteten sich. »Finn!«, rief er. »Da ist der Kerl! Levi! Ben! Sie haben es vollbracht!« Er ließ das Buch fallen, stürmte auf ihn zu und riss ihn in seine Arme.

Finlay zuckte zusammen und Gustav erschrak.

»Entschuldige, bist du verletzt? Wie geht es dir? Ich bin so froh, dich lebendig wiederzusehen.«

Nun kamen auch Ben und Levi herbei. Der Uhrmacher hielt beim Rennen die Hand auf seinen Hut und strahlte über das ganze Gesicht. Liliana konnte sich nicht erinnern, diesen sonst so ernsten und kontrollierten Mann je derart breit lächeln gesehen zu haben. Seine Augen wirkten nun, als lägen sie noch enger zusammen.

»Finlay! Welch eine Erleichterung. Dann war die Rettungsaktion erfolgreich?«

Finlay umarmte erst ihn und danach Ben. »Ja. Liliana hat mir berichtet, wie ihr beide, Gustav und du, euch für mich eingesetzt habt. Danke.«

»Das ist doch selbstverständlich.« Levi winkte ab. »Und Gus hatte sichtlich Freude daran.«

Der Schiffsarzt betrachtete ihn besorgt. »Benötigst du noch meine Hilfe?«

»Danke, aber Tai hat mich wieder zusammengeschustert.«

Ben lächelte erleichtert und schüttelte amüsiert den Kopf. »Gustav und Levi waren in der Tat großartig. Ich verpasste die Aktion um wenige Tage, ansonsten hätte ich dem Schauspiel gerne beigewohnt. Selbst von Mr Braden kam ein anerkennender Kommentar und das will etwas heißen.«

Finlay lächelte. »Was sagte Voltaire? Alle Würden dieser Erde wiegen einen guten Freund nicht auf.«

»Ich muss doch sehr bitten!« Gustav stemmte die Hände in die Hüften und rümpfte mit überzogener Mimik die Nase. »Für Zitate bin noch immer ich zuständig, verstanden?«

Während Ezekiel mit der Mannschaft die kleinen Rumfässer an Deck trug, ging Finlay mit Liliana in seine Kajüte.

»Ich hoffe, du bist damit einverstanden, wenn wir etwas feiern?«

Liliana versuchte, beruhigend zu lächeln, doch es fiel ihr schwer. Eine dunkle Wolke schien über ihrem Kopf zu schweben, die sie trotz aller Bemühungen nicht fortgeblasen bekam. »Natürlich, ich freue mich.«

Er trat auf sie zu und nahm ihr Gesicht in seine Hände. »Du wirkst bedrückt.«

»Ich bin etwas müde.«

»Sag, was ist es?«

Der auffordernde Blick trieb ihr die Tränen in die Augen. Dieser Mann kannte sie zu gut. »Ich habe einen Menschen getötet«, platzte sie heraus und ärgerte sich über das weinerliche Schluchzen. Diese Schuldgefühle nagten an ihrer Seele. Beinahe jede Nacht sah sie das Gesicht des Leutnants vor sich. Den letzten Blick, den er ihr zugeworfen hatte, als die Kugel traf. Erstaunen ... Gewissheit ... Leere.

Finlay nahm sie in die Arme und drückte sie fest an sich. Liliana suchte in der Wärme seines Körpers Trost.

»Es war Notwehr. Hättest du es nicht getan, stände ich hier nicht mehr.«

»Ich hatte solche Angst, dich zu verlieren, als Parker die Waffe auf dich richtete. Dennoch weiß ich tief in meinem Inneren, dass ich ihn auch nur hätte verletzen können. Ich wollte ihn töten in diesem Moment. Ich wollte es!« Ihre Stimme erstickte in Tränen. Hatte sie nun ihr Seelenheil verspielt?

Finlay ergriff ihre Hände, drückte sie fest und hob sie an seine Lippen. »Er wäre ohnehin nicht lebend von diesem Schiff gekommen«, flüsterte er eindringlich. »Sein Schicksal war längst besiegelt. Wäre es nicht dein Schuss gewesen, dann meine eigenen Hände um seinen Hals. Selbst wenn du ihn nur verletzt hättest, ich hätte ihn nicht leben lassen können nach all dem. Du hast ihn aus Notwehr erschossen und zudem verhindert, dass ich einen Gefangenen töte. Ich stehe doppelt in deiner Schuld.«

Liliana wich einen Schritt zurück und blickte zu Boden. »Oder Vater hätte ihn mit versenkt.«

»Lass ihn los!« Finlay zog sie wieder an sich und ihr Blick traf seinen. Die dunklen Augen hielten sie gefangen. »Lass diesen Parker nicht noch dein Leben zur Qual machen. Das hat der Mistkerl nicht verdient. Denke daran, was er Duncan angetan hat.«

Liliana erinnerte sich an das gequälte Gesicht des Jungen und nickte. »Du hast recht. Danke. Ich verspreche, ihn zu vergessen.« Sie atmete tief durch, doch es kam krampfend. »Es tut mir leid, dass ich derart schwach bin.«

»Ein Gewissen zu haben, ist keine Schwäche, im Gegenteil. Wären mehr Menschen derart *schwach*, wie du es nennst, wäre die Welt ein besserer Ort. Bitte bleibe so. Ich liebe dich dafür.« Er küsste sie zärtlich auf die Lippen und Liliana spürte, wie eine angenehme Wärme durch ihren Körper floss. Die finstere Wolke in ihrem Geist verschwand und machte heiteren Sonnenstrahlen Platz.

»Wir sollten an das Schöne denken, das uns bevorsteht«, sagte Finlay und strich ihr lächelnd über die Haare. »Ich werde morgen als Erstes einen Brief an Pastor Matthews aufgeben. Ich hoffe, er ist an dem Tag frei und tut uns diesen Gefallen.«

»Das ist ein besonders schöner Gedanke.« Sie wischte sich die Tränen aus dem Gesicht. »Du bist gesund und munter, bald ist unsere Hochzeit.« Ein glucksendes Lachen entwich ihrer Kehle. Erneut das Auf und Ab der Gefühle. »Kann unser Leben nicht nur langweiliger werden danach?«

Finlay lachte auf und rieb sich die Verbände über den geprellten Rippen. »Ich hätte nichts gegen ein wenig Eintönigkeit einzuwenden nach all dem.«

»Das glaube ich.« Ihr kam ein anderer Gedanke. »Was ist mit Duncan? Er wäre sicher enttäuscht, wenn er nicht bei der Heirat dabei sein könnte.«

Finlay nickte. »Ich werde Red schicken, ihn in Hastings abzuholen.« Er stand auf und nahm sie an der

Hand. »Aber heute wird erst einmal gefeiert! Gleich werden wir den Männern da oben eine Geschichte bieten können, die gewiss noch Jahrhunderte lang als Seemannsgarn die Runde machen wird.«

Wenig später saßen sie alle zusammen an Deck und Ezekiel verteilte den Rum mit freudig glänzenden Augen wie ein Kind an Weihnachten. Sein Bart war bereits wieder buschig gewachsen und gab ihm den alten, verwegenen Ausdruck zurück.

Zwar war die Mannschaft noch nicht vollzählig, doch einige waren bereits früher aus dem Landurlaub zurückgekehrt, wie der Steuermann Joshua Brown und der Zimmerer Ewan Kelly, die eine längere Anreise hatten. Die Männer prosteten auf das Wohl ihres Kapitäns und überschütteten sie daraufhin mit Fragen.

Finlay und sie ergänzten sich gegenseitig in ihren Erzählungen und auch Gustav wagte es nach und nach, das Nachhaken der Seeleute zu beantworten. Je mehr Rum floss, desto stärker taute er auf und fuhr schließlich zu seiner Höchstform auf. Mit Gesten und Mimik wie ein Schauspieler auf einer Bühne rezitierte er seine Geschichte. Es fand redlichen Zuspruch. Besonders nach dem Bericht über die Verführung von Therese, prosteten die Männer ihm zu und klopften dem jungen Mann anerkennend auf die Schulter.

Selbst Levi wurde in das Gespräch mit eingebunden, auch wenn er weitaus schüchterner und zurückhaltender blieb.

Es war ersichtlich, dass die beiden in den Augen der Seeleute von einstigen Hampelmännern zu Helden aufstiegen, die dazu beigetragen hatten, ihrem Kapitän aus der Misere zu helfen.

Liliana ging das Herz auf, als sie erkannte, wie glücklich und erleichtert die beiden Freunde über die Akzeptanz der Mannschaft waren, die sie so lange ersehnt hatten.

Die Männer lobten auch Lilianas Mut in derartig hohen Tönen, dass es ihr äußerst unangenehm war. Bei der Beschreibung Finlays, wie sie Parker mit der Pistole erschoss, bevor dieser ihn töten konnte, pfiffen alle anerkennend durch die Zähne und klatschten mit jubelnden Zurufen.

»Unsere Liliana lässt sich nicht unterbuttern«, rief Ezekiel und prostete ihr zu. »Die hat es dem Dreckskerl mit einer Kugel in die Brust gezeigt.«

Auch Joshua nickte. »Das ist mal ein Weib nach meinem Geschmack!«

»Eine echte Frau für unseren Kapitän, keine Zuckerpuppe!«, rief Red grinsend.

Sie hob beschämt die Schultern. »Das Glück war lediglich auf meiner Seite.« Eine derartige Anerkennung von rauen Seefahrern zu erhalten, damit konnte sie schwer umgehen. Hinzu kam noch das schlechte Gewissen, das an ihr nagte.

Finlay nahm sie in die Arme und küsste sie unter dem Jubel der Besatzung. »Ich bin stolz auf dich«, erklärte er. »Die Männer sind stolz auf dich, nun sei du es endlich auch einmal!«

Sie seufzte. »Ich werde es versuchen.«

»Sprich es aus!«, rief Gustav. Er schien in seiner Trunkenheit nicht zu bemerken, dass er die Höflichkeitsform abgelegt hatte.

Liliana zog die Schultern ein und drückte ihre Hände in den Schoß. Schweigend hoffte sie, niemand anderes hatte dies gehört.

»Sag es!«, hakte Gustav stur nach und breitete die Arme aus. »Sag: *Ich bin stolz auf mich!* Schreie es heraus wie eine Opernsängerin die Arien, wie ein Berserker seine Flüche.«

Die anderen verstummten und blickten sie erwartungsvoll an. Liliana hatte zwar keinerlei Vorstellung, wovon Gustav sprach in seinen Vergleichen, doch das schien für alle nebensächlich. Die Aufforderung war klar und deutlich.

»Gut. Ich … ich …« Sie brach ab. Etwas hinderte sie daran, es auszusprechen. Wäre dies nicht Eitelkeit und Arroganz? Durfte eine anständige Frau sich selbst loben?

Noch immer hingen alle Blicke erwartungsvoll an ihr. Liliana errötete. Sie fühlte sich wie eine Schauspielerin auf der Bühne, die den Text vergessen hatte.

»Ihre Mutter gab ihr stets das Gefühl, nichts wert zu sein«, erklärte Finlay.

»Finn, bitte …«, flüsterte sie. Ihre Wangen brannten, sie fühlte sich bloßgestellt.

»Sich selbst zu loben, weckt sofort anerzogene Schuldgefühle in ihr«, fuhr er fort und sah sie an. »Lege das ab! Man sollte seine Schwächen kennen, aber sich auch die Stärken eingestehen. Du bist stark. Du darfst stolz auf dich sein. Es wird dich gewiss kein Blitz treffen nach diesen Worten.« Er zeigte in die Runde. »Diese Menschen hier sind meine Familie, du bist unter Freunden.«

»Sag es!«, rief Gustav erneut.

Die Männer feuerten sie im Chor an: »Lil-ly, Lil-ly, Lil-ly ...«

Sie vergrub vor Scham das Gesicht in den Händen, musste jedoch kopfschüttelnd lachen. »Hört auf! Ihr seid alle verrückt!«

»Lil-ly, Lil-ly ...«, erklang es stur weiter.

»Gut, gut.« Sie hob die Hände und das Publikum verstummte und lauschte gespannt. »Ich sage es.« Sie könnte es später noch immer auf den Rum schieben, leicht genug dafür fühlte sich ihr Kopf bereits an. »*Ich bin stolz auf mich*«, schrie sie laut heraus. Es tat gut. »Hörst du das, Mutter? Ich bin nicht dumm, wie du immer sagst, ich bin klug und mutig und dazu stolz auf das, was ich ohne dein Zutun geschafft habe.« Die letzten Worte gingen fast in Zurufe und Klatschen unter. Sie fühlte sich wie in einem Rausch. Dies auszusprechen, schien ihr, als hätte sich eine uralte Fessel abgestreift und sie könne sich endlich frei in die Lüfte erheben.

Finlay legte den Arm um sie und küsste sie. »Nun bin ich noch stolzer auf dich.«

Sie lächelte und sah in die Runde. Der Alkohol und die traute Gesellschaft ließen sie nun völlig die Hemmungen verlieren. »Danke! Ich liebe euch alle!« Sie warf mit den Armen überschwänglich Küsse in die Luft wie eine Schauspielerin auf der Bühne nach einer gelungenen Vorstellung.

Die Männer prosteten ihr jubelnd zu. Auch wenn sie sich zuvor bereits gewiss war, dass die Besatzung der *Alecto* sie akzeptierte, fühlte sie sich an diesem Abend wie zur Familie gehörig.

Als einige Matrosen begannen, die ersten Lieder zu singen, stimmte sie lauthals mit ein.

Gustav sang ebenfalls aus voller Kehle mit und schunkelte Arm in Arm mit den Matrosen.

Liliana spürte eine ungewohnte Unbeschwertheit. Ob es der Rum oder das Ausbrechen aus der gehorsamen, rückgratlosen Stoffpuppe war, die ihre Mutter versucht hatte, aus ihr zu machen, schien gleich. Die ganze Last, die sich die vergangenen Tage in ihr aufgebaut hatte, löste sich von ihrem Herzen und fiel in großen Brocken hinab ins tiefe Meer, wo sie für immer auf dem Grund versank. Liliana genoss dieses Gefühl der Leichtigkeit und Freude. Finlay hatte recht, was nutzt es, sich zu grämen, wenn das Leben doch so kostbar und wertvoll war? Man sollte schöne Stunden genießen, wann immer möglich. Sie lehnte sich an ihn und gab sich ganz dem Rausch des Moments hin. Der anfängliche Ärger darüber, dass er sie bloßgestellt hätte, war verflogen. Auch wenn es einem Tritt geglichen hatte, hatte sie nun endlich den Ballast ihrer Mutter abwerfen können. »Danke für alles«, flüsterte sie ihm zu.

Finlay drückte sie schweigend an sich, doch sie merkte eine gewisse Steifheit in seiner Berührung. Er schien etwas auf dem Herzen zu haben.

Verwundert blickte sie auf. »Was ist?«

»Lily.« Finlay löste den Arm, drehte sich zu ihr und nahm ihre Hände in seine. »Ich wollte dir noch etwas geben.« Er stand auf und zog sie zu sich hoch.

Liliana stutzte verwundert, folgte aber seiner Führung.

Finlay holte eine kleine Schachtel aus der Tasche und sank vor ihr auf das Knie.

Um sie herum verstummte die Männer und sie stießen sich gegenseitig mit den Ellbogen an, doch das nahm Liliana nur halb wahr. Sie sah nur noch den Mann vor ihr knien, den sie über alles in der Welt liebte. Die weitere Umgebung verblasste im Nebel.

»Es kommt spät. Damals in Hoorn handelte ich ohne Vorbereitung, aber dennoch aus vollem Herzen und bei klarem Verstand.« Finlay öffnete die Schatulle, die einen goldenen Ring zum Vorschein brachte. Liliana hielt sich überrascht die Hand vor den Mund, als sie eingestanzte Worte im Inneren des Ringes erkannte.

Ein erstickter Schrei entwich ihrer Kehle. »Ist das ein Posie Ring? Solch einer war stets mein Traum!« Sie liebte diese Ringe mit persönlichem Spruch und wollte bereits als kleines Mädchen eines Tages so etwas von einem Verehrer bekommen. Woher wusste Finlay das? Sie hatte es nie jemandem gesagt, in der Furcht, ausgelacht zu werden. Sie war außer sich vor Glück.

Finlay erhob sich wieder. »Es freut mich, dass er dir gefällt, ich mag diese Ringe wegen ihrer persönlichen Natur. Diesen habe ich heimlich bei einem Goldschmied anfertigen lassen, durch deine Handschuhe konnte ich die Fingergröße ermitteln. Seitdem wartete er hier an Bord und sollte erst auf unserer Heirat zutage kommen ... wie zur Vorahnung steckte ich ihn heute in meine Hosentasche, da ich diesen Moment gerade eben als den richtigen erkannte.« Er lächelte. »Ohne Pfarrer, dafür im Kreise meiner engsten Freunde.«

Liliana japste und nahm das Schmuckstück entgegen. Sie drehte das schwere Metall in der Hand und las die Gravur in seinem Inneren. Die filigrane Schrift ließ ihr Herz brennen: *Love's like a sea ~ Sail it with me.*

Zwischen den Sätzen waren ein Herz sowie das Bild eines winzigen Segelschiffs eingestanzt.

»Es stellte sich als ein schweres Unterfangen heraus, meine Gefühle und Gedanken auf einen einzigen kleinen Ring zu bekommen«, gestand Finlay kleinlaut. »Sie vermögen Seiten zu füllen.«

Liliana spürte die Tränen in ihre Augen steigen. »Er ist wunderschön.« Sie sah auf und lächelte glücklich. »Ja, ich will.«

Finlay lächelte, auch seine Augen gewannen an Glanz. Er nahm den Ring aus ihrer Hand und schob ihn über den Finger ihrer linken Hand. Er passte wie angegossen. Überglücklich fiel Liliana in seine Arme.

Jetzt erst ertönte der Jubel um sie herum und es kam ihr vor wie das Erwachen aus einem Traum, als sie realisierte, dass Finlay und sie gar nicht allein auf dem Schiff waren.

Erneut schien es ihr, als stünde sie auf einer Bühne, umringt von begeistertem Publikum. Dieses Gefühl war wider Erwarten großartig.

»Das ist die schönste Feier meines bisherigen Lebens«, jauchzte sie und dachte an die spießigen Gartenfeste ihrer Mutter.

»Dann machen Sie sich auf weitere gefasst!«, tönte Ezekiel lachend und hob den Becher Rum. »Es wird nicht die letzte sein.«

Bath, England

August 1786

Ihr Vater lieh sich erneut die Kutsche von seinem Freund William Thompson und sie reisten zu dritt nach Bath. Je näher sie dem Ort kamen, desto mehr krampfte sich Lilianas Magen zusammen. Finlay hielt fest ihre Hand, doch auch er wirkte bleich und angespannt. Sie konnte sich kaum vorstellen, wie ihm zumute sein musste nach dem Erlebnis. Selbst wenn Eliza nichts von Parkers wahren Plänen wusste, hatte sie dennoch Finlays Tod in Kauf genommen. Diese Kaltherzigkeit machte Liliana noch immer sprachlos.

Sie trug seinen Ring am Finger und stellte sich vor, er sei ein magischer Gegenstand, der sie vor Angriffen der bösen Hexe schützen würde.

Die Kutsche hielt vor dem großen Steinhaus und wurde vom Stallknecht empfangen. Jack stieg, wie zuvor abgesprochen, als einziger aus, um an die Tür zu klopfen.

Richard begrüßte den Kapitän freudig. »Mr Farson, welch eine Überraschung.« Er blickte neugierig zu der Kutsche. »Sitzt da noch jemand in der Kabine?«

»Ich grüße Sie herzlich, Mr Derringham. Ja, ich brachte zwei weitere Begleiter mit, zu deren Anwesenheit es einer kleinen Erklärung bedarf.«

Richard runzelte die Stirn.

»Wir haben die gesamte Zeit über jemanden zu Unrecht einer üblen Tat verdächtigt. Dies möchte ich gerne bereinigen.« Jack winkte Liliana zu und sie stieg aus der Kutsche. Gefolgt von Finlay.

Richards Augen wurden groß. »Aber ... das ist ...«

»Wie gesagt, ich würde gerne die Möglichkeit von Ihnen erhalten, alles zu erläutern.«

Der General hob die Hände. »Selbstverständlich höre ich mir diese Geschichte an, es macht mich sogar mehr als neugierig. Aber nicht zwischen Tür und Angel.

Kommen Sie bitte in das Jagdzimmer. Auch du, Liliana, wenn du dies möchtest.« Er schmunzelte. »Wie es aussieht, hast du diesem Mann verziehen, dann muss es in der Tat ein Missverständnis gegeben haben.«

Finlay zog den Hut vor Richard und verbeugte sich. Er wollte etwas sagen, doch der General winkte ab. »Nicht hier.«

Erst, als sie alle in dem kleinen Raum versammelt waren und der Dienstbote Gläser mit rotem Wein verteilt hatte und wieder gegangen war, wandte sich Richard an Jack.

»Ich bin kein Freund von übereilten Gesprächen«, erklärte er. »Man sollte wichtige Anliegen stets durchdacht und in Ruhe besprechen. Niemals voller Hast und Emotionen.« Sein strenger Blick wanderte zu Finlay. »Nun dürfen Sie sich erklären, Mr Clark.«

Finlay räusperte sich. »Ich danke Ihnen für diese Möglichkeit, Mr Derringham. Es gibt nicht viele Menschen, die gewillt sind, die andere Seite zu hören.«

»Sie haben einen Fürsprecher in Mr Farson, dessen Urteil ich stets zu schätzen lernte.«

Jack hob sein Glas. »Ihr Vertrauen ehrt mich, Mr Derringham.«

»Wie ich sagte, war bereits Ihr Vater, Admiral Farson, ein ehrenvoller Mann und der Apfel fällt nie weit vom Stamm.«

Liliana runzelte die Stirn. Sie erinnerte sich an Jacks Erzählungen über den herrischen Großvater. Richards Klassendenken und den Glauben an Sippenhaft konnte sie nicht nachvollziehen, auch wenn es diesmal zu ihrem Vorteil war.

Der General blickte zu Finlay. »Sprechen Sie!«

Dieser atmete tief durch. Sein Gesicht verspannte sich. Sie wusste nicht, ob es die Erinnerung war oder die Tatsache, nun lügen zu müssen, doch diese Geschichte zu erzählen, fiel ihm sichtlich schwer.

»An dem Abend, als Ihre Gattin mir Miss MacMillan vorstellte, bot ich an, sie nach Hause zu begleiten. Ich wollte die junge Dame nicht alleine durch die Dunkelheit reisen lassen. Doch auf dem Weg zurück wurde ich überfallen und niederschlagen.« Er holte tief Luft. »Ich wachte auf einem Schiff auf.« Seine Hände zitterten merklich, sodass der Wein im Glas Ringe bildete.

Richard hob die Brauen, schien das Beben in der Stimme zu bemerken und sein Blick fiel auf die noch frische Narbe über Finlays linker Wange.

»Freunde von mir erkannten ihn und berichteten uns von der Entführung«, nahm Jack den Faden auf. »Ich machte das Schiff ausfindig und wir konnten ihn befreien, bevor es in See stach.«

Finlay sah dem General in die Augen. »Es tut mir unendlich und aufrichtig leid, Liliana derartige Sorgen und Ihnen solch Umstände gemacht zu haben«, erklärte er mit fester Stimme.

Richard musterte ihn mit strengem Blick, als suche er nach Indizien einer Lüge. Schließlich nickte er. »Diese Geschichte klingt plausibel.«

Liliana fiel ein Stein vom Herzen. Sie merkte erst jetzt, dass sie die ganze Zeit über die Luft angehalten hatte, und atmete so unauffällig wie möglich tief ein. Ein leichter Schwindel überkam sie.

»Ich habe schon oft von derartigen Überfällen gehört, sie sind leider nichts Ungewöhnliches«, fuhr Richard fort. »So gesehen, bin ich es, der sich bei Ihnen entschuldigen muss. Ehrlich gesagt, ging diese Verdächtigung gänzlich gegen meine Menschenkenntnis und auch die Tatsache, dass Miss MacMillan nur wenige Tage danach mit einem anderen Begleiter auf unserem Fest auftauchte und nichts über Ihren Verbleib zu wissen schien, hätte mich aufhorchen lassen sollen. Meine militärische Pflicht wäre es gewesen, bezüglich Ihres Verschwindens Nachforschungen anzustellen, anstatt das Unredliche zu vermuten.« Er atmete tief durch. »Meine Sinne scheinen nachzulassen mit dem Alter.«

Liliana berührte seinen Arm. »Bitte mach dir keine Vorwürfe, Richard.« Sie war sich sicher, dass ihre Mutter ihn dahingehend bearbeitet hatte. »Auch in mir kamen diese unsäglichen Zweifel auf, obwohl ich Finlay besser hätte kennen müssen. Erst, als ich ihn gefangen und misshandelt auf diesem schrecklichen Schiff sah, verschwanden sie.«

Richard nickte und tätschelte ihre Hand. »Welches Schiff war es, das solche Verbrechen durchführt?«

Liliana zuckte zusammen. Mit dieser Frage hatte sie nicht gerechnet. »Ich ... ich war so erleichtert, ich achtete da nicht drauf.« Sie blickte ratlos zu ihrem Vater.

Jack räusperte sich. »Es war ein Schiff der königlichen Marine«, sagte er leise. »Wir befreiten Finlay heimlich und hoffen nun auf Ihr Stillschweigen diesbezüglich, General.«

Richard nickte. »Ich verstehe. Sie können mir vollends vertrauen in dieser Sache. Dennoch sollte der Kapitän zur Rechenschaft gezogen werden. Das Pressen von Matrosen ist nur in Kriegszeiten und gegenüber Kriminellen erlaubt. Aber ich verstehe Ihre Bedenken.

Eine Anzeige würde gewiss zu … Komplikationen führen.«

»Danke. Es löste sich ja zum Glück alles in Wohlgefallen auf.« Jacks blaue Augen sahen fragend zu Liliana und diese nickte. Er richtete sich wieder an Richard. »Die Überraschungen für Sie sind allerdings noch nicht beendet. Ich würde Ihnen gerne eine Neuigkeit verbreiten, Mr Derringham.« Er straffte seine Schultern. »Leider geht diese mit einer weiteren einher, die Sie nicht erfreuen wird. Ich fürchte, unsere Freundschaft könnte daran zerbrechen.«

Richard runzelte die Stirn. »Nun machen Sie mir aber Angst und mich dennoch neugierig, Mr Farson. Worum geht es diesmal?«

»Trotz einer Abmachung mit Ihrer Gattin, der ich zustimmte, möchte ich Ihnen endlich die Wahrheit bekunden. Ich achte Ihre Person sehr und fühle mich höchst unwohl, wenn dieses Geheimnis zwischen uns steht. Sollten Sie meinen Kontakt danach nicht mehr wünschen, akzeptiere ich dies und werde Sie in Zukunft nicht mehr behelligen.«

»Nun reden Sie schon, Mr Farson!«, befahl Richard scharf. »Sie sind für gewöhnlich doch nicht der Mann, der herumdruckst!«

Jack lächelte schwach. »Nun gut. Frei heraus: Ich bin Lilianas Vater.«

Richard zuckte zusammen. Sein Gesicht verfinsterte sich. Er wandte sich abrupt ab und ging durch das Zimmer, wobei er seinen Schnurbart mit einer Hand zwirbelte. Bis er wieder vor Jack zum Stehen kam. Er verschränkte die Hände hinter dem Rücken und betrachtete ihn von oben bis unten. Liliana krampfte es den

Magen zusammen. Was würde geschehen? Einen General zum Feind zu haben, wäre den Geschäften ihres Vaters gewiss nicht sonderlich zuträglich. Er riskierte eine Menge hierbei.

Jack stand reglos da und verzog keine Miene. Sie bewunderte ihren Vater dafür, dass er bei all dem so ruhig bleiben konnte.

»Eine Frage dazu hätte ich.« Die Augen des Generals verengten sich. »Hatten Sie damals Gewalt angewendet?«

»Nein, General.« Jack hob stolz den Kopf, seine Stimme klang fest. »So etwas würde mir im Traum nicht einfallen. Es war eine längere Beziehung und ich bat auch um Elizas Hand, was diese ablehnte.«

Richards rotblonde Brauen senkten sich. »Wollen Sie andeuten, meine Gemahlin spricht die Unwahrheit diesbezüglich?«

Liliana schnappte innerlich nach Luft. War der Pabst katholisch? Diese Frau log, sobald sie den Mund aufmachte! Sie musste sich mit aller Macht zurückhalten, um keinen Kommentar abzugeben oder gar spöttisch aufzulachen. Finlay drückte ihre Hand, als wüsste er, was in ihr vorging, und wollte ihr Ruhe und Kraft einflößen. Sie seufzte still. Dies war eine Angelegenheit zwischen Richard und ihrem Vater, sie durfte sich nicht einmischen. Dennoch hoffte sie sehr, die Freundschaft zwischen den beiden würde nun nicht zerbrechen.

Ihr Vater blieb ungewöhnlich ruhig trotz der Anschuldigung und hob abwehrend die Hände. »Ich weiß nicht, was sie Ihnen berichtete, General, aber ich gebe Ihnen mein Wort, dass ich es niemals forcierte.

Womöglich erzählte sie Ihnen diese Geschichten aus Scham. Sicher nicht alleine der Lüge wegen.«

Liliana schnürte es die Kehle zusammen. Ihr Vater blieb überzeugend ruhig, aber dies war ein gefährlicher Seiltanz.

Richard räusperte sich. »Ich kenne Elizas Meinung gegenüber Seeleuten, dennoch verwundert es mich, dass sie einem Mann, wie Sie es sind, ihre Hand verwehrte.« Er betrachtete ihn ähnlich wie Finlay zuvor und nickte schließlich. »Ich glaube Ihnen, dass es kein Verbrechen gewesen ist. Das spräche gegen meine Menschenkenntnis und dann würde meine Frau sich gewiss nicht so freundschaftlich Ihnen gegenüber verhalten. Obgleich mir eine gewisse Kälte durchaus aufgefallen ist ... sowie die Ähnlichkeit Lilianas zu Ihnen.« Er zwirbelte erneut seinen Schnurbart, blickte kurz zu Liliana, dann wieder zu Jack. »Nun gut. Was immer danach geschah, ist wohl eine Sache zwischen Eliza und Ihnen. Ein wenig enttäuscht es mich, dass Sie so lange hinter dem Berg gehalten haben damit.«

»Ich breche hiermit gerade ein Versprechen, damit hadert man als Ehrenmann.«

Das tat er zwar nicht, aber Liliana verstand, dass ihr Vater eine Begründung brauchte. Die Bedingungen des Versprechens und ihr Brechen seitens Elizas hätten hier keinen Raum.

»Ich verstehe.« Richard räusperte sich. »Was Ihre weitere Neuigkeit angeht: heraus damit. An unserer Freundschaft hat sich mit dieser Information nichts geändert. Ich bin, ehrlich gesagt, sogar recht erleichtert, dass meine Stieftochter von einem Mann aus gutem

Hause abstammt anstelle eines dahergelaufenen Kriminellen.«

Liliana runzelte die Stirn über die letzten Worte. Hieß das, sie war zuvor nur ein halbwertiger Mensch in Richards Augen gewesen? Mit einem Teil »vererbten Unrats« im Blut? Sie bemerkte auch ein leichtes Zucken in der Mimik ihres Vaters. Seine Haltung blieb jedoch gefasst und er ließ es unkommentiert.

»Danke für Ihr Verständnis, General.«

»Bitte, Jacob, nennen Sie mich Richard, wir sind ja nun beinahe eine Familie.« Er prostete ihm zu.

»Gerne. Aber ich bin Jack, nicht Jacob. Letzteres klingt für mich zu fremd unter Freunden.«

Sie stießen die Gläser aneinander. Ein klingender Laut füllte das Schweigen aus. Richard hielt sein Glas darauf Finlay hin. »Wollen Sie in diesen Kreis aufgenommen werden, Mr Clark?«

Finlay stieß an. »Wenn es mir erlaubt ist, wäre das eine große Ehre ... Richard.«

Der General lächelte. »Das ist das Mindeste, das ich dir schuldig wäre ... Finlay war der Name, nicht wahr?«

Finlay nickte.

»Ich vermute, dass die Heirat nun stattfinden wird.«

»Die zweite Sache obliegt der eben genannten«, fuhr Jack fort. »Liliana und Finlay werden sich auf der *Nemesis* vermählen. Wir alle würden euch beide gerne bei der Feierlichkeit dabeihaben.«

Richard lächelte. »Das ist eine wundervolle Nachricht, ich befürchtete bereits weitere unschöne Dinge. Da hast du mir die Wahrheit gesagt und meine Freundschaft riskiert, um uns zur Hochzeit deiner Tochter einzuladen?«

Jack nickte. »Ich denke, es wäre seltsam erschienen, führte ich sie zum Bräutigam.«

Richard schmunzelte. »In der Tat.« Er holte seine Taschenuhr aus der Weste und schaute darauf. »Eliza wird sicher bald zurückkehren, sie ist mit Freundinnen in der Stadt unterwegs. Ich werde mit ihr sprechen und sie auf alles hier Gesagte vorbereiten, bevor wir eure Ankunft kundtun.«

Jack atmete tief durch. »Ich denke, wir sollten wieder zurück nach Bristol fahren. So wird es gewiss leichter und die Feier muss ebenfalls geplant und vorbereitet werden.«

Liliana löste sich bei dem Vorschlag ihres Vaters ein Knoten im Magen. Sie lächelte erleichtert. Auf diese Weise musste sie ihrer Mutter nicht begegnen.

»Ich ersehne indes, dass all dies - die Wahrheit über Finlay, die Heirat unserer Tochter, unser beider Freundschaft und die Feier auf meinem Schiff - Eliza endlich beruhigen werden.«

Richard seufzte, sein Blick strahlte eine gewisse Resignation aus. »Das wäre auch meine größte Hoffnung.«

Liliana unterdrückte mit aller Kraft ein spöttisches Auflachen. Nach all dem Geschehenen glaubte sie nicht mehr daran, dass sich ihre Mutter je ändern könnte.

Als sie wieder in der Kutsche saßen, fiel Liliana siedend heiß etwas ein. In der ganzen Aufregung hatte sie gar nicht daran gedacht.

Finlay schien ihren erschreckten Blick zu bemerken. »Was gibt es?«

»Ich habe kein Kleid!« Sie hielt sich die Hände vor den Mund. »Grundgütiger, daran dachte ich die gesamte Zeit über nicht. Wie soll ich heiraten ohne Hochzeitskleid?«

Finlay nahm ihre Hand. »Mir ist es völlig egal, in welchem Aufzug du mich annimmst. Ob Kleid, Hosen oder gar nichts.« Er grinste frech.

»Bei Letzterem werde ich gehörig widersprechen«, warf Jack ein.

»Ich ebenso«, rief Liliana entrüstet. Sie seufzte. »Dennoch möchte ich gern schön aussehen an diesem besonderen Tag mit derart vielen Zuschauern.«

»Wir haben noch über vier Wochen Zeit und ich kenne einen guten Schneider in Bristol«, beruhigte ihr Vater sie. »Er wird gewiss etwas Schönes zaubern.«

Sie nickte leicht enttäuscht. Ein Herrenausstatter würde ihr Hochzeitskleid nähen? Sie wünschte, sie hätte mehr Zeit, um eine gute Schneiderin von Kleidern zu finden. Aber Finlay musste wieder auf Fahrt und bis zum Winter oder gar nächsten Jahr warten wollte sie nicht.

Bristol, England

August 1786

Zwei Tage später verließ Liliana in ihrem blauen Kleid und weißen Stoffhandschuhen die *Alecto*. Sie hoffte, das wenige Geld, welches sich noch in ihrem Beutel befand, würde für die Anzahlung ausreichen. Ihren Verlobten würde sie in diesem Fall gewiss nicht um eine Leihgabe bitten, dann eher ihren Vater.

Finlay fing sie hinter dem Steg ab. »Wohin so früh?«

»Ich wollte heute zum Schneider meines Vaters.«

»Ich begleite dich in die Stadt. Vielleicht kann ich bei der Auswahl behilflich sein.« Er grinste frech.

Liliana schüttelte energisch den Kopf. »Auf keinen Fall. Auch wenn es vorerst nur die Stoffe sind, soll es doch eine Überraschung für dich sein.« Sie seufzte. »Dabei könnte ich beratende Hilfe wirklich gebrauchen. Ich wünschte, Tante Effie wäre zugegen. Sie hat einen sicheren Blick für Mode.«

Finlay rieb sich nachdenklich das Kinn. »Warum fragst du nicht Gustav? Mir ist niemand bekannt, der eine besseren Sinn für Ästhetik besitzt als er. Ich kann derweilen vor dem Laden warten.«

Liliana nickte erfreut. »Das ist eine gute Idee! Lass uns ihn fragen.« Der junge Preuße wäre in der Tat eine große Hilfe. Er würde sie in der Auswahl der Stoffe gewiss gut beraten können. Auch würde sie sich wohler fühlen, wenn sie mit Begleitung zu einem ihr fremden Schneider ginge. Feilschen konnte Gustav zudem wie kein anderer, den sie kannte, ihn zog gewiss niemand so schnell über den Tisch.

Nicht lange danach spazierten sie den Hafen entlang in Richtung Stadt. Gustav schritt fröhlich neben Finlay her. »Diese Bitte ehrt mich sehr«, sagte er. »Ich verspreche, all mein Können an den Tag zu legen, beste Liliana. Wir nehmen nur Stoffe, die deine seidene Haut hervorheben und deine meerblauen Augen wie Diamanten funkeln lassen.«

Finlay stieß ihn mit dem Ellenbogen an. »Ich würde es bevorzugen, wenn du dich mit den Komplimenten über meine Verlobte etwas zurückhältst, mein Freund. Sind sie auch noch so zutreffend.«

Liliana musste schmunzeln. Ihr gefielen Gustavs Worte sehr.

Der junge Preuße hielt sich wie im Schwur eine Hand vor die Brust. »Ich werde mich hüten, meinen liebsten Kameraden – und vor allem brotgebenden Patron – zu verärgern.«

Finlay lachte darüber. Sie traten in die Marktstraße, als er urplötzlich stehenblieb und in die Menge starrte.

Liliana stoppte ebenfalls, ihr wurde mulmig im Bauch bei seinem Blick. »Was ist los?«

Gustav runzelte fragend die Stirn. »Du schaust, als erblicktest du einen Geist.«

Finlay wies mit dem Kinn in Richtung des Obststands. Vor dem stand eine junge Frau, die einen Säugling im Tuch trug und die Äpfel begutachtete. »Das ist die junge Mrs Parker.« Er presste die Lippen zusammen.

Liliana stockte der Atem. »Bist du sicher?«

Finlay nickte, schwieg jedoch.

»Die Gattin dieses Unmenschen?« Gustav riss die Augen auf. »Sie scheint noch sehr jung zu sein.«

Liliana schluckte. Ein enges Band zog sich um ihre Kehle. »Ich habe ihrem Kind den Vater genommen.«

»Den Peiniger vielmehr«, brummte Gustav und drehte sich zu Finlay. »Erzähltest du nicht, dass er gegenüber dem armen Mädchen gar handgreiflich wurde? Ihres Umstandes zum Trotz?«

»Ja.« Finlay ballte die Fäuste. Der Zorn darüber stand ihm ins Gesicht geschrieben. »Ich weiß nur nicht, ob sie bereits vom Tod ihres Mannes erfahren hat.«

Gustav schaute zu Liliana, die dem Blick beschämt auswich. Sie fühlte sich elend.

Er straffte die Schultern und richtete sich den Kragen. »So oder so können wir dieses bedauernswerte, dennoch bildhübsche Wesen nicht in ihrer Schmach alleine lassen. Immerhin haben wir dazu beigetragen, dass sie ohne Beistand ihr Kind großziehen muss. Zumindest sieht es nicht so aus, als stünde ihr die Hilfe vieler Dienstboten zur Seite.«

Lilianas Augen brannten. Erst jetzt wurde ihr das Ausmaß bewusst. Sie hatte einen Familienvater erschossen. Brutal oder nicht, Parker wäre gewiss viele Monate unterwegs gewesen und hätte den beiden ihre Ruhe gelassen. Ein Kind jedoch gänzlich allein aufzuziehen, war als Frau nicht einfach, wie sie von ihrer eigenen Mutter wusste.

Gustav musterte sie stumm. Seine bernsteinfarbenen Augen nahmen einen mitfühlenden Ausdruck an. »Du trägst keine Schuld.«

Finlay nickte bestätigend. »Du hast Mutter und Kind vor Leid bewahrt, das schlimmer wiegt als Einsamkeit. Ihre Eltern sind wohl nicht gerade arm, wie William damals andeutete, sie wird finanziell versorgt sein.«

Gustav blickte zu dem Mädchen und rieb sich wie in Gedanken das Kinn.

Finlay betrachtete seinen Freund mit gerunzelter Stirn. »Was hast du vor?«

»Ich werde sie kennenlernen. Nur so kann ich ihr in der Not Hilfe anbieten, sollte sie diese benötigen.« Er sah zu Liliana. »Und vielleicht auch deinen Gram lindern.«

Finlay schüttelte den Kopf. »Ich weiß nicht, ob das so eine gute Idee ist, wenn du mit ihr anbändelst, Gustav.«

Er wedelte abwehrend mit der Hand. »Ich meinte es nicht derart, sondern rein platonischer Natur. Eine Freundschaft anbieten. Ich denke nicht, dass sie mit dem Kind schnell einen guten Mann findet, und nur aus der Not heraus sollte man nie einen Gatten wählen. Auch wenn dieser Travis sein Schicksal selbst herbeigeführt hat, ist auch sie ein Opfer seiner Taten wie wir. Das sollte verbinden.«

Liliana fühlte eine Wärme bei den Worten. Sie war ehrlich gerührt darüber. Viele andere Männer würden gewiss einen Bogen um eine Frau machen, die das Kind eines Halunken auf dem Arm trug.

»Nichts liegt mir ferner, als dich im Stich zu lassen, Liliana«, sagte Gustav zu ihr. »Aber vielleicht könntest du den Besuch beim Schneider um einige Stunden verlegen?«

»Aber natürlich, ich kann auch morgen hingehen.« Sie gab dem Drang nach und umarmte den jungen Preußen kurz, den dies sichtlich überraschte. »Du hast ein großes Herz, Gustav. Geh und sprich mit ihr. Es würde mich wirklich sehr erleichtern, wenn sie irgendwann unsere Hilfe annehmen könnte.«

Gustav kratzte sich verlegen am Hinterkopf. »Warten wir es ab, vielleicht wirft sie von Zorn erfüllt einen der Äpfel nach mir und ich muss gleich einem Verstoßenen zu euch zurück flüchten.« Er deutete eine Verbeugung an und marschierte zu der Frau hin.

Liliana beobachtete, wie er vor der jungen Mrs Parker seinen Hut zog und sich offenbar anbot, ihr mit den schweren Einkäufen zu helfen. Der Blick der Frau wirkte anfänglich verschreckt, ihre Haltung angespannt. Liliana fiel mit Erleichterung auf, wie sie schützend das Neugeborene an sich drückte. Zumindest lehnte sie das Kind ihres brutalen Mannes nicht ab.

Gustav redete weiter auf sie ein und machte wohl einen seiner charmanten Scherze, denn das Mädchen lachte schüchtern hinter vorgehaltener Hand. Ihre Haltung lockerte sich und die dunklen Augen strahlten fröhlich.

Liliana ging das Herz auf bei dem Anblick. Die drei sahen aus wie eine junge Familie.

Finlay legte einen Arm um sie. »Unser Gustav, wie er leibt und lebt.«

»Ich hoffe, er tut das Richtige.«

Finlay nickte beruhigend. »Er wird sie ganz gewiss nicht verletzen. Er ist ein guter Mensch.«

»Das ist er. Zu gut für diese Welt.« Der Gedanke, dass dieser junge Mann auf einem gottverlassenen Schlachtfeld hätte verenden können, schickte einen Schauer über ihren Rücken. »Gehen wir zurück zum Schiff.« Sie war froh, den für sie unangenehmen Termin beim Scheider noch aufschieben zu können.

Kurz, bevor sie die *Alecto* erreicht hatten, kamen ihnen Red und Duncan entgegen.

Finlay winkte den beiden zu. »Du hast ihn überreden können.«

Der Segelmacher lachte. »Der Junge saß sozusagen schon seit Tagen auf seinem Seesack und wartete darauf, abgeholt zu werden.«

Duncan strahlte über das ganze Gesicht, als er seinen Kapitän erblickte. »Ich freue mich wahnsinnig. Das ist meine erste Hochzeit.«

Finlay blickte zu Red und grinste. »Wer von uns bringt ihm schonend bei, dass es nicht die seinige ist?«

Duncan stutzte und seine Wangen liefen kurz darauf rot an. »Ich, nein, ich meinte es nicht so ... Als Gast!«

Liliana musste laut lachen.

Finlay klopfte dem Jungen tröstend auf die Schultern. »Alles gut. Ich freue mich auch, dich zu sehen.«

Während Duncan mit Red unter Deck ging, ließ Liliana ihren Blick über den Pier schweifen.

Ihr Herz begann aufgeregt zu klopfen, als sie eine vertraut wirkende Kutsche erkannte, die vor der der *Nemesis* stand. War das etwa ...?

Sie rannte den Hafen entlang zu der Fregatte ihres Vaters. Ihre Tante war gerade dabei, Ben wieder zu verabschieden, und lächelte, als sie Liliana auf sich zustürmen sah. Sie schloss ihre Nichte in die Arme. »Mein Engel, was musstest du durchmachen? Warum bist du nicht zu mir gekommen?«

»Die Zeit drängte, um Finlay da lebend herauszuholen.«

Effie versuchte stets, mit Vernunft auf ihre Schwester einzureden, was alles gewiss erschwert und verzögert hätte. Liliana ließ diese Vermutung jedoch unerwähnt.

Ihre Tante trat einen Schritt zurück und betrachtete sie. »Ich kann es kaum fassen, meine Kleine heiratet!« Sie strahlte über das ganze Gesicht. »Komm mit, ich möchte dir etwas zeigen.«

Liliana folgte ihr in die Kabine. Dort auf dem Bett lag ausgebreitet ein Kleid. Sie gab ein Jauchzen von sich und riss die Hände vor den Mund.

Effie lächelte stolz. »Das habe ich für dich gemacht. Dein Hochzeitskleid.«

»Du hast es selbst genäht?« Tränen stiegen ihr in die Augen.

Es war wunderschön! Weißer Stoff, mit Schleifen verziert, und Rüschen an den Ärmeln. Das Mieder schimmerte in heller Seide. Es wirkte verspielt, aber nicht überladen. Wie das Kleid einer Prinzessin.

»Ja, ich habe die Stoffe aus Portugal verwendet. Gefällt es dir?«

»Es ist wundervoll! Ich habe noch niemals ein solch schönes Kleid gesehen, nicht einmal bei Mutter.« Sie fiel ihrer Tante um den Hals. »Danke! Dass dieses Kleid von dir ist anstatt eines fremden Schneiders, bedeutet mir unendlich viel.« Tränen liefen ihr über die Wangen. Nun erhielt sie doch noch ihr Traumkleid mit der Persönlichkeitsnote, die ihr so wichtig war.

Effie hielt sie fest im Arm. »Das freut mich.« Sie löste sich und ihr Blick spiegelte Tatendrang wider. »Ich muss sofort zu Grace. Es gibt so viel zu tun, zu planen und vorzubereiten. Das soll die schönste Feier deines Lebens werden.«

Bristol, England

September 1786

Die Tage vergingen aufgrund der vielen Vorbereitungen, Bestellungen und Einkäufe wie im Flug.

Am Morgen des 6. Septembers erwachte Liliana, noch während sich die Herbstsonne über den Horizont kämpfte. Die Aufregung ließ sie nicht ruhen.

Sie kleidete sich an und ging über den Gang zu Finlays Kajüte. Leise öffnete sie die Tür. Zu ihrer Freude schlief er noch tief und fest. Auf Zehenspitzen schlich sie an sein Lager und betrachtete ihn. Die Wunden an seinem Rücken waren mittlerweile verheilt, aber die Narbe im Gesicht schimmerte noch immer rosa. Dennoch konnte sie sich nicht sattsehen an diesem Mann. Ihr Herz ging auf bei dem Anblick. Sie setzte sich an das Bett, beugte sich zu ihm und strich ihm sanft mit der Hand über die Wange.

Er öffnete die Augen und blinzelte. Seine Mimik zeigte keinerlei Überraschung, sie hier drinnen und an seiner Bettkante zu sehen. »Guten Morgen.«

Liliana küsste ihn auf die Lippen. »Herzlichen Glückwunsch zum Geburtstag.«

Er stützte sich auf die Unterarme und legte die Stirn in Falten. »Woher weißt du, dass heute mein Geburtstag ist? Nicht einmal meiner Mannschaft verriet ich dies.«

»Vater sagte es mir.«

»Dieser Fuchs vergisst offenbar nichts.« Finlay schüttelte schmunzelnd den Kopf. »Dass er sich das gemerkt hat, verwundert mich dennoch. Ich erwähnte es nur ein einziges Mal vor vielen Jahren. Gefeiert habe ich dieses Ereignis seit meiner Kindheit nicht mehr. Ein Tag wie jeder andere.« Er sah sie an. In der Dämmerung wirkten seine Augen noch dunkler. »Dein Geburtstag ist im März, nicht wahr?«

Liliana nickte. »Am 5. März. Bisher war es uns nicht vergönnt, diesen Tag zusammen zu verbringen.« Sie lächelte. »Aber heute feiern wir den deinigen. Ich habe ein Geschenk für dich.«

»Du bist mir Geschenk genug.«

Sie stupste ihn auf die Nasenspritze. »Verwöhne mich nicht mit zu vielen Komplimenten, ansonsten werde ich diese vermissen, wenn sie nach der Heirat nachlassen.«

»Das wird niemals geschehen.«

Sie griff in ihre Tasche, holte ein gefaltetes Blatt Papier hervor und überreichte es Finlay.

Der setzte sich blinzelnd im Bett auf. »Was ist das?«

»Das Geschenk, von dem ich sprach.«

Finlay runzelte die Stirn und faltete das Pergament auseinander. Darauf befand sich in Tinte eine Zeichnung.

»Was soll das darstellen? Eine Kuh?«

Liliana stieß ihn gegen die Schulter. »Du bist gemein! Das ist ein Pferd. Siehst du nicht die lange Mähne?«

»Ich verstehe nicht ...«

Sie seufzte laut. »Grundgütiger! Quintus. Es ist Quintus.«

Finlay riss die Augen auf. »Du meinst ...?«

Liliana nickte fröhlich. »Ja, ich habe es mit Effie besprochen. Er gehört dir.«

Er schnappte nach Luft. »Das ... das müsst ihr nicht tun!«

»Wir wollen es aber. Beide. Glaube mir, ich musste sie nicht lange überreden. Sie ist froh, wenn der Hengst in gute Hände kommt. Er kann auch gerne auf dem Gut bleiben und bei den Wallachen stehen, dort ist genug Platz.«

Finlay strahlte über das ganze Gesicht. Er zog sie in die Arme und drückte sie an sich. »Danke! Wenn er ein Geburtstagsgeschenk von dir ist, bedeutet mir dieses Tier nur noch mehr.«

***

Am darauffolgenden Tag besuchte Liliana ihre Tante auf der *Nemesis*, um mit ihr und Grace die letzten Vorbereitungen der Hochzeit zu besprechen. Ihr Herz klopfte vor Aufregung wie verrückt. Übermorgen würde es so weit sein!

Als sie fertig waren, wischte sich Effie mit der Hand über die Stirn. »So, lass uns an Deck gehen an die frische Luft, mir ist ganz schummrig.«

»Du solltest etwas trinken«, mahnte Liliana sie.

»Du klingt, als hätten wir die Rollen getauscht.« Effie lachte. »Aber du hast recht, ich habe noch gar nichts gegessen oder getrunken heute. Das hole ich gleich nach.«

»Sollte ich nicht diejenige sein, die vor Aufregung nichts herunterbringt?« Seltsamerweise verspürte Liliana tatsächlich in den vergangenen Tagen einen guten Appetit.

An Bord empfing sie die späte Sommersonne.

»Wird euer Pastor es denn rechtzeitig schaffen?«, fragte Effie.

Liliana lachte. »Ja. Ansonsten wäre ich sicher nicht so gelassen. Bereits letzte Woche kam ein Brief von Mr Matthews. Er war sehr gerührt über unsere Anfrage und wird zur Hochzeit kommen.«

Effie lächelte und nahm erneut ihre Hände. »Ich freue mich so für euch. Auch, dass Jack endlich kleinbeigegeben hat.«

»Ich gebe nicht *kleinbei*«, ertönte eine Stimme hinter ihnen und sie drehten sich beinahe gleichzeitig um. Ihr Vater stand da mit verschränkten Armen und hob wie zynisch eine Braue. »Ich besitze lediglich die Fähigkeit, mein Bild der Dinge neuen Erkenntnissen anzupassen. Das nennt man Einsicht und es erfordert einen gewissen Grad an Geistesgabe.«

Effie trat auf ihn zu und schmiegte sich lächelnd an ihn. »Du hast wie immer recht und dafür liebe ich dich.«

Jack schmunzelte und legte den Arm um sie. Sein Blick wanderte zum Pier und er runzelte die Stirn.

Liliana sah ebenfalls in die Richtung, erkannte jedoch nichts Ungewöhnliches, nur das normale Treiben im Hafen. »Was siehst du?«

»Die Kutsche dort, ist das nicht Richards?« Er verengte die Augen. »Ja, es ist auch Mr Miller, sein Kutscher. Kommen die beiden heute bereits? Lass uns nachsehen.«

Liliana folgte ihm und Effie mit einem deutlichen Magendrücken. Seit dem letzten Besuch in Bath hatte sie nichts mehr von ihrer Mutter gehört. Wie hatte Richard ihr die Geschichte erzählt, wie hatte Eliza es aufgefasst? Sie hoffte inbrünstig, dass es nur der General war, der in der Kutsche saß, und nicht etwa Eliza. Sie befürchtete jedoch, dass beide bereits für die Feierlichkeit angereist waren. Wenigstens war ihr Vater bei ihr, bei ihm fühlte sie sich vor den Angriffen ihrer Mutter geschützt.

Am Pier angekommen, bestätigten sich ihre Befürchtungen. Eliza trat aus der Kutsche. Allerdings alleine. Richard war nicht mitgekommen. Lilianas Hoffnung, ihre Mutter wolle vielleicht endlich Frieden schließen, verpuffte bei dem giftigen Blick, den die ihnen zuwarf.

»Hallo Eliza, schön dich zu sehen«, begrüßte Effie sie. Das Unbehagen über die Mimik ihrer Schwester stand ihr ins Gesicht geschrieben.

»Da habe ich ja alle Verräter zusammen, sehr schön.« Eliza trat vor Jack und hob stolz das Kinn. »Du glaubst doch nicht allen Ernstes, du würdest mit deinem widerlichen Plan gegen mich durchkommen?«

Jack runzelte verständnislos die Stirn. »Wovon um alles in der Welt faselst du? Ich habe ganz gewiss keine Pläne, die deine Person einschließen.«

Elizas Blick glich dem einer Schlange. »Tu nicht so überheblich und unwissend. Erst gibst du meine Tochter an einen dahergelaufenen Piraten, der ihr den Hof machen soll, was bei dem naiven Kind auch noch gelang – dank Effies *freizügiger* Erziehung.« Sie rollte die Augen. »Dann erzählst du zu allem Überfluss auch noch Richard von uns und stellst mich als erbärmliche Lügnerin dar!«

Was der Wahrheit entspricht, dachte Liliana, sprach es aber nicht aus. Sie wagte kaum, sich zu rühren, und beobachtete stumm die Szene.

Effie stand mit offenem Mund neben ihr; ihr schien es ähnlich zu gehen. »Liz«, versuchte die nun zaghaft, die Situation zu entschärfen. »Lass uns doch an Bord gehen und alles in Ruhe besprechen.« Sie ergriff den Arm ihrer Schwester, doch die riss ihn wütend fort.

»Schweig! Zu dir Verräterin komme ich auch noch! Keine zehn deiner Gäule könnten mich dazu bringen, diesen widerlichen, nach Fisch stinkenden Kahn zu betreten! Ich bin doch nicht lebensmüde!«

Jack verengte die Augen. »Was willst du hier? Nur deinen Jähzorn verbreiten?«

»Ich will, dass du endlich und endgültig aus meinem Leben verschwindest!«, fauchte Eliza und zeigte drohend mit dem Finger auf seine Brust. »Und da du dies nicht freiwillig tust, werde ich selbst dafür sorgen, dass es geschieht. Die *HMS Earl* gilt als vermisst und ich weiß ganz genau, dass du sie versenkt hast! Das war ein gewaltiger Fehler. Du hast dich mit etwas zu vielen mächtigen Personen angelegt in deinem Leben. Das kommt davon, wenn man den Hals nicht voll genug bekommen kann. Doch nun wendet sich das Blatt. Du wirst vor mir am Boden kriechen! Ich werde dich in den Dreck werfen, wo du hingehörst.« Ihr abfälliger Blick wanderte zu Liliana. »Da du ja so gerne an seiner Seite sein wolltest, darfst du gemeinsam mit ihm untergehen. Von mir brauchst du keine Hilfe erwarten. Ich habe keine Tochter mehr!«

Jack überkreuzte die Arme. »Bist du fertig?«

Elizas Blick schoss zu ihm wie ein giftiger Pfeil. »Nein!« Sie drehte sich zu Effie und zeigte mit dem Finger auf diese. »Du treulose Schwester und Verräterin unserer Familie wirst meine Rache ebenfalls zu spüren bekommen. Glaubst du ernsthaft, einen tollen Fang gemacht zu haben mit dem von mir abgelegten Liebhaber? Beabsichtigtest du gar, mir diesen Verbrecher triumphierend vor die Nase halten zu können? Nur, weil du in deinem Leben selbst versagtest? Sein Geld wird dir nicht mehr helfen. Ich werde ihn ruinieren und dich dazu! Richard wird jeden Penny zurückfordern, den du für Liliana erhalten hast, und das ohne Aufschub. Du wirst das Landgut und deine Gäule verkaufen müssen und obdachlos sein. Da wird es sich zeigen, ob dein schöner Kapitän es noch lange mit dir aushalten wird oder du im Armenhaus landest!« Sie warf den Kopf in den Nacken. »Eine angenehme Hochzeitsfeier wünsche ich.« Mit einem hämischen Grinsen und ohne eine Antwort abzuwarten, stieg sie in die Kutsche, die daraufhin losfuhr.

Liliana stand nur mit offenem Mund da und schnappte nach Luft. Sie sah zu Effie, die geisterhaft blass war. Auf einmal verdrehte ihre Tante die Augen und sackte zusammen wie eine Stoffpuppe. Jack reagierte sofort und fing sie auf, bevor sie mit dem Kopf auf das Pflaster aufschlagen konnte.

»Effie!«, rief Liliana entsetzt.

Jack nahm sie auf die Arme. »Komm, lass uns an Bord gehen.«

Liliana folgte ihm zurück auf das Schiff. Ove rannte ihnen entgegen, als er die bewusstlose Effie auf dem Arm seines Kapitäns sah. »Was ist passiert? Ist sie verletzt?«

»Nein, sie hat einen Schwächeanfall. Schicke bitte Tai in meine Kajüte.«

Der Norweger nickte. »Aye, Kapitän.«

Liliana schwieg. Auf dem Weg durch den hölzernen Gang, in dem es nach Teer und Wachs roch, wagte sie es, das eben Gehörte so langsam an sich heranzulassen. Eliza würde ihnen das Gut nehmen? Eine gesellschaftliche Hetzjagd auf Vater veranstalten? Ihre Tochter aberkennen?

Nur aufgrund verletzten Stolzes? Weil etwas nicht nach ihrem Willen funktionierte?

Konnte ein Mensch derart grausam sein?

Sie selbst hing sehr an dem Gut und den Tieren, aber für ihre Tante war es ihr Leben ... ihre *Welt!*

Jack bettete Effie behutsam auf ihr Lager. Sie war noch immer blass, atmete aber gleichmäßig.

Liliana schwieg. Sie wusste nicht, über was sie sprechen sollte ... Eliza hatte bereits alles gesagt.

Der Schiffsarzt Tai Nguyen kam schnellen Schrittes in den Raum. Jack trat zur Seite und er setzte sich ans Bett und untersuchte sie. »Was ist passiert?«

»Sie hat eine schlimme Nachricht bekommen und wurde ohnmächtig«, sagte ihr Vater. Sein Gesicht blieb ausdruckslos, doch Liliana wusste, wie zornig er über Elizas Anfeindung war. Sie kannte ihn zu gut.

Tai nickte. Er schnürte ihr Mieder auf, damit sie besser Luft bekam, rollte dann die Decke zu einer Rolle und lagerte ihre Beine darüber.

»Was ist mit Riechsalz?«, fragte Liliana vorsichtig.

Tai schüttelte den Kopf. »Das ist Unfug.« Er tätschelte Effie gegen die Wangen. »Miss Preston? Hören Sie mich?«

Ihre Tante regte sich. Langsam öffnete sie die Augen, ihre Gesichtsfarbe normalisierte sich. Jack setzte sich zu ihr und ergriff ihre Hand. Der Arzt stand auf, um ihm Raum zu geben.

Effie blinzelte. »Jack?«

Er strich ihr über die Wangen. »Wie geht es dir?«

»Wo bin ich?«

»In meiner Kajüte. Du wurdest ohnmächtig.«

»Meine Güte, wie unangenehm.« Sie wollte aufstehen, doch der Arzt schüttelte den Kopf.

»Bitte bleiben Sie noch eine Weile liegen, bis sich Ihr Blutdruck normalisiert hat, Miss Preston. Sie waren im Schock.«

Effie schluckte und sank zurück in das Kissen. Ihr Blick wanderte zu Liliana und sie schien sich zu erinnern. »Das wird sie nicht wirklich tun, oder?« Ihre Augen füllten sich mit Tränen.

Liliana spürte mehr Zorn als Trauer. Wie unbewusst ballten sich ihre Hände zu Fäusten. »Doch, ich fürchte, sie wird ihre Drohung wahrmachen.«

»Dann muss ich das Gut verkaufen?«

Jack winkte ab. »Das steht noch nicht fest. Ich werde versuchen, mit Richard zu sprechen.«

»Das wird nichts nutzen, er steht unter ihrem Bann.«

»Dann zahle ich …«

»Nein, Jack!« Effies Stimme gewann an Kraft. »Ich möchte dein Geld nicht. Wenn sie ihren Plan in die Tat umsetzt, dann wirst auch du Probleme bekommen. Soll sie das Gut verkaufen, wenn sie dann glücklich ist.« Sie schluchzte.

»Noch müssen wir gar nichts entscheiden.« Ihr Vater erhob sich. »Wir werden uns erst einmal ganz in Ruhe um Lilianas Hochzeit kümmern und uns diesen Tag nicht von dieser Furie verderben lassen! Dann findet sich schon eine Lösung. Wäre doch gelacht!«

Effie nickte.

Ein enges Band schnürte sich um Lilianas Kehle und sie blickte ihre Tante verzweifelt an. »Vielleicht sollten wir die Heirat verschieben, bis alles geklärt ist?«

»Kleines!« Effie richtete sich auf. »Komm zu mir.«

Liliana setzte sich neben sie auf das Bett und ihre Tante schloss sie fest in die Arme. Sie konnte die Tränen nicht mehr zurückhalten.

»Weine nicht«, sagte Effie mit sanfter Stimme. »Es tut mir so leid. Ich wollte nicht, dass ein Schatten über deinem Ehrentag liegt. Verschieben ist Unsinn, solange meine Schwester lebt, wird sie weiter keifen und ihr Gift versprühen. Sie ist selbst unglücklich, obgleich sie alle Zutaten für ein erfülltes Leben zugänglich gehabt hatte, und erträgt es nicht, wenn andere Freude empfinden. Macht sie allen anderen deren Leben schwer, muss sie sich selbst nicht so elend fühlen.« Sie löste sich und sah Liliana fest in die Augen. »Ihr beide heiratet am Samstag wie geplant, verstanden? Lassen wir Eliza nicht gewinnen. Im Gegenteil, wir werden derart laut und fröhlich feiern, dass sie es bis nach Bath hört. Als kleine Rache für ihre Bosheit. Um die anderen Dinge können wir uns danach noch kümmern. Wer weiß, ob sie es überhaupt wahr werden lässt.«

Liliana zwang sich zu einem Lächeln. Der Schatten war leider vorhanden, ganz gleich, wie sehr man ihn ignorieren wollte. Dies war keine unüberlegte Reaktion seitens ihrer Mutter gewesen, dafür war zu viel Zeit vergangen. Es musste nach dem Gespräch mit Richard in ihr geschwelt haben wie eine versteckte Glut, die mit genug gehässiger Nahrung schließlich Flammen warf.

Aber sie gab ihrer Tante recht: Eliza durfte es nach all dem, was sie bereits versucht hatte, nicht doch noch schaffen, ihre Hochzeit zu verhindern.

Jack klatschte mit der Faust in seine Handfläche. »Es reicht, ich werde das endgültig regeln!«

Liliana sah ihn erschreckt an. »Wie meinst du das?«

»Ich werde Eliza einen Besuch abstatten, so kann sie uns nicht einfach abspeisen!« Sein Blick wurde derart finster, dass es Liliana kalt den Rücken hinunterlief.

Auch Effie wurde wieder blass. »Jack, bitte, lass es ruhen!«

»Schaut mich nicht so an, was denkt ihr denn?« Er schüttelte den Kopf. »Ich beabsichtige, sie zur Rede zu stellen, nicht, sie aus der Welt zu räumen.«

Effie atmete erleichtert auf.

Jack seufzte. »Effie, ich bitte dich. Kennst du mich so wenig? Ich tue keiner Frau etwas an, nicht einmal derartigen Hexen. Ich verabscheue lediglich, wenn jemand vom Tisch aufspringt, ohne ihn ordentlich abzuräumen. Solch einen ungeklärten Ballast herumzutragen, gerade vor Lilianas Heirat, missfällt mir.«

Liliana sah ihn entschlossen an. »Ich werde mit ihr reden.« Ihr Herz schlug ihr bei den Worten bis zum Hals.

Jack blickte sichtlich verwundert.

»Ich werde zu ihr fahren«, fuhr Liliana mit fester Stimme fort. »Dies ist meine Angelegenheit. Es geht hier um mein Leben, das sie zerstören will, um meinen Verlobten und meine Hochzeit. Tante Effie und du sind lediglich ins Kreuzfeuer geraten. Ich werde mir von Mutter nicht mehr wort- und tatenlos mein Leben bestimmen lassen, sie muss endlich begreifen, was sie anderen antut.«

Sie dachte an den Moment auf der *Alecto*, als die gesamte Mannschaft ihr den Rücken gestärkt hatte. Ja, sie wollte sich den Männern würdig erweisen und endlich für ihr Glück einstehen. Sie fühlte sich auch ihrer Tante gegenüber schuldig, die so viel für sie getan hatte und deren Welt – das Landgut – nun zerstört werden sollte. Jetzt lag es an ihr, etwas davon zurückzugeben.

Ihr Vater betrachtete sie lange. »Eliza ist meine Verantwortung und will sich auch an mir rächen mit diesem Rundumschlag, dies ist offensichtlich.« Sein Blick wurde sanft. »Bist du sicher, dass ich nicht mitkommen sollte?«

»Ja, das bin ich.« Sie atmete tief durch und ballte die Fäuste, damit er nicht sah, wie ihre Hände zitterten. »Falls es scheitert, kann ich dir noch immer das Feld überlassen.« Sie lächelte schwach. Welch ein kläglicher Versuch ihrerseits, humorvoll zu sein.

Ihr Vater trat dicht vor sie und ergriff ihre Hände. Die Wärme seiner Finger ließen ihre Fäuste aufgehen wie Sonnenstrahlen die Blüten. »Eliza ist lange schon kein Gegner mehr für dich. Trage diese Gewissheit in deinem Herzen, wenn du vor sie trittst! Du machst mich sehr stolz.«

Liliana lächelte, ihr gesamter Körper bebte im Rhythmus ihres rasenden Herzschlags.

Bath, England

September 1786

Liliana hatte sich dazu entschieden, nach Bath zu reiten, anstatt eine Kutsche zu mieten. Ihr Vater ließ Candy holen, die junge Stute seines Freundes William Thompson, mit dem Damensattel von dessen Gemahlin. Sie merkte schnell, warum Finlay so von dem Tier geschwärmt hatte. Die ausgreifenden Galoppsprünge gaben Liliana das Gefühl dahinzuschweben. Mit ihrem langen Kleid, das sich über den Rücken des Pferdes legte und diesen beinahe ganz verdeckte, kam es ihr vor, als wäre sie mit dem Tier zu einem einzigen Wesen verwachsen. Dieses Glücksgefühl ließ sie jeden Kummer vergessen, zumindest vorübergehend.

Je näher sie Bath kam, desto dunkler wurde die Wolke über ihrem Gemüt. Die sensible Stute schien das zu spüren, sie schnaubte und spielte nervös mit den Ohren, als Liliana sie in flottem Schritt durch die Straßen der Stadt ritt.

Liliana atmete tief durch und bemühte sich, ihren Herzschlag ähnlich im Zaum zu halten wie ein temperamentvolles Pferd. Sie musste sich ihrer Mutter stellen. Eliza konnte nicht mit allem durchkommen!

Die Kutsche stand noch im Hof, als sie durch das Tor ritt. Sie waren offensichtlich im Schritt weniger schnell vorangekommen. Liliana übergab dem Stallknecht ihr Pferd und die Gerte und klopfte im Takt ihres schlagenden Herzens energisch gegen die Eingangstür.

Marylin öffnete und blickte sie fragend an, doch sie lief an ihr vorbei in den Flur.

»Mutter?«, rief sie. »Wo bist du? Ich muss mit dir reden!«

Eliza trat aus der Tür des Kaminzimmers. Ihre Augen waren gerötet, offenbar vom Weinen, doch die Mimik schwankte von Überraschung zu Zorn. »Was machst du hier? Ich sollte dich auf der Stelle des Hauses verweisen!« Sie blickte furchtsam an Liliana vorbei zur Tür. »Ist dieser Mann auch ...?«

»Nein, ist er nicht, wen auch immer du meinst. Ich bin allein gekommen«, fiel Liliana ihr mit fester Stimme ins Wort. »Ich möchte mit dir unter vier Augen über deinen Ausbruch vorhin sprechen.«

Die Überraschung im Gesicht ihrer Mutter zu lesen, gab ihr Mut. Eliza hatte offensichtlich nicht damit gerechnet, dass ihre Tochter kommen und sie zur Rede stellen würde. Doch nach wenigen Sekunden fing sie sich und ihr Gesicht nahm wieder einen gefassten Ausdruck an. Sie hob das Kinn und blickte Liliana herablassend an. »Nun schön, dann komm mit ins Kaminzimmer. Marylin! Mach uns einen Tee.«

»Jawohl, Madam.«

Liliana erschrak über die Stimme hinter ihr. Sie hatte nicht damit gerechnet, dass das Hausmädchen noch da war. Aber natürlich hatten sie mit dieser Szene deren Neugier geweckt. Eliza schickte sie sicher nur deswegen einen Tee machen, damit sie nicht lauschen konnte.

Sie folgte ihrer Mutter in das Kaminzimmer. Der Gedanke, dass diese Frau hier vor nicht allzu langer Zeit noch ihren Verlobten verführen wollte, bevor sie ihn dem sicheren Tod auslieferte, bereitete ihr Übelkeit.

Eliza setzte sich auf das Sofa und sah sie mit gerümpfter Nase an. »Was willst du? Es ist alles gesagt.« Ihre noch geröteten Augen und aufgedunsenen Lider schimpften den kühlen Ton Lüge.

Liliana blieb stehen. »Mir geht es nicht alleine um mich, sondern um Tante Effie. Sie hatte einen Schwächeanfall nach deiner gemeinen Attacke. Sie hat so viel für dich getan, ihr Leben für Großvaters Gut geopfert, sich um mich gekümmert, damit du dich entfalten konntest. Warum tust du deiner Schwester das an? Warum bist du derart grausam? Was hat sie dir je getan?«

»Bist du nur gekommen, um mir Vorwürfe zu machen? Das sieht dir ähnlich, du undankbares Kind.«

Liliana fühlte sich wie vor den Kopf geschlagen. »Was hast du erwartet nach deinem Ausbruch? Dass ich reumütig um Verzeihung bitte?«

Elizas echauffierter Blick bestätigte genau dies. Liliana schüttelte verständnislos den Kopf.

»Du hast es offenbar noch immer nicht begriffen«, sagte ihre Mutter mit einem Seufzen.

»Das stimmt.« Liliana atmete tief durch. Sie schloss kurz die Augen, schluckte mit aller Kraft ihren Zorn hinunter und setzte sich neben ihre Mutter auf das Sofa. Ihr Rücken blieb gerade. Auf keinen Fall wollte sie wie ein eingeschüchtertes Kind wirken. »Nun gut. Dann erkläre es mir. Schlimmer kann es zwischen uns nicht mehr werden. Was trieb dich zu diesen Taten? Ich würde das tatsächlich gerne verstehen, denn bisher ist es mir unmöglich.«

Elizas Brauen hoben sich pikiert, doch dann löste sich ihre angespannte Mimik wie eine herabfallende Maske. Sie wirkte auf einmal erschöpft und wie um Jahre gealtert. »Weshalb fragst du das? Warum bist du hier? Ihr habt euch doch alle niemals um mein Wohlergehen gekümmert.«

Liliana stutzte. Diese Anschuldigung überraschte sie. »Wie meinst du das?«

»Jetzt tu nicht so, als ob ich dir auf irgendeine Weise wichtig wäre«, fauchte ihre Mutter. »Du hast ja keine Ahnung, was es bedeutet, als Frau alleine im Hafen mit einem Kind zu sitzen, von einem Moment auf den anderen nicht mehr begehrenswert zu sein, nur noch ein finanzieller Aufwand. Ich opferte alles für dich! Aber sobald dein Vater von seinen Reisen kam, war ich vergessen. Du sahst nur ihn, vergöttertest ihn regelrecht. Obwohl er dich und mich stets für Monate alleine ließ!«

Liliana versuchte, nicht von ihren Gefühlen übermannt zu werden. Sie war innerlich aufgewühlt, aber auch verunsichert. Waren die Tränen ihrer Mutter echt oder gespielt?

»Ich war ein Kind! Ich habe mir nicht ausgesucht, von dir geboren zu werden!« Immerhin war ihre Mutter hier die Unvorsichtige gewesen! Genau wie ihr Vater, der ebenfalls eine Teilschuld trug, aber er hatte sich zumindest der Verantwortung stellen wollen. Insgeheim war sie in diesem Moment stolz auf sich, bisher abgewartet zu haben, mit Finlay intim zu werden, auch wenn es schwergefallen war. Die Gefahr einer unehelichen Schwangerschaft war einfach zu groß. Es war möglich, dies zu vermeiden, sofern niemand Gewalt anwendete, aber man sollte nie das Kind zur Verantwortung ziehen.

Sie sprach diese Gedanken jedoch nicht aus. Es erschien ihr unsinnig, hier die Frage der Schuld zu stellen.

Stattdessen blickte sie ihrer Mutter weiter fest ins Gesicht. Innerlich entschlossen, für ewig getrennte Wege zu gehen, sollte sie Finlay nicht akzeptieren.

Eliza erwiderte ihren Blick, die rehbraunen Augen verengt und ihre Lippen zu einer dünnen Linie zusammengepresst. Die Mimik erinnerte Liliana an die zornigen Tadel von früher und der irrationale Drang, im Sitz zusammenzusinken wie damals, überkam sie. Liliana bemühte sich, den Rücken gerade zu lassen und den Kopf nicht zu beugen. Immerhin hatte sie sich bereits auf einem Segelschiff unter harten Männern behauptet. An ihre Erfahrungen kamen die ihrer Mutter niemals heran, rief sie sich in Erinnerung. Die Stimme ihres Vaters erklang in ihrem Geist: Eliza ist lange schon kein Gegner mehr für dich!

Ihre Mutter schien die Veränderung bei Liliana zu bemerken, schließlich war sie es, die ihre Augen senkte und die angespannte Haltung löste. Ihre Finger rangen im Schoß miteinander. »Meine größte Angst ist, dass du eines Tages so enden würdest wie ich«, sagte sie leise. »Ich wollte dich immer nur in Sicherheit wissen. Auch finanziell. Doch bevor ich das konnte, tauchte Jack erneut auf und nahm dich mir weg ... und meine Schwester ebenfalls. Ich war krank vor Sorge um euch den gesamten Sommer über! Zu allem Überfluss kehrtest du zurück mit einem ... einem *Seemann*!« Sie holte ein Taschentuch hervor und tupfte sich Augen und Nasenspitze, denn mittlerweile liefen ihr ungehindert lautlose Tränen über das Gesicht. »Ich sah dich schon alleine im Hafen sitzen mit einem Kind auf dem Arm. Dich sorgen und trauern. Dieses Bild weckte so viele entsetzliche Erinnerungen in mir! Ich konnte das nicht zulassen! Verstehst du das nicht? Ich konnte nicht!«

»Und deswegen plantest du eine Intrige, die meine große Liebe in den sicheren Tod schickt? Nur, weil er deiner Ansicht nach die falsche Profession verfolgt? Du kennst ihn nicht einmal richtig! Hast ihm nie eine Möglichkeit zu geben, sich zu bewähren.«

»Er sollte nicht sterben, nur nie wieder zurückkehren!« Sie presste die schmalen Lippen zusammen.

Liliana schnappte nach Luft über diese Skrupellosigkeit. »Ich liebe Finlay! Wenn er aus deinem Leben verschwinden soll, dann gemeinsam mit mir!« Sie hob stolz das Kinn. »Diesen Gefallen tun wir dir gerne, Mutter, sag es nur, und wir belästigen dich in Zukunft nicht mehr. Aber lass deine Gehässigkeiten nicht an Tante Effie aus. Sie kann für all dies nichts. Nimm ihr nicht das Landgut. Warum willst du deine Schwester ins Unglück stürzen? Nur aus gekränktem Stolz? Stoße sie nicht auch noch von dir fort.«

Eliza atmete tief durch. Sie drehte den Kopf und blickte zum Kaminfeuer. Liliana wartete geduldig, doch innerlich waren ihre Nerven gespannt. Die Furcht vor ihrer Mutter war verflogen, aber die um das Seelenheil ihrer Tante bestand noch immer.

Eliza straffte die Schultern und richtete den Blick wieder auf sie. »Ich will kein Unmensch sein. Ich denke, erst einmal kann alles so bleiben, wie es ist.«

Ein Hoffnungsschimmer glomm in ihr auf. »Das heißt, Effie muss das Gut nicht verkaufen?«

»Früher oder später wird sie das müssen, sollte sie weiterhin derart schlecht wirtschaften. Aber Richard wird nichts von ihr verlangen.«

Liliana atmete erleichtert aus. Ein Dank wollte ihr nicht über die Lippen kommen, das hatte ihre Mutter nach all dem nicht verdient und dazu hatten die Worte zu überheblich geklungen. Allerdings fasste sie sich ein Herz, auch wenn es ihr schwerfiel. »Wirst du zu unserer Hochzeit kommen?«

Eliza hob eine Augenbraue, ihre Mimik verspannte sich und wurde gewohnt herablassend, als setzte sie ihre Maske wieder auf. »Ich denke, wir benötigen alle erst einmal ein wenig Abstand nach all dem.«

Liliana nickte und erhob sich. »Dann werde ich dir nun geben, was du brauchst, und diesen Ort verlassen.«

Als sie wenig später mit Candy über die Felder trabte und den aufkommenden Nieselregen im Gesicht spürte, löste sich die Spannung der letzten Stunden von ihrem Herzen wie eine Kanonenkugel aus dem Lauf. Süße Freiheit! Sie gab ihren Gefühlen nach und lachte laut und herzhaft in den Wind. Wahrscheinlich verlor sie gerade den Verstand. Aber es fühlte sich herrlich an!

Bristol, England

September 1786

Am Tag der Hochzeit stand Liliana früh auf und machte sich pünktlich nach dem Frühstück auf den Weg zur *Nemesis*. Ihr Schlaf war kurz und unruhig gewesen, zu viele Gedanken schwirrten in ihrem Kopf herum. Wie würde der Tag verlaufen? Würde das Wetter mitspielen und das Essen genügen? Würde Mr Matthews rechtzeitig ankommen?

Einzig bei einer Sache war sie sich nach den vergangenen Wochen mehr als sicher: Sie wollte Finlay heiraten. Sie wollte diesen Mann mehr als alles andere auf der Welt.

»Bist du bereit?«, fragte Effie, als sie Lilianas zugeteilte Kabine auf der *Nemesis* betrat.

»Moment.« Liliana legte die kleine Holzschachtel auf den Tisch, die sie mitgebracht hatte, und öffnete sie.

Effie blickte staunend auf das darin liegende Schmuckstück mit den funkelnden Diamanten und schwarzen Perlen. »Ist das nicht die Kette, die Jack dir im letzten Jahr zu Weihnachten schenkte?«

Liliana nickte. »Sie gehörte seiner Mutter, meiner Großmutter.« Sie legte sich das kostbare Erbstück um den Hals.

Ihre Tante verschloss es, während Liliana ihre Haare im Nacken hochhielt. »Sie kleidet dich wirklich traumhaft.«

Effie half ihr beim Anziehen des Kleides. Es kam Liliana beinahe wie ein Ritual vor, die verschiedenen Teile von ihr gereicht zu bekommen. Jedes einzelne Stück lag wundervoll am Körper. Effie schnürte das Mieder aus Fischbein gerade so, dass es nicht zu fest war, aber dennoch stützte und ihre Haltung verbesserte. Danach steckte sie Lilianas Haare hoch und flocht kleine weiße Rosenknospen hinein. Die Prozedur dauerte lange und Liliana rutschte nervös auf dem Stuhl hin und her, bis ihre Tante genervt mit der Zunge schnalzte. Ihr Herz klopfte einfach zu schnell, um stillzuhalten.

Nach schier endlos langer Zeit war es vollbracht. Liliana stand auf und betrachtete sich im Spiegel. »Ich erkenne mich kaum wieder.«

Die Augen ihrer Tante glänzten im Schein der Sonne, die durch das Fenster strahlte. »Deine blauen Augen leuchten wie klare Seen unter den braunen Locken. Ach, ich freue mich so für dich.«

Es klopfte. »Liliana?«, hörte sie die Stimme ihres Vaters.

Effie ging und öffnete. »Wir sind bereit.« Sie wedelte sich Luft zu. »Ich bin den Tränen nahe, meine Kleine heiratet.«

Liliana drehte sich zu ihnen. Die blauen Augen ihres Vaters weiteten sich. »Du siehst wundervoll aus in dem Kleid und noch schöner mit der Kette meiner Mutter.« Er seufzte. »Viel zu gut für den Kerl!«

»Vater, bitte!« Sie warf ihm einen strengen Blick zu. »Keine Sticheleien. Nicht heute. Auch keinen Kommentar gegen den guten Pastor Matthews.«

Jack lächelte besänftigend. »Ich werde mich anstrengen.« Er reichte ihr den Arm. »Komm, bringen wir meine Folter hinter uns.«

Liliana hakte sich bei seinem starken Arm unter. »Ich bin so froh, dass du hier bei mir bist, jetzt mehr denn je ... und mich bei meiner Hochzeit führst. Davon habe ich immer geträumt als kleines Mädchen.«

Ihr Vater schwieg, doch sie erkannte, dass auch seine Augen feucht schimmerten.

Sie schmiegte sich an ihn. »Ich liebe dich!« Es kam von Herzen.

»Ich liebe dich auch, meine Kleine, ich bin froh, dass es dich gibt«, flüsterte er und atmete tief durch. »Das Übergeben der Tochter an den Bräutigam ist in der Tat kein leichtes Unterfangen. Dagegen sind die stärksten Stürme eine Nichtigkeit.«

»Ich fühle mich wie die glücklichste Frau der Welt.«

»Das ist auch gut so. Sollte es einmal nicht mehr so sein, werfe ich den Kerl kopfüber den Haien zum Fraß vor.«

Effie seufzte laut. »Jack!«

Er hob entschuldigend die freie Hand und führte Liliana dann aus dem Raum und auf Deck.

Sobald sie aus dem Eingang traten, begann Kai, auf seiner Querflöte eine feierliche Melodie zu spielen. Die

Matrosen nahmen ihre Kopfbedeckungen ab und standen stumm und ehrfürchtig Spalier. Den Schluss bildeten der blonde Hüne Ove gegenüber Grace und neben ihm Ezekiel, dem Duncan mit einem breiten Lächeln gegenüberstand.

Die Reling der Nemesis war mit weißen und roten Rosen geschmückt und mit hellen Tüchern behangen. Ein roter Teppich führte sie zu einem mit wundervoll dufteten ebenfalls roten Rosen verzierten Bogen, unter dem Finlay auf sie wartete. Neben ihm stand Gustav als Trauzeuge und vor den beiden Pastor Matthews mit der Bibel in der Hand. Effie reihte sich in die Menge ein und tupfte sich ununterbrochen mit einem Taschentuch die Augen trocken, doch ihre Tränen schienen nicht zu versiegen.

Alles war so elegant und feierlich, dass sich Liliana wie eine Prinzessin fühlte. Ihr Herz klopfte im Takt der Melodie, dann auf einmal immer schneller, als wolle es ihrem Brustkorb entfliehen und hinauf zu den Wolken steigen. Würde ihr Vater nicht ihren Arm halten, sie wäre womöglich selbst abgehoben, derart leicht fühlte sie sich.

Finlay trug seinen blauen Kapitänsrock mit goldenen Knöpfen und Manschetten und weiße Hosen. Seine halblangen blonden Haare waren mit einer schwarzen Schleife zu einem Zopf gebunden und leuchteten wie eine goldene Krone in der Sonne. Liliana ging das Herz auf, für sie war er der schönste Mann auf Erden, trotz der noch immer deutlich sichtbaren Narbe über der linken Wange.

Er drehte den Kopf zu ihr und sah sie ihm in dem langen, weißen Kleid entgegenkommen. Seine Augen weiteten sich und er schenkte ihr ein strahlendes Lächeln, das Liliana die Röte ins Gesicht trieb.

Sie traten vor ihn und Finlay streckte ihr seine Hand entgegen. Ihr Vater ließ ihren Arm jedoch nicht los, sondern warf ihm einen strengen Blick zu. Erst nach einigen Zögern übergab Jack Liliana ihrem zukünftigen Ehemann, aber es fiel ihm sichtlich schwer. Sie lächelte ihm dankbar zu und sah dann zu Finlay. Er drückte ihre Hand, sein Blick hielt sie fest, Liliana sah nur noch seine braunen Augen unter den hellblonden Strähnen, die Umgebung schien in einem Nebel zu versinken.

Erst ein leises Räuspern von Mr Matthews holte sie wieder in die Gegenwart. Liliana riss ihren Blick von Finlays Augen und beide drehten sich zum Pastor.

Der Mann lächelte sie fröhlich an. »Liebes Brautpaar, liebe Gäste. Wir haben uns heute hier zusammengefunden, um diese beiden Menschen vor Gott in das Bündnis der heiligen Ehe zu führen. Ich persönlich bin sehr glücklich und dankbar, dass mir diese Ehre zuteilwird. Habe ich doch lange um den Verbleib und das Wohlergehen dieses jungen Mannes gebangt. Eine solche wahre Liebe in den Augen des Brautpaars zu sehen, lässt mein Herz frohlocken.« Er richtete sich an Finlay. »Möchten Sie Ihr Versprechen geben, Mr Clark?«

Finlay drehte sich zu Liliana und nahm auch ihre zweite Hand. Der warme Blick seiner braunen Augen drang tief in ihr Herz, nicht weniger das bubenhafte Schmunzeln, das sie so an ihm liebte. »Lily ...« Seine Stimme brach und er musste sich räuspern. »Ich kann nicht in Worte fassen, was du mir bedeutest. Du hast nicht nur mein Herz erobert, sondern auch meinen Geist. Bevor ich dich kennenlernte, wanderte ich nur ziellos umher. Ich glaubte, zufrieden zu sein, hielt mich für frei und unabhängig, doch mein Innerstes blieb leer. Die Versuche, es mit Geld und Reichtum zu füllen, schlugen kläglich fehl. Dennoch hat die Suche nach Gold dich an mein Ufer schwemmen lassen und ich lernte, dass wahre Liebe durch kein Geld der Welt zu ersetzen ist.« Er lächelte. »Ich liebe dich, Liliana. Du hast mir den rechten Weg gewiesen, bist klug, einfühlsam und freundlich. Du bedeutest mir mehr als mein Leben, welches du wiederholt rettetest.«

Lilianas Herz brannte, sie bekam kaum Luft und sah ihn nur noch durch einen Tränenschleier.

Mr Matthews wandte sich an sie. »Miss Preston?«

Sie holte tief Luft und hoffte, die Worte, die sie sich überlegt hatte, noch herausbringen zu können. »Ich ...«

Als sie gerade ansetzte, hörte sie eine bekannte Stimme ihren Namen rufen: »Lily!«

Sie drehte sich um und erblickte Eliza die Reling entlang auf sie zu treten. Einige Schritte dahinter stand Richard und wartete in zurückhaltendem Abstand.

Lilianas Herz setzte einen Schlag aus und sie öffnete erstaunt den Mund. Ihr wurde heiß und kalt. Was wollte ihr ihre Mutter noch antun? Ihre Hochzeit doch noch verhindern? Nein, das würde sie niemals zulassen!

Die beinahe flehende Miene ihrer Mutter sprach allerdings gegen diese Vermutung. Eliza trat auf sie zu und hielt ihr mit Tränen in den Augen die Hände entgegen. »Liliana – mein Kind«, flüsterte sie mit rauer Stimme. »Ich bitte dich ... *euch* aus tiefstem Herzen um Verzeihung. Wenn du es erlaubst, würde ich doch gerne an deinem großen Moment teilhaben. Bitte gestatte mir dies.«

Liliana stiegen die Tränen in die Augen vor Glück und Erleichterung. Sie warf einen fragenden Blick auf Finlay, der ihr mit sanfter Mimik zunickte. Liliana lächelte ihre Mutter verzeihend an und hielt ihr die Hand hin. Eliza nahm sie mit beiden Händen und drückte sie fest. Tränen der Freude liefen über ihre Wangen. Eliza löste sich wieder von ihr und wich höflich zurück.

Liliana atmete tief durch und fühlte sich so leicht, als könnte sie abheben. Sie blickte wieder nach vorn zu dem Pastor, der geduldig wartete, aber sie auffordernd ansah.

Wo war sie stehengeblieben? Ach ja, der Schwur …

»Ich …« Der Nebel drang in ihren Kopf und alles drohte zu verschwimmen. Sie sah nur noch Finlays dunkle Augen vor sich, wie ein Licht, das sie aus der Dunkelheit leitete. »Finlay. Die Umstände unserer ersten Begegnung waren sicher nicht die besten. Aber auch du rettetest damals mein Leben und bereits nach kurzer Zeit und unseren Gesprächen spürte ich eine Verbindung zwischen uns. Deine aufgeschlossene und einfühlsame Art und die Fähigkeit, Dinge zu hinterfragen, begeisterten mich. Was wir zusammen erlebten, ließ mich meine Entscheidung nur festigen, trotz des heftigen Gegenwindes aus jeglichen Richtungen. Ich weiß nun, wonach ich suchte die ganzen Jahre. Du gibst mir Halt und Stütze, du füllst mein Leben und mein Herz aus. Ich liebe dich, Finn, ich möchte mit dir gemeinsam den Rest meines Lebens verbringen.«

Pastor Matthews lächelte. »Dann frage ich Sie nun. Mr Finlay Sebastian Clark, wollen Sie diese hier befindliche Miss Liliana Preston zu Ihrer angetrauten Ehefrau nehmen, sie lieben und ehren, bis dass der Tod Sie scheidet?«

»Ja, das will ich.«

»Miss Liliana Preston, wollen Sie Mr Finlay Clark zu Ihrem Ehemann nehmen, ihn lieben und ehren, bis dass der Tod Sie scheidet?«

»Ja.« Ihr Herz machte einen Sprung.

»Dann erkläre ich Sie im Namen unseres Herrn und mithilfe des mir auferlegten Amtes zu Mann und Frau.«

Finlay nahm ihren Kopf in seine Hände und küsste sie sanft auf den Mund. In Lilianas Bauch tanzten die Schmetterlinge bei dieser Berührung. Die Mannschaft um sie herum jubelte laut.

Matthews lachte amüsiert auf. »Ja, das wollte ich noch vorschlagen. Sie kamen mir zuvor.«

Als sie sich wieder lösten, trat Effie zu ihr und umarmte sie weinend. »Meine Kleine! Das ist alles so wundervoll!« Sie betrachtete Liliana von oben nach unten. »Meine *Große*«, berichtigte sie lachend.

Eliza trat vorsichtig zu ihnen. Sie lächelte und hatte noch immer Tränen in den Augen. Liliana breitete die Arme aus und Eliza drückte sie fest an ihre Brust. »Meine Tochter«, schluchzte sie. »Es tut mir leid. Ich bereue meinen Ausbruch zutiefst.« Sie sah zu Effie. »Auch bei dir entschuldige ich mich. Natürlich darfst du das Gut behalten! Ich hätte kein Recht dazu, es dir abzunehmen.«

Effie nickte nur, sie schien ihrer Schwester die Drohung noch immer übel zu nehmen.

Liliana drückte ihrer Mutter die Hand. Sie wollte heute keine düsteren Gedanken an sich heranlassen.

Eliza wandte sich an Finlay, ihre Haltung wirkte noch immer steif. »Ich verlange nicht, dass Sie mir verzeihen, Mr Clark. Doch falls Sie eines Tages Vergebung für das, was ich Ihnen antat, in Ihrem Herzen finden können, würde mich das sehr freuen.«

Finlay atmete tief durch. »Das vermag ich nicht zu versprechen, aber ich akzeptiere die Beweggründe hinter Ihren Taten. Sie wollten Ihre Tochter vor allem Übel schützen und dies ist etwas, das ich sehr gut nachempfinden kann, denn mir geht es ebenso.«

Eliza nickte. »Das freut und beruhigt mich zu hören.«

Gustav kam auf sie zu und Eliza hob erstaunt die Brauen. »Mr Fischer? Sie hier?«

»Gustav Homeyer, der Name.« Der junge Preuße verbeugte sich und lächelte breit. »Sie verwechseln mich mit meinem Zwillingsbruder, werte Dame, der einen anderen Nachnamen trägt, da wir getrennt aufwuchsen.«

Eliza blickte derart überrumpelt, dass Liliana es innerlich feierte, wie Gustav sie mit der Unschuldsmiene eines Chorknaben aufzog. Ganz vergeben konnte sie ihrer Mutter noch nicht.

Elizas Blick wanderte zwischen den beiden hin und her. Schließlich gab sie sich geschlagen und drückte seufzend ihren Handrücken gegen die Stirn. »Ich überlasse dich nun deinen Freunden und werde mit Richard zurück nach Bath fahren.«

Liliana lächelte ihr zu. »Ich freue mich, dass du gekommen bist.« Sie meinte es ernst, sagte jedoch absichtlich nicht Danke. Immerhin war ihre Mutter erschienen und hatte um Verzeihung gebeten, was sicher eine große Überwindung für Eliza gewesen war. Ob ihre

Beweggründe nun ehrliche Reue oder Bedenken um ihren Ruf waren, wollte Liliana nicht wissen. Nichts und niemand sollte ihr heute den Tag verderben.

Ihre Mutter nickte, es wirkte noch immer angespannt. »Ich mich auch.« Sie winkte ihnen zu, warf noch einen sichtlich irritierten Blick auf Gustav und ging dann davon.

Gustav ignorierte das völlig. »Ihr beide seid ein solch traumhaftes Paar.« Seine Augen glänzten. »Ich liebe Dramen mit einem glücklichen Ende. Davon sollte es viel mehr geben!«

Finlay hob die Brauen. »Du hast kein Zitat bereit? Wie ungewöhnlich?«

Gustav schmunzelte. »Da kennst du mich schlecht mein Freund, gerade über Liebe ließen sich die Poeten der Weltgeschichte im höchsten Maße aus.« Er breitete die Arme aus. »Fühl alle Lust, fühl alle Pein; zu lieben und geliebt zu sein. So kannst du hier auf Erden; schon ewig selig werden.«

Finlay lachte und klopfte ihm auf die Schulter.

Matthews stand noch immer vor ihnen und rümpfte gespielt empört die Nase. »Über die Behauptung des weltlichen Seligwerdens müssen wir noch diskutieren, Mr Homeyer.«

Gustav grinste breit. »Das machen Sie besser mit dem Urheber Herrn Jakob Lenz aus, ich zitierte lediglich.«

Kurz danach wurden sie und Finlay von weiteren Gratulanten umringt. Liliana wusste gar nicht mehr, wen sie als nächstes an sich drücken sollte. Sie weinte mittlerweile gänzlich vor lauter Rührung und Freude.

Sie wollte gerade eine Bemerkung Finlay gegenüber machen, sah ihn jedoch nicht mehr neben sich. Die Menge an Gratulanten hatten sie auseinandergetrieben wie eine Meeresströmung.

Finlay

Finlay konnte sich vor Händeschütteln und Schulterklopfen kaum retten, von jeder Richtung rieselte es Gratulationen. Ihm selbst kam all dies noch immer unwirklich vor. Auch, wenn er die vergangenen Monate eng mit Liliana zusammen erlebt hatte und sich sicher war, den Rest seines Lebens mit ihr zu verbringen, war der Gedanke, nun ein verheirateter Mann zu sein, noch befremdlich. Ein Ehemann zu sein, war ihm stets alt und bieder erschienen. Ein gesellschaftliches Joch mit Verpflichtungen und Verzicht, dem er sich als Freigeist nie hatte unterwerfen wollen. Liliana hatte all dies mit einem Schlag verändert. Der Gedanke, sein Leben mit ihr zu teilen, erfüllte sein gesamtes Sein mit Freude. Mit ihr würde das Leben gewiss nicht langweilig und eintönig werden. Es war kein *zur Ruhe kommen*, wie er stets befürchtet hatte, sondern eine weitere Reise und neue Abenteuer, nur nicht mehr allein.

»Hey, Kamerad!« Eine kräftige Hand landete auf Finlays Schulter. Er drehte sich um und sah Ove grinsend vor sich stehen. »Der ehemalige Schiffsjunge zieht sich die Tochter des Kapitäns an Land. Wer hätte das damals gedacht?«

Finlay lächelte. Er kam sich zum ersten Mal nicht wie ein Zwerg neben dem muskulösen Hünen vor. Ja, er war gewachsen, wenn auch nicht körperlich. »Das Leben verläuft häufig anders, als man es sich ausmalt.«

Der Norweger nickte. »Solange es gut läuft, sollte man sich nicht beschweren.« Er klopfte ihm auf den Rücken.

»Ich bin froh, dass du sozusagen wieder mit an Bord bist.«

»Ich auch. Es ist beinahe wie in alten Zeiten.« Auch, wenn er schon einige Jahre Kapitän war, fühlte er sich hier auf der *Nemesis* Jack zum ersten Mal ebenbürtig. Dieses Gefühl lag nicht darin begründet, dass er nun dessen Schwiegersohn war, sondern einzig allein an der Lehre, die Liliana ihm auferlegt, und dessen Prüfung er schließlich bestanden hatte.

»Auch ich gratuliere.« Kai trat zu ihnen und umarmte Finlay. »Ich freu mich für dich und wünsche euch beiden von Herzen alles Gute.«

»Danke. Ich weiß das zu schätzen.«

Der Zimmerer löste sich von ihm und lächelte. »Vielleicht können wir mal wieder einen trinken gehen zusammen? So auf früher?«

Finlay nickte. »Das würde mich sehr freuen. Auch, wenn wir die alte Geschichte hinter uns bringen können.« Die Distanz, die sie beide mit den Jahren aufgebaut hatten, belastete ihn mehr, als er zugeben wollte. Nun sah er die Gelegenheit, dies zu ändern.

Kai hob die Hände. »Vergeben und vergessen. Die Schuld trage ich alleine. Ich war jung und beleidigt, weil du nicht so bist, wie ich erhoffte.« Er zwinkerte ihm zu. »Dein Verlust!«

Finlay lachte über den Scherz, innerlich aber dankte er seinem alten Kameraden, dass er sein Angebot annahm und keine große Sache daraus machte.

Kai stieß ihn mit dem Ellbogen an und zog ihn zur Seite. »Ich habe ohnehin was viel Besseres als dich gefunden«, raunte er.

Finlay hob die Brauen. »Das gibt es?«, fragte er gespielt erstaunt.

»Aber gewiss. Wie Sand am Meer.« Kai grinste frech, wurde kurz darauf aber ernst. »Dort an der Reling steht er.« Der Zimmerer nickte mit dem Kinn in Richtung eines jungen Matrosen, der schüchtern herüberschaute und ihm zulächelte. »Das ist Will, er kommt hier aus Bristol.«

Finlay schmunzelte. »Hübscher Kerl. Ich freu mich für euch.«

»Leider dürfen seine Eltern das nie erfahren, sein Vater würde ihn umbringen.« Kais Blick trübte sich. »Immer diese Geheimhaltung. Was ist an Liebe falsch? Wir tun doch niemandem etwas. Es ist so ungerecht.«

Finlay legte ihm tröstend die Hand auf die Schulter.

Enrique trat grinsend hinzu und pfiff durch die Zähne. »Alle schauen auf die Braut, nur unser Flötenspieler flirtet mit dem Bräutigam.«

»Halt deine Klappe, Idiot«, fuhr Kai ihn scharf an.

Der Spanier hob abwehrend Hände und Brauen und trat einen Schritt zurück, als wäre Kai ein knurrender Wachhund. »Hey, alles gut, ich gehe schon. Weitermachen!« Er grinste frech und trollte sich.

Kai rollte die Augen. »Solche Sprücheklopfer muss man dazu noch ertragen.« Sein Schmunzeln zeigte Finlay jedoch, dass er den Spanier trotz seiner Neckereien mochte.

Finlay rieb sich die Hände. »Ich gehe wieder zu meiner Gemahlin, bevor sie sich noch einen anderen sucht.« *Meine Gemahlin!* Er war ein verheirateter Mann. Dieser Gedanke kam ihm erneut ungewohnt vor.

Kai nickte. »Wie gesagt, die Einladung steht.«

»Danke, ich werde ganz sicher darauf zurückkommen.«

Er hielt im Tumult nach Liliana Ausschau. Er wollte zu ihr, ihren warmen Körper an seinem spüren, die sanfte Stimme hören und ihr die Zärtlichkeiten ins Ohr flüstern, die seinen Geist schon den gesamten Tag über gefangen hielten. Das Deck der *Nemesis* hatte sich in einen Jahrmarkt verwandelt. Die Matrosen und anderen Gäste tanzten und sangen zur Musik, es wurden Getränke, Gebäck und Obst gereicht. Finlay kämpfte sich durch die Menge, schüttelte zwischendurch Hände und kassierte anerkennendes Schulterklopfen, doch das begehrte Ziel seines Herzens, die frisch Angetraute, war nirgends zu sehen.

Irgendwann ging er die Stufen hinunter unter Deck, schlichtweg, um dem Trubel zu entfliehen und seinen Kopf etwas zu klären. Im Gang vor Jacks Arbeitszimmer erkannte er zwei Gestalten, eine in schwarzer Robe, die andere in einem weißen Kleid.

Liliana und Pastor Matthews. Wieso unterhielten sich die beiden hier unten? Und worüber? Er ging weiter langsam auf sie zu. Eine leichte Eifersucht überkam ihn. Warum war sie hier unten mit diesem Mann, wenn er sie oben suchte? Das Gefühl wich ernster Sorge, als er beim Näherkommen ihr angespanntes Gesicht sah. War etwas geschehen? Er beschleunigte seine Schritte.

»Ich werde alles versuchen, was in meiner Macht steht, Mrs Clark«, hörte er den Pastor sagen, der mit dem Gesicht zum Gang gewandt stand. Als sein Blick auf Finlay fiel, verstummte er. Aus einem erstaunt geöffneten Mund wurde ein angespanntes Lächeln. »Mr Clark!«

Finlay runzelte die Stirn, etwas in dem Ausdruck war ihm zu schreckhaft, beinahe schuldbewusst.

Liliana drehte sich um. »Finlay! Ich suchte dich.« Als er ihr strahlendes Gesicht sah, verflog jedes Misstrauen.

Er nahm sie in die Arme. »Und ich fand dich.«

Er drückte seine Lippen auf ihre und Liliana erwiderte den Kuss. Sie schmeckte so betörend, dass ihm fast die Sinne schwanden. Finlay musste seine aufflammende Leidenschaft mit aller Kraft zurückhalten, immerhin befanden sie sich in Gegenwart eines Pastors. Er löste sich von ihr und blickte ihr tief in die meerblauen Augen.

Pastor Matthews schmunzelte. »Ich denke, ich lasse Sie beide nun alleine.«

Finlay ging mit Liliana wieder nach oben. Sie suchten sich einen Platz an der Reling, an dem man vor den immer wilder werdenden Tänzern geschützt war. Effie stand ebenfalls hier, eng an Lilianas Vater gelehnt. Sie wirkte in diesem Moment sehr glücklich.

Finlay legte den Arm um seine Braut und blickte ihr tief in die Augen. »Wie fühlst du dich als Mrs Clark?«

Liliana lächelte. »Ich werde mich daran gewöhnen müssen.« Sie warf einen Seitenblick zu Jack. »Vater fällt dies gewiss schwerer.«

Jack winkte ab. »Den ehemaligen Namen deiner Mutter abzugeben, erfreut mich eher. Der angenommene hingegen ...«

»Vater!« Liliana warf ihm einen strengen Blick zu.

Effie drehte sich zu ihm und hob die Brauen. »Was hast du gegen den Namen Preston einzuwenden? Eliza trägt ihn nicht mehr, aber es ist noch immer der meinige.«

Jack runzelte die Stirn. »Was willst du damit sagen, möchtest du ihn ebenfalls loswerden?«

Effie lächelte verführerisch und schmiegte sich an ihn. »War das ein Antrag?«

Jack plusterte die Wangen auf und kratzte sich am Hinterkopf. »Warum bekomme ich gerade das Gefühl, eine Fliege umgeben von Spinnennetzen zu sein? Ganz gleich, welche Richtung man einschlägt, man droht, sich zu verfangen.«

Finlay grinste breit. Ihm kam vielmehr das Bild einer Venusfliegenfalle in den Sinn: kein klebriges Band, das einen fesselt, sondern ein süßer Nektar, der einem die Sinne schwinden lässt.

Effie winkte ab. »Ich wollte dich nur necken. Vergiss, was ich sagte.«

Jack legte seinen Arm um ihre Taille. »Lass uns das heute Abend gemeinsam in meiner Kajüte besprechen, in Ordnung?«

***

Erst früh am Morgen ging Finlay mit Liliana im Arm zurück zur *Alecto*. Sein Geist war benebelt vom Alkohol und dem Tanzen und er fühlte sich, als könnte er in diesem Moment davon schweben, würde er nur wollen. Er war glücklich und schaffte es kaum, den Blick von seiner frisch Angetrauten zu nehmen. In diesem traum-

haften Kleid und den hochgesteckten, kastanienbraunen Locken glich Liliana einer makellosen Göttin.

»Du bist so wunderschön, wenn wir nicht bereits verheiratet wären, würde ich in diesem Moment um deine
Hand anhalten«, schwärmte er.

Liliana schenkte ihm einen betörenden Augenaufschlag. »Fragst du jede hübsche Dame, dich zu ehelichen?« Der Blick ihrer blauen Augen ließ seine Knie
weich werden. Oh, wie verehrte er diese Frau!

»Nur, wenn sie dein Ebenbild sind.« Finlay blickte sie
von der Seite an. »Was machen wir mit der restlichen
Nacht?«

Liliana lächelte etwas verschämt. »Du könntest mir
helfen, aus diesem umständlichen Kleid zu kommen.«
Sie hob kokett das Kinn.

Finlay konnte das Lächeln nicht mehr aus seinem Gesicht bekommen. »Einer Dame in Not helfe ich jederzeit, das weißt du doch.«

Liliana sah ihn an und tippte mit dem Finger an ihr
Kinn, als würde sie nachdenken. »Mmmh, an dieser Ei-
genschaft sollten wir vielleicht ebenfalls etwas ändern.
Ansonsten rettest du mir noch zu viele fremde Damen,
die dir dann verfallen.«

Finlay schmunzelte. »Ich bin bereits dir verfallen. Für
immer und ewig.«

Kaum waren sie in der Kajüte, konnte er seine Leidenschaft nicht mehr zurückhalten. Alles brannte in ihm.
Er versuchte dennoch, das Mieder des Kleides langsam
zu öffnen und übersäte Lilianas Hals mit Küssen. Seine
Hände strichen sanft, aber fordernd über ihre Brüste.

Lilianas leises Aufstöhnen brachte ihn fast um den Verstand.

Bald lagen sie zusammen auf dem Bett, die nackte Haut aneinander.

»Ich habe etwas Angst.« Ihr heißer Atem hauchte in sein Ohr.

Finlay küsste sie zärtlich auf die Lippen. »Das musst du nicht«, flüsterte er. Das Verlangen, sie endlich gänzlich spüren zu dürfen, ließ sein Herz in Flammen aufgehen. »Nichts liegt mir ferner, als dir weh zu tun. Auch für mich ist es sehr viel schöner, wenn du es ebenfalls genießt.«

Liliana

Liliana erwachte erst, als die Sonne schon hoch am Himmel stand. Sie genoss die wärmenden Strahlen auf den noch geschlossenen Lidern und ließ die vergangene Nacht Revue passieren. Diese wundervolle Erregung, trotz des anfänglichen, kurzen Schmerzes! Wie unglaublich es gewesen war, als ihre beiden Körper eins wurden. In gleichmäßigem Rhythmus, wie ein uralter Tanz der Natur, der jeglichen Verstand auszusetzen vermochte. Nun verstand sie noch mehr, weswegen sich so viele Dramen, Lieder und Geschichten um dieses Thema wanden.

Sie öffnete die Augen und sah Finlay auf einem Stuhl neben dem Bett sitzen. Er war bereits in Kniehose gekleidet, trug das Hemd offen und lächelte sie an, das Kinn auf die Stuhllehne gestützt.

Liliana erhob sich blinzelnd. »Wie lange sitzt du schon da und betrachtest mich?«

Er zuckte die Schultern. »Eine Stunde, vielleicht zwei.« Sein Blick nahm wieder den eines frechen Jungen an. »Ich könnte es eine Ewigkeit tun, ohne dem müde zu werden.«

Sie schürzte die Lippen. »Und wer kommandiert das Schiff, wenn du hier unten die Ewigkeit verbringst?«

»Niemand. Die *Alecto* wird zu einem Geisterschiff werden, in dessen Rumpf ein Verliebter seine Gemahlin beim Schlaf betrachtet. Bis ans Ende der Zeit.«

Liliana lachte. »So habe ich mir unsere Ehe nicht vorgestellt.« Sie zwinkerte. »Du weißt doch, dass ich nicht gerne faul herumliege.«

Finlay erhob sich und setzte sich zu ihr an die Bettkante. »Wie fühlst du dich?« Er strich ihr zärtlich die Haarsträhnen aus dem Gesicht.

»Wundervoll«, gab sie die ehrliche Antwort. »Die Feier war ein Traum und die Nacht überstieg alle Erwartungen.« Sie schenkte ihm ein sinnliches Lächeln. »Ich habe mich so davor gefürchtet, doch es war ... wundervoll.« Eine andere Bezeichnung fiel ihr nicht ein.

Sein Grinsen wurde breiter. »Das hoffte ich.« Er beugte sich zu ihr und küsste sie. »Es wird nur noch besser werden mit der Zeit, versprochen. Ich liebe dich!«

»Ich dich auch!«

***

Nach dem Mittagessen begutachtete Liliana zusammen mit Finlay die Güter, die an Bord gebracht wurden. Die nächste Fahrt würden sie zusammen als Ehepaar unternehmen. Dieser Gedanke erfüllte sie mit Freude und Aufregung zugleich. Zudem konnte sie nun endlich in Finlays Kajüte ziehen, ohne dass es ihren Ruf ruinieren würde. Liliana hatte das Gefühl, das Lächeln die nächsten Monate nicht mehr aus ihrem Gesicht bekommen zu können. Dieses Glücksgefühl war unbeschreiblich und konnte ihretwegen ein Leben lang anhalten.

Gustav und Levi traten zu Finlay und ihr. Sie wirkten abreisefertig mit ihren Taschen gepackt über der Schulter. Dieses Bild trübte Lilianas Stimmung und gab ihr einen Stich ins Herz. Sie hatte sich so an die Anwesenheit der beiden an Bord gewöhnt und würde sie sehr vermissen.

»Ich werde nun doch nicht nach Schottland reisen«, sagte Gustav lächelnd und zog seinen Hut. »Die mittlerweile offiziell verwitwete Mrs Parker benötigt noch immer meine Hilfe.« Seine Augen bekamen einen ungewohnten Glanz. »Der kleine Travis ist solch ein Wonneproppen, ich hätte nie geglaubt, welch große Gefühle ein so winziger Mensch in einem auslösen kann. Dagegen scheinen die größten Meisterstücke aus den Federn der Poeten glanzlos und stumpf.«

Finlay legte den Kopf schief. »Du wirkst so ernst, sollte ich mir Gedanken machen?«

»Du könntest mir Glück wünschen ... oder uns.« Er lächelte verklärt. »Susan ist eine wundervolle Person. Wir haben uns nun viele Tage getroffen und stundenlang geredet, ohne dass die Zeit zu verstreichen schien. Es dauerte eine Weile, aber als sie endlich ihre Furcht überwand und die Wehrmauern in meiner Anwesenheit bröckelten, erkannte ich die Klugheit in den moosgrünen Augen und die Güte in ihrem sensiblen Herzen. Sie muss Feenblut in ihren Adern fließen haben, anders vermag ich nicht den Zauber zu erklären, der mich gefangen hält.«

Levi seufzte. »Ich fürchte, unseren Freund hat es erwischt.«

Gustav griff sich an die Brust. »Ob es tatsächlich Amors Pfeil ist, der mir im Herzen brennt, vermag ich noch nicht zu sagen. Nichtsdestotrotz werde ich wohl vorerst in ihrer Nähe verweilen.«

Finlay betrachtete ihn mit ernster Miene. »Ihr Kind ist von einem charakterlosen Schläger und trägt dessen Namen. Bist du dir dieser Tatsache im Klaren?«

Gustav nickte. Sein Blick war ungewöhnlich erwachsen. »Diese Tatsache verleitet mich nur mehr, ihren Sohn anzunehmen und ihm die väterliche Liebe zuteilwerden zu lassen, die ihm ansonsten verwehrt geblieben wäre. Das kleine Wesen kann nichts für die Umstände und verdient Eltern, die es mit Freude auf dieser Welt willkommen heißen und den rechten Weg weisen.«

Liliana spürte, wie ihre Augen feucht wurden, und hob die Hand an ihren Mund. Das Kind eines fremden Mannes so liebevoll anzunehmen, war nicht selbstverständlich.

Finlay legte seine Hand auf Gustavs Oberarm. »Ich hoffe, diese Susan weiß zu schätzen, welch wundervollen Menschen sie an ihrer Seite hat.«

Der junge Mann zog verschämt die Schultern hoch, seine Lippen bebten leicht. Zum ersten Mal, seit Liliana ihn kannte, schienen ihm die Worte oder ein Zitat zu fehlen.

Finlay atmete tief durch und sah zu Levi. »Das klingt, als bleibst du für die Überfahrt an Bord?« Sein lockerer Ton nahm die Spannung aus der Situation.

Der Uhrmacher schüttelte den Kopf. »Nein, ich werde dennoch meine Verwandten in Schottland besuchen und wohl von dort aus ein Schiff zurück nach Hamburg nehmen.«

»So steht mir noch eine Weile eine Möglichkeit zu, sollten die Liebesbande doch reißen«, sagte Gustav leise. »Ich schwor mir jedoch, so lange an der Seite dieser begehrenswerten Frau und ihres wundervollen Sohnes zu bleiben, wie sie es dulden wird.«

Levi schmunzelte. »Ich denke nicht, dass du meine Hilfe noch benötigen wirst. So wie ihr Blick in deiner Gegenwart aufhellt, lieber Freund, wird sie dich wohl ein Leben lang dulden ... und mehr.«

»O Gustav!«, rief Liliana aus. »Welch schöne Nachrichten! Das freut mich so. Auch, dass du auf diese Weise in unserer Nähe bleibst und wir uns einfacher wiedersehen können. Ich wünsche euch alles erdenklich Gute!« Sie umarmte ihn.

Der junge Preuße drückte sie an sich. »Danke, Liliana.«

»Ich habe dir zu danken für deine großartige Hilfe!« Sie löste sich und wischte sich die aufkommenden Tränen vom Gesicht. Dann drehte sie sich zu Levi und drückte ihn ebenfalls an sich. »Danke auch dir, ihr wart wundervoll!«

Der schmale Mann erstarrte kurz, erwiderte dann aber die Umarmung. Er lächelte verschämt, als sie ihn wieder freigegeben hatte. »Es war in der Tat eine ungewöhnliche und aufregende Zeit hier mit euch.«

»Ein vorzügliches Bühnenstück und das, ohne Eintritt bezahlen zu müssen.« Gustav grinste. »Was sagte schon Shakespeare über die Welt?« Er hob an, doch Liliana kam ihm zuvor.

»Die ganze Welt ist eine Bühne und alle Frauen und Männer bloße Spieler, sie treten auf und gehen wieder ab«, zitierte sie.

Gustav klopfte Finlay auf den Rücken. »Mit dieser Frau hast du in der Tat eine sehr gute Wahl getroffen.«

Finlay lachte. »Ich fürchte eher, was auch immer du hast, ist ansteckend. Wird wohl Zeit, dass du weiterziehst.« Er wurde ernst. »Alles Glück der Welt euch beiden, du verdienst es gleichermaßen wie die junge Mrs Parker und der kleine Travis.« Der Name des Kindes kam ihm sichtlich schwer über die Lippen. »Sag, besitzt sie noch einen Rappen?«

Gustav runzelte die Stirn. »Ja. Dort steht ein äußerst prachtvolles Tier in den Stallungen, das sie ihr Eigen nennt. Wieso fragst du?«

Finlay winkte ab. »Ich wollte nur auch das Pferd in besseren Händen wissen. Deine Aussage beruhigt mich schon, danke.« Er richtete sich an Levi. »Auch dir alles Gute für die Reise. Schreib mir, wie es gelaufen ist, und suche mich auf, solltest du keine Überfahrt zurück nach Hause bekommen.«

Der Uhrmacher nickte. »Das werde ich, danke.«

Finlay

Nun war der Tag des Aufbruchs gekommen. Seine erste Fahrt als verheirateter Mann. Finlay stand am Heck der *Alecto* und warf einen letzten Blick auf die *Nemesis*, die einige Schiffe weiter am Hafen vertäut lag. Die schlanke Fregatte mit ihrem schwarz-weißen Anstrich überragte die meisten Segelschiffe, sowohl in Größe als auch Eleganz. Er hatte Jack stets um sie beneidet, dennoch schreckte ihn noch immer der Gedanke ab, ein Schiff mit derart großer Besatzung zu fahren. Sich selbst würde er die Führungsqualitäten nicht zutrauen, die sein Schwiegervater an den Tag legte.

Seine Gedanken schweiften zu seinen Freunden. Er hoffte, Levis Reise nach Schottland würde ohne größere Probleme vonstattengehen. Auch dem guten Gustav wünschte er aus vollem Herzen Glück. Es schien, als habe er hier in England seine Erfüllung gefunden. Er würde ganz sicher ein wundervoller Ehemann und Vater sein. Finlay schätzte das Mädchen klug genug ein, dies zu erkennen.

Alles schien sich zum Guten zu wenden.

Er ließ sich das Gesicht von der Sonne wärmen und lächelte zufrieden. Was konnte noch schiefgehen mit der besten Frau der Welt an seiner Seite?

Ein Kurier mit einem kleinen Paket schritt auf die *Alecto* zu. Finlay runzelte die Stirn. Er konnte sich nicht erinnern, Waren bestellt zu haben. Sein Koch Victor sagte in der Regel Bescheid, bevor er Gewürze orderte, und Liliana war in der Buchführung ähnlich penibel wie er selbst.

Er wollte gerade zu dem Boten gehen, als Liliana ihm zuvorkam. Sie fing den Mann am Steg ab, nahm das Päckchen entgegen und reichte dem jungen Mann ein Trinkgeld, der daraufhin seine Mütze lüftete und davon ging.

Sie las den Brief, der an der kleinen Holzkiste befestigt war. Als sie den Kopf hob, erkannte Finlay, dass seine Angetraute über das ganze Gesicht strahlte.

»Was ist los?«, fragte er und trat auf sie zu. »Für wen ist das Paket?«

Liliana drehte sich zu ihm und ihr Gesicht nahm ein geheimnisvolles Schmunzeln an. »Es ist für dich. Zum Glück kam es noch rechtzeitig an.«

Finlay stutzte. »Ich habe nichts bestellt.«

Liliana reichte ihm die Hand. »Komm, lass uns in deinen Arbeitsraum gehen und es dort öffnen.«

Er folgte ihr neugierig. Was mochte das sein? Ein Geschenk von ihr?

Im Zimmer stellte sie die Kiste auf den Tisch. Sie rieb die Finger nervös ineinander und ihre Augen wirkten aufgeregt wie die eines kleinen Mädchens.

»Pastor Matthew schickte es. Ich bat ihn, danach zu suchen. Ich hoffe, es ist das Richtige.« Ihre Stimme bebte.

»Was ist das? Heraus mit der Sprache!«

»Öffne es!«

Finlay trat vor, nahm sein Messer hervor und zerschnitt die Schnüre um die Kiste. Dann hob er den hölzernen Deckel. Dort, mit Holzwolle vor Beschädigung bei Transport geschützt, lag ein Buch. Im ersten

Moment wunderte er sich, weshalb Liliana gerade Pastor Matthews bitten würde, ein Buch über was auch immer für sie zu besorgen, als ihm plötzlich heiß und kalt wurde. Der Einband kam ihm bekannt vor. Zu bekannt. Selbst der Geruch des alten Leders wirkte vertraut.

Mit zitternden Fingern hob er das schwere Buch heraus und öffnete den Ledereinband, sodass er auf die ersten Seiten blicken konnte. Es zeigte Zeichnungen von Pflanzen und Blumen, daneben eine feine, filigrane Schrift.

Finlays Beine gaben nach. Er sackte zusammen und konnte sich gerade noch auf dem Stuhl hinter sich retten.

»O mein Gott!« Es war mehr ein Japsen. Sein Mund blieb geöffnet.

»Ist es das Richtige?« Liliana kaute auf ihrer Unterlippe.

Finlay spürte sein Herz im Brustkorb rattern wie ein Zahnrad in einer Taschenuhr. Er hielt das Buch fest umklammert, sodass seine Knöchel weiß wurden, und betrachtete die aufgeschlagene Seite.

Leucanthemum (Margerite), Familie: Asteraceae … Matricaria Chamomilla (echte Kamille), Familie: Asteraceae …

Er blätterte weiter. Auf dieser Seite wandelte sich die Schrift. Unter den feinen, geschwungenen Buchstaben aus schwarzer Tinte tauchte eine größere Handschrift auf, die ungleichmäßiger und ungeübter wirkte.

Er fuhr mit den Fingern über die Worte. »Das habe ich geschrieben«, flüsterte er heiser. »Mutter lobte mich dafür und ich war so stolz. Es sieht so unschön und unpassend aus, wie konnte sie das nur zulassen?« Er schüttelte den Kopf.

Er spürte, dass Liliana die Hände sanft auf seine Schultern legte. »Ich bin mir sicher, es war ihr gleich. Das Interesse ihres Sohnes ihrem Hobby gegenüber zählte gewiss mehr als reine Ästhetik.«

Finlay ergriff ihre Hand und sah zu ihr auf. »Danke!« Seine Augen füllten sich ungewollt mit Tränen. »Du glaubst nicht, was, dieses Buch in meinen Händen zu halten, für mich bedeutet!«

Liliana lächelte. »Ich bin froh, dass die Überraschung geglückt ist und es tatsächlich gefunden wurde. Aber danke auch Pastor Matthews, er trieb es auf.«

Finlay blinzelte. »Wo und wie?«

»Das verriet er nicht. Auch nicht, was er bezahlt hat dafür. Ich bat ihn auf unserer Hochzeit, ob er nicht nach einem der Herbarien deiner Mutter forschen könnte. Mr Matthews schrieb nur, dass er überglücklich war, es im Ort aufgespürt zu haben, und dass wir es als Hochzeitsgeschenk von ihm betrachten sollten. Offenbar hatte es Northampton nicht verlassen.« Sie zeigte auf den Brief, der zu dem Paket gelegt worden war.

Finlay schloss das Buch und drückte es an seine Brust. »Auch, wenn er es aufgetrieben hat, war es deine Idee.« Mit brennenden Augen sah er zu Liliana. »Nun besitze ich endlich etwas, das mich an meine geliebte Mutter erinnert. Das bedeutet mir mehr, als ich in Worte fassen kann. Du scheinst meine innersten Wünsche zu kennen und bemühst dich auch noch, diese zu erfüllen.

Ich weiß nicht, womit ich eine Frau wie dich verdient habe.«

Liliana beugte sich hinunter und küsste ihn. Als er ihre warmen, weichen Lippen auf den seinen spürte, war er sich sicher, der glücklichste Mensch auf Erden zu sein.